长篇小说

大唐不良司

远征神都

2

牛凳 著

海峡出版发行集团
海峡文艺出版社

图书在版编目(CIP)数据

大唐不良司. 2/牛凳著. —福州:海峡文艺出版社,2021.3
ISBN 978-7-5550-2477-4

Ⅰ.①大… Ⅱ.①牛… Ⅲ.①长篇小说—中国—当代 Ⅳ.①I247.5

中国版本图书馆CIP数据核字(2020)第211468号

大唐不良司 2

牛 凳 著

责任编辑 朱墨山
出版发行 海峡文艺出版社
经 销 福建新华发行(集团)有限责任公司
社 址 福州市东水路76号14层
发 行 部 0591—87536797
印 刷 福建新华联合印务集团有限公司
厂 址 福州市晋安区后屿路6号
开 本 710毫米×1000毫米 1/16
字 数 321千字
印 张 19.5
版 次 2021年3月第1版
印 次 2021年3月第1次印刷
书 号 ISBN 978-7-5550-2477-4
定 价 45.00元

目录

第一章　泠口堡见闻

车辚辚,马萧萧。郭烨、纪青璇、陆广白、张小萝、李二宝一行人离开长安已有两日。

颠簸的车厢里,张小萝早没了刚出发时的欢快,倚着身子,耷拉着脑袋,靠在车壁上,哭丧着脸问郭烨道:“郭大哥,还要多久才能到打尖的地方呐?再这么颠下去,我都要散架啦。”她这一开嗓子,李二宝也开始抱怨了。这两小只都是好动的主儿,将他们关在这车厢里颠了两三天不难受才怪。

郭烨闻言不由得苦笑。也怪不得她俩娇气,便是郭烨自己,也被这泥泞的路面折腾得快崩溃了。不过这荒郊野岭的,哪有那许多便利,也只能靠自己苦捱罢了。

“再忍忍,我问问!”郭烨撩开车帘,向外头策马而行的徐问清问道:“老徐,还要多久到打尖儿的地方?”

“快了!”徐问清等人骑着马,其实屁股比坐牛车的更遭罪。听到郭烨询问,他擦了把汗,白白胖胖的脸上挤出一抹笑容,回道:“如果我没记错的话,前面再走几里地,便是泠口地界了。”

“太好了!”车厢里的张小萝竖起耳朵听罢,欢呼道:“到了那儿,我一定要舒舒服服洗个澡,美美地吃上一顿!”

“泠口地界?那今晚打尖的地儿就在泠口堡了吧?”一旁策马的任斗牛问道,口气中透着失望。

徐问清点了点头,苦笑道:“可不是嘛!”

郭烨见状,不由问道:“怎么了?听你们这意思,莫非进了这泠口地界,有何危险不成?”

“危险倒是没有……”徐问清摇了摇头,说道:“罢了,等到了泠口堡,你们自己一看便知。”

泠口堡不是一座堡垒，而是一个修筑着城墙的大村镇，是泠口地界方圆几十里唯一能打尖投宿的地方。要想走出泠口地界，必须先过泠口堡。

“呃？奇奇怪怪的。”郭烨被闹得一头雾水，越发想弄明白这泠口堡到底怎么回事。很快，就进入了泠口堡。牛车在不平的道路上行走着，郭烨和纪青璇他们通过车窗，看到了徐问清口中泠口堡的全貌。

道路两旁并没有他们想象中的店铺林立、旗幡招展，只是一片破败的茅草房，开裂的夯土墙上搭着杂乱的茅草顶，一副残败破落、贫瘠寒酸的样子。

这就是我们今晚要投宿的泠口堡？看着眼前的破败，郭烨神情明显呆滞了一下。毕竟从长安一路走出来，哪处不是繁花似锦，哪处没有鳞次栉比的店舍？

张小萝更是小嘴一瘪，颇为泄气道：“呜，我的美食，估摸着是没指望了……”

就在这时，一阵喧哗突然从不远处一间茅屋里响起。

就见着一个面黄肌瘦的男人，从屋里跌跌撞撞地冲出，怀里似乎还抱着什么。

在他身后，一对瘦小的孩童正赤着脚，拼命追赶出来，小脚丫“吧嗒吧嗒”踩在冰冷的泥水里，三步一滑，很快就摔得浑身脏兮兮的了，但他们还是不放弃，扑上去一把抱住男人的大腿，死活不肯撒手。

其中个子高点的孩童是女娃子，她抱着男人大腿，哇哇哭喊着：“这是家里最后的钱了。这是家里买米添口粮的银钱。你不能拿走！”

“反了你！撒手！”男人用力掰开两人的手，头也不回地向着堡口跑去。

“光天化日，朗朗乾坤，竟有打家劫舍的强人？”李二宝顿时怒火中烧，抄起车里的双锏，正要跳下牛车，却被人抢先了一步！

“好贼子！光天化日也敢打劫，真当这世上没有王法了吗？”一声娇斥下，一道倩影抢先跳下了牛车。居然是纪青璇！

这还是郭烨第一次见纪青璇强出头。

只见纪青璇跳下牛车之后，抽出腰间的蛇皮软鞭，轻轻一抖，那鞭子便如游蛇一般蜿蜒而出，一下就缠住了那男人脖颈，随即她用力一拉，将他拉倒在地。她上前一步踩在那男人的手臂上，斥道：“堂堂七尺男儿，却在光天化日下强抢两个孩童，你知不知羞？”

那男人吃了纪青璇一鞭，手背又被纪青璇踩得死死，但却也不服软求饶，而是将头一抬，瞪着眼珠子嚷道：“你这女人好生奇怪，我拿我自家的钱，要你多管闲事？”

“什么？”纪青璇顿时懵了。

郭烨他们此时也纷纷下来牛车，被男人的话搞迷糊了，不是说抢劫吗？

这时，就见刚才那两个孩童突然对着纪青璇一阵捶打，口中叫道：“你放开我爹，你不要打我爹！”

刚才明明不是这俩娃追着男人要回钱财吗？怎么这会儿又变成他俩的爹了？

李二宝在一旁看得呆呆的，向那男人问道：“你是这俩娃的爹？”

“不是他俩爹，难不成还是你爹啊？”男子的嘴巴挺横，看得出来，平日里在这泠口堡中也是泼皮耍横的主儿。

“我看你是真欠收拾！”李二宝专治各种不服，哪能惯着他？一见这厮出言不逊，立马撸起袖子就要好捶他两下。

不过他还是被身后的郭烨给扯住了冲动。郭烨让纪青璇也将这男人放开，让他起来先，毕竟人家拿的是自己家的钱，算不上抢劫。

纪青璇一挪开脚，男人便从地上扑腾爬了起来，拍打着身上的土坷垃，嘴里嚷着：“你这娘子，看着娇滴滴，出手却是真重，险些将我这手踩断了！”

“行了，别耍嘴皮子了！”郭烨疾言厉色地对男人喝道：“纵然你是这两个娃子的亲爹，也断不能拿了家中口粮钱就跑！看你这模样，莫不是要去赌坊博戏？这世上哪有你这样的父亲，孩子断顿饿肚皮，你都不关心？”

“谁……谁去博戏了啊？”那男人不忿地叫道：“你莫要冤枉我！我这钱也不是给自己花，我是拿了这钱给堡口的菩萨添些香油钱！我们泠口堡的日子本来就过得清苦，若是再没有了菩萨保佑，哪里还能过得下去？”

“啥？香……香油钱？”郭烨瞪大的眼珠子，出卖了他内心的惊诧，这太荒唐了吧？饭都吃不上了，还要给菩萨添香油钱。

“你们这些外乡人，尽是多管闲事，我花自家的钱，干你们何事？莫要耽误了我向菩萨添香油钱的吉时！”男人数落了郭烨他们一句，趁着众人恍惚之机，稍不留神，一溜烟跑了。

只是眼前这两个娃儿实在可怜，一男童，一女童，面黄肌瘦，孱弱不堪，站起来还没有李二宝的肩膀高呢，小小年纪，本是长身体的时候，却食不果腹，还摊上这么一个中了邪似的爹。

纪青璇心生不忍，转身从车上拿来了众人充当干粮的胡饼，递给姐弟俩。

这姐弟俩显然是饿极了，接过胡饼都来不及说上一句谢谢，便大口大口地吃了起来，碎渣沾在小脸上，狼狈中又透着几分可怜。

“慢些吃，别噎着，车上还有呢。”纪青璇蹲在姐弟俩面前，虽浅笑温言着，但眼中带浓浓的怜悯和不忍心，还是暴露无遗。

郭烨平日里见到的纪青璇，要么寡情无语、素如雏菊，要么一板一眼、不苟言笑，像这般柔软的时候，还是不多见的。此时雪后初晴，清朗的阳光从雪云的缝隙中散落下来，映衬在纪青璇的脸庞上，格外的清丽动人。郭烨心中暗暗惊叹一声，女人啊，真是水做的。流水潺潺，你不知道下一刻，她是什么状。

等到两个孩子狼吞虎咽地吃了好几个胡饼之后，终于吃饱了，众人这才将事情的原委细细问了出来。

这对姐弟姓赵，他们的父亲叫赵九奴，是泠口堡中一户再普通不过的人家。这赵九奴原本是一个勤劳的农夫，也是一个舔犊的父亲，一家人虽然贫困，却也算过得下去日子。

可这所有的一切，都在不久前发生了改变。原来泠口堡外，有一座破庙，一直香火不旺，没什么人踏足。可不久前，不知从哪儿冒出一伙和尚，将这破庙翻修一新，从此就出现了神异之事。

这庙中泥塑木胎的佛像，竟然开口说话了！这可是了不得的天降异象！

很快，这便引得泠口堡里的百姓趋之若鹜，不知多少人拿出自己家底给庙里添香油钱，只为求神佛保佑，让他们过上富足安康的日子。

泠口堡本就一贫如洗，如今这么一搞，更是让许多人家的家里揭不开了锅。而赵九奴一家，更是越求佛越贫穷，越贫穷就越想求佛保佑。今天赵九奴拿着家里最后一点买米钱，也是孤注一掷，就想着让佛祖保佑，让他们家里以后吃饱饭不饿肚皮。

“荒唐！简直荒唐！天底下最荒唐之事了！”纪青璇气得直摇头。

“要不我们去看看？”郭烨看着眼前这两个饿的眼珠子都快凸出来的孩子，觉得他们有必要管上一管这事儿了。

“好！”纪青璇非常痛快地同意了下来，说道：“今天，本尉倒要看看，是什么人敢在这里装神弄鬼，坑骗乡民的口粮钱！鼠辈，什么大慈大悲，我看简直黑了心！”

第二章　庙小妖风大

纪青璇一行人,直奔赵家姐弟所说的那个破庙而去。

众人出了堡门,一抬头,就能看到一座小庙矗立在对面的山坡上。

穷乡僻壤之地的庵庙,简单的两进庙舍,前主殿,后僧舍。僧舍不过几间,住不下几个和尚。但偏偏就是这座简陋的小庙,却是香火鼎盛至极,寻常大寺都无法与其相比。

众人徐徐靠近这小庙,眼睛就被这漫天香雾熏得火辣,耳中泛起一阵虔诚的唱经声来。乌压压的信众已经将这小庙的庙门围堵得水泄不通,郭烨他们目光所及之处,皆是三拜九叩的乡民。

“莫非全堡的人都聚到这里来了?”纪青璇站在跪了一地的人群后面,贝齿轻咬,眼神中透着不可思议。

纪青璇走向离她最近的一个六十来岁的老叟,问道:“老人家,我想问一下,此处谁是管事的?”

老叟停下了伏地叩拜的动作,指了指离他隔了五六个人距离的一道背影,说道:“俺们里正管着事呢,你们莫不是也冲着俺们这神庙异象来祈福的?俺跟你们说,可灵验哩……”

纪青璇不等他说完,便说了一声“谢谢”,指了指刚才老人说的那道背影,示意郭烨进去请人。

郭烨挤过人群,来到那人的身旁,仔细观察,这人的衣着较之其他乡民确实考究些。郭烨抱了抱拳,说道:“这位里正,借一步说话!”

然而这位泠口堡的里正,此时正认真地伏地跪拜,耳中环绕着一众信徒的吟唱,根本就没听到郭烨的邀请。

郭烨只得附在他耳边,提高了嗓门儿,高声喊道:“泠口堡里正,官府办差,望你协助!”嗓门之大,别说这位泠口堡里正了,就连四周跪拜祈福的乡民都被惊扰到了。

尽管对郭烨贸然打断他跪拜祈福有些不满，但里正还是拱手抱拳，自我介绍道：“在下何英，暂居泠口堡里正一职，不知客从何处来，又有何指教？”

郭烨对何英回道：“我等从长安来，要赴洛阳办差，途经泠口堡。何里正，我且问你……”说到这儿，郭烨嗓音陡然变得肃然了起来，质问道：“你身为泠口堡里正，肩负保境安民，教化乡里之责。如今有妖人在泠口地界妖言惑众，借佛敛财，鱼肉乡民，你身为里正却不加以阻止，反而参与其中。且问你，该当何罪？”

里正也不是没见过世面之辈，问道：“阁下可有官凭？”

老滑头！郭烨暗骂一声，这是信不过他们的身份啊。不过他也没拒绝，直接将敕牒和不良司的令牌拿了出来。

何里正看完郭烨的敕牒和令牌之后，顿时，肃然起敬道：“果真是长安下来的上差啊！”

“那还能骗你不成？”郭烨翻了翻白眼，说道：“何里正，你乃堂堂一地里正，十里八乡都以你为贤，你却如此蒙昧，崇信佛像开口这等怪相。若真是天降祥瑞，为何你这泠口堡的日子越过越穷，这明显就是借佛敛财的骗人鬼把戏！你身为里正，是协助我等拆除把戏，将功赎罪呢？还是继续助纣为虐，让那些和尚们继续鱼肉你们乡里？”

“这……”何里正犹豫了一下，不知该如何。

郭烨指着跪满了庙门里里外外的信众们，对何里正说道：“你睁开眼好好看看，你的乡民们一个个衣衫褴褛、食不果腹，却还要将最后一点救命的口粮钱捐做香油钱。也许再过几日，你们泠口堡中又要饿死几人，冻死几人。身为里正，你于心何安？”

“这……”何里正沉吟了一下，最后重重点了一下头，道：“我，我愿意协助上差！”

“好，头前带路，先让信众们让出一条路了，我们要进去！”郭烨挥了挥手，说道。

何里正走上前去，对着跪着地上的乡民们喊道：“诸位乡亲，你们都先起来吧。莫要跪拜祈福了。这位长安来的上差说了，这神庙异象乃是骗人敛财的把戏！”这话一出，信众们顿时纷纷从地上爬起，不约而同地转过头，看向身后的郭烨一众人。

他们的脸上写满了不信,眼中更是充满了愤慨。这些外乡人竟然说佛像开口这等天降异象,是骗人的鬼把戏,这简直就是对菩萨最大的不敬和亵渎。

“里正,菩萨将会庇佑我们泠口堡,来年风调雨顺,日子越来越好,你怎能说出这等不逊之话?”

“对极,菩萨开口,天降异象,泠口地界谁人不知?”

“里正莫要听这些外乡人蛊惑,他们肯定是眼红我们泠口堡出了祥瑞!”

……

信众们三言两语,声声讨伐着郭烨他们。

何里正脸上尽是无奈之色,对郭烨说道:“上差,你会不会搞错了。菩萨开口,是真有此事。”如果不是因为郭烨一行人官府的身份,何里正宁可相信菩萨神迹,也不会协助配合。

荒唐至极!郭烨带着何里正强行穿过前面几个信徒,来到信众们的中间,离庙门不过三步之遥,他准备好好跟信众们释疑一番。

不过就在这时,一个獐头鼠目的男人从庙门里头突然跳将出来,大声嚷道:“诸位乡亲,莫要信这外乡人的鬼话!菩萨开口此等异象,我们泠口地界谁人不知,谁人不晓?天降祥瑞,这等好事百年难遇,这是我们泠口堡的福祉啊。菩萨怎容这些外乡人玷污?他们今日侮辱了菩萨,可以一走了之,最后受苦的还不是我们这些泠口堡的穷苦人家?”

此言一出,信众们的情绪瞬间被挑起点燃。一时间,出言指责和声讨郭烨他们的信众越来越多,真有些群情激奋的架势。

但郭烨什么场面没见过?平康坊几十家妓馆的老鸨,他都能应付下来,更何况挑拨民愤这种小手段?他将目光锁在这个獐头鼠目的男子身上,冷冷地打量着他,嗤笑一声,讥道:“你跳得这么快,莫不是这庙里的和尚,许了你不菲的好处?”

“什么好处?你莫要胡说八道!”獐头鼠目男子第一时间否认。

“马老三,你莫要阻挠上差办案,退一边去!”说着,何里正低头对郭烨解释道:“这马老三是我们堡里的破落户,这厮从年头懒到年尾,有了上顿没下顿,全靠在堡里四处蹭吃蹭喝,不然早不知饿死多少回了。”

郭烨上前一把抓住了马老三的衣襟,问道:“既然是有上顿没下顿的破落户,怎么会穿上一身这么好的衣裳?这布料,这做工,便是何里正,也未必有他这般考究吧?”被他这一说,众人才注意到,这马老三身上的衣裳果然不似以前那般褴褛了。这衣裳,明显是新制的,如果郭烨不指出来,大家都没注意到。都是泠口堡的乡里乡亲,谁人不知逢年过节,马老三都是一身腌臜。连肚子都填不饱的懒汉,哪来的银钱置办新衣?

马老三有些心虚,眼神闪躲着,使足力气一把挣脱开郭烨的钳制,恼怒道:“你这外乡人,真是好笑!难道我马老三置办身新衣裳,还要跟你们请示不成?”

“你置办新衣裳,自然用不着跟谁请示。”郭烨冷笑连连,继续说道:“但是你一个靠着借米来下锅的懒汉,怎么会有闲钱置办新衣裳,就要好好说道说道了。”

“呵呵,这有何好说道的?我正是拜了这会开口说话的菩萨,才得菩萨保佑,走在路上莫名就捡到银钱的!对,我的银钱是菩萨送财,让我平白捡来的,不可以吗?”马老三说到这儿,不无得意地冲信众们喊道:“乡亲们,我们这般虔诚图的是啥?不就是想得菩萨庇佑吗?有我马老三捡钱的时候,就有各位得福报的时候,但是我们对菩萨要心诚,不能不敬啊!”

狡猾的马老三。郭烨明知他这是在狡辩,但架不住信徒的狂热,刚刚对天降异象还一点质疑的声音,瞬间又因为马老三的话,被压了下去。

陆广白看着这般景象,对身边的纪青璇、徐问清等人不由摇头叹道:“这世间之人啊,就爱不劳而获,就爱贪图便宜。不然这些鬼祟的把戏,又怎能骗人?”

第三章 假佛无真言

“郭副尉,莫要与这无赖泼皮徒费唇舌!”纪青璇带着一干人等,也穿过了人群来到了郭烨身边,说道:“是天将异象,还是故弄玄虚,进去一辩自知!”

“那好。”郭烨对两小只交代道:“二宝、小萝,你俩就守在庙门处,莫要放跑庙中任何一个和尚!”

“放心吧,郭大哥!”李二宝抽出后背双锏,倚靠在庙门处把守着。

张小萝也不甘示弱,将背上的大剑解下,“嘭”的一声,重重地磕在地上,依着庙门左侧，与李二宝左右呼应着。

纪青璇也对徐问清等人吩咐道：“你们围着这小庙勘察一圈，若是还有其他出口，务必将其守住，也莫走了一个贼人！”

“是！”徐问清、任斗牛等人抱拳领命。

见着眼前马老三冥顽不灵，还不肯退到一边，大有继续阻挠的意思。郭烨对身边的何里正提醒道：“何里正，你的乡民若是再阻挠办差，我身为不良人，便是将他一刀斩落脑袋，他也无处申冤去！”

何里正脸色骤变，赶紧一把将马老三拉到了一边，疾言厉色道：“马老三，我告你别耍浑。你还看不出个好赖高低来吗？这几位长安的上差，我看都是出刀见血的主儿，你别作死啊！”

“里正，我……”马老三欲要张嘴，却被何里正喝阻道：“马老三，你若再敢犯浑，我现在就让人放火，一把烧了你家茅舍。你信不信，只要本里正不开口，整个泠口堡就没人敢容你借宿？”

“呃……信，信！”马老三瞬间老实了。

何里正领着郭烨、纪青璇他们进了小庙。

小庙名为“云麓寺”，用于供佛的正殿并不宽敞，细细察看，也能看得出庙里新近翻修过的痕迹，在一些犄角旮旯里，依旧处处显出破败的本相。

正殿中央，一尊丈二高的佛像，端坐在缭绕的香火中，真容半掩，鎏金画彩，法相庄严。

“这佛像有问题。”郭烨对纪青璇轻声说了一句，便三两步走近佛堂，来到佛堂的供桌前。

这一举动，顿时惹来殿内一干信众的愤怒。对于他们而言，佛像只能远观顶礼膜拜，岂能靠近用手去摸？

这时，一名和尚也双手合十，上前劝阻道：“阿弥陀佛。施主，此举太过无礼了，切不可做出辱佛之事啊！”和尚的声音蛮大，别说小小的正殿内，便是庙门口的不少信众，都能听见。似是在故意挑起信众们的怒火。

“呵呵，大和尚，到底谁辱佛，一会儿便知！”郭烨霍地回头，冷冷地瞪了他一眼。

和尚倒也有恃无恐，淡定如常地说道：“也罢，施主自便！到时候菩萨要是怪罪下来，牵连了此地乡民，莫要说贫僧没有提醒过……”

“闭嘴！”纪青璇见着和尚不停地挑唆着信众和他们之间的矛盾，也是俏脸一寒，厉声喝道：“你若是在这无事生非，阻挠办差，本尉现在就法办了你！”

“阿弥陀佛！”和尚宣了一声佛号，一脸无辜地退到了一旁。

这一举动又惹来信众们的一番心疼和宽慰，胆大者更是对郭烨他们恶言相向。

郭烨不理乡民，而是绕着佛像缓缓踱步勘察了起来。这佛像用的不是时下流行的“夹纻佛”制作工艺。

纻就是纻麻，一种可以编成麻布的麻类植物。在制作夹纻佛的时候，工匠会先制作一个初具雏形的泥胎，然后在泥胎之外贴一层麻布，刷一层漆，然后再贴一层布，再刷一层漆，如此反复。等到漆干以后，只要用水溶解掉佛像内部的泥胎，最后再进行描金和彩绘的工序，就能得到一个坚固又轻便的漆器佛像了。

此时立于郭烨眼前这尊佛像，不是夹纻的大像，甚至连铜铁都不是，仅仅只是乡野破庙中的一尊泥塑。

“这手艺糙得很呐……”郭烨绕着佛像转了一圈又一圈，品头论足中透着对佛像的不屑，让围观的信众们越发没了耐心。

“你说这佛像有问题，可看出端倪了吗？”纪青璇踱步至郭烨身边，低声问道。

郭烨点点头，道：“问题是有。”

纪青璇闻言一喜，急问道：“在哪里？”

郭烨冲着佛像基座下的位置轻轻一努嘴。“你看那里。”

纪青璇顺着他指出的方向定睛一看，才发现在落满尘埃的台基上，有一小块地方竟是被磨得纤尘不染，像是时常有人踩踏一般。

“我有八成的把握，这佛像中有机关。所谓的佛像说话，不过是有人藏在它腹中罢了。”郭烨自信满满地说道：“我在万年县衙当捕头时，也查办过一件菩萨流眼泪的敛财案子，与这桩案子极其相似，案犯也是躲在佛像腹中作案。当时那尊佛像的手艺，可比这尊泥塑要精良多了。”

“那还等什么？”纪青璇蹙了蹙眉，催促道：“直接将这机关打开，好让乡民们知晓真相啊。若是能在佛像肚中揪出案犯来，那就更好了，让他们哑口无言，当场认罪！”

“我刚才触碰了一下踏板处的机关,应该是被人躲在里面扣死了。这种情况,若非里面的人从内叩开机关,不然就要将佛像强行拆开了。”郭烨面有难色地说道:“你觉得里面的人会主动打开机关吗?”

“呵呵,他不开便不开,那有何难?”纪青璇好笑道:“我们直接将二宝、徐问清等人唤进来,将这佛像强行拆开便是!”

“别,别,别,使不得!”郭烨赶紧阻止了纪青璇的冲动,指着佛像,说道:“这佛像可拆不得!你先看看这尊佛像是哪尊菩萨再说吧!”

纪青璇抬头一看,只见这尊佛像袒胸露乳,大腹便便,笑口常开。

这是一尊弥勒佛!

她微微错愕了一下,很快,她的面色也僵住了。

这……还真是拆不得!

第四章 奇兵来解围

为何拆不得?

要知道女皇陛下为了让夺位显得位正言顺,在登基之前就让人在坊间吹嘘她乃弥勒佛下生、净光天女转世,这事出力最多的当属丽竞门。若是郭烨真依了纪青璇刚才所提议的,强拆弥勒佛泥塑,那岂不是对女皇陛下的不敬?这事若是被人拿捏在手里,有心大做文章,便是治他们一个欺君之罪都是轻的。到时候赴洛阳面圣,就不是去领功请赏,而是去送脑袋了。

郭烨明白,刚才那个和尚为什么有恃无恐,因为吃定他们不敢强拆弥勒佛像。他们可以想办法说服泥塑腹中的和尚出来,或者用其他办法逼迫他自己打开机关,唯独不能强拆损坏佛像。

就在两人面面相觑、一筹莫展之时,突然一个粗犷的声音从庙门处响起:“让开,让开!苗某倒要看看,究竟是什么人敢在这装神弄鬼?”

声落地,人已至。只见一个形貌昳丽、比常人足足高出一头的昂藏大汉,从殿门外一步一步迈了进来。大汉的身后,跟着五六名常服佩刀的随从,随他鱼贯而入庙中。

这时,负责把守庙门的李二宝和张小萝也跑了进来,面有愧色,八成是因为没有拦住这些不速之客的闯入。郭烨摆摆手,示意他二人回到庙门,继续看守。

大汉走到郭烨和纪青璇的跟前,拱了拱手,笑道:"鄙人苗雄,公务在身,不便通报来路,还请见谅。观二位朋友的行止,莫非也是要揭穿这庙中贼秃的勾当?"

"也?"郭烨听出他话中关键,直问道:"莫非你们也是为这和尚的骗人把戏而来?"

"哈哈,苗某也是昨日与扈从们途经此地,听闻这庙中天降异象,泥塑的菩萨竟然开口说了话,便来了兴趣,偷偷混进信众队伍中,到此暗中查勘。果然——"大汉苗雄倒也直爽,没有半点遮瞒地说道:"依苗某所见,这就是一出骗局,不过是几个不知真假的和尚,在此借佛敛财罢了!"

"巧了,我们也是路见不平,见不得这些和尚在此设奇巧之局,借佛敛财,坑骗这些乡民,所以才来此处一探究竟的。"郭烨见苗雄如此坦荡,也是心生喜欢。

苗雄问道:"相逢便是缘分,不知兄弟高姓大名?"

郭烨抱拳道:"在下郭烨,长安人氏!"

苗雄"哦"了一声,将目光从郭烨身上滑过,依次落到了纪青璇、陆广白的身上,冲二人微微颔首见过。

陆广白抱拳道:"晚生陆广白!"

纪青璇道:"小女子姓纪!"

苗雄问道:"郭兄弟、陆书生、纪姑娘,三位可瞅出了这骗局的端倪?"

郭烨笑了笑,指着佛像,说道:"苗兄是聪明人,我就不信你昨天查到今天,还会看不出这泥塑有问题。"

"哈哈,瞒不过郭兄弟,苗某确实瞧出了些端倪!"苗雄酣畅大笑起来,目光在佛像上停留了片刻,问道:"郭兄弟,莫不是卡在佛像的机关之上?拆又拆不得,里面的贼秃又不愿主动打开机关?"

郭烨点头,一语双关道:"看来苗兄在殿门外看了好一会儿热闹了。"

苗雄不置可否地又笑了笑。

郭烨又问:"苗兄既然这么问,显然是有什么解决之法了吧?"

苗雄痛快地回道:“办法自然是有的。”

“请!”郭烨往旁边退开一步,示意苗雄上前来一展身手。

苗雄也不推辞,大大方方地走上来,挽起衣袖,也同郭烨之前一般,绕着佛像前前后后地打量起来,不时还在佛像上这里摸摸、那里搬动一下。不消片刻,他就直起身子,笑道:“想不到在这荒郊野岭的,竟能一睹公输子机关术的苗裔,当真是意外之喜。不过昔年机关大家,如今却被后人用来做这般鸡鸣狗盗之事,想来公输子泉下有知,亦是无法瞑目啊!”

郭烨闻之,微微动容,因为他也瞧出了这佛像用的正是公输子机关术。他之所以知道这个机关术,还是因为当年在长安侦破一桩菩萨流泪案时,通过案犯的交代口供中所知。没想到苗雄居然一眼就看破了佛像的玄妙关键之处。

“公输子机关术?”陆广白站在郭烨和苗雄一丈之外,能听清二人的对话。他虽然遍熟天下奇花异草知,但是对天下奇门机关术却知之甚浅。

但是纪青璇对这公输子机关术却是略有耳闻,毕竟当初洛阳不良司中的诸多典籍,她都多有涉猎。她趁着苗雄和郭烨的注意力在佛像之时,对陆广白简单讲了一下何谓公输子机关术。她介绍道,这公输子就是公输班,因出身于鲁国,又被称为鲁班,乃是东周列国时的著名的能工巧匠,被民间尊奉为木匠行业的祖师爷。据说现在使用的锯子、曲尺、伞、井等都是他的杰作。更有传说他能以木作鸟,飞上天三天三夜都不下来,手艺之精巧可见一斑。但是她也很意外,没想到这普普通通的小庙里,居然还出现了这等奇巧技艺。

佛像这边,就听郭烨问苗雄道:“苗兄既然看出这机关术的来路,想必也有法可破吧?”

“看穿容易,要破它却是甚难。”苗雄摇摇头,在佛像基座上比划了几下,说道:“若苗某所料不差,此处当有暗门,可供出入佛像腹中空腔,不过以公输子机关术一贯的严谨,进入之后,当有机栝可以从内部锁死,想从外部打开,除非暴力毁像之外,别无他法。”

“是的。”郭烨点点头,这也是他棘手之处。若是暴力毁像,岂不是就是强拆佛像,最终难逃一个毁坏弥勒佛,亵渎女皇陛下的大罪!

“要想不毁坏佛像犯了今上之忌,还有一个办法,可以姑且试之!”苗雄说罢之后,又摇了摇头,道:“不过此法有些落了下乘,恐让郭兄弟、纪姑娘等年轻俊彦们笑话!”

“哈哈,苗兄言重了,办法无关上乘下乘,能揭穿骗局,让乡民们不再受骗失了钱财,便是功德无量之上善之法!”郭烨认真说道。

“郭兄弟说得在理,听得老哥我心里一阵舒坦儿,”苗雄点点头,说道:“那苗某便试上一试!”

郭烨请了请手,道:“苗兄,请!”

苗雄回头对自己的随从吩咐道:“去打一桶金汁过来。”

金汁?! 听到需要此物,众人也是微微一诧。

什么是金汁? 金汁就是俗称的粪水。金汁不过是雅观一些的称呼罢了。

不消片刻,便有扈从拎着个大桶回来了,桶中装着满满的金汁。

“砰!”一大桶的腌臜物往这佛堂前一放,瞬间恶臭的味道弥漫开了。围观的香客们,掩着鼻子纷纷往外退。

苗雄也不嫌恶臭恶心,从扈从手中接过舀勺,在粪桶中满舀了一勺,走到了佛像之后。

“这可是你自找的,休怪苗某不教而诛。”他冲着佛像背后某个位置看了两眼,淡淡地说道。

顺着他的目光所及之处,郭烨这才发现,在佛像基座和佛像连接的地方,竟然还有一个小孔。只不过因为位置设计得实在太过巧妙,正好隐藏在佛像雕刻出来的衣袍褶皱下面,便是连他都没能在第一时间发现。不出意料的话,这个孔洞,应该就是佛腹中人用来呼吸空气的气孔了。

“此处乃是佛台,并非佛像。苗某此举,可不算亵渎了弥勒金身。”苗雄嘀咕了一句,把手中的粪瓢往那小孔处一凑,二话不说就灌了进去。这一刻,他脸上的笑容,看在郭烨等人眼中,简直就像是地府图影中手持钢叉的鬼卒,令人一阵恶寒。

“咕嘟……”黏稠的金汁灌入佛像底座,发出沉闷的回响。

郭烨不由得又是一阵作呕。

再看那苗雄,却像是灌上瘾了一般,一瓢浇完,又来一瓢,源源不断地往那气孔中倒去。

不等一桶金汁倒完,那佛像中就传来了呕吐的声音。接着,只听一阵“嘎吱嘎吱”的机栝声，佛像背后很快裂开一扇暗门。霎时，一个浑身散发着恶臭的身影从中扑跌出来，嘴里不迭哀叫道：“莫灌了！莫灌了！贫僧认栽了！”

第五章　墨门有余响

佛像的暗门开了，从佛像中仓皇跌出之人，是个瘦小精干的和尚。这厮现在狼狈至极，浑身散发着恶臭，一颗光溜溜的脑袋上还沾着黄黄的金汁，惊得在佛像周边站着的郭烨等人，纷纷掩鼻退避三舍，直呼恶心。

佛像四周围观许久的信众们，看着眼前这一幕，纵是再愚昧，也能明白是怎么回事了。

“骗子！这是一群骗子！”

“将我捐的香油钱还回来。”

“直娘贼，我一家老小舍不得吃穿，全进贡了你们这帮贼秃，你们竟骗我们！”

……

愤怒的乡民们就像开闸泄洪似的，纷涌上前，叱责哭号着，把几个出云寺的和尚围起来痛殴。

更有乡民试图将手中香烛扔向供桌前的帷幕，要不是郭烨反应快，一脚踢掉，只怕就要火烧大殿了。

“住手！都住手！”郭烨高举起双手，大声呼喊，试图阻止众人。可是他的声音，在乡民的愤怒中显得是如此渺小，很快就被狂潮般的怒吼给淹没了下去。

“打死他们！打死这些骗子！”人潮涌动，混乱还在不断扩散，殿外越来越多知道真相的乡民，涌入大殿中。

郭烨一边护着眉宇紧蹙如临大敌的纪青璇往后退，一边冲着李二宝和张小萝高声道：“你俩从外面再招呼几人来，分开乡民，莫要伤了人！”

很快，两小只从任斗牛、徐问清手中临时抽调了几名不良人，第一时间冲入殿内。

李二宝举起包裹着麻布的双锏，张小萝解下连鞘的大剑，当作衙门中的杀威棒，朝着趋于暴乱状态的乡民们荡去。两小只的力气何等强横，寻常两三个壮汉也未必及得上，又何况这些面黄肌瘦的乡民。剑锏扫过，周围的人瞬间被挤翻了一地。

殿内的苗雄，也下令自己的扈从们协助，再三叮嘱，莫要伤了乡民。

出云寺的佛殿本就不大，在不良司和苗雄两拨人的干预下，濒临暴动的乡民们很快就被隔离开，那些设局骗财的贼秃们，被带到殿内的角落里看管了起来。

郭烨向角落看了一眼，短短片刻，几个和尚就都已经被揍得鼻青脸肿，特别是那个身上沾了金汁的和尚，被打得最惨，这会儿已经奄奄一息。

但是，乡民们并没有打算放过这些烂了心的贼秃，尽管被强行隔离开，但仍旧义愤填膺，喊打喊杀。

"我们不过是外来之人，非泠口地界的署理官员，很难让他们信服。"纪青璇看着眼前一幕，走上前来，对郭烨说道："既然已经戳穿了骗局，那我们的目的便达到了。后续事宜，不如交由本地的乡老里正处置。"

"我同意纪姑娘的提议。"苗雄点了点头，拊掌说道："有道是强龙不压地头蛇，莫看我们这些人在此地鲜衣怒马的，但要说到威望，还真不如本地小小一里正耳！"

郭烨"嗯"了一声，对着身后招招手，喊道："何里正，请上前一步来！"

听着郭烨招呼自己，何英赶紧扶着被挤歪的幞头，匆匆忙忙地走出来，来到郭烨跟前。

郭烨提醒道："骗子虽可恶，但罪不至死，若是在你地界上被你的乡民暴乱致死，一旦州府衙追责下来，何里正，莫说是你一个小小的里正，便是你们本地的县尊老爷，都吃罪不起的。"

"这……"何英倒是有点不屑这话，觉得郭烨夸大其词了。

郭烨见他不服，低声说了一句："他们虽是骗子，但也是和尚，哪怕是心术不正的和尚，终归还是和尚。如今天下崇佛，佛门大兴，当今圣上更是自比弥勒转世。你若是活生生打死了这些和尚，你觉得你还能吃罪得起？所以教训一番，让他们吃点皮肉之苦，剩下交由地方官府查办，才是聪明之法。"

"啊？"何英惊呼一声，顿时明白了郭烨话中之意，赶紧揖首，道："明白了，明白了！郭副尉所言极是！剩下之事交由我办便是！”

何英赶紧跃出人群，快步走到被隔离开的乡民那边，用本地的俚语方言叽里咕噜说了一大通，其中夹杂着威吓之语气。果然，县官不如现管，乡民们对一地里正之敬畏，远超什么长安来的上差。不消一会儿，沸腾的民怨便渐渐平复了下去。

何英随后对几个年轻的乡壮挥挥手，道：“你们几个去后头找些绳索，将贼秃们捆起来。我们抓他们去见官，让县尊老爷给我们主持公道！”

众人七手八脚地缚了几个和尚，一拥而出大殿，自去见官去了。至于之前在小庙外给贼秃们做托的马老三，见风向不对，赶紧跟何里正求饶，自愿转为污点人证，去指证这群贼秃。

转眼间，刚刚还人头攒动的寺里，人去屋空，就只剩下一众不良人和苗雄的人了。

苗雄环顾了一圈乱糟糟、臭烘烘的殿内，摇了摇头，向郭烨等发出邀请道：“我见这小镇虽穷，景致倒颇佳。择日不如撞日，苗某与诸位在此地相遇便是缘分，不如我们移步这寺庙东侧的高丘上，由苗某做东，请诸位小酌上一杯，如何？”

郭烨看了一眼纪青璇。

纪青璇点点头表示同意，折腾了这么好大一会儿工夫，正是又饥又渴时。

郭烨领会，冲苗雄拱手抱拳道：“那恭敬不如从命，我们跟苗兄叨扰几杯水酒。苗兄，请！”

“请！”

众人谦让着出了寺门，不过百余步路便来到了苗雄说的高丘。

很快，苗雄的扈从们就上前来用障幕围起空地，将吃酒用食之地隔了出来，随后熟练地铺好食单。苗雄请郭烨他们席地坐定。不消片刻，又有苗家扈从去而复返，从拴在寺外的马背上取来了吃食。

郭烨和纪青璇等人见此番情景，不禁暗暗好奇，这苗雄究竟是何许人也。出门在外所带的干粮竟如此豪奢，除了充饥的胡饼主食之外，竟然还有酒有肉。

“好酒！”郭烨端起酒杯看了一眼，不禁微微吃了一惊。因为那杯中荡漾的酒液色如琥珀，赫然竟是从波斯传进来的名酒“三勒浆”！

“苗兄如此不凡，想必也是师出名门吧？”推杯换盏间，郭烨有意无意地打听起苗雄的来路。

苗雄笑了笑，他知道郭烨在旁敲自己的来路，不过也没回避，坦然告之道：“说来，我们苗家祖上，与那帮骗子和尚的师承也算宿怨已久了。郭兄弟、纪姑娘，你们还记得这些和尚骗人的机关师承何处吗？”

纪青璇抿了一口三勒浆，轻轻问道：“不是说师承公输子的机关术吗？”

“然也！”苗雄道：“他们是当年机关大师公输班的徒子徒孙。而苗某呢？则是当年墨家的传人！”

众人没想到，自己今天居然在一日之间，见到了两大机关术流派的传人，当真是巧合到了极点。

聊了一会儿祖上的荣光之后，苗雄对于一些关乎己身的问题，却变得有些讳莫如深。

郭烨知趣，也不再多问，只是专心饮酒吃菜。

待到酒过三巡，纪青璇给郭烨使了个眼色，郭烨便主动站起来告辞道：“苗兄，时辰不早了，今日且到此吧！再喝下去，怕是要误了我们下面的行程哩！”

“好，我辈皆是闲云鹤，总有山水相逢时，剩下的酒，我们留待下次再喝！”苗雄极尽洒脱，闻言也不挽留相劝，畅声一笑，便命随从撤了酒菜，和不良司众人并肩出了帷幕。

下来高丘，众人走到寺门口，却见到一大两小三道身影，正拘谨地站在门外。偏斜的夕阳将三人的影子拉得老长。

苗雄不识得这一大两小，郭烨却识得。

第六章　东行二三事

“是你们？”郭烨看着云麓寺外站着的一大两小，稍稍有些意外。

这三人正是郭烨他们之前进泠口堡时，遇见的癫汉赵九奴和他的两个儿女。不过此时的赵九奴，早已没了初见时的癫狂和盲从，恢复了乡野间随处可见的农夫模样。

看到郭烨望过来，赵九奴的脸上挤出一抹不好意思的尬笑，他慌忙地将手心放在衣服上擦了擦，然后拖着自己的一儿一女，快步走到郭烨等人跟前，长揖到地，诚挚地说道：“多谢恩公揭穿了那些贼秃的骗局，否则小人还不知道要被他们欺瞒多久！”

“你快些起来！”郭烨和纪青璇一左一右，赶紧将对方搀扶起来。纪青璇摇头道：“迷途知返，善莫大焉，以后一定要好生待你的孩子，莫让他们再饿着肚子了。”纪青璇看着这两个面黄肌瘦的孩童，心里又不由自主的柔软了起来。

“是啊，这位女上差教训得是。”赵九奴起身后，摸着两个孩子的脑袋瓜，有些汗颜地自嘲道：“这些日子，我也是被鬼迷了心窍，倒是苦了我家这俩娃子啊！我家孩儿说，贵客还给了他们吃食填肚，这……这小人，真是枉为人父了。”

“好了，这个谢你也答了，就莫要在我们这耽搁工夫了。”郭烨说道：“我看你们泠口堡的乡民，都跟着何里正去官府了。你也赶紧跟着去吧。兴许还能追讨一些被骗捐的香油钱回来。”

“我们何里正说了，不用那么多人跟着去官府，闹哄哄的，讨要回来他会来统一退还的。”赵九奴说道：“我观诸位恩公也是在寻投宿之地。我看天色也渐晚了，这泠口堡中委实不好找打尖之所。若是不嫌弃我那茅舍简陋，不如便随小人同去家中暂宿一夜，也让小人报答诸位的恩惠。”

“这……”郭烨转头去看纪青璇，让她拿主意。毕竟赵九奴说的是实情，天色渐晚，泠口堡也不是什么繁盛之地，打尖的客栈估摸着不好找。

纪青璇犹豫了一下，毕竟不良司这边这么多人，苗雄那头又是扈从一堆，这都到赵九奴家借宿，是不是会给赵家添负担。赵家的穷，她是瞧得真真儿的，不然也不会把口粮钱拿去捐香油。

想了一下，她准备开口婉拒，却冷不防袍袖一紧，原来是赵家姐弟俩扯住了她的袍袖。“姐姐，你去我家坐坐吧，好不好？”

姐弟俩年纪虽小，却知道好赖，纪青璇的好，他们记在心里。

在他们天真的大眼睛凝视下，纪青璇很快败下阵来，微微点头，道：“好，我们今晚就借宿你们家。”

“这样吧。”一旁的苗雄提议道：“纪姑娘、郭兄弟，某家随你们去他家借宿一夜，至于我这些扈从，就莫要管他们了。在泠口堡这种地方，给些钱银还是能寻到民居投宿的。”

“苗大哥这个主意好。”郭烨点了点头，对纪青璇说道：“那就让小萝、二宝，还有小陆随我们去赵大哥家借宿。老任、老徐大哥就辛苦一番，带着其他弟兄花点银钱到别家借宿一晚，如何？”

“可以！”纪青璇微微颔首，看向任斗牛和徐问清。

任斗牛和徐问清抱拳领命，率其他不良人先行离开，去寻借宿之地。

苗雄也对他的扈从吩咐了几句，便让他自行离去，解决今晚的过夜居所。

“各位贵客，我前头领路。”赵九奴拖着一儿一女，将郭烨这帮人带往自己家。

进了泠口堡，跟着赵九奴到了他家之后，郭烨和纪青璇他们却不约而同地沉默了下来。

因为赵家，实在是太穷了。他们早就知道赵家穷，但没有料想到，赵家竟然会这么穷。郭烨在长安当捕头那会儿，也见过不少苦主家里的破败，但像赵九奴他们家这样的，还是头一次见，真正诠释了什么叫作家徒四壁。

他细心地发现地上有重物压过的痕迹，应该是家具的压痕，可如今家里空空荡荡。看来赵九奴这些日子被骗局迷了心智，把家中所有值钱的东西都给典当了。真是可怜、可悲又可恨。

“许是恩公贵客们来了哩？”这时，一个瘦弱的妇人端上来一口大锅，走进了屋里，跟众人打了声招呼。她将大锅放在屋中仅有的一张案几上，手脚麻利地又从屋子外头取来几副缺边烂沿的土碗竹筷，给众人一一摆好。

“诸位贵客，这是小人的浑家。”赵九奴指了指那妇人，介绍道。

大家看赵九奴的媳妇，虽说穿得也是寒酸，但却胜在干干净净，给人印象极佳。

“奴家赵柳氏见过诸位贵客！”赵九奴媳妇虽出身乡野，却也是个粗懂礼数之人，她欠了欠身，对纪青璇等人说道：“乡下地方也没啥好招待的，给诸位贵客备了些粗鄙的吃食。”

说罢，赵柳氏对着赵九奴说道：“天色尚早，我先带孩子们出去捡点柴火，你陪贵客们用食。”

一旁的赵家姐弟此时正眼巴巴地看着大锅，一副口水都快流出来了的样子。

赵家是什么情况，在场谁人不知？最后的口粮钱都被云麓寺的贼秃们骗了，估计这顿招待的饭食都是跟邻居家借的。赵柳氏把孩子带出去捡柴火，无非是想把吃食留给客人。人再穷也不能失了礼数。

这一幕看在众人眼中，无不动容。尤其是纪青璇，鼻头不禁一阵酸楚。她说道："我们仅是借宿，这吃食还是留给孩子们吧。"

郭烨点点头，说道："对极，我们早前沾着苗兄的光，已经用过胡饼，也喝过了三勒浆。赵老哥、赵家嫂子，无须这般客气！"

"这……"赵九奴犹豫了一下，摇头道："这如何使得？各位恩公来我家借宿，我不招待吃食，岂不让周围邻里笑话？"说着，赵九奴冲自己浑家偷偷挥了一下手，示意她将孩子带出去。

郭烨见状，灵机一动，说道："既然赵老哥一家诚意拳拳，我等也不能拂了他们一家的心意。不如这样，我们与赵老哥一家共食，如何？"

纪青璇明白郭烨的用意，既不忍心吃人孩子的口粮，更不愿意拂了赵九奴一家的面子，毕竟人家去借了粮食招待他们。有的时候，体面也比肚皮重要。随即，她附和道："好主意，来，你俩跟姐姐来！"

说着话的工夫，纪青璇从赵柳氏手中将赵家姐弟牵手到案儿边儿上。她这么一弄，赵家夫妇也不好再坚持什么了。

苗雄偷偷冲郭烨竖了个拇指，低声赞道："郭兄弟和纪姑娘都是伶俐人啊！"

"苗兄谬赞！"郭烨笑了笑，也跟着围了上去，看看赵柳氏做了一大锅什么好吃的。

当张小萝火急火燎地揭开了锅盖一看，不禁发出了一声"呀"的惊呼，问道："这又是中原什么吃食呀？在扶余国不曾见过哩。"

大锅中，是一锅黄灿灿的饭食，一颗颗的粟米，色泽橙黄，颗粒分明，看起来跟小砂粒似的，粗硬无比。

"这个我也不晓得诶。"李二宝摇了摇头，表示没有吃过。

陆广白低声说道："这叫脱粟饭！"

"脱粟饭？"两小只一脸茫然，的确闻所未闻。

"你们不知也是正常的。"郭烨出身市井，干的本就是跟贩夫走卒打交道的捕头，所以识得这穷人赖以糊口的吃食。

所谓脱粟饭，其实就是指用粗粗舂捣过一次的粟做成的饭，属于下等人吃的很粗糙的食物。但是对于如今的赵家而言,能拿出满满一锅的脱粟饭,俨然是最丰盛的招待了。

郭烨用竹箪装了一些在碗里,递给了纪青璇。这次纪青璇倒也不推辞,伸手接了过来。其他几人也纷纷用竹箪盛了一碗。

纪青璇和苗雄、陆广白他们还好,虽然脱粟饭入口粗硬干涩,口感极差,勉强还能适应。但两小只平日里锦衣玉食惯了,怎么能吃得了这等粗食?这脱粟饭在他们吃起来,就跟生吞木屑一样,难以下咽。

不过好在二人虽打小养尊处优,却也是懂得分寸,看出了赵家之贫寒。再看赵家姐弟俩吃得不亦乐乎,他们便将想要喊出的话,又憋了回去。是啊,赵家姐弟比他俩的年纪都要小上五六岁,为何他们吃得,自己吃不得?

郭烨停下了手中的筷子,看着两小只的突然长大,对纪青璇说道:“出来转转,历练一番,也是有好处的。”

纪青璇看了两小只一眼,随后轻“嗯”一声,埋头继续细嚼慢咽着脱粟饭。

用过了脱粟饭后,又闲聊了一番,赵家姐弟听着纪青璇姐姐讲着外面的世界,也生起了无限憧憬。天色渐黑,众人就在赵九奴家安歇了下来。

次日清晨,郭烨刚刚起来,就看到纪青璇已经早早地洗漱完毕,正在一言不发地收拾自己的行囊。

至于苗雄,起得比纪青璇还早些,人已经在茅屋外的院中了。

郭烨寻到赵九奴,想给他留下些银钱,没想到赵九奴却是坚决推辞不受,说道:“恩公,这钱小人可不能再要啦!方才那位壮汉恩公和那位小娘子,都已经给过小人银钱啦,再要便是贪得无厌了!”

“壮汉恩公,那就是苗雄咯?还有纪青璇也给赵九奴留了钱?”

郭烨摸了摸下巴,在心里嘀咕道,苗雄仗义热心出手豪阔他是知道。倒是纪青璇看着冰冷着脸,没想到却已经偷偷给了赵九奴钱。郭烨发现,这出来一趟长安,纪青璇越来越不像纪青璇了。随后,他返身叫醒了李二宝和张小萝,一行人辞了赵九奴一家,准备与任斗牛他们碰头,启程上路继续赴洛阳。

谁知刚走出赵九奴家,就被一群人拦住了去路。这些人正是泠口堡的乡民,许多人围成人墙,堵在赵家的门口。

郭烨见状,吓一跳,若不是领头之人正是泠口堡的里正何英,还以为是昨天那群贼秃的同党们回来报复他们来了。

“何里正,你们这是?”郭烨问何英道。

何英抬手示意乡亲们安静,然后将昨天押解骗子去衙门之后的事情道了出来。他说,县衙已经受理此案,那几个骗人的和尚也已经被收押,被骗去的银钱也大半都被追了回来。对于泠口堡而言,这些银钱能追回大半,已经实属不易了。乡亲们听说恩公们昨晚投宿在赵九奴家,纷纷自发组织巴巴地赶过来,给郭烨他们送行。

“诸位贵客,你们可是这泠口堡的恩人哪,何某代乡里乡亲谢谢诸位了。”何英招招手,旁边的一个乡民递上来一个用粗布盖着的竹篮,敬奉到了纪青璇跟前。何英说道:“我们知道诸位恩公就要启程离开了,这篮中是我泠口堡乡亲们的一点心意,还望诸位恩公笑纳。”

“这个不用了吧?”纪青璇摆摆手,她看向郭烨,送礼收礼这种事情,她处理经验不如郭烨。

郭烨对何英道:“行了何里正,乡亲们的心意,我们领了。但是东西就别拿了,一来我们轻装上路,二来泠口堡刚刚被骗了钱财,别再让大家破费了。”

“这可不妥,若没有你们,我们泠口堡还要被那群贼秃继续行骗下去,这区区一点薄礼,当得了甚?”何英坚持道。

苗雄拍了拍郭烨的肩膀,大方地说道:“民意不可逆,民心不可违,既然是乡亲们的心意,不过区区一筐的土产,收之又何妨?”

郭烨见何英和乡亲们的架势,知道不收这份土产,是没那么好离开的,越是乡野之地,人情味越是浓重,亘古不变。随即,他听从苗雄的建议,让李二宝将竹篮子接了下来。

很快,任斗牛、徐问清他们也纷纷来与他们会合。众人在何英和泠口堡百姓的相送下,到了泠口堡的堡口。

出了堡口,苗雄向郭烨、纪青璇等人拱手辞行道:“郭兄弟、陆小哥、纪娘子,有幸在泠口堡结交诸位,此乃我等之缘分。不过这天下无不散之筵席,苗某要务在身,更是片刻不得耽搁,今日在此作别,我们来日有缘再见!”话音一落,苗雄和他的扈从们纷纷踏镫上马,一行十余骑,端的威风凛凛。

郭烨抱拳相送道:“苗大哥,江湖路远,山高水长,但若有缘,我们定能再相见！”

陆广白、纪青璇等人亦是纷纷一拱手：“请！”

“后会有期！”苗雄扬鞭挥马，高喊一声“驾”，一行人纵马绝尘而去。

众人目送着苗雄一行人的背影，直至消失在官道的尽头。

李二宝和张小萝一脸憧憬地说道：“这位苗大叔，当真是威风！”

“嗯，颇有江湖豪侠之风！”陆广白由衷叹道。

纪青璇亦是点点头，道：“此等气度，委实不凡，绝非普通富贵人。”

郭烨则是摇了摇头，微微皱眉，意味深长地说道：“我总有一种感觉，在不远的将来，我们与他还会再相见！”

第七章　投宿闻鬼事

离了泠口堡，不良司一行人继续启程赴洛阳。

路途虽是漫漫，但好在接下来的几天连着天空放晴，再加上越是临近洛阳，这官道越是通坦，所以一行人坐着牛车骑着马，也没那么颠簸难受了。

这一日，是离开长安后的第九日。

一行人途经一处风景秀丽的溪谷，这谷中溪水甚是有趣，纵然寒冬腊月，那水竟也是暖的。水边更是草木繁盛，端的是令人流连忘返。众人顿觉有趣，纷纷下了牛车，在这谷中溪水畔取来暖水，简单洗漱一番，驱除了旅途的疲乏。

眼看着太阳西斜，郭烨才催促众人启程。在他们一行人中，徐问清熟稔长安往返洛阳之间的驿站，郭烨便问他下一个驿站距此有多远。

徐问清说道：“如果我没记错的话，咱们现在所在的位置，便已是灵宝县地界。徐某曾随不良令付大人多次经过此地，前边官道左拐二里地，就有村舍人烟，纵是到不了驿站，也不愁找不到人家借宿哩！”

约莫过了半个时辰，一行人到了徐问清口中所说的村庄。可里的异状，让他们着实吃了一惊。

这些日子以来，途经的村子也有三两个了，通常穷乡僻壤的地方，村民们也没有太多的夜生活，皆是秉持着日出而作、日落而息的规律。不过就算要早早歇息，也是要过了戌时。眼下不过酉时，天还没黑呢，可这个小村子的人家，却是家家户户都大门紧闭着，整个村子一片寂寥。

“徐大哥，这……什么情况啊？”郭烨从牛车里探出半个身子，问道。

“这……徐某委实不知发生了何事，上次来这村子借宿，可是热闹得紧呢。”徐问清也有些摸不着头脑。

这时，牛车走过村中晒谷场，任斗牛见不远处大槐树下有一户小院的大门开着，低呼一声道：“咦，那户人家门开着。”

郭烨探出脑袋顺着任斗牛的指引，见那户人家走出一个老汉慢悠悠地到大槐树下拖起一个有些残旧的曲辕犁。奈何这曲辕犁有些笨重，老汉的行动颇有些艰难。

“走，都下车，我们过去打听一下情况。”郭烨先下了车，招呼着李二宝，快步跑了过去。

有李二宝在，三下两下就把那曲辕犁给搬进了院子。

“啊？谢谢，谢谢后生！”老汉显然也被这两个不速之客给惊着了，忙不迭地道谢。

“别客气。老人家，我们是赶路误了时辰，才路过此地。想问问你们村子可有地方可以投宿？”老汉一听是想要找地方投宿的，脸上露出了点犹疑的神态，奈何人家刚刚帮了忙，倒也不好断然回绝，便道：“以前倒是有，现在怕是不方便了。”

“哦？可是出了什么事？”郭烨问道。

老汉道：“好教小哥你知晓，我们这村子属灵宝县境内，因离神都洛阳不远，故经常有赶路之人误了时辰在我们村借宿。不过通常借宿的人家都是吴神医家，因他家的院大屋舍多，可如今……”

“如今怎么了？老丈，你倒是快说呀。”李二宝见老人说话一顿一停的，有些猴急了。

老汉也不着恼，依旧慢悠悠地摇头道：“如今啊，吴神医家里摊了大事，怕是没有这个工夫招呼你们，好让你们借宿咯。”

“他家中摊上大事，莫不是跟你们村中家家户户的大门紧闭也有关？”郭烨好奇问道。

“你这后生仔倒是厉害。”老汉闻言，抬了抬他那耷拉的眉毛。

约莫过了一盏茶的工夫，郭烨总算从这不紧不慢的老汉口中问出了事情的原委。

从老汉口中得知，这吴神医便是村里的大善人。往常若是有路人去他家歇脚借宿的，他都是好酒好肉的款待人家。若是遇到村里有人生病没钱的，他也是医者仁心，能治便治，治好了也不要钱；若是治不了的，还会自己贴上银钱给人去寻镇上病坊的大夫看。只是奈何这样的善人，救人无数，临老了却连自己的独子都救不了。

听老汉提起这吴神医，一旁的徐问清不由点了点头，颇为认同地说道：“这吴神医，我有印象。去年我随不良令大人赴洛阳时，也曾在他家歇过一次脚。不过那日是正午，仅仅歇息了半个时辰，我们便又重新赶路了。这人在这村中颇有名望。”

“等等，不是说他是神医吗？怎么连自己的独子都救不了？”纪青璇听着老汉所言，奇疑道：“都说医者不自医，渡人难渡己，难不成连自己的子嗣也不能医？”

“还是纪不良尉心细如发，一言中的！”郭烨小小拍一记马屁，换来的却是纪青璇的白眼。

“诸位初来乍到，不知吴神医的看家医术，也属正常。”老汉继续说道：“我们村这吴神医，很是奇怪。普通的病，像是头疼脑热这种普通医馆里的大夫都能看的症，他反而看不了。但他却专治其他郎中治不了的三种病——消渴症、疟疾、痨瘵。”老汉一边说着，一边逐一掰着手指，说道：“这三大病，哪个不是世间的疑难杂症。你便是长安城里有名的郎中，也不一定能医治，但我们村的吴神医却能！嘿，往常这长安、洛阳的富贵人家，都会来我们村找吴神医问诊看病哩。”

“痨瘵——”一直光听不作声的陆广白，在听到“痨瘵”连个字时，神色一动。

郭烨看这老汉一副与有荣焉美滋滋的样子，又问道：“照你之前所言，村里家家户户天未黑便大门紧闭，跟吴神医之子所得之病有什么干系？”

老汉说得口干舌燥，也不卖关子了，直言道：“因为吴神医家的孩子之病，与吴家闹鬼有关。你说吴神医再有本事，也不能驱鬼啊。而且他们家闹鬼的动静颇大，惊得村子里人人自危，所以天没黑，便都早早关了门。”

“这……闹鬼?”郭烨翻了翻白眼颇为不屑,自打进了不良司,神神鬼鬼的案子接触不少了,最后查出来哪一桩不是人是鬼,鬼是人?他提议道:“纪不良尉,反正我们今天都要在这村子里借宿的,不如也去凑这个热闹?说不定还能在吴家借宿一晚。”

“去!”说话的不是纪青璇,而是陆广白。这新鲜了,小陆也有这么主动凑热闹的时候。

纪青璇微微颔首,一锤定音道:“行,那就同去!”

第八章　夜半鬼敲门

说也奇怪,连徐问清这个在吴家歇过脚的人,都依稀只记得吴家大宅的方向,但陆广白却像是识得路一般,三拐两拐便到了一户高门大院前。

众人在门前站定,任斗牛上前叩了叩门环。

“小陆,你怎么知道路?”等待应门的间隙,郭烨看向陆广白问道。

“药材味。”陆广白回道。

郭烨不由得仰头嗅了嗅空气,这小陆的鼻子还真是神了,他怎么闻不到有药材的味道。

没一会儿,吴府的门便开了。

开门的是一个二十来岁的年轻小伙。他一看门口站着的几张生面孔,以及他们身后的牛车,便直接说道:“舍下今日不便接待投宿,各位另寻他处吧。”他说着作势便要关门。

“这位兄台且慢。”任斗牛伸手挡住了木门。“这里可是吴神医家?”

“是。”

“是吴神医家便好。不知兄台如何称呼?”任斗牛很是客气,虽没有徐问清长得白胖和蔼,倒也笑容可掬。

“吴神医是我叔父,我叫吴靖。”这位叫吴靖的年轻人显得有些不耐烦,但依旧回答了任斗牛的问题。

“那烦请这位吴公子代为通禀,我等今日登门为投宿,也为捉鬼!”郭烨往前一步,接话道。

“捉鬼?!”吴靖一脸震惊,正待说些什么,却听身后一个老成持重的声音响起——“靖儿,把门打开。”声音落下,便见一个花白头发的老者从内里走了出来。

“也不怕各位笑话,舍下确实有鬼怪出没,不知各位客人有何法子可以捉鬼?”说也奇怪,这老者虽然头发花白,却是腰杆挺拔,说话中气十足,显然是保养得不错,只是眉宇间透着一丝疲色。

“想必这位就是吴神医了。”郭烨笑着上前,拱了拱手,然后伸手从腰间取出不良司的令牌,自报家门道:“在下郭烨,忝为不良人,隶属长安不良司,专司稽查长安异事诡案。今日路过村子,听闻府上发生的异事,心生好奇。我等在长安不良司中,大案小案查处不少,也时常跟那些鬼鬼神神之流打交道,所以愿……”

“诸位长安来的贵客,里面请!”吴神医不等郭烨把话说完,便激动地主动邀请道。

郭烨微微一笑,道:“那就叨扰了!”

“哪是叨扰,这是蓬荜生辉呐!请!”

“请!”

郭烨等人在吴神医的引领下,进了吴宅。

此时已渐近戌时,天色微微泛黑。吴家院子里燃着数十盏火把,灯火通明,火把燃烧时弥漫着一股松枝的气味。三五个睡眼惺忪的汉子百无聊赖地坐在檐下,想来都是被吴神医请来守护的乡民。

待到厅堂坐定,还不等人上茶,吴神医便迫不及待地说起自家闹鬼之事。

原来,这吴神医本名“吴顺云”,家中世代行医,传到他这一代,虽然医术已经平平,但心地却好,加上吴家世居于此,代代都有治好痨瘵、疟疾和消渴症的传说,这个“神医”的名头也就越传越广。吴神医悬壶一生,到老来膝下才得了一颗独苗,名为吴孝贤。年前孝贤加冠之后,又相了一房如花似玉的媳妇。

大家本以为吴家从此开枝散叶,将来子孙满堂,谁曾想这吴孝贤居然在洞房花烛夜出了事。就在新婚当晚,吴孝贤这个新郎官突然离奇失踪了,吴家的人,加上前来参加喜宴的宾客,把全村里里外外都翻了个底朝天,也没见着半个人影。

这般一找就是三日，就在大家都商量着要不要报官时，吴家的新妇秦氏，却是偷偷找到自家公公婆婆，说了一件怪事。那就是众人遍寻无着的吴孝贤，其实这几天天天夜里都有回家，进屋之后，不掌灯也不多言，就是摸黑与她行那云雨之事。但奇怪的是，每次亲昵完之后，吴孝贤却从不在家久待，总是天不亮就匆匆离开。秦氏心中自然疑惑，可追问之后，吴孝贤却道出了一番惊世骇俗的说辞。他自言当日新婚醉酒迷路，误入深山，已然坠崖身亡，只缘放不下家中娇妻美眷，才日日以阴魂之身回来探望。若是她口无遮拦，日后便相见无期云云。秦氏信了“吴孝贤”之语，便将此事隐瞒下来，依旧日日与其云雨。直到今天听说众人要报官，她自觉再瞒不了了，才不得不找公婆商量。

吴神医行医多年，也算见多识广，不比秦氏妇道人家眼皮子浅，听完之后第一反应就是有人趁自己儿子失踪之机，觊觎秦氏的美色，甚至很可能，这个“阴魂”就和吴孝贤的失踪大有关系。当下他也不声张，只是告诉秦氏若是今夜阴魂再来，便与其虚与委蛇，自己却暗中张罗了几个健壮的乡民，埋伏在秦氏门外，只等时机一到，便破门而入，务必要逮他个现行！

吴神医的计划十分圆满，当晚那“阴魂”再来时，果然被他们堵了个正着。可当众人打燃火把，想要瞧瞧这个“淫贼”的真面目时，却差点没被吓个半死！

只见这“阴魂”竟真是吴孝贤，然而在灯火下，他的脸色却显得苍白狞厉、晦暗扭曲，俨然一副厉鬼之相！这下子，恐慌的乡民们可顾不得自己是被吴神医请来帮忙的，纷纷被吓得屁滚尿流，而吴孝贤的“阴魂”也趁乱消失得无影无踪。

家中出了这等鬼魅之事，吴神医饶是一家之主也是无计可施，只得叮嘱秦氏人鬼殊途，若是吴孝贤再来，断不可再与其相交，以免祸及家门。经此一遭，秦氏也是被吓得不轻，哪儿有不答应的道理?

吴神医还不放心，次日又找来几个胆大的乡民，彻夜掌灯，在儿媳妇秦氏的居所外守护。也不知是不是吴孝贤的阴魂心有忌惮，果然没有再来了。

可这等防备，到底不是长久之计，一日两日尚可，时间久了，谁也吃不消。某一天，吴神医撤走了乡民，就在撤去的当天，吴孝贤的阴魂竟又不期而至。所幸秦氏得公公的叮嘱，坚决闭门，大哭不应。“吴孝贤”见不能得逞，只得恨恨而去。临走还放言，若是秦氏不与自己交欢，他便要搅得吴家从此永无宁日。

他说到做到。当天夜里，吴家的大门就响起了剧烈的敲门声。吴家的下人去开门,门外却空无一人!来来回回这么敲门,开门,又不见人,搞得吴家上下一整晚都不能安生。

吴神医只得派人在门前守着,这么一守,的确是没有敲门声了。但是,总这么成宿成宿不睡觉地守着,也不是个事儿啊?

吴家偷偷把守门的人一撤,大门外头又开始不停地敲门了,敲得吴家上下人心惶惶。起初还只是吴家被鬼敲门,但随着时间推移,情况愈演愈烈,就连吴家周边邻居的大门也都被殃及,夜夜被人敲门,不得安宁。于是,便有了郭烨他们今日进村见到的一幕,天还黑,举村家家户户,早早紧闭大门。

“看来贵府是真被折腾得不轻啊。”听完吴神医讲完,郭烨不由感慨地指着院里,说道:“我看院里迎新妇的毡毯和马鞍都不曾收起。”

吴神医一听郭烨说起,瞬间睹物思人,想起自己那个短命的孩儿,眼眶瞬间夺泪而出。“小老儿年过半百才得此一子。诶,我吴家是造了什么孽啊?怎么会有这等断子绝孙的报应?”

“叔父,你莫要伤心,不然哭坏了身子,咱们吴家就真的垮了!”这边,吴神医的侄儿吴靖端着茶碗进了厅堂,见到吴神医这般模样,赶紧放下茶碗便开口劝道。

“叔父知道。我这是……哎,这几日亏得有你在啊。你也莫要忙活了,坐下来一道听听这些长安来的贵客,如何说吧。”吴神医摆了摆手,示意吴靖也坐下。

就在这叔侄说话的当口,郭烨的目光看向纪青璇与陆广白。三人眼神彼此交汇后,就见着纪青璇和陆广白跟郭烨不约而同地点了点头。

紧接着,郭烨转过头来,对吴神医缓缓开口道:“吴神医莫急,郭某可以断言,这半夜敲门让你们不得安生之人,肯定是个大活人,绝非令公子的阴魂!”

第九章　鬼魅在身边

郭烨的话让吴神医的脸色为之一振,他缓缓直起身来,看向郭烨的目光中充满了希冀。

但是郭烨接下去的话,就如同一盆冰水泼在了吴神医的身上。“至于令公子吴孝贤本人,这么久不露面,我估计他很可能已经遇害了。”

“遇害”两个字一说出来,厅堂中顿时静谧。

尽管对儿子之死早有预料,但吴神医还是忍不住悲痛,直起的身子瞬间佝偻。他身边的侄儿吴靖眼疾手快,赶紧将叔父扶回了位子。他将桌上的茶汤递给了吴神医,一边轻抚着吴神医的后背助他顺气,一边对郭烨反驳道:“你凭什么这么肯定我堂弟遇害了?”

“我记得你说过,你们第一次去堵门的时候,见到那个阴魂确实是吴孝贤的脸,对吧?”郭烨也不着恼。他知道,自己现在说的话,对吴家人来说很残忍。但他能做的,也只是尽量让自己的讲话方式更平和一些罢了。

“是又怎么样?”吴靖道。

“不怎么样。”郭烨摇了摇头,继续一脸平静地说道:“我只是想告诉你们,这江湖上有一种秘术,便是把活人的面皮剥下来,用药水炮制之后贴在自己脸上,以达到冒充他人的目的……很遗憾,这种人皮面具的效果,正和你们看到的‘阴魂’吴孝贤一模一样!”

“当”的一声,吴神医手中的汤杯落到了地上,霎时碎成了几瓣,杯中的茶汤更是洒了一地。

“叔父小心些!”吴靖赶紧将地上的碎瓷捡了起来,拿出了厅堂。

而吴神医却是双手颤抖,目光涣散。他自己就是郎中,虽然医术不咋地,但面皮被剥下来,对一个人来说意味着什么,他还是清楚的。若郭烨所说是真,那自己孩儿孝贤的面皮被剥下来,焉能活命?

郭烨看着吴神医悲恸到神情呆滞,心里略有不忍,但还是继续说道:“人皮面具到底只是面具,只能在远距离,或者看得不仔细的情况下蒙混过关。若是仔细辨查的话,和真人的面庞差别还是很大的。我想这也是为什么他只敢趁夜间回来,还不敢掌灯的缘故。因为灯火一点,你的儿媳秦氏,自然就会马上发现他的脸有问题了。”

好一会儿工夫,吴神医才回过神来。他颤颤巍巍地再次站起身来,身形佝偻,似乎就这样短短几息之间,苍老了十来岁。他对着郭烨等人,一揖到地,恳求道:“还请各位长安来的官爷,为我那苦命的孩儿讨回公道!”

“老人家,快快请起!”郭烨赶紧将吴神医扶起。但这事儿最后到底管不管,还得看纪青璇的意见。

纪青璇明白他的意思,说道:“量力而行!”

郭烨得纪青璇首肯,当即对吴神医道:“老人家且放心,小爷非把这个‘鬼’揪出来,放在太阳底下晒上一晒不可!”

也是赶巧,或是那暗中装神弄鬼之阴魂,存心在警告郭烨莫要多管闲事,就在这时,一阵“梆梆梆”的敲门声,在大门口猛地响了起来!

吴孝贤的阴魂又来了!众人身上不约而同地浮起一层鸡皮疙瘩。

霎时,厅堂中,还有院子里,所有的声音戛然而止。唯有那敲门声在整个吴府回荡着……

不会这么邪吧?郭烨暗暗嘀咕一声。尽管他知道这是有奸人在作祟,但还是忍不住心里有点发毛。

“别愣着了,赶紧的呀。”关键时候还是纪青璇果断,第一时间出声提醒了郭烨一声。

郭烨招呼了一下张小萝和李二宝,大喝一声,道:“走!跟郭大哥出去看看,这个鬼到底长什么鸟样!”

“好嘞!”张小萝倒真是个唯恐天下不乱的主,一听这话,不但不怕,反而兴奋得直拍手。“我们抓鬼去!”

三步并作两步走,郭烨带着两小只以最快的速度来到了吴家的大门口。他将大门飞快打开,看也不看,高喝一声:“何人装神弄鬼?”

不过门外空荡荡的,敲门声也在郭烨打开大门的那一瞬间,戛然停止了。就像吴家人说的那样,只闻其声,不见其人。

“郭大哥,这没人啊……莫非真有鬼?”李二宝一脸懵逼。

“鬼你的头!”郭烨弹了他一个脑崩儿。

这时,院里的乡民和厅堂中的纪青璇、陆广白、吴神医等人也出来了。乡民们对空无一人的大门口,并不意外,毕竟这些日子他们天天被这阴魂敲门惊扰得早就麻木了。

纪青璇走到郭烨身旁,低声问道:“真没看到什么人在敲门?”

郭烨轻“嗯”了一声,挥挥手,示意众人返身。

“啊！有人!”张小萝一声惊叫。

“诸位莫慌,是我!”大门口外出现了一个人,竟然是吴神医的侄儿吴靖!

“你去哪儿了？你不是在府里的吗?”郭烨也被他的突然出现,吓了一跳。

吴靖道:“我叔父刚才不是碎了一个汤杯么？我去将那些碎瓷片给扔了!”

这话让郭烨大为费解,问道:“丢几片碎瓷至于夜里往外跑吗？明日再扔也不迟!”

吴靖赶紧解释道:“我这不是要在大门处监守,防范阴魂敲门吗？索性就将这瓷片顺手拿出去丢掉了。在外面监守门口之事,一直都是我在做。今日你们来之前我便是要出去的,结果给耽误了。刚刚趁着丢瓷片的空,我便又去转了一圈。”

“是啊,这些日子的监守巡防之事,都是我吴靖侄儿负责的。”吴神医在一旁解释道。

郭烨闻言,将信将疑地打量了吴靖一眼,突然问道:“既然你在府外监守巡防,那刚刚吴家突然响起敲门声之时,你在外头看到了什么?”

“没有啊,看不到的,要有人早就看到了,也不会等到今天了。”吴靖摇摇头,道。

“呵呵,是吗?”郭烨在大门前转了一圈,忽然又贴着大门踮起脚尖,似乎伸手从门上抠了什么东西下来,放在鼻尖下嗅了嗅,面色古怪之色。他冲着陆广白招了招手。“小陆,你来闻闻。”

陆广白走过去,借着乡民手中熠熠的火把照映,看着郭烨指尖上的东西,凑上去闻了闻,最后蘸了一点送进嘴里。随后,他将郭烨拉到了一处无人角落,小声细语起来。

众人不知道陆广白对郭烨说了什么,但他们能看到郭烨脸上犹疑尽去,神色变得笃定起来。

紧接着,郭烨走至吴靖跟前,问道:“你说没看见门外有人?”

吴靖坦然道:“的确没人!”

郭烨又问,“那其他的东西呢？也没看见?”

“其他东西？那是什么东西？郭副尉说得莫非是鬼?”

吴靖一说出这个鬼字,脸上又布满了惊恐之色。

“呵呵。有没有鬼,恐怕要问你自己吧!”郭烨猛地大喝一声。“吴靖,说！你为什么要杀吴孝贤？”

“杀，杀吴孝贤？你是疯了吗？”吴靖气得浑身一哆嗦，忙不迭地摇头否认道：“孝贤可是我堂弟啊！我怎么会杀他？你莫要血口喷人！”

其他吴家的下人和乡民也觉得郭烨这时在胡乱指责，纷纷七嘴八舌为吴靖辩白起来：

“对啊，这位官爷，无凭无据，可不敢这般泼脏水！”

“吴靖与吴孝贤虽非一奶同胞，可吴靖打小就在吴家长大，素来兄友弟恭，他怎会害吴孝贤？”

“对啊，吴靖根本没有杀孝贤的理由啊！”

……

最后，就连吴神医这个苦主，看着郭烨的指责，也露出了怀疑的神色，摇头为吴靖辩白道：“郭副尉，靖儿是老朽一把屎一把尿带大的。老朽对他视如己出，他跟老朽也情同父子。他怎么会害孝贤？不可能，不可能……”

“吴神医。”郭烨问道：“在外面放哨这件事，除了吴靖，还有其他人在做吗？”

“没有了。”吴神医摇头道：“自从我们家闹鬼愈演愈烈，愿意来帮忙的人也越来越少了。靖儿说人手本就不足，门外监守巡防之事交由他一人便够了。”

吴神医的话一说完，郭烨已经点点头。“明白了。”

“你明白什么啊？”吴靖气道：“再说一遍，莫要血口喷人！”

“呵呵，你别急！”郭烨笑笑，对着门口众人说道：“大家想想，每次夜里鬼敲门，是不是都是吴靖出了府，在府外监守巡防之后才响起的？”

吴靖大骂道：“姓郭的，我跟你无冤无仇，你为什么要处心积虑地嫁祸我？”

“二宝，摁住他。”郭烨一抬下巴，冷冷道：“我没把话说完之前，不准他起来再打断我！”

李二宝应声而动，用一个饿虎扑食的架势，把吴靖压倒在地，粗暴的动作痛得吴靖哇哇直叫。

“官爷，过了吧？”有乡民站出来打抱不平，道：“吴靖这孩子，我们都是看在眼里的。平时老吴家也是父慈子孝、兄友弟恭，他根本不可能害孝贤的。这些天他都是天一抹黑，就出去负责监守巡防了。他整晚都在府外，敲门声在他出去以后才响也不稀奇啊！”

“是啊，再说了，那敲门声时响时不响的，都没个准数，也不是说他在外面就都响了的啊！”

“父慈子孝，兄友弟恭？”郭烨把这两个词翻来覆去地咀嚼了几遍，不由得冷笑了一声。“可我看见的，只有一条黑了心肝的豺狼呢！”

“你什么意思？”

“什么意思你们马上就知道了。”郭烨沉下脸去，不答反问：“村里有人会挖鳝鱼吗？”

“挖鳝鱼？”众人面面相觑，怎么无端说起挖鳝鱼的事儿，不过还是有乡民回道：“村里的男娃哪个不会？”

“吴靖，你也会挖鳝鱼了？”郭烨看着吴靖问道。

不等吴靖回答，有乡民就答道：“吴靖打小在我们村长大，哪能不会挖？”

刚刚还在暴跳如雷状态中的吴靖，突然听见郭烨提及鳝鱼二字，面色巨变，瞬间像泄了气的皮球，蔫了下来，不再跳脚。

纪青璇见状，费解不已，问郭烨道：“他会不会挖鳝鱼，跟他杀没杀吴孝贤有何关系？”

第十章　暖房蓄蝙蝠

“纪不良尉，莫急。”郭烨抬手示意纪青璇少安毋躁，自己则从容地走到吴靖面前。“咱们这位吴公子很快就会告诉大家答案的。”

“你说什么，我听不懂！”

“听不懂？那让我来解释给你听。”郭烨伸出一根手指，在吴靖面前晃了晃。“你自己亲手涂到门上的鳝鱼血，你不会这么快就忘了吧？”

众人闻言一拥而上，细细探寻之后果然在吴家门楣下方的缝隙里，发现了不少干硬的血块。其间还混有少许湿漉漉的血迹，像是刚涂上去不久。只是因为吴家的大门也是红色，血又是涂在门缝的高处，加之这月黑风高的便不甚起眼。

“你怎知这是鳝鱼血？你说是便是吗？”吴靖似是尤不死心，依旧矢口否认。

“鳝鱼血味腥、黏稠，且不易凝固。”陆广白清清冷冷的声音响起。“若是普通家畜的血，涂在门上怕是早就干了。”

“原来如此。”

“这长安来的官爷果然厉害，这都知道。”

……

乡民们议论纷纷。

“难道……这鳝鱼血还有招引鬼神的作用？”其中一个乡民弱弱地问道。

“把鳝鱼血涂在门上，会吸引饥饿的蝙蝠来舔舐。蝙蝠撞到门上，自然会发出敲门一般的声音了。”郭烨解释道：“不过是糊弄人的小把戏罢了。”

“可这大冬天哪儿来的蝙蝠啊？”有机灵的乡民很快提出了疑问。

此时正值寒冬腊月，蝙蝠和鳝鱼可都是要冬眠的。这鳝鱼还好找，大不了直接挖河床，总还是能寻到一两条用来放血的，只是这蝙蝠就难办了。

“如果有足够温暖的环境，蝙蝠也是可以不用冬眠的。”郭烨不紧不慢地说道。

随即他转身看向吴神医，自信满满地问：“吴靖住的可是单独的院落？”

“不是。”吴神医摇了摇头。“他就住在我们院子东边的厢房里。靖儿加冠以后老朽曾提出想要给他单独建个院子，奈何靖儿说与我们住在一道，方便照顾，所以就一直不曾搬出去过。”

吴神医的回答着实让郭烨有些意外。按照他的推断，吴靖想要在冬日蓄养蝙蝠必然是需要一个独立的院落才好办事。没想到实际情况竟不是如此。莫不是自己真的猜错了？

“哈，哈，哈，我就说不是我吧！”吴靖挑衅地大笑了起来，“放开我！”

郭烨有些踌躇，那边纪青璇也投来疑惑的目光。

气氛一下就僵持住了。

“敢问吴神医，府里可有种植草药的温室暖房？”陆广白适时地问道。

郭烨闻言，立刻露出了笑意。知我者，小陆也。

“有！老朽医治消渴症，需一味不死草。这不死草甚是娇贵，冬日里需得移种到温室暖房里方可成活。老朽这院落后边便有一块草药田，就在这草药田边上搭了一间暖房。”

“想来这打理温室暖房的必是这位吴靖,吴公子了。”

“确是靖儿没错。”吴神医看向郭烨。“莫不是……”

“是与不是,看看便知。烦请吴神医前面带路吧!”郭烨做出了一个“请”的手势。

乌泱泱一群人穿过院子一直往后,没一会儿便到了草药田边。

郭烨领着陆广白、徐问清等人,与吴神医一道进了暖房。留下李二宝、张小萝一左一右钳制吴靖,纪青璇在外坐镇,一众乡民则四散在草药田周围,翘首等着结果。

吴神医的温室暖房并不大,四壁不透风。一进入温室,扑鼻便是一股复杂的气味,怕是这吴神医为了让这些草药茁壮成长,蓄了不少肥料。一行人中只有陆广白和吴神医安之若素,其他人都不由得皱起了眉头。再看这不大的房间内,四角放了四个陶炉,中央横竖密密地种了不少不死草,此时都还是碧绿的叶片,不见开花的迹象。除此以外,再无他物。

“这地方倒是打理得干净。”陆广白四处看了看说道。

“是,靖儿很是上心,时时施肥,日日清理。”

“仔细找找。”郭烨抬头看向温室的屋顶沉声道。这吴靖做事比想象中干净,若是提前清理了这暖房就麻烦了。

仅过了一盏茶的时间,几个人就已经来来回回地查看了数遍,就差把那些个不死草一根根拔起来看了,可是依旧毫无收获。温室狭小,温度又高,就这么一会儿下来,大家都有些大汗淋淋了。

任斗牛抹了一把额头的汗,抱怨道:“郭副尉,你不会是猜错了吧?这哪里像是有蝙蝠的样子?连颗蝙蝠屎都没有!”

徐问清闻言也点了点头,他身体本来就有些胖,这会儿更是热得不行。

“谁说没有蝙蝠屎!这里就有蝙蝠屎!”郭烨从墙角处直起身来,得意地挥了挥手。

任斗牛没想到,自己就随便一说,还真有蝙蝠屎啊。

郭烨将那米粒般大小的蝙蝠屎小心翼翼地递给陆广白,让他查验确认。

“真的是靖儿干的?”此时的吴神医还有什么不明白的。冬日天寒,且还不是不死草成熟的季节，自己便也不常来，日常都是吴靖在照管。而吴靖借口这不死草珍贵，往日也不许别人靠近，没想到……

“郭副尉，可是找到证据了？”门外的纪青璇听到响动，遥遥问道。

“当然。我郭某人出手，什么时候让人失望过。此处便是这吴靖蓄养蝙蝠之地，再不会错了。”郭烨一边说，一边撩起温室的门帘。随即示意身后的陆广白将那颗蝙蝠屎拿起来给大家看看。“他收拾这地方倒是收拾得干净。不过天网恢恢疏而不漏啊！”

看到陆广白手中的那颗蝙蝠屎，吴靖整个人瘫软了下来。

“现在知道怕了？你这个狼心狗肺的畜生！”郭烨的话，像是突然戳到了吴靖的痛处。

他徒然扬起了头，怒视着郭烨，脸红脖子粗地吼道：“你知道我这十几年过的是什么日子吗？如果你是我，你也一定会这样做的……”

“真的是你？”他这话无异于变相承认了自己杀害吴孝贤的事实。吴神医听了，不禁老泪纵横，指着他，手指都在颤抖。“为什么？我老吴家哪里对不起你？我待你如亲子啊！你为什么要这样做？”

“亲子？哈哈！”吴靖歇斯底里地大笑，道：“你待我如亲子吗？你亲子是吴孝贤，我永远都是个外人！分家的时候，这吴家的大宅你为什么不留给我？凭什么他吴孝贤可以住大宅，我就只能寄居在你们的廊庑下？还有秦氏。我才是哥哥啊！他吴孝贤比我还小啊。凭什么有漂亮的小娘子，就要留给他娶亲？不过没关系，他的媳妇儿，我还是睡到了。他就该死……”吴靖恶毒的嘶吼，回荡在吴家大院里。那扭曲的心思，还有无止境的贪婪，让每个人脸上都露出了不齿和愤怒的神色。

不过郭烨却是懒得再听下去了。“把他拖下去吧！”他不以为然地摆摆手。“明早通知一下县尊和里正，人命关天的案子，总要报知官府的。铁证如山，他赖不掉的。”

“是！”一群愤怒的乡民一拥而上，和吴家人一起把吴靖押去了后院。不一会儿，后面就传来了怒吼、惨叫和鞭笞的声音。身为不良人，这种法外之事，大家都无心去看，但用脚趾头想想，也知道那画面绝对美好不了。

“人心啊……”郭烨悠悠一叹，在吴家下人的安排下自去安歇睡觉。

半路上却听纪青璇幽幽地说道:“你倒是运气好,今日若不是那吴靖沉不住气,在那蝙蝠拍门之后立马转回来,你怕是也不见得能寻到这颗蝙蝠屎。”

“谁说的！他原本就是我第一个怀疑的对象!”

“哦？为何?”纪青璇有些诧异地转头看向郭烨。

“这吴神医家虽不是什么深宅大院,但是仆人、小厮却也是有的,周围邻家又都挨着,这凶徒却如入无人之境,日日与那秦氏云雨,若不是这院子里自己人作案,还能有谁？况且他坚持一个人监视门外,却又在敲门声响起之后,推说没见过任何异状。蝙蝠到底不是真正的鬼魅,门里的人看不到,门外难道也看不见吗?”

“有道理!”张小萝在后面支着耳朵,一边听一边点头。

“纪不良尉你一直在长安不良司,不良司破的可都是大案,自然不懂得这种民间蝇营狗苟之事。我在万年县当捕头的时候,这种‘升米恩斗米仇’的小人,可见过太多了。”说着,郭烨摇摇头,大步往前走去。

留下纪青璇在原地怔怔地不知该说些什么。

“哎,哎,哎,郭大哥你别走呀,我还有问题!”张小萝见郭烨走远了,赶紧追了过去。“你怎么知道那蝙蝠就养在吴神医家里？万一他养在外面呢?”

“外面？这村子能有多大,要蓄一座温室又不被人发现谈何容易。若是养在村外,他这一来一回的,花费的时间可就多咯。小萝,你呀,好好动动你的脑子呀。姑娘家平时少跟着二宝上蹿下跳的。”

第二天,郭烨等人一直睡到日上三竿才慢悠悠地起来。来到厅堂的时候,灵宝县的捕头王铮、附近乡里的里正方久,都已经到场。

又等了一会儿,去寻吴孝贤尸首的人虽然还没回来,但其他罪证却都按照郭烨的指点,一一搜集了过来。

“在河边确实发现了挖鳝鱼的痕迹。对吴靖家的搜查,在锄头上发现了河泥和鳝鱼血。”被派去搜查证据的捕快,用一种心悦诚服的眼神注视着郭烨,汇报道:“一切都应了郭副尉的推断!”

“都是县尊大人和王捕头、方里正领导有方。”郭烨拱拱手,一句客套话就把王铮和方久哄得眉开眼笑。辖区出了人命案子虽然是坏事,但要是能火速破案,那反而就是政绩了。

郭烨的话表明,这些路过的不良人无意居功。这对灵宝县的衙门来说,等于天上掉馅饼的大好事。

一番客套寒暄之后，也不见吴家的人出现。郭烨猜想这吴神医怕是昨夜受了打击，便也不去打搅，和纪青璇商量着这就登车启程。众人各就各位，唯独陆广白落了人后。

郭烨正待招呼小陆上车，却看到吴神医正由家丁搀扶着颤巍巍地朝他们走来。一夜之间，这位矍铄的老神医就像是老了许多岁，挺拔的腰杆都佝偻了，让人看了着实不忍。

"各位官爷，可是要走了？莫怪老朽怠慢，确是家里突遭变故，自顾不暇……"郭烨正准备开口劝慰，不想陆广白抢先出声，而且还提出了一个令所有人都意想不到的要求："吴神医，那个可以治疗痨瘵的方子，能否借给陆某誊抄一份？"

第十一章　洛邑遥相望

"你想要治痨瘵的方子？"吴神医诧异地看向陆广白。

"是。"陆广白肯定地点点头，目光澄净地看向吴神医。一向淡然的他，在这件事上，表现得出乎意料的坚定，停了停又道："陆某知道这个要求实在是太过唐突了，不过还望吴神医成全。陆某可以保证，此方绝不外传。"

吴神医的面上随即露出了欲言又止的表情。一旁看着的郭烨，原本还觉得小陆的要求有些无礼，这会儿见吴神医犹豫，心里便有些不是滋味了。虽说他从未想过出手帮吴神医抓住了这个"鬼"，自己这群人要从中获取什么好处，但是既然陆广白已经开了口，吴神医这般模样就有些不上道了。"怎么？吴神医还怕我们不守信吗？"他忍不住出声道。

"不，你们误会了，老朽并无此意。"吴神医闻言苦笑道："医者父母心，若能周济世人，老朽又何必敝帚自珍呢？实在是……是这方子老朽也不知它是否真有奇效啊！"

“此话怎讲?”郭烨很是惊奇,陆广白更是皱起了眉头。

就连原本已经坐上了牛车的众人也都投来了奇怪的目光。

吴神医这偌大的名头,莫非都是空口白牙传出来的不成?

“哎,要说我吴家能治痨瘵,倒也不尽是虚言,在老朽祖上,确实有治好痨瘵的病例,人数还不少……”吴神医长叹一声,暂时放下丧子之痛,跟众人说起祖上的渊源来。

原来痨瘵这种病,分为两个阶段,初期的痨瘵,症状和风寒酷似,等到开始出现腹泻的症状时,才算是病入膏肓、药石无救了。

吴神医手中的方子,据说就对刚发病的痨瘵有奇效。可这灵宝县到底是穷乡僻壤,痨瘵又不是什么常见病,患此病的人本就少。所以他至今也只是听说祖上外出游历时曾治好过痨瘵,自己经手治愈的却是一个都没有。

因着吴家几代都居于此地,久而久之乡民们都默认吴家的神医能治痨瘵,却从未真正注意过吴神医本人有没有治愈过痨瘵。

如此这般,他又哪里敢应下陆广白的要求呢?

“不妨事。陆某也只是对稀奇的药方感兴趣罢了,未必真拿去给人治病。吴神医大可放心。”陆广白知晓了缘由,松了口气,愈发坚持道。

见他如此渴求,吴神医沉吟片刻,终是长叹一声,点了点头:“罢了。如今我吴家香火断绝,这方子你们若是想要,便拿去吧。另两个方子也一并舍予你们了,总好过被老朽带进棺材里去。”

说着,他珍而重之地从怀里掏出三张古旧泛黄的纸张,递到陆广白手中:“此物便是老朽祖上传下的药方原文。老朽感念祖上高术仁心,片刻不敢离身,今日全交付予你了!”

陆广白大喜:“多谢吴神医!”谢完他又深深做了一揖。“您妙手仁心,好人一定会有好报的。陆某,陆某……日后若有所成,必有厚报!”陆广白一向不善言辞,此时又是非常时刻,他生怕自己太过喜形于色惹人不快,于是这话说得干巴巴的,听着格外的别扭。

郭烨看不下去了,走上前正要代他向吴神医好好道谢,吴神医却已经抢先摆手道:“多余的话就不必多言了。只盼你们莫要辜负了这三张方子,来日老朽也就有面目见九泉下的先祖了。如今家中乱成一团,就不多留各位贵客了。”说罢,他拱拱手,佝偻着腰向屋里走了回去,背影中老态尽显。

“是个好人。可惜了。”郭烨目送着吴神医的背影消失在中门之后,不无惋惜地慨叹道。老来丧子,白发人送黑发人,这实在是人间至痛。更何况凶手还是自己视如己出的亲侄子。双重打击之下,他已经能预见吴神医的晚年会多么凄凉了。

“这不正是我们不良司存在的意义吗?”纪青璇接口道:“缉拿不法,惩奸除恶。我们在做的不就是这些吗!”

郭烨闻言,回过头上上下下地打量纪青璇,直到把纪青璇看得发毛了,才哈哈一笑,道:“纪不良尉,不良司的职责我自是知道的。但是责任虽大,可这办案该给我报销的银钱,可是一分都不能短少我的哩!”

“你是钻钱眼里去了!”纪青璇白了他一眼。“真是朽木不可雕也!”

一个略显沉重的话题,就在郭烨的插科打诨中被蒙混了过去。

郭烨一转背,又盯上了陆广白。他把手往后者肩上一搭,笑嘻嘻地问道:“小陆啊,你咋又对药方感起兴趣来了? 准备改行啊?”

陆广白扭头看了他一眼,眼中那一闪而逝的复杂神色,让郭烨猛地一惊。从一开始小陆一反常态的要凑吴神医家的热闹,到临别时唐突的要求,桩桩件件都不似小陆平日里的行事作风。可还不等他仔细分辨,陆广白的神色已经恢复了正常。所有的情绪,也都在刹那的失态之后,就被掩盖在了云淡风轻之下。

“医药不分家,没听过吗?”陆广白一沉肩,不动声色地甩掉了郭烨搭在自己肩膀上的手,自顾自地朝着牛车走去。

只是这样而已吗? 郭烨站在原地,手还保持着伸出的姿势,心中一片疑云。想起陆广白刚刚那一瞬间的神色,他忽然觉得,自己似乎从未了解过自己的这位好友。

正当他搜肠刮肚想怎么盘问陆广白时,陆广白自己却突然停下了脚步,咦:“这个药方……”

“怎么了? 药方有什么问题吗?”郭烨的好奇心一下子就被挑了起来,连忙上前问道。

“药方没问题,只是这写方子的人……啧,真是如雷贯耳。”陆广白摇头慨叹道:“吴神医方才一直在说他祖上,陆某还只当他祖上也是乡间的赤脚医生,真是有眼不识泰山啊!”

“是吗？这么有名？”郭烨眨眨眼,从他手中拿过方子。方子上那些东西郭烨都不懂,只是走马观花地扫了一眼,眼神就落在了方子最左下角的署名上。

“吴……景……贤……”他一字一字地读出了这个名字,随即露出冥思苦想的神色。片刻后,他抬起头,一脸疑惑的表情:“这谁啊？没听过。”

“孤陋寡闻!”陆广白从鼻子里挤出声冷哼,却懒得多解释了。

反倒是牛车上的纪青璇听到两人的对话,偏头想了片刻,道:“据说当年太宗皇帝身边就有个著名的神医,叫吴景贤的,是不是他?”

陆广白微微颔首,道:“不错。”

张小萝也从边上伸出小脑袋来,接茬道:“是不是太宗皇帝还是秦王的时候的事?”

“对!”纪青璇点了点头。

“小萝,这些事情你怎么知道得这么清楚?”郭烨一边登上牛车,一边好奇地问道。纪青璇见多识广的不足为奇,怎么连张小萝这个扶余国来的小郡主都知道的比自己多？这让郭烨的脸上有点挂不住。

“因为我的祖上,跟太宗皇帝很熟啊。”张小萝小脸红扑扑地说道。

郭烨这才想起来,这一位的祖上才是真正的阔气。扶余国主的祖上是谁？那可是风尘三侠中的虬髯客啊！先跟太宗皇帝争天下,后来又把天下拱手相送的大豪杰！太宗皇帝那点事儿,他能不清楚吗?

伴随着这小小的插曲,不良司众人再度启程,摇摇晃晃地向着洛阳赶去。除去陆广白整日沉浸在那几个药方里不能自拔之外,其他人都被颠得神色俱疲。

就这般又赶了三天的路,便真正进入了洛阳地界。大周朝的神都,已经遥遥在望。

“大伙儿都加把劲,等到了洛阳,且让本尉尽一尽地主之谊,招待大家过个好年。”纪青璇也知道这十余日的长途跋涉,早已把众人搞得人困马乏。特别是今日,为了赶早进入洛阳城,大家五更便起身赶路,此时都耷拉着脑袋,一副迷迷糊糊的样子。可惜浑身疲惫显然不是几句话就能消去的,除了赶车的昆仑奴大嘴一咧,露出洁白的牙齿,对东家的善意报以微笑之外,就连最该兴奋的张小萝,也只是有气无力地“嗯”了一声就没了下文。

“你不是一向自吹自擂说最有办法的吗？”纪青璇无奈，稍微挪了下位置，坐到郭烨身边低声道：“吱个声，让大家振作起来啊！”

“你只要跟他们说，到了洛阳，逛花街柳巷的钱司里全给报销，我保管他们一个个都会精神得很。”郭烨自己都被颠得够呛，当下没好气地回了一句。

“你！”纪青璇没想到自己难得放下架子求教一回，居然只得了这么个惫懒的回答，不禁气得柳眉倒竖，一掀车帘，便要出去透口气。再跟这无赖待在一个车厢里，她真怕自己会被气出个好歹来。

不过就在这时，她忽然听见郭烨的声音又从自己背后响了起来，像是在跟她解释，又像是自言自语：“不用操这个心，等看到洛阳城的时候，他们自然就会有精神了。”

嗯？纪青璇回过头，却看到郭烨像是耻于自己心软的举动，故意不看她这边，望着窗外，装出一副冷漠的神情。不知为什么，看到郭烨这个表情，纪青璇心中的火气一下消散了大半。她轻轻抿了抿嘴，正要再说些什么，忽然听到车前的昆仑奴喊了一声。

然后张小萝真像郭烨说的那样，瞬间精神百倍，“噌”地爬起来，挤到车前的围栏处大呼小叫道：“洛阳到了？我看看，我看看！”

“昆仑奴讲话你也听得懂？”郭烨等人愕然扭头，惊异地看着张小萝。

张小萝的脸蛋又红了，不好意思地说道：“那个，懂一点点……我祖上跟着昆仑奴学过艺啊。”

第十二章　定鼎门见闻

洛阳，大周王朝的神都。

在女皇陛下的政令之下，这座城池已经开始渐渐超越初露颓势的长安，成为大周王朝真正的核心。

此时，郭烨他们从狭窄的车篷下看出去，能远远看到一片雄伟的城郭，正从迷濛的晨雾中逐渐显露真容,宛若一头蛰伏的巨兽。更远处影影绰绰的,有一座高高的黑影从雾中拔地而起,屹立于神都之北,高可及数百尺,森严的轮廓竟是连雄伟的城墙都遮挡不住。郭烨在心里想了半天,才隐隐猜测,那大概就是传闻中女皇陛下议政的通天宫之所在了。

还隔着老远,就能听到喧嚣的声浪从城门的方向传来,也不知聚集了多少等待入城的人。很快,“隆隆”的街鼓声响起,与寺庙中悠远的晨钟声交织在一起,唤醒了整座神都。旭日的光芒驱散了雾气,阳光打在护城河上,被清晨的微风一吹,泛起片片金鳞。

当郭烨他们的牛车行至城阙之下时,宵禁已经解除,定鼎门前的吊桥“嘎吱”落下,城外黑压压的行商走贾排成两行,正从宽阔的城门洞下鱼贯入城,大包小包的行囊、货箱被放在骆驼的背上,也不知其中藏着怎样的奇珍异宝。

四周异域口音的叫嚷声不绝于耳。这些来自波斯、大食等地的胡商们,想是为了赶在年节前再赚上一波,背着毡毯、皮货的驼队一支连着一支,源源不断地涌入洛阳城。

“驾!”昆仑奴高呼一声,赶着不良司的车马汇入人潮。

付九的安排这时就显出用途来了。虽然他们并没有表露身份,但这辆牛车作为不良司的家底,其上华贵的装饰,还是让周围的平民意识到车主的不凡,本能地让开道去。有了这样的便利,一行人自然很快就来到了城门之下。不过走到这里之后,可就没有自由通行的特权了。

“嚓”的一声,两杆长戟落下,在牛车前交叉,挡住他们的去路。紧接着,一名监门卫中轮值的陪戎副尉上前一步,高声问道:“来者何人,验明身份!”

“长安不良司第九不良尉纪青璇,率不良人郭烨、陆广白、张小萝、李二宝奉旨朝觐,不良人任斗牛、徐问清、龚四海、梁得尚陪同入神都!”身为一行人中官阶最高的纪青璇,立刻下车对答,并递上龟符以供查验。因为他们乃是奉旨而来,门下省早早就已经做好了门籍,放在监门卫处备案,自然无误。不一会儿,那位陪戎副尉就已经完成了龟符的堪合工作,挥手放行。

牛车“轧轧”地经过城门洞。洛阳神都的辉煌逐渐展露出全貌。

其他人倒还好,唯独张小萝按捺不住心中的激动,从车帘后偷眼打量着外边的一切。这位扶余国的小郡主在来洛阳觐见女皇陛下的路上就溜了号,莽莽撞撞的一路到了长安,又一直跟着郭烨他们破案、打架,这还是她第一次好好打量盛世下的市井繁华,一切都显得无比新奇。

突然,张小萝发出了“哇”的一声惊叹:“好壮观啊!”她这句话,引得众人都朝着车外望去。

这时,正逢牛车缓缓驶出幽深的门洞,一片湛蓝的天空,在众人眼前缓缓铺展开来。就在郭烨入城前看见巍峨黑影的方位,一座雄奇的高楼直上云霄,碧瓦白墙,深长的檐角高高挑起,像是要扎进天穹中去,和太阳一比高低。

在高耸入云的楼顶上,还矗立着一尊振翅欲飞的镀金铁凤雕像,高有一丈,在阳光下显得栩栩如生,即使在这个距离上,也依旧看得清清楚楚。而在第二层的圆顶上,则雕刻着九龙汇聚的塑像,九条头角峥嵘的金龙盘绕在苎麻覆盖的木瓦上,金碧辉煌。和这座高楼一比,周围的宫城都仿佛成了土疙瘩,颇有一览众楼小的气势。

“真的好壮观啊……”郭烨遥望着巍峨壮丽的通天宫,心中震撼无比。他已经再想不到别的辞藻来形容,只能把张小萝的话重复了一遍。

就连一向平静的陆广白,看着高耸入云的通天宫时,眼中也忍不住一阵神色变幻。

比起天宫玉宇般的通天宫,定鼎门后的大街,就像是把众人一下拉回到了尘世之中,虽然不复那种鬼斧神工的震撼,但整条长街依旧处处彰显着一个万邦来朝的天朝盛况。

百步宽的长街被从洛水引来的潺潺清泉隔成三道。中央最宽的大道,是女皇陛下出行专用的御道,两侧才是平民所行之处。尽管如此,两侧的道路还是显得宽敞无比。道旁遍植槐树和柳树,虽然在冬季绿叶凋落,但盘曲垂落的枝干,却别有一种虬龙般苍劲的风情。

“哒,哒,哒……”不良司的牛车混在洛阳城繁华的车水马龙之中,就像一滴水落进了江河,瞬间变得毫不起眼。

牛车穿过城池,跨过洛水,来到东城。

洛阳的东城聚集了众多的朝廷机构,诸如司农寺、光禄寺、太常寺、尚书省、少府监、军器监、大理寺等,都设于此地,洛阳不良司也不例外。

随着昆仑奴一声吆喝,他们终于在东城的一所衙门前停了下来。

纪青璇利落地跳下车,站在门前微微一笑,道:“到了。洛阳不良司衙门。在义父下朝之前,就由本尉略尽地主之谊吧!”

第十三章　君子不良帅

这是……洛阳不良司？郭烨等人闻言都纷纷下了牛车,打量起这所不良司的总衙门来。

相比起门可罗雀的长安不良司,洛阳不良司的情况明显要好上许多,一派圣眷正浓的架势。三重的大门中不时有人进出,在覆压四方的青黑色深檐之下,每个人都是一脸严肃的神色,丝毫不显喧嚣,整个衙门都沉浸在一股庄严肃穆的氛围中。

“这才是不良司应有的样子嘛!”张小萝见状再次发出欣羡的赞叹。“真威风啊!”她从小就是听着不良人惩奸除恶的传说长大的,对不良人的身份自然也充满了幻想。可自打加入长安不良司之后,她耳闻目睹的却是一片衰败的景象。直到此刻看到洛阳不良司的盛况,她才猛然觉得,或许这才是她想象中圣明天子左膀右臂的模样。

不过,她一时的无心之言,却换来长安不良人们一阵苦笑,气氛一下子变得尴尬起来。很快,张小萝也意识到自己说错了话,顿时手足无措,想解释又不知该怎么解释的小模样显得可怜巴巴。

最后,还是纪青璇看得不忍,主动挑破了话头,并借机鼓励大家道:“小萝说得没错,这才是不良司应有的样子。不仅洛阳,长安不良司也该是这副模样！本尉相信,只要我们齐心协力,总有一天,一定能让长安不良司也恢复到贞观盛况的!”

可惜的是,除了不谙世事的两小只被她一席话鼓动得热血沸腾,其他人都只当东风吹马耳了。

“做起来也不难!”纪青璇柳眉倒竖,美眸瞪着郭烨,但话却是说给所有人听的。“义父派本尉前往长安,便是要整合整个不良司的力量！如今我们侦破了五石散案,又奉旨朝觐,只要把握住机会,未必就不能让长安不良司的声势更上一层楼!”

“是,是,是。”郭烨耸耸肩,连声应和,只是那态度看起来就敷衍无比。

“你!”纪青璇气结。她还想再说什么的时候,徐问清已经把胖胖的身子横在两人之间,笑眯眯地打圆场道:“好了,纪不良尉、郭副尉,你们俩不会是打算在洛阳不良司的门口斗嘴吧?”两人突然被这般一问,都有些尴尬,双双转头不再言语。

下一刻,纪青璇决定大人不记小人过,扬手招呼了一声,一行人这才进入洛阳不良司的衙门,寻到负责杂务的录事,登记了身份。

纪青璇是徐有功的义女,打小就是在这洛阳不良司中长大的,对这里的一草一木都熟悉得很。刚刚站在门口,那些进进出出的官吏见到她之后,也都会熟稔地打个招呼,道一声“纪娘子回来啦”。

可当郭烨等人以长安不良人的身份通报之后,却分明感觉到,周围人看向他们的眼神甚是微妙。一道道投来的视线,让人好生不快,偏偏又发作不得。

所幸纪青璇还有徐有功义女这重身份在,眼看最年轻的张小萝和李二宝都露出了郁郁的神色,连忙把他们带进了徐有功公事房外的待客厅里等候。

“闷煞俺也!”一进门,李二宝就再也按捺不住,“砰”地一拳砸在面前的案几上,气咻咻地低吼道。原本再回洛阳的兴奋之情,此时也被冲得一干二净。

张小萝瞪着雾蒙蒙的大眼睛,闷闷不乐地问道:“那些人他们为什么要那么看我们?”

纪青璇一时语塞。她总不能说是因为长安不良人的身份,导致大家都被歧视了吧?事实上,她一直都把洛阳不良司当成半个家,现在带朋友回家却遭了冷眼,她或许才是最不忿的那个。

这个时候,还得郭烨出马。他在市井底层混的日子比谁都长,早见惯了人情冷暖、世态炎凉,走上去拍了拍张小萝和李二宝的肩膀,笑道:“这些都是情理之中罢了。在洛阳不良人的眼里,我们不过是来自旧都的破落亲戚,却侦办了上达天听的大案子,还得到了觐见女皇的机会,这是多少人一辈子都求之不得的,难免会有人眼红。大家都不用太往心里去了。不,我们应该感到高兴才对!俗话说得好,不遭人忌是庸才嘛。有人嫉妒,正说明我们是国之栋梁啊,哈哈!”

“就你歪理多。”纪青璇嘴上不饶人,心里却也松了口气。她明显感觉到,被郭烨这么一顿插科打诨，萦绕在众人间的沉闷气氛消散了不少，神色也都变得轻松。

“幸好朝觐之后，我们就可以回长安了。”纪青璇不知道的是，看似自信满满的郭烨，其实自己心里也在庆幸。他当初就是从一个市井游民一路爬到万年县捕头的位置上的，太清楚和一群妒忌自己的同袍共事会产生多少麻烦。

一时无话，一群人就这般待在客厅里静静地等待了许久，才终于熬到退朝的时辰。

东城本就挨着皇城，所以下朝之后不多时，待客厅的门就被推开，走进来一个面相白净微胖、颌下蓄着五柳长须的中年男子。

纪青璇面色一喜，站起来恭敬行礼道：“义父。”

郭烨等人这才意识到，眼前这个看起来有些其貌不扬的男人，竟然就是他们所有人的上司——不良帅徐有功！

“徐帅！”众人慌忙站起来行礼。除了纪青璇，以及经常穿梭于洛阳和长安之间的徐问清外，其他人都还是第一次见到徐有功，也不知道他是什么脾性，只得尽可能地把礼数做足。

“不必多礼。”徐有功的性子，却是比看上去还要温和。他微微一笑，虚抬了一下手。“你们的事，付九都已经在奏报里说过了，你们做得很好。”

“谢徐帅夸奖！”徐有功的话语像是有着特别的魔力，明明只是几句简单的褒奖，却能说得在场的每个人都心潮澎湃。

直到这时，郭烨才终于抬起头来，有余暇打量一下这位不良人眼中的传奇。和想象中铁面无私、不苟言笑的不良人统帅不同。真实的徐有功，看起来就像是个赋闲在家的举人，为人谦和有礼，甚至连大声说话的时候都极少，真正应了“温润如玉”四个字。但郭烨心中却明白，这个男人绝非明面上看着这般简单。

司刑少卿徐有功，这是一个放眼大周朝野上下，所有人都必须保持敬意的名字。而在民间，他还有一个更加广为人知的头衔，那就是女皇陛下钦点的“不良帅”，整个不良司的最高长官，所有不法之徒的克星。不知多少次，徐有功为了拯救被栽赃的无辜之人，不惜在女皇面前据理力争，为此甚至三次被贬官流放，但他却从不后悔，被他救下的人，更是数不胜数。

不怪人颂：“徐无杖真君子也！”

“你就是郭烨?”就在郭烨暗中打量自己这位上司时,徐有功也像是察觉到了他的目光,视线一转便望了过来。在两人目光交错的一瞬间,郭烨只觉得徐有功的双眼亮如明镜,一眼就把自己看了个透彻!

好犀利的眼神！郭烨的心里不由得一惊,彻底收起了对这位不良帅的最后一丝猜疑,心悦诚服。

“陆广白。”

“张小郡主。”

“李二宝,你爷爷李相爷可是吾辈楷模啊。”

“还有徐问清、任斗牛、梁得尚、龚四海……你们也都是不良司的老人了。这个摊子多亏有你们撑着……”

看完郭烨之后,徐有功又转过眼去,一一叫破了其他人的名字,各自简单寒暄抚慰了几句。他明明从未见过几人,但仅凭着付九在书信中的简单陈述,一眼望过去,就轻而易举地辨认出了每个人的身份。

“属下见过徐帅。”众人大惊,连忙再度上前回礼。

“你们都很好,这次的案子也办得很漂亮。”徐有功点点头,示意大家不必多礼。“虽然女皇下旨要接见你们,但年关将至,诸事繁忙,朝堂上百官考课的事更是眼下的重中之重。女皇怕是暂无此闲暇。你们便且去我府上小住些时日,待年后再侯旨听宣吧!”

第十四章　除夕观傩舞

听纪青璇说,她的义母,也就是徐有功的夫人长年在偃师老家照顾双亲,并不曾在洛阳。徐有功年下公事又繁忙,等闲无事也见不到他。徐问清、任斗牛四人都住在洛阳不良司里。故而这徐府中除了下人就只得他们几个。没有长辈的管束,郭烨等人的日子过得很是悠闲。

张小萝中途倒是回去过扶余国使团驻锡的鸿胪寺,不过只住了一夜,就又撅着小嘴跑了回来，说是和那些大叔在一起好生没趣，还是和大家在一起有意思。对这个小祖宗便是徐有功也没什么好办法，来去只好由她。反正徐府虽不奢华，但多个把人还是住得下的。

这般好不容易到了除夕的晚上。天色才擦黑，李二宝就坐不住了，撺掇着张小萝一起去街上看“驱傩”的大戏。

所谓“驱傩”，就是逐除疫鬼的仪式。除夕夜，人们要戴着狰狞的假面具，扮成各种鬼神的形状，在傩翁和傩母的率领下，边走边跳，边吹边唱，以此祈求新的一年人人健康平安。据李二宝说，洛阳的“驱傩”大戏，有民间老百姓自发组织的，也有太常寺主持的，总之那场面甭提多热闹了。

张小萝自是个爱凑热闹的，岂会错过这样的好事，一早就穿戴整齐，还不忘拉上大家。“纪姐姐、郭大哥、陆大哥，跟我们一起去观傩吧！”

“好，我们也出去瞧瞧。”郭烨经不住两小只的恳求，尤其是张小萝水汪汪的大眼睛，让他简直无从招架，只得点头应下。不过总算他还没忘记这是在谁的府上，回望了纪青璇一眼：“徐帅他……”

纪青璇淡淡道：“不必等义父了。他老人家官居四品，今夜照例要在宫中守岁的，只有等大傩结束，才会回府与我们一起用膳。”

“既然如此，我们就自己去观傩吧！”

纪青璇自是没意见，除夕嘛，总是要热闹一下的。陆广白是没有机会发表意见，就直接被郭烨拽走了。

一行人出了门，命昆仑奴赶来牛车，直奔皇城之南的定鼎门大街而去。

洛阳城的面积相比长安要小上一些，普通街道也略显狭窄。可也正因为如此，才更觉人流如织。顺着大街出了坊门，路过的每一条街巷都明亮异常，因为除夕夜家家户户的院子里都要点起“庭燎”。所谓的“庭燎”，也就是大火堆。冲天的火光透过院墙，照亮了整个夜空。此时，大傩的队伍虽然还没出宫，但民间自发的傩舞就已经跳了起来。从牛车的窗口望出去，街上到处都是戴着面具击鼓的洛阳居民，气氛欢乐中又透着一股神秘。

张小萝和李二宝早被这场面勾动了玩心，一个劲地催促昆仑奴尽快赶到定鼎门大街。

郭烨正要阻止他们，忽然闻到一股异香从车外飘进来，沁人心脾。“咦？什么味道这么香?”他连忙抬头四望,想找到香气的源头。

陆广白更是在第一时间就坐直了身子,脸上露出探询的神色。以他那鼻子的敏锐程度,对这香味只会比一般人更敏感。

“不用看了,你们在这里找不到的。”纪青璇明显对这香味的来源心知肚明,笑了笑,解释道:“这是宫中傩戏的一部分。宫中设有‘火山’,会往其中投入甲煎香料,全城都能闻到。”说着,她抿了抿嘴,得意地看向郭烨。

郭烨闻言立刻把头从车篷下探了出去,朝着皇城的方向看了一眼,果见那边火光冲天、异香扑鼻,火光把半边天空都映照得通红。“这也太阔气了。”他不禁啧啧称奇道。

陆广白更是一早就耸动着鼻子,分辨这香气中的香料,嘴里念念有词,一个接一个香料的名字从他嘴里蹦出来。只看他脸上越来越浓的惊讶之色,就能知道这些香料价值不菲了。

众人各怀心思,不知不觉居然已经到了定鼎门大街。

刚一下车,就感到一股从洛水上吹起的寒风夹着小雪扑面而来,激得众人打了个寒战。

“好冷啊!”张小萝身穿皮裘,怀里还抱着个黄铜袖炉,小脸还冻得通红,忍不住小声抱怨了一句。

“一会儿人多起来就没这么冷了。”郭烨道。

张小萝少女心性,很容易就被转移了注意力,听他这么一说,马上指着不远处欢叫了起来。“快看那边,大傩的队伍要出来了!”

众人循着她手指的方向看去,只见皇城前的洛水桥头,已经搭起了芦棚看台,不少腰佩横刀、身着明光铠的金吾卫在人群中穿行呐喊,负责维持秩序。而在芦棚中,已经能看到不少衣绯着绿的身影依次落座,那都是无权进宫面圣的官员。

“走,二宝开路,我们去那边。”郭烨眼睛一亮,带着众人往芦棚边挤去。他们这些服青衣的九品小官,自然是无权坐进芦棚的,只能在芦棚边上盘桓。不过有个遮雪的屋檐,终究比站在路边吹冷风要舒服许多。

定鼎门街上的人委实是多,也亏得有李二宝这个熟悉路、身体又强壮的人在前边开路,他们才能快速地挤到了芦棚之下。

还没站稳脚跟,就听到一阵吹吹打打的声音,从洛阳桥对岸的宫门中传了出来，乐器的旋律中，还夹杂着一声声“啪啪”的脆响，即使是清越激昂的丝竹管弦之声也掩盖不住。

大家连忙循声望去，只见大傩的队伍已经在太常寺乐官的引领下，缓缓步出宫门，向着洛水这边走来。那“啪啪”的声响，就是赤衣开道吏挥舞麻鞭开道的声音。而在开道吏之后，则是一群兽面披毛的随从，长长的队伍一直排到宫墙深处，也不知究竟有多少人。只看到这些人都拿着桃弧棘矢，在“隆隆”鼓声中四处作张弓搭箭状，寓意着射杀疫鬼。

大傩的队伍又游行了好一会儿，从郭烨他们面前走过去的随从起码有数百人了，玄衣朱裳的主舞才终于姗姗登场，挥戈扬盾，和两个装扮成红衣小鬼的优伶搏斗起来。

只见那主舞一边跳一边嘴里还念念有词地唱着《驱傩词》：“适从远来至宫门，正见鬼子笑吓吓。偎墙下，傍篱栅。头朋僧，眼隔搦。骑野狐，绕巷陌……”说实话，这些舞者的动作狂乱而夸张，摇晃扭动的肢体也并不好看，这驱傩词也不甚动听。可配上街上狂欢的气氛，却让人忍不住被感染，想要冲进人群和他们一起舞蹈。李二宝和张小萝更是看得津津有味。

直到驱傩的队伍消失在和定鼎门街相连的大街小巷，众人依旧意犹未尽，兴奋地谈论着和傩舞有关的话题。只是这一次，谁都没有注意到，在人群的后方，郭烨陷入了沉默。不知为何，他看着满大街张牙舞爪的妖魔鬼怪，突然就想起前些日子在长安查三大案时那一环套一环的阴谋和黑幕。策划那些事件的背后之人不就是个带着狰狞面具的妖魔吗？手段凶残、血腥，视人命如草芥……忽的，郭烨有种分不清现实和幻境的感觉，是不是那些人也如他这般看着这场群魔乱舞的大戏……

“发什么呆呢？”纪青璇蹙着好看的秀眉，看着他说道：“走了，回去吃饭了。”

“哦，好。”他连忙应道，快速跟上了大家的脚步。

当一行人回到徐府时，才发现徐有功依旧没有归来，不过徐府的家丁已经在庭院中燃起一堆大大的“庭燎”，一根根竹管被扔进火中，发出“噼里啪啦”的爆裂声。

“你们在这里等我一下。”纪青璇招呼了一声，小跑着离去，不久又去而复返，不过手上已经多出两块一尺见方的桃木板来。

“义父还不知何时下朝，我们先把桃符挂上吧。”纪青璇浅笑着说道。不知是不是今天日子喜庆，这个素日冷面如霜的冰美人脸上，竟然也挂起了笑容，在火光的映照下，居然很有几分可爱。

桃符，和驱傩一样，也是祈福驱祸的习俗。唐人往往会在辞旧迎新之际，取桃木板，上书“神荼”“郁垒”两位大神的姓名，高挂于大门之上。因为神荼、郁垒都是神话中掌管鬼门、执守众鬼的大神，桃木又有驱邪镇鬼的作用，这么做也算是把作祟的鬼怪拒之门外的意思了。

郭烨伸手从纪青璇手中接过桃木板，不想两人的手不小心擦碰到一起，如凝脂般滑腻的触感，让郭烨心中一震。他下意识地偷偷瞧了一眼纪青璇，本以为她会训斥自己两句的，谁知入眼看到的，却是故作若无其事的少女容颜。只是不知是天气太冷，又或是被火光掩映的，他总觉得，纪青璇的俏脸，似乎比上一刻更红了……

“郭大哥、纪姐姐，你们都愣着干啥啊？”突然，张小萝咋咋呼呼的喊声打破了这一瞬的暧昧。

郭烨和纪青璇如梦初醒，同时尴尬地看向张小萝。只见这小丫头双手叉腰站在徐府的大门前，催促道：“快来挂桃符啦！”说着，她还一挥手，冲着李二宝下令道：“二宝，去拿笔墨来！让郭大哥书符！”

“呃，怎么是空白的，你们没提前写好的啊……”让众人没想到的是，一向天不怕地不怕的郭烨，听了张小萝的话，把桃木板上翻来覆去看了一遍后，面色变了变，又把它们飞快地塞回纪青璇手里。

“郭大哥……”郭烨的反常表现，直看得张小萝和李二宝满头雾水。

最后还是陆广白冷笑一声，一语道破天机。“他那一笔狗爬字，在万年县的时候就已经远近闻名了。你们敢让他书桃符？不怕把徐帅这一年的面子都丢光？”

“小陆，骂人不揭短的啊，不带你这样的……”郭烨郁闷地叫道。

众人这才明白，他刚刚的犹豫是为哪般，不由得哈哈大笑起来。

郭烨倒也不恼，却是怎么也不肯下笔去写那桃符。最后还是陆广白挑起了重担，上来笔走龙蛇、一挥而就，虽然不算顶好的字，但长年写尸格练出的书法，倒也大抵算看得过去了。

“看着小陆的字，我怎么就觉得瘆得慌呢……”郭烨嘀咕道。

陆广白头也不回地把笔往他手上一抛。“嫌弃你自己写。”

“哪儿的话啊，小陆你这笔字，写得好，写得好啊！”

“郭大哥你也太狗腿了。”郭烨不要脸的行为，顿时遭到了众人的一致鄙视。随即又是一阵哄堂大笑。

就在这时，一辆马车在徐府门前停了下来，徐有功从车中走出，看到嬉闹的众人，脸上也不禁浮起一抹温和的笑容。“都在就好，陛下今日厚赐百官御膳，正好一起享用。”

御膳？郭烨眼睛一亮，连忙迎了上去。不过当他揭开徐有功带回来的食盒一看之后，脸色瞬间就垮了下来。

只见盒中的食物是一盆肉丁拌米饭，其间还夹杂着片片黄色的叶子，散发出奇怪的气味。整盒食物应该是蒸煮过的，不过由徐有功从宫中带回，饭食早已变得冰冷，看那样子就不甚好吃，也难怪郭烨变脸了。

陆广白上前看了一眼，又嗅了嗅那黄色的叶子，淡淡道：“把野猪肉煮熟、晾干，切块拌米饭，再配晒干的茱萸和盐，蒸熟食用。这是李唐御膳房中的名菜，想不到女皇陛下也好这口。”

徐有功闻言微微讶异了一下，然后笑道：“李唐与大周一脉相承，当今御膳房中的大厨，和李唐王室的厨子也大多是师徒，故而所出的菜肴颇为相似。”

陆广白微微颔首：“徐帅言之有理。”

“野猪肉？茱萸？”郭烨眨眨眼睛，他倒不奇怪陆广白认得出野猪肉和茱萸，他更感兴趣的是另一件事。

“小陆！你莫不是什么皇亲国戚吧！不然怎么连李唐御膳房里吃什么你都知道？”陆广白看了郭烨一眼，淡淡道：“多读书，少扯淡。你就不会这般大惊小怪了。”

郭烨顿时气结。

不过这御赐的饭食也不是谁人都能品尝的，一番玩笑之后大家齐齐落座，各自分食。说也奇怪，这御膳看起来味道不怎么样，细细嚼来倒也不算难吃。

加之徐府的厨子还准备了炙羊肉、蒸鹅脯以及切鲙丝，这顿年夜饭大家也算吃得满足。

填饱了肚子，一日奔波的疲乏便涌了上来，郭烨破天荒地拒绝了李二宝和张小萝要他一起守岁的邀请，自去歇息去了。在他回房之前，正看到两小只拉着纪青璇，兴高采烈地把家中用坏的扫帚堆在院落中，借着庭燎的火焰烧毁，将剩下的苇炭用线连起来，排挂在芝麻秆上插在门上……

“年轻人真是精力充沛啊。”他感慨了一句，打了个哈欠，一头扎进自己房里，任由外面爆竹声声。

不过睡了片刻，他就被元日的钟声给惊醒过来。洛阳城中多寺庙，这一阵钟声此起彼伏，听得郭烨再也睡不着了。

元日，即每年的正月一日。元日的钟声一响，就意味着新的一年已经到来。

又是新的一年了吗？

第十五章　元日闻封禅

郭烨躺在床上，睁大眼睛看着床顶，只觉得百感交集。在此之前，他可从未想过，自己有一天居然会在神都洛阳过年。而在过去的几个月里，他也仿佛经历了前二十年加起来都不曾有过的精彩，认识了纪青璇，认识了李二宝和张小萝，可期间遭遇的凶险和义愤，也同样让他刻骨铭心。复杂的心绪，让他再也难以入眠，在床上辗转半晌之后，虽然脑袋还是昏昏沉沉的，但他还是翻身起床，披衣走到院子里。徐府的家丁们都一宿未睡，已经在忙着把元日的彩幡挂到大竹竿上立起来。

郭烨怔怔地看着出神，忽然一个温和的声音从身后传来：“我听他们说你去睡了。”

郭烨一回头，就看到徐有功正站在廊檐下向自己微笑。奇怪的是，明明才过子夜不久，徐有功却已经换上了极其正式的漆纱笼冠、绯色大袖朝服，整个人在温润之余，又多了几许庄严的气度。

“徐帅。”郭烨吃了一惊，连忙躬身行礼。

“在家里不用这么多虚礼。”徐有功摆摆手，走到他身边。锐利的眼神在他眉宇间一扫，就笃定地说道：“你有心事。”

郭烨略一犹豫,点了点头:“嗯,有点。”

“说来听听吧。”徐有功笑笑,道:“你的事我听青璇说了,她说你是个好孩子,就是有点玩世不恭。反正此时离元日朝会也还有些时间,不介意的话,你怎么想的可以跟我说说啊。就当是长辈的关心了。”

玩世不恭?郭烨没想到纪青璇对自己的评价竟是这般。思量了一会儿才反应过来,徐有功这一身朝服是要去干吗。

元日,朝廷虽然不用处理公务,但女皇却是要坐早朝接受百官朝贺的,徐有功身为正四品的司刑少卿,位高权重,显然也在朝贺之列。

想到这里,郭烨不禁走了下神。

当他再回过神来时,就看到徐有功正站在自己面前,满眼慈祥地看着自己,半点不耐烦的情绪都没有。“徐帅恕罪,属下失礼了。”他连忙告罪。

“看来你心事真的很重啊,连跟我讲话的时候都心不在焉的。”徐有功开口说道,虽是打趣,但一句话也说得郭烨诚惶诚恐。

“是,属下确有一事不解。”郭烨一咬牙,终于还是决定就狐女游街案的疑惑向徐有功请教。“徐帅,我不明白,为什么陛下要下旨撤销侦办这个案子?孙家五口也是人命啊。我们一直在说人命关天,可他们难道就这么白死了不成?”

“看来青璇对你的评价还少了一条,急公好义。”徐有功似乎是个很有耐心的长辈和上司。他静静地听郭烨把事情说完,才用一种赞赏的眼神看着郭烨,评价道:“你很不错,确实是做不良人的好料子啊!”

呃?郭烨一愣,没想到自己在徐有功口中,居然会听到这么高的评语。“徐帅谬赞了。”

徐有功摇摇头,含笑道:“圣心难测,女皇陛下在想什么,自非我们这些臣子所能揣测的。你可有想过,与其深陷其中百思不得其解,不若先放一放,或许会有意想不到的收获。”

“徐帅……”郭烨闻言怔了片刻,心头有一丝猜想划过,想抓又抓不住。

徐有功正待再说什么,突然旁边有家丁趋步而来,提醒道:“老爷,晓漏将近,到准备巡城朝贺的时辰了。”

“知道了,去吧。”徐有功点点头,转身离去,走出十来步后,突然回头对郭烨道:“你要相信,天网恢恢,疏而不漏。”郭烨愕然间,徐有功已经走远。

不多时，天刚蒙蒙亮，从徐府门外传来“哒哒”的马蹄声。徐有功的府邸位于恭安坊。恭安坊距离皇城很近，故而有许多官员的府邸都设于此。此刻住在坊内的官员怕是都和徐有功一样要赶去参加元日朝会了。

“先放一放……天网恢恢，疏而不漏……”郭烨的脑海中还回想着徐有功对他的提点，神情微惘。“徐帅是想说什么呢？”

就在此时，忽然一阵鸡飞狗跳的声音从他身后传来。他猛一回头，就看到一只鸡扑打着翅膀，带着漫天羽毛跟他撞了个满怀。

郭烨“哎哟”一声，被吓了一跳，下意识抓住了那只鸡，同时张小萝一惊一乍的叫声随之响起：“对，对！郭大哥，快抓住它，来帮我们杀鸡啊！”

杀鸡？郭烨抬头，就看到张小萝提着一把菜刀，风风火火地朝自己冲过来，吓得他退了一步，手里的鸡都差点扔出去。

元日杀鸡，并不稀奇，按照五行的观点来说，正月土气萌动，草木生长，而鸡则以五谷为食，杀鸡便相当于祈愿农作物茁壮生长。在民间这几乎是必备的仪式了。不过真正让郭烨诧异的，却是纪青璇居然一反常态挽着袖子，露出小半条洁白玉臂，满院子地撵鸡。

其实这些事原本是可以交给徐府的下人去做的。但看如今的情形，显然大家都想要自己动手，既解了闷，又能聊表心意，郭烨自然心领神会。他提着鸡走过去，顺手递给张小萝，道：“你们来杀吧，我去置办五辛盘，我整治蔬菜的手艺你们还没见过呢。”和鸡肉一样，五辛盘也是唐人过新年时必吃的一道菜，甚至还将它作为敬献长辈的礼物。所谓“五辛盘”，就是将大蒜、小蒜、韭菜、芸薹、胡荽等五种香辛蔬菜，装在一个盘子里食用。

几人一齐动手，等整治好饮宴的食材时，天色已经大亮。又等了一会儿，徐有功终于下了正旦朝会，回到了府中。众人喜气洋洋地迎出门去，本以为会得到不良帅的夸奖。

不过此时的徐有功，却脸色阴沉，眼中似有怒火燃烧。

众人愕然。相处了这么久，他们还从未看过徐有功露出这样的神色。

好在徐有功修身有道，也不是一个会随意迁怒的人，只是回房换了一身常服，再出来时，看到几人还像木桩子一样杵在那里，便挥挥手道：“吃饭吧。”

众人面面相觑，跟在徐有功身后小心翼翼地入席。直到此时，他们才真正体会到不良帅的威严,哪怕怒火不是针对他们的,也能让人有如坐针毡之感。

“祝义父吉祥如意。”落座以后,纪青璇壮了壮胆,在跪坐中直起身子,向徐有功贺岁。

同时李二宝和张小萝乖巧地走上前,敬上五辛盘和椒柏酒、屠苏酒,以示他们这些晚辈的敬意。徐有功看着这些后辈,有感不良司后继有人,连饮了几杯之后,眼中神色稍霁。

这时候,纪青璇才敢出声询问:“不知何事惹得义父如此大动肝火?”

徐有功沉默一瞬,忽然重重地把酒杯顿在桌上,痛斥道:“谀臣无耻,祸国殃民!”徐有功突如其来的怒火,把众人都镇住了,瞬间大气都不敢出。

徐有功自己深吸了一口气,才渐渐平复,把今日朝会上发生的事情一一道来。

原来在朝会上,拾遗朱前疑上表说他经过河南道时,“闻嵩山呼万岁”,正是天象吉兆,提议女皇封禅泰山。女皇龙颜大悦,当庭欣然应允。徐有功恨恨道:“封禅泰山,路途遥远,规模浩大,实是劳民伤财之举。何况先帝时才登泰山封禅过一次,距今不过三十余载,陛下当年也是在场的。陛下素来英明神武,爱民如子,自不会再起这等心思。若非这马屁精蒙蔽圣心,断不至有此一事!”

李二宝突然插嘴问道:“朱前疑?就是那个靠拍马屁升官的丑八怪?”

徐有功一怔,问道:“你也知道?”

“知道啊。”李二宝点了点头,道:“我爷爷以前也最看不上此人哩!”

听他这么一说,郭烨等也纷纷来了兴趣,催促着他快说,私心里都想知道马屁要拍成什么水准,才能把徐有功气成这样。李二宝想了想,才告诉大家,这个朱前疑浅钝无识,容貌极丑,没有任何才华,却偏偏拍得一手好马屁,靠着吹捧女皇陛下“寿八百”和“白发更黑、落齿更生”两个著名马屁,一路加官晋爵。这样的人也难怪耿直刚烈的李昭德会看不上眼了。

“不错!”徐有功沉声道:“莫说李相,便是本官也以与他同朝为官为耻!只是不知女皇陛下圣心何属,今日居然又当庭赐他绯算袋,便是作为取乐,这样的恩典也未免太厚了。”

官居四品,徐有功不会不知道妄议皇帝陛下是大罪,可是今日他当着这些小辈的面竟如此直言不讳,可见是气极了。只是郭烨等人却不好接这话,最后还是纪青璇开口劝慰:“义父息怒,这样的小人不值得您动怒。”

徐有功如何听不出这话中的意思，长叹一声，摆摆手道："罢了，今日一岁之始，不谈这些扫兴之事。大家尽情饮宴吧！"听他这么说，席上的气氛才终于活跃起来。

这时，元日喜宴的菜肴也被徐府的厨子一一端了上来。大伙儿忙活了一早上，此时正是腹中饥饿难耐，当下就大快朵颐了起来。

郭烨最爱牢丸。所谓牢丸，也就是后世饺子的雏形，水饺称之为"汤中牢丸"，蒸饺称之为"笼上牢丸"，颇能果腹。饿极了的郭烨也不分水旱，来者不拒，只要端上桌来，便如风卷残云一般吃个干净。和旁边同样抢着吃鸡肉的两小只相映成趣。

相比起他们的饕餮吃相，陆广白就显得文雅许多了。小陆对饮食的偏好，就像他的为人一样清淡，一碗清水汤饼，亦能吃得不亦乐乎。

纪青璇则对切得细细的鲫鱼脍特别感兴趣。

唯有徐有功似乎心中仍有块垒，吃得不多，只以烤鹿舌下酒，小酌片刻就放下了酒杯，看郭烨他们这些晚辈狼吞虎咽。

这一顿饭，足足从辰末吃到巳时三刻，方才酒足饭饱。

徐有功命仆人撤了桌上的残食后正色道："如今女皇陛下忙于封禅泰山，怕是一时无暇接见你们了，本官估计也要随行。不过敕旨如山，你们这段时日还是只能留在洛阳，随时候旨，不可轻离。"

"啊？"郭烨等人的脸色一下就苦了下来。"那这要等到什么时候啊？"

徐有功沉吟了一下："昔日高宗皇帝封禅泰山，十月自东都出发，十二月方至泰山脚下。不过封禅之事非同小可，若是算上准备的时间，你们做好最早五月才能觐见陛下的准备吧！"

"那岂不是说这段时间我们都只能待在神都无所事事？"纪青璇蹙眉问道。她一向自认巾帼不让须眉，矢志助徐有功重振不良司声威。此时壮志未酬，却要坐困神都，空耗时日，你让她如何甘心？

不过徐有功像是早就料到她会有此一问，当即捻须道："此事我自有打算。上元之前，你们可在这洛阳城内四处游览赏玩。不过上元一过，你们须得到洛阳不良司衙门报到，暂时归于洛阳不良令麾下，听候他的调遣。"

第十六章　人日登黛眉

初四以后，“除夕元正假”正式结束，洛阳不良司一开衙，徐问清几人不知都在忙些什么，神神秘秘的，整日寻不到人。徐有功贵人事忙，待在府中的时间也更少了。尽管徐府中的下人待他们依旧礼遇有加，但那种无所事事的空虚和茫然，始终还是挥之不去。

李二宝忽然说道：“明天便是人日了，我们一起去黛眉山登高望远吧！”

“真的吗？”张小萝眼睛一亮，但马上又犹豫道：“可徐帅不是让我们不要离开洛阳吗？”

纪青璇拍拍她的头，道：“二宝倒是出了个好主意。太久不在洛阳我都忘了还可以去黛眉山转转。放心吧，黛眉山离洛阳不远，骑马的话一日之内都可以跑两个来回了，误不了事。”

张小萝闻言顿时放下心来，眉开眼笑，道：“那明日我们便去爬山吧！”

次日清晨，众人都起了个大早，策马扬鞭，满心欢喜地踏上了前往黛眉山的登高之旅。

黛眉山在洛阳西北，离洛阳最大的园林神都苑亦不过咫尺之遥。因为洛阳城西无门，郭烨他们便自城北徽安门一骑绝尘出了外郭城，直奔目的地而去。

半路上，张小萝突然大声问前面的纪青璇：“纪姐姐，不都说你们大周人日最爱登高吗？怎么我们这一路上都没看到什么人呢？”

李二宝策马跑在她旁边，一脸委屈道：“我也在洛阳生活过呀。小萝你怎么不问我？”

纪青璇放慢马速，来到张小萝身边，笑道：“傻丫头，现在才什么时辰？别家都还在家中剪彩啊。我们是因为义父上朝未归，才把剪彩的时间放在了登高之后，眼下自然看不到更多行人，待会儿人就多起来了。”

初七人日，宫廷中会举行宴会大宴群臣，赏赐彩绢并赋诗助兴，民间则盛行在这一天剪彩、登高。郭烨他们为了迁就徐有功的时间，把寻常人家剪彩和登高的时间颠倒了过来。

“对极，对极！”李二宝连忙插嘴，像是生怕自己被落下似的。“俺以前也和爷爷一同去过黛眉山哩。那可真不是一般的热闹。”

张小萝白了他一眼：“早不说！”

“那不是你自己不问俺的嘛！”

“你还还嘴！”张小萝嗔怪道。言罢，她扬起马鞭，作势佯打。

李二宝慌忙一夹马腹跑远了，一边跑一边嘴里还不忘叫着：“小萝你最近好凶啊……”

引得其他人一阵哄笑。

一个多时辰的路途，就在众人的嬉闹中，不知不觉就过去了。

很快，一片被白雪覆盖的山峦，出现在众人眼前。

“最高的那座山就是黛眉山了。”纪青璇道。

因为黛眉山山高林密、怪石林立，虽是冬日，草木比其他季节稀疏，但骑马上山也多有不便，于是众人又在纪青璇和李二宝的指点下，找了所驿馆寄存马匹，而后徒步上山。这下子，两小只彻底脱了拘束，在山林间畅快地奔跑打闹起来，不时还欢笑着向其他人扔出几团雪球。两人都有不凡的武艺在身，山道虽险，却也只当等闲，偶尔碰到林深无路的地方，张小萝拔剑一挥，便能轻易辟出一条坦途来。有了他们在前面开路，不消一个时辰，就已经攀到了山顶。

这时众人眼前的景色又是一变。郭烨等人万万没想到，这黛眉山虽然山道艰险难爬，可到了山顶，视野却是豁然开朗。一片积着白雪的平坦草甸在众人眼前铺展开来，银装素裹甚是可爱。

站在山巅之上，放眼望去，只见峰峦在洪波翻涌的云海中若隐若现，一轮红日从云海中跃出，开阔的风景令人心旷神怡。一行人站在危崖之畔，久久凝视，再回首相视而笑时，只觉连日来郁积在胸中的块垒尽去，只有万丈豪情在胸间涌动。

“痛快！”郭烨大喊一声。

陆广白抒发胸臆的方式则比他斯文多了，文绉绉地掉了句书袋：“登高望远可开阔心胸，古人诚不我欺也！”

两人话音未落，忽然一阵山风吹来，拂开了山间云海。

顺着白云裂开的缝隙极目远眺，众人隐约看见一片水色碧绿的湖泊横陈于南方,即使冬日也不封不冻。湖上有三座秀丽奇峰高出水面百余尺,彼此间隔三百步,山上亭台楼阁、奇峰怪石,错落有致。

湖泊以北更是能见一条浩浩大水蜿蜒如龙,汇入湖中,无尽玉砌雕栏背山面水,两座辉煌大殿自山林中拔地而起,即使在这个距离上,也仿佛能感到一股呼之欲出的奢华繁盛。

“那是哪里啊?好漂亮啊!”张小萝眨巴着大眼睛惊叹道。

纪青璇抬眼看去,笑道:“那就是陛下的神都苑啊!那两座宫殿名为宿羽、高山,乃是先帝在位时所建。女皇陛下登基之后,还移种了数十种牡丹名品点缀其间,盛开之时繁花似锦。若有机会,小萝你可得去看看。”

“哇!”张小萝吃惊地张大了嘴,神情看起来可爱至极。“难怪父王总说大周是天朝上国。光是这一处园林,便不是我们扶余国能比得了!”

郭烨突然道:“喏,人来了。”

大家顺着他的目光一看,果见山脚下开始出现了成群结队的游人。郭烨他们也不在意,径直占了一块开阔的地儿,因着四周景色宜人,也不围障幕,就直接铺下食单,取出早就准备好的吃食。

不过,郭烨第二块胡饼还没有啃完,就看到迎面走来一伙趾高气扬的少年。这伙少年个个都身着锦衣,腰系环佩,姿容不凡,明显都是出自显贵之家,但一脸目空一切之色,却令人望而生厌。

“哼,原来是武家的败类们。”李二宝看了一眼,低声道,声音里带着厌憎。

纪青璇固然是早早露出了然的神色,郭烨等外地来客也是瞬间恍然大悟。

“那为首之人便是梁王之子武崇操,他后边那个穿蓝色菱纹罗袍的是魏王之子武延光。”李二宝又看了几眼,继续说道。

梁王就是武三思,魏王就是武承嗣,这两人都是武氏诸王中的领军人物,武承嗣更是只差一步就被立为太子,他们的子嗣自然也是武家小辈中天然的领袖。

不过,李二宝和武家这些纨绔子弟却是天生不对付,因为两家的长辈乃是朝堂上的死对头。当初武承嗣离太子所差的那一步,便是被李二宝的爷爷李昭德所阻。

天授二年,武家宗亲曾指使洛阳百姓王庆之率众上表,请求武则天册立武承嗣为太子。李昭德却把王庆之当庭杖毙,又劝武则天“自古只有子女为父母立庙的,却没有侄儿为姑母立庙的”,打消了武则天立武承嗣为太子的念头。

长寿元年,李昭德负责营建神都,筹划创建文昌台及定鼎、上东诸门,时任文昌左相的武承嗣颇多掣肘,又被他进谏说“武承嗣已经封王,不宜再拜相。不然空有姑侄争权之祸”,武则天再次从善如流,将武承嗣罢为太子少保的虚衔。

如此几次三番,武承嗣一党早把李昭德恨之入骨。双方小辈同在神都,又没有长辈那么多的拘束,自然早就势同水火。先前李昭德贵为凤阁侍郎、同平章事时,李二宝的身边自然也少不了纠集一伙达官显贵的子嗣,他们和这些武家小辈可没少斗过。

在他看到武家一伙纨绔的时候,武延光等人也看到了他,脸上顿时露出幸灾乐祸的神色,大步走上来。“哟呵,我倒是谁呢?怎么没有跟你爷爷一道去南宾,还有脸在这里。”说话的正是武延光。

“你!”李二宝一时气结,爷爷走时嘱咐的话,他还记得,可是架不住别人来惹他呀。

“你,你什么你!怎么离开洛阳这两年,连话也说不全了?”

“哈,哈,哈!”武延光身后的那伙少年闻言俱是一阵哄笑。

不待李二宝发作,一旁的张小萝先沉不住气了,抓起一旁的巨剑,腾地一下就站了起来。

“哟,还有帮手。怎么还是个女娃娃。”人群里,不知是谁出声调笑道。

反倒是一直在边上看戏,不曾出声的武崇操在看到张小萝手中的巨剑时,面色变了变。随即他拉住了武延光,在他耳边悄声说了一句什么。

却见武延光听完愣了一下,脱口而出:“扶余国的郡主?”

武崇操点了点头,道:“那日我随父王一同入宫,听女皇陛下说起扶余国使团朝见之事,说是随行的小郡主背着把巨剑就跑长安去了。你看这女子眼窝深陷,鼻梁高耸……又带着把巨剑……”

“罢了!我们走。”武延光只做了片刻的犹豫,便挥了挥手,招呼这群兄弟退了回去,全然不似方才的嚣张。

李二宝看得一脸迷茫。“咦?这就走了?”

郭烨离得他们更近一些,早把武崇操等人的神色尽收眼底,心里门儿清,微微一笑道:“武氏诸王再显赫,那也是上一辈的事情。这些小辈之中,应该还没人的爵位比咱们小萝更高吧?”

李二宝闻言一拍大腿,道:“对极!武崇操他大哥才封了个高阳郡王,他们敢招惹小萝就怪了!”

郭烨促狭道:“二宝你还不快谢小萝,今日她可是帮你平了一场麻烦事啊!”

要说李二宝也是个愣头青,闻言居然真个向张小萝郑重其事地道谢,惹得张小萝拖着把巨剑一时不知该作何反应。

这时,草甸上的游人也渐渐多了起来,众人正打闹间,猛然听见旁边又传来了喧哗的声音。郭烨等人循声望去,只见武崇操一伙人又盯上了新的目标。其中一个狗腿子把一个满脸不忿的少年一把推倒在地,大声嚷嚷道:“豆卢家的小子,滚开。我们看上这块地方,是看得起你们,还不快让出来!戴罪之人,真以为自己还是将相之后吗?”

第十七章　世态炎凉事

被推倒在地的少年,容貌乍看之下与中原人一般无二,只是格外的俊美一些。可若细看不难发现,幞头下露出的发丝在阳光的照耀下泛着微微的金黄色,眼珠也渗着蓝意,正是鲜卑人的模样。

李二宝见那少年倒地,惊呼一声,站了起来。“子陵!”

“豆卢……子陵?”郭烨把求教的目光投向纪青璇。

“豆卢子陵,前相爷豆卢钦望的嫡孙。不过二宝的爷爷被贬谪后,豆卢钦望等五位相爷也同时遭到牵连,左迁各州刺史去了。”纪青璇道。

“原来如此。”郭烨微微点头。“看二宝这反应,这豆卢子陵应该是他的朋友吧?”

纪青璇轻轻“嗯”了一声,表示赞同,目光却一刻不曾离开过李二宝的身影。

“可惜有的人啊,注定只能共富贵,不能同患难。二宝今天怕是要伤一回心喽。”郭烨的目光也同样看着李二宝。只见他快步跑过去，拦在武崇操和豆卢子陵之间。

纪青璇一挑眉：“何以见得？”

“刚刚武崇操他们几人在这里闹出的动静也不小，也没见那豆卢子陵有半点反应，甚至还背对此处，故意不往这边看上一眼，不是很能说明问题了吗？”

“哦，是吗？”郭烨还想再说点什么，张小萝抢先义愤填膺地道：“二宝这小子真是交友不慎！”

“人之常情而已，没必要太生气。”郭烨摇摇头。

纪青璇哼了一声。“你倒是看得开。”

郭烨也不计较，站起身来笑笑道：“那边要打起来了，我们过去吧。”

原来，武延光等人被李二宝所阻，朝这边看了一眼，发现张小萝没什么动静之后，心中忌惮稍平，当下就跟李二宝推搡了起来。只是他们那被酒色掏空了的小身板，哪里推得动天生怪力的李二宝，反倒自己跌了个大跟头，一时羞愤难当，指着李二宝的鼻子大骂起来。“二柱子你这头蛮牛，还以为是你爷爷当宰相那时候吗？适才我等看在扶余国小郡主的面上，大发慈悲饶了你，没想到你竟然还不知趣，跑来自取其辱？”

“随你们怎么说！”李二宝脸涨得通红，拳头反复攥紧又松开，似乎在强忍打人的冲动。但他脚下却始终半步不退，像护崽的老母鸡一样，把豆卢子陵等人都护在身后，大声道：“子陵他们都是俺兄弟，你想要欺侮他们，就得先从俺身上踏过去！”这话他在以前和武氏诸人对峙的时候，也不知讲过多少遍了，说起来流利无比。

但听到这熟悉的话语，豆卢子陵的眼神中却流露出了复杂的神色。

武延光闻言更是疯狂地大笑起来：“哈，哈，哈，兄弟？二柱子你就是个祸星！你可知什么是祸星？祸星就是只会闯祸，连累人的废物！你问问他们，谁还敢认你这个兄弟？”

说着，他又歪着头，冲着豆卢子陵等人威胁道：“喂，你们还认他这个兄弟吗？想清楚了再说话！他爷爷可是触怒了陛下，你们要跟他为伍，小心给家里招灾惹祸啊！”

“混蛋！太过分了！”张小萝气得小脸通红，反手握住剑柄就要上去帮李二宝的忙。

没想到郭烨一伸手，拦住她道：“我们走慢一点！”

“为什么啊？二宝正被人欺负呢！”

“没在第一时间动手，说明二宝这段时间成熟了不少。先让他自己处理吧！”郭烨解释道。

纪青璇难得认同郭烨的看法，刚刚她的目光一直盯着李二宝就是想看看他会怎么做。一同经历了这些事，纪青璇早就把李二宝看作自己人。

“反正要是二宝受委屈了，我就上去打他们，我才不管那么多！”张小萝不懂什么大道理，只是出于对郭烨的信服，暂时放缓了脚步，但握住剑柄的手却一刻都没有松开。

这时候，武延光加紧了对豆卢子陵的逼迫。“说话！”

豆卢子陵依旧保持着刚刚被推倒时的姿势，双手揪着地上的杂草，紧握成拳，似是要把那丛草连根拔起。如此过了好一会儿，他的手才逐渐松开，仰起头对着李二宝的背影道：“李二宝，我们跟你不是兄弟，你莫要害我们！”

“什么?!”李二宝如遭雷击，一张脸瞬间变得煞白。他回过身，看向豆卢子陵道：“子陵，我把你当兄弟啊，你怎么能说这样的话？”

也不知道是不是开了个头，再说伤人的话负担就轻了很多，豆卢子陵非但没有被李二宝的话感动，反而站起身来，指着他大声指责道：“兄弟？谁是你兄弟！若非被你爷爷连累，我家如今也不会这般凄惨！都是你爷爷的错！”

“不准你侮辱俺爷爷！”李二宝瞋目怒吼道。

豆卢子陵却不接他的话茬了，转身带着其他人退到一旁，只留下李二宝一人面对武崇操和武延光等人的羞辱。

“哈，哈，哈，看到没有？二柱子。没有你爷爷，你就是个空有一身蛮力的莽夫。”武崇操见状也不禁得意地狂笑起来，唾沫星子喷了李二宝一脸。“在这洛阳城里，你屁都不算！”

“郭大哥！我忍不了了！”张小萝焦急地催促了一句，握剑的手指都捏得发了白。

“嗯，差不多了。”郭烨点点头。得到他的首肯，张小萝立刻迫不及待地狂冲出去，连鞘解下巨剑，宛如猛虎入羊群，砸向武氏诸子，嘴里还大喝道：“不准欺负二宝！”

武氏诸子不过仗着家世显赫，才能在洛阳城中横行无忌。论武艺又哪里是怒火中烧的张小萝的对手？瞬间就被砸了个人仰马翻。尤其是为首的武崇操和武延光，更是各自挨了好几下狠的，只能狼狈地爬出人群。

“哪里跑！”张小萝不依不饶，挥舞着巨剑又追杀了上去。

望着乱成一团的草甸，纪青璇轻轻扶额，道：“如此行事真的好吗？”

“有什么不好的。”郭烨似是早已把前因后果都想清楚了，道：“左右不过是些小辈间的玩闹，只要不打出个好歹来，难道女皇陛下还真会怪罪下来不成？再说了，就算不出这档子事，你觉得我们和武家这些浪荡子，就能和睦相处不成？”

纪青璇闻言默然。不良司和武家之间，虽不似和丽竞门那般水火不容，但关系也未必就好到哪里去了。因此她沉默几息之后，也只是淡淡道：“你心里有数就好。”

“该我们去安慰二宝了。”郭烨笑笑，带着纪青璇和陆广白向李二宝走了过去。

这小子刚刚受到了莫大的打击，一时心哀若死，整个脸色都灰败无比，站在原地，整个一失魂落魄的模样。

郭烨走过去，拍拍他的肩膀，道：“这些忘恩负义的小人，不值得你为他们难过。”他没有刻意掩饰自己的音量，便是有心说给旁边的豆卢子陵等人听的。

这伙人刚卖了李二宝，正在理亏的时候，闻言不禁恼羞成怒道：“阁下何人？不知有何资格指摘我们？”

郭烨“哈哈”一笑，亮了亮身上的腰牌：“在下郭烨，不良司九品不良人，教训一下各位白衣怎么都够了。”

“呵，区区一个九品不良人，也有脸来教训我们？我们家阔绰的时候，九品小吏连门都进不了！”豆卢子陵等人向来都是骄横惯了的，刚刚在武氏子弟面前吃了瘪，正愁找不到发泄之处。

“哟，要比家世了是吗？”郭烨也不动怒，冲着纪青璇使了个眼色，道：“不良尉大人，该你出马了。”

纪青璇无奈地看了他一眼，走上前来，待要说些什么，却听不远处突然传来一声清朗的断喝："够了！"

然后就听到"叮"的一声兵刃碰撞的脆响。

郭烨等骤然一惊，下意识地看了过去，只见张小萝的巨剑已然出鞘，刚刚还写满了快意和义愤的小脸上，这时却郑重无比，正双手持剑和一个怀中抱剑的挺拔身影对峙着……

第十八章　少年抱剑来

突如其来的状况，让不良司众人着实吃了一惊。

张小萝的剑有多快多沉，他们可是心知肚明的，在双方都动用兵刃的情况下，连李二宝都未必是她的对手。可看如今这架势，她的剑竟然被人挡住了，而且貌似还被压制得处在了下风。

吃惊之余，众人不免把好奇的目光投向与她对峙之人，想看看能挡住她手中那把巨剑的，到底是何方神圣？出乎众人意料，对方竟然是一个看起来比张小萝还小上两岁的少年郎。却见他长得眉清目秀，丰神俊朗，身着一件天青色圆领襕袍，窄窄的袖口挽起，露出半截手臂，看起来与街上日日蹴鞠的寻常少年没有什么不同。唯一能让人觉得特别的，就是那把剑。少年的剑并不像常人一样佩戴在腰间或背在背上，而是始终抱在怀里。他那骨节分明的纤长手指不时抚过剑身，竟像是在抚琴一般。

更令人意外的是，此时张小萝都已经摆出了如临大敌的姿态，但少年的剑竟然还收在鞘中，含而不发，让人分不清它是出鞘以后又被快速收回，还是根本就从未出鞘过！

"你的剑没有灵性。"抱剑少年看着张小萝点评道："没灵性的剑不过是块铁片罢了。"

这话着实狂妄，郭烨他们都以为张小萝会生气，谁知张小萝竟然微微点了点头，像是认同了少年的话，还反问道："怎样才能让剑有灵性？"

"足够用心的话，剑自然就会有灵性。"抱剑少年道。不过这话说得云遮雾罩，郭烨他们都觉得听不太懂。

张小萝练剑他们可都是见过的，虽然贵为郡主，但每日依旧苦练不辍，这样都不叫用心，那什么才叫用心？可张小萝偏偏就懂了，她歪着脑袋想了想，道："你说得对，我用心不够，而且可能永远都不够。不过……"她突然话锋一转，生气地说道："不过这些家伙侮辱我的朋友，我才不会放过他们！既然你要帮他们出头，那我就让你知道，就算剑没有灵性，只要力气够大，一样可以打败你！"

"他们欺负你朋友？"张小萝的话，让抱剑少年微露意外之色。

不过他刚想说些什么，就听到了张小萝后面的话，脸上顿时浮现出一抹虔诚的神色，认真地纠正道："不，没有灵性就是没有灵性，我会证明你错了。"

"助纣为虐才是错！"张小萝娇喝一声，手中巨剑瞬间弹起，卷着漫天泥浆雪水，斩向抱剑少年。

"唰！"下一瞬，郭烨等人只觉得眼前仿佛凭空亮起一道闪电，刺得眸子生疼。不过这一次，他们可算是看清少年出招的样子了。

张小萝的巨剑才刚刚扬起，少年的剑就在下一瞬陡然出鞘，电光一闪，正击在张小萝的剑身上。

说也奇怪，被他的剑"噹"地一点，张小萝那宛如飞龙在天的一剑，居然瞬间就变成了一条被抽了筋的死蛇，气势尽丧，无力地垂落下来，砸在满地的雪泥里。

"再来！"张小萝还不服气，再次擎起巨剑就要往前冲，嘴里还大喝道："尽耍鬼把戏算什么男子汉，有本事就跟我堂堂正正地拼上一剑啊！"

郭烨闻言，嘴角扬起微笑，道："都会用激将法了，小萝也长大了……"

纪青璇再度扶额，道："都不知道是跟谁学的。"

两人的话还没说完，抱剑少年忽然微微一笑，道："好。"说罢，他竟然真的迎着张小萝冲了上去，径直用自己手中的剑，去格挡张小萝的巨剑。

"当"的一声脆响，刺耳的金铁交击声，震得周围的人都恨不得捂上耳朵。

抱剑少年的剑毫无悬念地震飞了出去，可还不等郭烨等人露出喜色，他们就猛地看到，张小萝的脸色瞬间变得惨白。

对完这一剑，她像是忽然脱了力，手中巨剑虽然没有被震飞，却也脱手落下。

反倒是抱剑少年仿若无事，似乎所有震荡全部被飞出去的长剑承受，他脚下一踏，形如鬼魅，瞬间来到了张小萝面前！

“住手！”郭烨他们以为少年要对张小萝下手，纷纷发出焦急的大喊。纪青璇的蛇皮软鞭业已握在手中，蓄势待发。

但少年却只是伸手接住了坠落的巨剑，信手一挥，百斤重的巨剑在他手里被舞出了一种羽毛般的轻灵感，在空中划过一道优美的弧线，剑尖自下而上撩起，正打在刚斜飞出去不远的青锋长剑上！

“叮！”一声轻响，青锋长剑受了他这举重若轻的一击，顿时改变了方向，从平飞改为冲天而起。让人惊诧的是，这一撩看似不重，但青锋长剑却是扶摇直上，飞起足有十丈高下。

等长剑开始坠落，场面又自不同。从高空落下的剑刃破开空气，发出“呜呜”的呼啸，若是被它落在头上，只怕非死即伤！

“啊！”地面上观战的人群发出一阵惊呼，纷纷狼狈退避。

然而青衫少年却像是胸有成竹般，左手一引，一直握在手中的剑鞘平平伸出。“嚓”的一声，寒光一闪，随即敛没。

待众人定睛看去，才发现那剑竟是不偏不倚，正好落入鞘中，两者间严丝合缝。刚刚那令人眼花缭乱的一切，就像是从未发生过一般！

直到这时，少年才又淡淡一笑，倒转巨剑的剑柄，递给张小萝。“剑不错，还你。”

张小萝也不接剑，只是咬着嘴唇，一双深邃的大眼睛死死盯着少年，眼中渐有水雾浮起。

“哎，你别哭啊！”没想到，之前始终云淡风轻的青衫少年，此刻却是在张小萝的泪眼前慌了手脚，语无伦次道：“我此前并不知是他们先欺负你们……我就是路过……哎，这不比剑吗？莫哭！比剑输于我的人多了去了……”

郭烨一巴掌捂在自己脸上，一听少年的话他就知道要糟。这是劝人的话吗？

果不其然，本来张小萝的眼里还只有星星点点的泪光，一听他这话，硬是愣了几息，然后“哇”的一声就哭了出来，大喊道：“你走！我再也不要看到你了！”说完，她扭头跑回来，一头扎进纪青璇怀里，像是受了莫大委屈一样大哭起来。

本来按照常理，这种时候抱剑少年作为始作俑者，怎么着也得上来安慰一下，表示歉意吧？谁知他“嗯”了一声后，居然顺着张小萝的话说道：“你既不想看见我，那我走便是了。”说罢，他也不待其他人挽留，竟真的转身而去。偏偏他的身法还跟剑法一样犀利，迅捷如奔马，灵敏如猿猴，不等大家反应过来，少年的背影就已经消失在了崎岖的山道尽头。

如此“耿直”的做法，顿时搞得在场众人都愣了神。

“他这算畏罪潜逃吧？”张小萝也哭不出来了，抬起梨花带雨的小脸，问了一句。

“不算……吧。”郭烨眨眨眼。他心里却隐隐有种感觉，这少年行事耿直，却似有着一颗“赤子之心”，怕是也只有这样的人，才能年纪轻轻就把剑术练到这般神乎其技的地步吧。

“你们应该问他名字的。”陆广白突然说道。

“问他名字作甚？”

“这是个人才，拉进不良司好过流落在外。”陆广白认真地说道。

被他这么一说，纪青璇才反应过来，也不禁有些后悔。

“小陆你怎么不早说。”郭烨还想挤兑两句，却被纪青璇打断了：“日后大家多留点心吧，洛阳城说大不大，相见之日可期。”

接连发生了这几档子事，大家也都疲乏了，于是草草收拾了一下，便朝着山下走去。

可要不怎么说不是冤家不聚头呢？一行人出发以后，才发现豆卢子陵一伙人竟然也同时动了归意。两拨人还正好是一前一后下了山。

好不容易到了山下驿站，郭烨等人正准备取马返城，却见落在后头的张小萝咬着嘴唇，似乎在强忍着什么。她的皮肤原本就白皙异常，此时更是毫无血色。

“小萝，你怎么了？”郭烨大吃一惊，连忙上前问道。

“没……没事……”张小萝这时像是终于到了极限，身子一晃，一屁股坐倒在地，大口喘息道：“之前和那小子比剑脱了力，我，我实在走不动了……”

“你怎么不早说？！”李二宝懊悔不已，都是为了他的事小萝才会如此。

“那我们在这驿馆中休息一下吧，等小萝缓口气再回去。”纪青璇招呼着，让李二宝上去接过她的巨剑，其他人七手八脚把小丫头扶进了驿馆。

大抵是人日登高游人如织的缘故，一行人进门的时候，才发现驿馆的大堂里几乎已经满座,先到的豆卢子陵等人也在其中。整个大堂中,只剩下角落还有一处空席。

郭烨见状连忙一个箭步冲上去,在旁人骂骂咧咧的声音里,率先抢占住了位置,又张罗着扶张小萝坐下。

众人才刚刚坐定,武家的人也风风火火地冲了进来。

虽然不久前才被张小萝教训了一顿,但这时他们也缓过神来,又恢复了张扬跋扈的作风。见驿馆中已经没了席位,为首的武崇操和武延光眼中凶光一闪,就朝周围扫视过去,看起来是准备强抢一个位置了。

武崇操的视线扫过来的时候,纪青璇冷哼一声,毫不让步地回瞪了过去。

武崇操面上表情一僵,又看到斜倚在纪青璇腿上的张小萝,只得悻悻地扭过头去,嘴里嘟哝着:"犄角旮旯的,谁稀罕!"

话音落下,他眼神突然一亮,冲着不远处的豆卢子陵指了指。跟在他身后的狗腿子立刻会意,大步上前,把豆卢子陵往旁边一推,骂道:"滚一边去,这一席崇操大哥要了!"

豆卢子陵似是猝不及防,直接被推了踉跄,额头撞在邻桌的桌角上,倒地后半天不见起来。

武家的人走过去,哄堂大笑道:"怎么?装死啊?告诉你,门儿都没有!识相的赶紧起来滚蛋,莫要污了我们的眼。"

受了这样的侮辱,和豆卢子陵一道来的少年们都纷纷垂着头向旁边走去,谁知豆卢子陵却依旧趴在地上,一动不动。

郭烨隐约觉得不对,正在犹豫要不要过去的时候,武家的人已经颇不耐烦地上去拖人了。

不料才刚一动手,拽住豆卢子陵的狗腿子突然一声大叫,连退几步。原本趴在地上的豆卢子陵也随之被翻了个面。

看到他的脸,整个驿馆中瞬间一阵骚动,不少人更是惊得霍然站了起来!

"死人了!"却见豆卢子陵面色苍白,五官扭曲,俨然已经没有了气息!

第十九章 生死见仁义

“子陵!”从山上起就一直就有些浑浑噩噩的李二宝猛地一颤,悲痛地大叫一声,三两步就扑到了豆卢子陵的尸身前,一副难以置信的神情。尽管不久前才刚刚被朋友奚落、背叛,但对李二宝来说,十余年的友情又如何能轻易放下?此前他之所以会备受打击,不也正是因为和豆卢子陵他们的感情够深吗?

“晦气。”见死了人,武家子弟便是再跋扈,也不禁有些心虚。

武崇操啐了一口唾沫,骂了一句,带着人就向门口退去。“我们走!早不死晚不死,偏偏这时死。败了小爷们的兴致!”

他这话一说,李二宝当场就炸了。“不准走!”他悲愤地大喝一声,取下腰间的双锏一横,拦在武氏诸子面前,一双眼睛已经变得通红。“你们害了子陵,还想就这么一走了之吗?”

“二柱子,你胡说八道什么?!”武崇操面色一横,色厉内荏地叫道:“分明是豆卢小子自己不小心,与我们何干?”

“不小心?!”李二宝叫道:“若非你们推搡,子陵怎会横死?他分明就是你们害死的!”

“你少血口喷人!”一旁的武延光怒骂道。

“是否血口喷人尔等心中有数!子陵他就是被你们的人推搡之下,才……才……”说到后面,李二宝哽咽起来,一句话没说完,自己先就红了眼眶。

“那也是他自己跌死的!与我们无关!”推人的那个狗腿子闻言不禁慌了神,狡辩道。

这时候,周围的人也都回过神来,议论纷纷:

“就是,我们都是亲眼看见的,豆卢家的少爷,是被他推了一下才死的……”

“听说他们两家在山上才刚刚发生了冲突呢!”

“哦,那就说得通了……”

……

眼看周围的舆论对自己等人越来越不利,武崇操眉头一皱,当机立断道:“清者自清!走!抬上豆卢子陵的尸首,我们去新安县衙说个清楚!”

要说武崇操也不是一无是处的纨绔,在这种说不清楚的情况下,报官,交由衙门裁决,确实是最正当,也是最合适的处置方式,既能堵住悠悠之口,又能正大光明地脱身。至于这报官之后官府怎么查,怎么审,可就由不得李二宝这个祸星了。

不过他虽然想得好,李二宝却是第一个就不愿意了。“不行!休想跑!把你们的脏手从子陵身上拿开!”说着,他一挥铁锏,“呼呼”的风声,吓得想去抬豆卢子陵尸首的武氏狗腿屁滚尿流。

李昭德还在任上的时候,他这对铁锏就已经在神都打出了偌大的名头。只是那个时候,大家各有大人约束,下手多少还有个分寸。可是如今这头蛮牛明显已经因为豆卢子陵的死红了眼,谁知道他会不会趁机痛下杀手?万一被敲上那么一下,才真是冤枉了!

不过,武崇操也不是怕事的人,当即神色一冷,喝道:“你待如何?眼下豆卢子陵的死因不明,莫非你还想让我的人给豆卢子陵偿命不成?”

李二宝咬着牙,道:“杀人偿命,天经地义!”

“看来你是真打算胡搅蛮缠了!”武崇操一挥手,只听一片“叮叮当当”的声音,他身后的武氏子弟纷纷拔出了兵刃。唐人尚武,除了弩机和盔甲不能私藏之外,男子携刀带剑上街是再常见不过的一件事。之前在山顶他们不敢对张小萝拔剑,但对李二宝就没这个顾忌了。

眼看双方就要大打出手,郭烨在与纪青璇飞快地交换了一个眼神后,站起身来喝止道:“住手!”

“你又是何人?”武崇操对出身市井的郭烨毫不在意,斜着眼问道。

“郭某算是小萝和二宝的大哥吧。”郭烨这个回答可谓毫无破绽,顿时堵得武崇操哑口无言。

他恨恨地瞪了郭烨一眼:“那不知小郡主的大哥有何指教?”

“指教不敢。”郭烨问道:“只是这豆卢子陵死得确实蹊跷,想必兄台也不想身上平白被泼了污水吧?”

“给我们泼污水就是二柱子这个祸星!”

“这哪是污水,子陵分明就是被他们谋害的!”李二宝和武崇操同时抗议。

“莫急。”郭烨摆摆手道：“真相自有水落石出的时候，不过在那之前，兄台不介意郭某问你几个问题吧？”

“这是要把武某当犯人审了？”武崇操却不上他这个当，沉声质问道：“黛眉山乃是新安县辖下，便是问案，也该由新安县尊来问，你算个什么东西？也配问武某问题？”

李二宝闻言急道：“郭大哥，不能让他把这个案子转到新安县令手上，不然以武家的权势，最后一定会不了了之的！”

“二柱子，你竟敢诽谤武家，这件事我们权且记下了！”武延光在一旁早就看得愤怒不已了，这会儿逮到机会，立刻插言威胁道。

“怕你不成？”李二宝怒目而视。

“二宝，少安毋躁。”郭烨也不动怒，问武崇操：“兄台也是这个意思？”

武崇操淡淡道：“依律办事而已。”

“好。”郭烨摸出腰牌，在他眼前一晃而过。“不良司乃朝廷秘谍，本就有侦缉不法之职。这事既然到了眼前，按不良司职司，亦有查问之权！”

“呵，长安不良司何时有权过问我洛阳之事了？真是好笑！”武崇操却是眼尖，一眼就看出了郭烨腰牌上的破绽。

“巧了。”纪青璇在后面微微一笑，从容应道：“除夕之前，我等不良司同袍正好接到不良帅徐有功调令，即日起至洛阳不良司麾下效力。此案我们还真就有查问的资格。武公子，还请配合，莫让我等难做！”说完，她施施然站到了郭烨身旁，像是一种无形的支持，表明她与他统一战线。

郭烨闻言，勾了勾嘴角，武崇操的脸色却是一阵难看。犹豫片刻后，他只得把视线又转向李二宝：“二柱子，你当真要不依不饶？”

“现在才想求饶？晚了！”李二宝满是恨意地看着他。“子陵他不认俺不要紧，但是俺却将他视作兄弟。你们害了他的性命，俺便要让你们付出代价。郭大哥断案如神，你们武家休想一手遮天！”

“二宝！”郭烨呵斥一声。“休要妄言。如今尚无证据指向武兄的人，你怎能随意给人定罪？”

武崇操冷哼一声。“这话说得还算公道。”

“俺……”李二宝一愣，但还是不服气地嘀咕道：“这事儿分明就是他们做的，还要问什么,除了他们谁会害子陵。”

“你跟我过来。”郭烨板起脸,把李二宝拉到一边,看似训话,其实却是低声问道:“二宝,你可想清楚了,真要为了一个背叛过你的朋友,去得罪武家这样的皇亲国戚? 不值得啊!”

“不,俺一定要还子陵一个公道。”李二宝眼眶泛红,倔强道:“他跟俺从小一起长大,就算他不仁,俺也不能不义。”

“明白了。”郭烨吁了口气,道:“好,这事儿郭大哥答应帮你查了。但是你也要答应郭大哥,不管查出来是什么结果,你都必须接受,绝不可再无理取闹,行吗?”

“嗯!”李二宝用力点点头。

“你先去把门守住吧。”郭烨回转身,继续道:“老规矩,从即刻起,封锁驿馆,严禁无关人等进出!”说完,他也不管武氏诸子是何反应,自顾自走到豆卢子陵的尸身旁,将整具尸体仔细端详了好一会儿。

他蹲下身,双目微闭,上上下下地在尸身上摸索了起来,口中还念念有词,好像在和什么看不见的东西说话似的。郭烨的这一番动作,看得武崇操等人一阵冷汗淋淋。原本还想出声阻止,此时都愣在了那里。

“他,他这是跟谁在说话?!”武崇操结结巴巴地看向离他最近的纪青璇。

“豆卢子陵。”纪青璇道。

“这,这……”

“这叫摸骨辨生,是我们这位郭副尉师门秘传的玄门妙术。”纪青璇语气淡淡,道:“这门玄术施展开来,能与死者亡灵对话,知其生前状况。”

“竟这般神奇?”郭烨这神神道道的查案方式将那些个武氏子弟吓得不清,就连周围围观的游人也都倒吸了一口凉气。

纪青璇点了点头,低头看向还在故弄玄虚的郭烨。这家伙倒是许久没有使出这招了。纪青璇不由得想起了两人第一次相遇时郭烨也是这般装神弄鬼。

不到一盏茶的工夫,郭烨便停下了手上的工夫。对着武崇操等人笑了笑说:“武兄莫怪。个人有个人的法门。不过郭某适才已与豆卢子陵的亡灵对话,他告知在下其并非死于撞击。”

“这不可能!”守在门口的李二宝原本还满怀期待,此时听郭烨如此一说,当即惊呼了起来。

“我就说跟我们没关系吧！”武崇操刚刚还怕郭烨说出什么好歹来，此时听到这个结果，一颗心算是放下了。

“不——”

“二宝！”郭烨望向方寸大乱的李二宝，严厉地说道：“莫忘了你之前答应过我什么？”

李二宝浑身一震，终于安静了下来，可还是魂不守舍地自语道：“不可能，肯定是哪里搞错了……”

“没有搞错。不过我只说他不是死于撞击。这豆卢子陵真正的死因嘛——”郭烨扭头对陆广白使了个眼色。“小陆，劳烦你再验验尸……”

“不是搞了什么摸骨辨生吗？怎的还要验尸？”武延光不满地质问道。

“稳妥起见，还是让仵作再验一验的好。”郭烨解释道。

也不知是不是真的被郭烨之前的举动给唬住了，亦或是郭烨得出的结果并没有偏颇哪一方，武延光虽然有微词，却也没有真的阻止。

这边厢，陆广白闻言提起自己不离身的褡裢就走向豆卢子陵的尸体。很快，仵作验尸的帷幕就拉了起来。

借着帷幕的遮挡，纪青璇轻声问郭烨道：“你是不是看出什么了？”

“嗯。刚刚这豆卢子陵撞向桌角的力道并不大，适才我也查看了撞击的位置，的确不足以致死。不过这真正的死因，我只有些猜测，还需小陆验一验才好。”

“那你刚才搞那一出摸骨辨生作甚？让小陆直接验不就行了嘛。”纪青璇不解。

“纪不良尉，我若不搞这一出，武家这帮小子能这般乖乖让我们动手吗？”郭烨把声音压得很低。“不过，谢谢你刚才帮我解释，说得甚好。”

“哼！”纪青璇撇头不再理睬这个油嘴滑舌的家伙，而是专心看向帷幕。

帷幕里，陆广白忙碌着，隐约看到他从褡裢里拿出不少物件，有鼻罩、面罩、大衫、刀、剪、针、钳……

约莫一刻钟后，眼见陆广白这边快要忙完了，郭烨这才进去与他低声交谈了两句。

“到底行是不行？让一众人等陪着你们在这儿瞎折腾！乖乖给我听好了，若是敢蓄意栽赃，我武氏一门也不是好惹的！”武延光等得很是不耐烦，可这驿馆的大门又被李二宝给堵了，走又走不了。

郭烨闻言，从帷幕后探出头，望着他慢条斯理道：“这位武兄莫急。”说着他挥挥手。“小陆，说说你验尸的结果吧！”

陆广白走出帷幕，一板一眼地说道：“经本仵作勘查，豆卢子陵五官、四肢痉挛，口角有涎水，双耳后窍俱有黑色瘀血……应当是，中毒身亡！”

“啊？竟然是中毒死的？”

“光天化日之下，谁下的毒？”

“怪不得我推了一把他就倒了……”

……

陆广白的结论，在人群中引起一片窃窃私语的声音。

不管是武氏子弟，还是豆卢子陵一伙的少年，又或者其他旁观的游人，都忍不住议论纷纷。

“原来如此！就是你们给子陵下毒的！”李二宝再次指着武氏诸子，义愤填膺地大声叫道。

“不。”陆广白叹了口气，道：“豆卢子陵他是……自杀！”

第二十章　缘何要自杀

“自杀？”

李二宝被陆广白的话说得愣住了，半晌才回过神来叫道：“不可能！不可能！子陵怎么会自杀？肯定是哪里搞错了！”

“二宝！”郭烨喝止了李二宝的话。“其实自杀这个说法，也不甚准确，但他确实是自己杀死了自己没错。”

“什么意思？”郭烨古怪的表述，引起了在场众人的兴趣，一双双眼睛，纷纷看了过来。

“莫不是豆卢小子想以此诬陷我们？没想到他竟还有这样的血性！”武延光难以置信地说道。

“咳，咳，武兄，你想多了。他只是误食了毒草药罢了。”郭烨有些尴尬地打断了武延光的臆想。“从死状来看，应该是误食了一种叫鸡头草的植物。”

“鸡头草？”周围的人闻言一阵莫名。

“鸡头草也叫草乌，生于山地草坡，是一味草药。据医书记载，草乌能治头风喉痹，痈肿疔毒。”陆广白解释道。

“既是良药，如何会害人？”

“是药三分毒。这良药用得不当就成了毒药。”陆广白停了停继续说道。“草乌中毒须得满足两个条件，其一便是生食。”

“生食？子陵好端端的吃那玩意儿作甚？”豆卢子陵一伙人中有个身量颀长的少年忍不住出声。

“这位公子如何称呼？与这豆卢子陵是何关系？”郭烨闻言看向那少年。

“在下徐九郎，与子陵是好友。”这少年冷不防被点了名，犹豫片刻后还是站了出来。但他在说到自己是豆卢子陵的好友时，目光闪烁地看了看堵在驿站门口的李二宝。

“你既与豆卢子陵是好友，本副尉问你，这豆卢子陵平日可有啃食指甲的习惯？”

徐九郎愣了愣，似是没想到会有此一问。“是。子陵自小便有这个习惯。不过大些已经改了不少，只在紧张、心绪不宁之时还会啃食。今日，今日在下山之前，我还见他啃了指甲的。”

堵在门口的李二宝闻言，脸色变了变，但随即也附和道：“对，子陵确有这个习惯。郭大哥，你是怎么知道的？”

郭烨点了点头，示意陆广白与他一起把刚才验尸时围起来的帷幕给撤了。

而后他走到豆卢子陵的尸首前蹲下，拎起豆卢子陵的一只手，道：“豆卢子陵双手的指甲并不平滑，均有被牙齿啃食的痕迹。”

“你是说，子陵啃指甲时，误食了毒药？”徐九郎很是聪颖，马上就明白了郭烨的意思。

“这么说是他自己不知道从哪里沾染了毒药，然后自己啃指甲时一并吞了下去了？哈，哈，哈，傻子！”推倒豆卢子陵的那个武氏狗腿，脑子动得也不慢，闻言立马欣喜地大叫起来。

“如此便与我们无关了。我们走！”武延光很是不耐烦听这些，搞明白了关键点之后就招呼着人就要走。谁知郭烨突然话锋一转，道：“人的确不是你们害死的，但要说跟你们没关系，那就未必了。”

“此话何意？”武延光面色一沉，寒声道：“都这个时候了，你们不良司莫不是还想把我们拉下水？真当武家软弱可欺不成？”

“武公子少安毋躁。”郭烨不卑不亢，继续道：“在破案这件事上，郭某素来都是就事论事，既然说此事与你们有关，自然就会拿出证据来。”

“诸位且看他的指甲缝。”郭烨抓着豆卢子陵的手抬了抬。

“哗啦”一下，原本坐着不动的人全都围了上来，里三层外三层把郭烨和豆卢子陵的尸首围了个水泄不通。

“他指甲缝里有东西！”有眼尖的人马上叫道。

“不错，他指甲缝中的东西，正是泥土。”郭烨放下尸体的手，说道：“郭某之前已经对照过他指甲缝里和靴底的泥土，确定那泥土就来自这黛眉山中，应该正是此前被武公子等人推倒时抓了地上的草留下的。”

“莫非……这泥土中便有鸡头草？”围观人群中有那心思灵巧的，已经渐渐有了自己的猜测。

“你怎知就是当时抓的？这山野之地闲来无事，难保他不会揪草根玩。你们还是莫要信口胡说的好。”武延光见郭烨还真把这事与自己等人扯在了一起，不由得皱起了眉头。

郭烨似是早就预料到他会这样问，将豆卢子陵的右手手掌翻了过来，道：“武兄且看这手掌，掌心有指甲用力掐压的血痕，且五指指缝俱有泥土。”

武延光不解，道：“这能说明什么？”

“这说明，他揪那鸡头草的草根之时，手握成拳，且因用力过度便在掌心留下了掐压的血痕。诸位试想，若非气急愤懑，等闲谁能在自己的掌心掐出这样的痕迹。我再问一问武兄，谁又会没事狠狠握紧草根、土块玩？”武延光被问得愣了愣，却听郭烨继续道：“况且豆卢子陵倒地时的场景许多人都看到了，怕是也不难问出个所以然来吧。武兄若还有疑问，大可以上山再寻一寻那块草甸，看被豆卢子陵奋力揪起来的是不是鸡头草。”

“对，对，对，我看到他揪了地上的草。好像连根都拔起来了。”

“我也看到了……”

驿馆里的人，大多都是刚刚从黛眉山上下来的，武氏诸子此前在山上闹出了那么大的动静，现场许多人都有目睹。

“小陆，接下来是你的老本行，你来说吧。”郭烨退开一步。

小陆点点头，信步走回尸体旁，解释道：“如今正值隆冬，鸡头草花叶凋零，唯有草根深埋土中，全身毒素汇集其上，剧毒尤甚。”陆广白一边说，一边从褡裢中抽出一根薄薄的竹片，在豆卢子陵的指甲缝里小心地剔刮起来。片刻后，他高举竹片，道：“这泥土中，还有鸡头草的细小根须。豆卢子陵在抓破了鸡头草的根茎之后，因为心绪不宁，依习惯啃食指甲，误食了鸡头草。”

“啊，原来是这样。”

“真想不到啊！这草竟然这般厉害！”

“这以后去黛眉山可要小心了，竟然有毒草。”

……

“等等，不对啊。徐家那小子说他今日下山之前便在啃指甲。若是这样的话，他在山上怎么没有毒发，偏生到了驿馆才发作？这般也太凑巧了。”武崇操听了许久，问出的问题直中要害，让郭烨对这帮纨绔竟生出点刮目相看的意思。

“这就是我要说的，鸡头草中毒的第二个条件——与酒同用。生食鸡头草会出现胸闷、气促之感，但还不至于害人性命。可若与酒同用，毒性就成倍增长。”陆广白一边说，一边用手指了指尸体衣襟的位置。“陆某适才验尸之时，看到尸体的前襟上还有未干的酒渍。”

“酒？”徐九郎惊呼了一声。“对对对，在他们进来之前，子陵刚喝了酒，酒碗还在桌子。”说着，他回转身指了指桌子。哗啦啦，人群中央自动分开了一条道。郭烨与陆广白走了过去。

果见桌上有几个酒碗，其中一个的碗边上还有一个不甚清晰的手指印。此时，事情还有什么不清楚的，豆卢子陵在黛眉山上误抓了鸡头草的草根，又因为个人习惯，啃食了粘有毒素的指甲，到了驿馆饮酒之后，触发毒性。

“可是……”李二宝还想纠缠，纪青璇在他肩上轻轻拍了一下，告诫道：“二宝！多年发小离世，我们知你伤心，但是不要让你的情绪干扰了你的判断！决不可让无辜之人承担不该他们承担的罪责！你是一个不良人，连不良司基本的准则都忘了吗？”李二宝闻言张了张嘴，终于还是垂头丧气地坐了下去，双手抱头，一副难过到了极点的模样。

张小萝虽然依然浑身无力，但还是挪了过去，小声地安慰他。

郭烨虽然也担忧李二宝的状态，但他还有更麻烦的对手需要招呼。

“武兄，恭喜你们，洗清身上的嫌疑了。”郭烨这句话是对着武崇操和武延光两个人说的。

“武某应该说感谢吗？”武崇操轻描淡写地答道。

“感谢自是不必了，郭某分内之事罢了。”郭烨淡淡道：“不过也请诸位武兄谨记，在这件事上，你们也绝非无辜。鸡头草根深埋地下，若非你们逼迫过甚，豆卢子陵也未必会死。大周律法虽然治不了你们的罪，但人在做天在看，是非公道自在人心。”

“哈，哈，哈……那就让你的老天爷来制裁武某吧！”武崇操一声冷笑，引得其后的武氏诸子齐齐附和。洗清了身上的嫌疑，在确定不良司已经奈何不了自己等人之后，这伙人又恢复了嚣张跋扈的脾性，狂笑着威胁道：“不过在那之前，郭副尉你最好还是担心一下你自己和那头蛮牛吧，今日你们敢如此驳我武家的脸面，来日必有厚报！二位仔细了！”

郭烨神色不变，只是低眉垂目，道：“日后之事，日后自有分说，不过眼下郭某还要将豆卢子陵的尸首和本案的来龙去脉一同移交新安县衙善后，杂事繁多，就不送诸位武兄了！”

“我们走！”武崇操讨了个没趣，最后狠狠瞪了他一眼，一挥手，带着人灰溜溜地走了。

不良司的人则留下来，等候新安县衙派人前来交接，一番忙碌之后，此事以“意外死亡”结案。

直到这时，纪青璇才得暇问郭烨道：“这次你可算是把武家的人得罪光了，就不怕他们报复吗？”

“咦？我以为在万年县的时候，就已经把武延秀那厮给得罪了啊！今日破罐子破摔胆子才会这般胆大啊，原来是我误会了吗？完了，完了！万一武家人找我麻烦,司里可要给我撑腰啊!”郭烨眼珠一转,佯装后知后觉地扼腕叹息起来。

“现在怕了?晚了!”说着,纪青璇转身走了。

直到纪青璇去得远了,郭烨脸上嬉皮笑脸的表情才渐渐敛去。他望着西天渐渐歪斜的夕阳,喃喃自语道:“这个问题,小陆当初就已问过!怕吗?当然怕啊!谁不怕啊?可我更怕这世上的冤屈越沉越多,真相无处昭雪啊!”

第二十一章　上元惊牯牛

查清了豆卢子陵的死因,郭烨一行人紧赶慢赶,总算赶在宵禁之前,进了坊门,回到了徐府。

徐有功此时早已在府中,听纪青璇陈述完今日所发生的事,也不表态,只是微微一叹,吩咐众人把陛下赏赐的彩绢给分了。

好好的人日闹成这样,又得罪了武家这样的高门大阀,众人也没了饮宴的心情,草草用了些饭食,正待各自回去安歇,忽然看到李二宝还垂头坐在厅堂的一角,死气沉沉,全无平日里咋咋呼呼的活泼模样。

他这样子,看得郭烨心中一痛。认识这些时日,他早把李二宝和张小萝当成了自己的弟弟妹妹,如今看着李二宝耷拉着脑袋的丧气模样,心里比谁都难受。然而他也是无法可想,毕竟李二宝本就还是个半大的孩子,却在一日之内连遭数变,便是换作他自己,突然遭逢这样的事,也未必能比李二宝现在的状况好到哪里去。

不过,就在大家都一筹莫展的时候,忽然听到纪青璇轻声吩咐下人去拿剪刀和彩纸来。这是要作甚?所有人都用一种惊讶的目光望着纪青璇。虽说人日剪彩乃是习俗,可如今李二宝都这样了,怎么还有心情过节?

纪青璇也不解释,只是在众人复杂的目光中安之若素。待到仆人拿来了剪刀和彩纸,她一手接过,就低头裁剪了起来。

随着片片碎纸屑飘落下来,大家的眼神也渐渐从不解变成惊讶,再从惊讶变成敬佩。只见雪亮的剪刀在纪青璇的素手中来回跳跃，所裁所剪，莫不得心应手。不消片刻，纪青璇已经剪好了自己想要的图样。她放下剪刀，捧着剪好的彩胜来到李二宝跟前，轻轻一拉，就见两个手拉手的总角小儿跃然眼前，两小无猜的逗趣模样活灵活现！

“我也不知道你与豆卢子陵小时候是何模样，权剪一彩，聊慰哀思。”她把剪好的彩纸放在李二宝面前，轻声道：“一辈子能得一知己好友，何其幸也。豆卢子陵，若知你如此待他，泉下亦当瞑目。”李二宝呆呆地望着面前案几上的两个小人儿，默然片刻，突然伏案号啕大哭起来。听他这么一哭，众人反倒放下心来。哀思郁结于心，尤其伤身，可若是这般发泄了出来，待到过些时日，慢慢也就好了。

大家怜惜地看着李二宝，而他哭了片刻之后，也终于缓过神来，擦擦眼泪，将那张彩胜珍而重之地收进怀里，然后向纪青璇道了谢，摇摇晃晃地回自己房中休息去了。

“二宝没事了，睡一觉明天就能好些了。”仵作也算半个大夫，陆广白在这方面最有发言权。

“那就好。”郭烨松了口气，随后掉转目光看向纪青璇，啧啧赞叹道：“看不出来，你还有这手艺。”

纪青璇冷哼一声，道：“你看不出的东西可多了。”说罢也不理他，只是招呼张小萝道：“走，小萝，姐姐带你剪彩去。不理这些莽汉子。”

之后两天，郭烨等人都乖乖在徐府猫着，当然这也是因为李二宝心情不佳的缘故。待到第三天，张小萝实在憋不住了，一行人这才提心吊胆地出门游玩了一天。一路上郭烨还不停地告诫众人，千万要小心武家人可能的报复。结果第四天、第五天……都没有等来预想中的报复。一切都显得风平浪静的，以至于最警惕的郭烨，都忍不住开始怀疑，自己是不是误会了武家人？或许他们只是擅长放狠话，其实并没有那么记仇？

在无尽的忐忑和猜疑中，上元节终于近了。

正月十五上元、七月十五中元、十月十五下元，合称“三元”。李唐自开国以来，奉道家鼻祖老子为先祖，故而对道家节日尤为重视。上元这个原本属于宗教的节日，也渐渐普及民间，成为普罗大众狂欢的日子。

上元节盛典一般会持续三天。从上元前一日起，宵禁解除，一连三日，金吾卫放夜,准许百姓走出里坊,上街观灯赏月,坊间街巷中更是彩灯齐燃,灿若星辰,歌舞杂耍,通宵达旦。

去看灯会的请求,还是李二宝主动提出来的。经过这么些日子,李二宝也渐渐从目睹好友惨死的阴影中解脱出来,重新变得活跃,看得众人好不高兴。

是夜,洛阳城中无数彩灯立了起来,街上流光溢彩、火树银花。大道两旁,还搭起了杂耍乐舞的高台,无数歌舞艺人在辉煌如昼的灯光下吹拉弹唱、载歌载舞,热闹非凡。洛阳城的百姓更是合家出动,原本泾渭分明的洛阳城中,此时却是贵贱同游、男女杂观,涌动的人潮好不热闹。

郭烨等人的牛车,就混在这车水马龙中,排开人流,缓缓前行。

刚上街的时候,大家都还有点戒备。可是随着时间推移,众人也渐入佳境,流连在花灯招摇的盛景之中去了,把武家人带来的阴影彻底抛之脑后。

不过,在一处坊市街道的转角,却突然遇到了变故。原本在昆仑奴的操控下,平稳而行的牯牛,也不知看到了什么,竟怒哞一声,猛地往前一冲,拖得牛车也向前一撞。恰在此时,一个人影在车前一闪而过,也看不清有没有被撞上,反正只听一声惨叫,这人就已经扑倒在地,翻滚嘶号起来。

撞到人了!郭烨从前栏的缝隙中看到这一幕,心中一惊。

昆仑奴看起来比他还要惊慌,不过到底是经过专业训练的,虽慌却也不乱,还知道紧要关头要拉住缰绳。牯牛吃痛,斜斜地奔向一旁,牛车擦着地上的人驶过,最终歪倒在坊市旁的排污渠边,半个车轮悬空,险些栽倒进去。

“快,下去看看!”郭烨顾不得额头猛撞在车栏上的痛楚,捂着脑袋大叫道。

纪青璇坐在后车厢,比他摔得轻些,动作也更快,一跃就下了车。

两人先后来到那被撞之人身边,还没开口,就听那人凄惨地叫道:“哎哟,痛死我了,你们怎么驾的车!我要报官!金吾卫在何处?还有没有人来管管这事儿啦?”

第二十二章　崇操有阴谋

“你伤到哪儿了?”纪青璇快步走上前,俯身询问。那伤者却是不答,只是捂腿自顾哀号,声音还一阵比一阵凄厉。

郭烨在距离伤者两尺有余的位置,便不再上前,双臂环胸,眼睛紧盯着伤者,似是在琢磨着什么。这倒不是他想借故赖账,若是真出了走车马的事故,按照唐律,老实赔偿也是应分的。只是,之前牯牛着实惊得诡异,这伤者出现得又突然,此时更是叫得惊天动地,像是唯恐路人不知似的。种种巧合放在一起,总让他隐约觉得哪里不对劲,自然想看个究竟。

不过,这不看还好,仔细一看,他自己也不禁倒吸了一口冷气,只见那伤者裸露在衣衫外的肌肤上,竟然布满了道道青紫瘀痕,当真是伤得不轻。这下郭烨可不敢怠慢了,连忙招呼刚从牛车里爬出来的李二宝和陆广白过来帮手,打算三人一同把伤者抬到路边救治。被牛车撞一下说轻不轻,说重不重。郭烨虽然不懂医术,却也看得出这外伤瘀青甚是严重,莫要伤了内脏才好。

然而出乎郭烨的预料,这伤者也不知是不是疼昏了头,竟是死活都不让他们碰,只一味躺在地上哀号大叫。很快,周围赏灯的游人就都被这边的动静吸引了过来,里三层外三层把现场围了个水泄不通,这场面竟比不远处看杂耍表演的还热闹。

看到人越聚越多,郭烨的额头也微微见汗。正待想个好法子再劝劝这名伤者时,忽听一声趾高气扬的大喝:“金吾卫左街使黄铨大人到! 何人胆敢在这上元佳节走车马伤人?!”

郭烨听这声音甚是耳熟,扭头一看,顿时整张脸都垮了下来。只见武崇操领着一个方面大耳的披甲男人,排开人群,大步流星地走到众人跟前。

名为黄铨的金吾卫左街使站定之后,俯身打量着地上的伤者,面色沉沉,一派威严气象。“就是尔等走车马伤人?”这位黄街使一开口,直接就给郭烨等人定了罪。看那虎视眈眈的模样,就只差没遣人上来拿他们了。

郭烨还没来得及说话，地上那个刚刚还哀号不能对答的伤者，一骨碌儿翻了个身，冲着黄铨连连叩头。

"街使大人明鉴，小人张云生，不过出来赏个花灯，就被这些人的牛车给撞了，落得一身重伤，日后还不知好不好得了。小人家中上有八十老母，下有三岁小儿，全仰仗小人一人过活……这以后一大家子可怎么活啊！还请大人为小的做主啊！"这张云生还真真是有一副好口条，说着说着就七情上面，热泪盈眶了起来。

郭烨不由在心中暗骂了一句娘。若到这时他还不明白这是武家故意做的局，那可就真是个傻子了。若非有心算计，武崇操不会碰得如此巧，黄铨也不会到得如此快。

两人分明是早就安排好了这个"伤者"，然后就守在一旁，就只等他们的牛车上钩了。只是他现在看出来也晚了，武崇操已经布局落子，能不能转危为安，就看他应手如何了。

郭烨咬了咬牙，凑到武崇操跟前，低声道："崇操兄你好歹也是皇亲贵戚，为了构陷我们，竟连当街讹人这种拙劣的江湖伎俩都用上了，传出去也不怕辱没了武家的名声？"

"拙劣就拙劣了，就是要让你看出来，你又能奈我何！"武崇操冷声一笑，声音说不出的阴冷瘆人。"武某早就说了，当日之耻，必有厚报。若是治不了你们，那才真是辱没了武家名声。旁人怕是都会说我武氏子弟言而无信了！"

"你待如何？"郭烨咬牙，他还第一次听说这"言而无信"四个字是这般用的。

"不如何！"武崇操看起来却是不打算放过他们。"我啊，就想看你们挨鞭子！"

算你狠！郭烨一听武崇操这话，就知道今晚之事怕是不能善了，当下也不做无用的谈判，退回来苦思对策。

武崇操见状还故意把话说得冠冕堂皇："郭兄当日为武某洗清冤屈，武某铭感五内，无时无刻不思回报。奈何今日郭兄身为不良人，却知法犯法，武某虽然有心助郭兄脱罪，却也知法不容情的道理，不得不站在这位张小兄弟一边仗义执言，还望黄街使秉公执法才是。"他这番话顿时引得周围围观百姓一阵叫好，黄铨更是大义凛然道："此乃本官分内之事，自当秉公办理，武公子和诸位街坊放心便是！"

"怎么样？"待郭烨退回不良人中，纪青璇低声问道："没有谈判的余地吗？"

“谈个屁！”郭烨道：“人处心积虑就是要把我们置于死地！”

此时周围的游人越聚越多，场面也愈发显得混乱。眼看局面就要失控，郭烨也只能釜底抽薪，拿出自己的杀手锏了。

他扯着嗓子大喊道：“我等是奉陛下旨意来洛阳的，如今尚未觐见，尔等若敢胡乱办案，坏了陛下大事，届时谁人吃罪得起？”

“陛下旨意”一出，周围的人顿时像被施了定身法一样不敢动弹了。黄铨也是冷汗涔涔，在心里暗骂武崇操害苦了他。原本武崇操只告诉他帮忙对付几个小小的不良人，哪儿想得到这几个“小小”不良人手上，居然还捏着这样的大杀器。这下可真是神仙打架，凡人遭殃了。不想武崇操自己也被吓了一跳，他倒是也曾心疑过这些人的身份，好端端的怎会从长安调来洛阳，结果那武延光却道这种九品小吏不足为虑……但此时的局面他也已经是骑虎难下，只能硬撑道：“你说是奉旨就是奉旨？证据呢？”

郭烨用一种看傻子一般的眼神看着他：“谁会把敕旨随身携带？崇操兄莫不是觉得我会矫诏吧？郭某可没崇操兄的胆量。”

但是武崇操终究与武延光不同，他并非全然没有头脑的莽夫，从此前豆卢子陵一事中就可见一斑。此时，他稍稍一琢磨便回过味来了。“就算你们真是奉旨入京。但敕旨也不是你们肆意妄为的护身符！王子犯法与庶民同罪。你们当街走车马撞人致伤，还想借敕旨的名义逃脱惩罚？此乃罪加一等！便是陛下知晓了此事，也只会觉得你们罪有应得！”武崇操道。

不过郭烨也没真想凭一张敕旨就洗脱罪名，见镇住了众人，他已经完全冷静了下来，从容道：“崇操兄说得好，王子犯法与庶民同罪！只是不知道若是女皇的侄孙犯法，是否也与庶民同罪呢？”

武崇操心里一突。“武某听不懂你在说甚？”

“郭某说得很是明白了，不是吗？”郭烨踏前一步，视线在张云生和武崇操之间来回逡巡，冷冷道：“这罪呢，未必是真罪。伤呢，也未必是真伤……倒是某些看似义正辞严之辈，待到水落石出的那一刻，怕是少不了要被告一个罗织构陷的罪名啊！”

他的话音刚刚落下，武崇操和张云生就同时叫了起来：“你休得血口喷人！”

“是不是血口喷人，验一验便知。”郭烨转向黄铨，指着陆广白介绍道：“黄街使，这位是我不良司的仵作。为公平起见，您不妨也寻个信得过的仵作来，咱们几方一同验验这位张云生小兄弟的伤势。不知您意下如何？”

第二十三章　真假车马伤

黄铨听郭烨如此说，偷眼看了看武崇操，见他没有反应，心里便有些打鼓了。但是这么多人等着他决断，他若是犹豫岂不是自己坐实了嫌疑。于是也顾不得那许多，他即刻派人通报金吾卫，让他们尽快找个仵作来。

只是这可就苦了张云生了，大家都在等待，他的惨叫却是一刻都不能停，等各方都点齐人马杀到现场的时候，他嗓子都已经喊哑了。

金吾卫掌宫中和洛阳城日夜巡查警戒，并不曾配有仵作，故而寻来的是县衙的仵作。

郭烨也随他们去，就验尸这件事情来说，一个陆广白顶得上十个八个县衙的仵作。

“人齐了就开始验伤吧。”纪青璇沉着脸道。

黄铨和县衙带队的顾捕头自然也不会反对这个提议，当下就张罗着让仵作一起上前验伤。

“慢着！”武崇操一声喝断，让双方都惊了一下。

“崇操兄莫不是还有什么疑虑？这县衙的仵作可是金吾卫的人找的。”郭烨道。

“两人验伤，若遇意见相左之时，怕是不好决断。不若再寻一人一道验伤的好。”

“那崇操兄以为再寻谁一道为好？”郭烨顺着武崇操的话往下问。

“杏林堂的许大夫如何？杏林堂是洛阳第一大病坊，许大夫更是医术过人，反正是验伤不是验尸，怕是大夫比仵作还有用些。”武崇操言之凿凿，话语中亦有不容旁人质疑的威势。

郭烨看向纪青璇，见她微不可见地点了点头，便也就不再多说什么了。这武崇操既然有心讹诈他们，必然想好了后招，不如就让他把所有的招数都摆出来，他们也好一并解决了去。

如此这般，又等了一刻钟，杏林堂许大夫终于到场了。

其人是一个矮矮瘦瘦的小老头，穿着一身圆领绛色棉袍，留着花白的山羊胡子，看起来倒是不难相与的样子。

许大夫一到，人便算是齐了。三人即刻便围着张云生一通查看。

却见他们这边看看，那里捏捏，还掏出了什么东西擦了擦伤处。每次被捏擦皮肉的时候，张云生都会叫得更惨一些。也不知道是不是先入为主的关系，郭烨总觉得他这叫声假得很。

捣鼓了一阵子之后，三人似乎因为什么疑点发生了争执。

“三位，有什么话就明着说吧。让大家也来一道听一听。”武崇操道：“许大夫，你先说吧。”

“是！”许大夫微微欠身做了一揖，而后负手说道：“依老朽之见，伤者身上的瘀伤色泽青红，皮下血液凝结、发硬，损处压痛，并可闻及骨声，确系受伤不假。”

武崇操点了点头，转头看向另外一人。“嗯，县衙的仵作怎么说？”

“许大夫所言甚是。”这县衙的仵作是个四十来岁的中年人，回话时习惯性地低着头，显见就是经常对着上官回话的。“伤者左侧手臂的瘀伤较之另外一侧严重，想来是身体左侧被撞，后落地，故而被撞一侧的伤势会严重一些。且瘀痕呈青红色，确系刚撞伤几个时辰内的情况。”

“嗯！”武崇操显然对这些回答很是满意。“黄街使，事实显而易见，还不拿人？！”

李二宝和张小萝闻言，立刻上前，大有你若敢拿人，就先过了我们这关的架势。

“等等，我不良司的仵作还未说话！”郭烨示意两小只少安毋躁。

“哈哈，三人验伤，两人意见一致。另一人便是意见相左，又有什么要紧。不听也罢，莫阻了路上的交通。”

“崇操兄未免太着急了些吧。既然没什么要紧的，听听也无妨。免得落了人口实，说武氏子弟一言堂。小陆说说你的验伤结果。”郭烨句句诛心，说得武崇操脸色一凛,也不作声,算是默认了这个提议。

陆广白道:“陆某以为,走车马撞伤,身躯被撞倒后会与地面产生摩擦,故而多有擦伤,但是这位伤者受伤的部位却是甚少擦伤痕迹。”陆广白的说法,让许大夫皱起了眉头,至于另外一位县衙的仵作,因为一直低着,也看不清面上的表情。

“敢问这位小陆仵作,手触凹陷可闻及骨声,该如何解释?”许大夫捋了捋他的山羊胡子,问道:“这分明是有骨碎的异状。”

“他确有受伤不假。”陆广白道。

“小陆,这话什么意思?”听到这里,郭烨就有些听不明白了,刚刚还说这张云生的伤不是走车马撞伤的,这边又说伤势不假。莫不是……

陆广白接下去的话,立刻验证了郭烨的猜想:“但不是走车马受的伤。”这轻飘飘的一句话,惊得那县衙的仵作都抬起了头。

“此人应当是此前便受了伤,且伤势严重,有骨碎。故而许大夫说的也不错,按压伤处确实可闻及骨声。”

“那瘀伤颜色如何解释?”县衙仵作问道:“若此前便受伤,伤处应呈现紫绿色,亦或是黄色。如今这模样分明就是才撞上的。”周围的人,包括黄街使听到县衙仵作这番话,都不住点头,有没有受伤可作假,但是受了伤,如何控制瘀青的变化?这怕是做不得假吧。武崇操听闻此言,更是嘴角勾起,他多日谋划为的便是此时。

“这颜色是假的。”陆广白不急不慢地说道。

“不可能!”县衙仵作的声量明显提高了些。“某适才特意用水擦拭,这颜色水擦不去,根本不是画上去的!”

陆广白道:“在南方有种榉柳树,用其叶片涂抹肌肤,可呈现青伤赤痕,像是初撞时的瘀伤一般。如剥下榉柳树皮,平贴于肌肤表面,再用火熨烫,留下的痕迹水洗不掉。”

“这不过是你的一面之词,什么榉柳树,听都不曾听过,安知是真是假,”武崇操嘴硬道。

陆广白也不反驳,只道:“以榉柳树皮伪造的瘀痕,其实并非水洗不掉,只是掉色较慢,需得多次反复擦拭;或是用醋,擦拭的效果快于水。”

这边厢郭烨听到小陆这样说,立马拉了一个县衙的捕头,让其去到街边的食肆中借一碗醋来。

不多时,一海碗的醋便送了过来。陆广白掏出一块帕子,饱蘸醋,在张云生手臂上的伤处一抹,张云生即刻一阵哀号。陆广白却像是没有听到似的,继续反复圈擦。如此持续了有一刻钟,被陆广白用醋擦过的地方,竟是"药到病除",所有青红色瘀痕统统消失不见,露出底下黄色的瘀痕。

"这局做得不错。"郭烨看了不由得赞叹道:"看来这甚少擦伤,怕不是做局之人的疏忽,而是真伤在前,若有擦伤,一两日工夫必会结痂,反而漏了破绽。"

"确实不错。"陆广白收起那蘸了醋的帕子,与那海碗一并交给了县衙的捕快。"触摸查验是验伤之最基本的手法。若只以榉柳树皮染色,虽瘀青颜色相近,触感却大不相同。看来这设局之人颇动了一番心思,只是这心思未免太狠辣了些,受伤之人骨碎之伤日久不治,怕是之后治好了也会落得残疾。"

"以我之见,对方应是知晓小陆你的存在,才会这般费尽思量。"纪青璇淡淡地说道,一边说眼睛还有意无意地看向武崇操。

武崇操见状,脸色更是黑得跟锅底一样了。他尴尬地轻咳一声。"真是好狡诈的手段,武某也差点被蒙蔽了过去。幸好这位小陆仵作心思缜密、观察入微,不然武某罪过可就大了。还望郭兄看在武某一片急公好义的拳拳之心,原谅武某才是。"

急公好义?拳拳之心?郭烨听得好悬没笑出声来。你武家公子要是急公好义,这世道怕就真的没有公义了!当然,他也明白,武崇操会这么说,其实就意味着是在变相服软了。不过明白归明白,他可没打算这么轻易地放过武崇操。反正双方已经势同水火,他也不想和解了。今天就算不能真个将武崇操拿下治罪,至少也要好好落一落的威风。

他瞟了一眼已经手足无措的张云生,对黄铨和顾捕头说道:"二位大人,这狗贼阴谋构陷,依律当杖,又兼诬陷朝廷命官,理当罪加一等。二位回衙以后,不妨派人与我不良司好好合计合计,将他审上一审,说不定还能挖出些同伙来!"

张云生闻言浑身一颤,听到"依律当杖"时,脸色就已经变得惨白。等郭烨再补上一句"罪加一等",他瞬间心胆俱裂,心防彻底崩溃,猛然抬头看向黄铨和武崇操的方向,张嘴就要喊什么。

黄铨自然不会让他有开口的机会,上去就是一脚,同时喝道:"大胆奸贼,做出这等恶事,难道还想喊冤不成？来人呐,拖下去,听候发落！”

郭烨也不阻拦,只是笑看黄铨命人把张云生拖走,然后也不说话,就这么笑吟吟地继续望着他。

黄铨被他看得发毛,勉强挤出一个笑容道:“郭副尉未免把这事想得太严重了些吧？不过是江湖骗子当街讹人的小把戏,哪里会有什么同伙啊？”说完,他用一种隐带哀求的眼神望着郭烨,希望他能息事宁人。

“哦？江湖骗子的小把戏？”郭烨冷笑道:“什么江湖骗子这般厉害,连洛阳名医、县衙仵作都能蒙蔽过去？黄街使,郭某劝你慎言。”郭烨一句话不但噎住了黄铨,就连边上的许大夫和县衙仵作都面露愧色。可是郭烨的话还没说完。“黄街使,郭某等人乃是朝廷钦命的不良人,又是奉诏进京。小萝更是扶余国的小郡主、大周的贵客。纪娘子的义父也都是朝野之中响当当的人物。如今竟然有人试图当街谋害我等,这件事,你真觉得是小事？”

“这个……自然不是小事……可是……”黄铨一把接一把地抹着汗。他当然知道郭烨这话不仅是陈述,更是威胁。可他也能感觉到,旁边武崇操虽然阴沉着脸,不发一语,但也在不断投来警告的目光。夹在双方中间,他差点没当场哭出来。不过最终,他便是为了自保,也不得不坚持,道:“郭副尉言重了。这,这就只是一次江湖骗子的讹诈而已,没什么同伙……”

“是吗？”郭烨眉毛一挑,正要说话,忽然一个清朗的声音从人群外响起:“我能作证！这家伙确有同伙！”

第二十四章　再论惊牛事

“进去！”随着一声呵斥,一个身影狼狈跌入场中,似是被人一脚踢进来的。在他身后,一个怀中抱剑的少年缓缓跟上。

“是你？”郭烨等人纷纷露出惊诧的神色。后来之人,正是当日在黛眉山顶遇见的那个少年。

这些天来，他们偷摸逛街的时候没少留意，却是怎么都没看到他的身影，没想到却在这个时候不期而遇了。

“是啊！”少年腼腆地笑了笑。似乎除了剑术之外，他对跟人打交道这件事并不擅长。

“刚才是你说能证明张云生还有同伙？”郭烨也顾不上跟他寒暄，开门见山问道。

“是……”少年才刚说了一个字，武崇操突然大发雷霆：“审案何等大事，岂是你一个乡野小子，能够插嘴的！”少年的口音，带着一些清新淳朴的乡野之气，却也无伤大雅。但是在武崇操这种人的眼里，这少年就是一个不折不扣的乡巴佬了。

郭烨嘿嘿一笑：“崇操兄，普天之下莫非王土，率土之滨莫非王臣啊！莫非外来之人就不是女皇陛下治下的子民了？”

武崇操被堵得哑口无言。

郭烨也不理他，又对少年说：“你有什么证据，要指证谁，都可大胆道来。只要你所言不虚，在场的官爷自会听取。”

“好！”少年本来被武崇操嘲讽得有些失落，现在听了郭烨的话，又兴奋了起来。他用力点了点头，脚下一动，闪到之前摔倒的那人身后，又在他屁股上补了一脚，大声道：“我可作证，你们的牯牛被惊，便是这人故意捣的鬼！”

这时大家才把注意力放到这个被少年擒获的人身上，只见他五短身材、其貌不扬，属于丢到人堆里就找不着的角色，也不知为什么少年会笃定地说就是他搞的鬼。

武崇操的眼神里闪过了一抹说不清道不明的神色，像是意外，又像是松了口气。

而郭烨则是没想到这少年压根没听明白他的弦外之音。他说“抓同伙”，就是真抓了一个张云生的同伙出来，实诚得不能再实诚了。他本意是要痛打落水狗，给武崇操一个好看的，可现在被抱剑少年这么一打岔，原本的计划却是进行不下去了。

不过看着少年脸上那不加掩饰的真诚和自豪，郭烨又着实不忍心多加怪罪。反正能把武崇操安排的人都揪出来，也算是狠狠落了他的面子。当下他就走到伏在地上的汉子跟前问道：“就是你设法惊了我们的牛车？”

武崇操脸色铁青,在一旁咬着牙说道:“是与不是,你可要‘好好’地交代清楚,不然谁也保不了你!”

这话里威胁意味太浓,汉子一个激灵,顿时大声叫屈道:“诸位大人明鉴!可不关小人的事情啊!小人就是出门看个灯。也不知道这小子发了什么疯,非要跟小人过不去。诸位大人可要还小人一个公道啊!”

此人口口声声只道自己“冤枉”,郭烨一时也是老鼠拉龟——无处下嘴,毕竟武崇操刚刚的威胁虽然已经算不得隐晦,但也挑不出他什么错处来。他只好再次转向抱剑少年:“你呢?又是何状况?”

少年一见众人都把视线移到自己身上,冠玉般的脸上微微一红,道:“事情是这样的。这段时日我听闻洛阳城中有少女失踪,便日日昼伏夜出,想把那绑架少女的恶徒给抓出来。谁知一连数夜,我寻遍了整个洛阳城都一无所获。不想今日刚出来,就看到这家伙带着一条红布,鬼鬼祟祟地在人群里乱晃。我看他那样子就不似好人,便上去把他给逮了。后来听到这边有动静,说是走了车马,我一猜便知,定是这家伙搞的鬼!”他这一番话,听得郭烨等人一愣一愣的。

他们这下算是明白了,为什么自己等人怎么找,都碰不到少年的面了。合着这些日子以来,他天天都是冒着被打板子的风险,“犯夜”出行,这能碰得到才是怪事了。

倒是那个“少女失踪”的流言,这些日子他们也有所耳闻,不过都没当回事。毕竟洛阳这么大,类似的市井传说每天没有十个也有八个。这少年居然凭着一个流言就夜夜蹲守,真是让人不知该怎么评述他才好。

谁知一旁的张小萝看向少年的眼神却是越来越明亮,大有惺惺相惜之意。众人这才想起,这小妮子刚到长安的时候,做的似乎也是差不多的事。

忽然,一阵轻咳从旁边传来,众人不约而同地看过去,才发现出声之人正是黄铨。只见他脸色阴沉,似乎是在提醒少年赶紧闭嘴。毕竟堂堂金吾卫街使,被人当面谈论“犯夜”之事,还口口声声地逛遍了整个洛阳城,简直狂妄至极。可他偏偏还碍于众人在场不能发作,想想也是有够憋屈的。可惜他今日碰上的,却是个完全不通人情世故的。

听到他咳嗽,少年竟然还十分真挚地关心了一句:“大叔,可是嗓子不适?天冷,莫要染了风寒才好!”

"哈,哈,哈……"围观的人群中顿时爆发出一阵哄堂大笑。

只见黄铨的脸色瞬间由青转红,精彩到了极点。估计这会儿他已经在心里把自己那些属下骂了个狗血淋头。

不过郭烨他们是见过少年的身手的,心知以金吾卫那些废物的本事,实在够呛能跟得上他。

"黄街使,闲言少叙,我们还是接着说案子吧!"郭烨看着黄铨说道。他还真怕黄铨恼羞成怒起来,不管不顾非要把少年抓了问罪,那可就麻烦了。

"好,问案!"黄铨也是进退两难。一边是郭烨揪着案子不放,一边是这少年口无遮拦,一字一句都像是在他们金吾卫的脸上扇巴掌,把他们的无能完全暴露了出来。

"我问你,你怎知是这人惊了郭副尉几人的牯牛?"黄铨端起架子,问抱剑少年。

"我当然知道啊!我在家除了练剑便是养牛,只要是跟牛有关的,没有我不知的!"少年一字一句认真地答道,在说起养牛的时候,他脸上居然露出了跟论剑时一样的光辉。

黄铨被他噎得半死,又实在没法跟他解释"我当然知道"这种话是做不得证据的。

幸好郭烨机敏,道:"那你能否想个法子给我们演示一番,他是如何惊了牯牛的?"

"哦,早说嘛。这个简单。"少年拍着胸脯大包大揽,又把黄铨给气得不轻,闷闷地不说话了,任由郭烨去跟他沟通。

"你可想清楚了,若是证明不了,可要治你一个诈伪之罪的!"武崇操恶狠狠地警告少年道。

遗憾的是,他这次的威胁却是找错了对象。因为少年根本听不出他的弦外之音,反而把他的威胁当成了提醒,点头说道:"放心!绝对能成!"

"好,放手干吧!"郭烨窃笑着拍了拍少年的肩膀,鼓励道。

"嗯!"少年得到夸奖,顿时兴奋得满脸通红,飞快弯下腰,在那平凡汉子怀中扯出一条大红布来。

方才众人见这汉子怀中鼓鼓囊囊,还只当他是体胖,没曾想却是因为怀里藏着一块六尺见方的红布。

少年拿过红布，走到牯牛身边，随即如舞蹈一般挥舞红布。随着他的动作，原本已经平静下来的牯牛，突然一反常态地暴怒起来，眼睛血红，直喘粗气。忽然，牯牛闷吼一声，朝着红布狠狠撞了过去！

“啊！”周围顿时响起一片惊呼。

郭烨见状，忍不住在心中大呼“不妙”，开始深悔起自己的鲁莽来，此时周围聚了如此多的游人，若是牯牛发起狂来，那可就不是一个“走车马”能够承担得了了！

在这千钧一发之际，却见李二宝突然往前一扑，双手扳住牯牛的犄角，虎吼一声，浑身蛮力爆发，竟是硬生生把它给按在了原地！

“哇！”他的表现，引得围观的人群一阵惊呼。

不过牯牛的力气，显然不是人力所能比的。即使李二宝天生神力，在牯牛四蹄狂挣之下，也渐渐露出吃力的神色。“快想个办法啊……”李二宝额角青筋暴绽，挤出一句话来。

下一刻，绚烂的灯火中，突然有寒光一闪。不等众人看清发生了什么，那牯牛突然哀鸣一声，前蹄一软，跪倒了下去，然后便再无声息！

李二宝只觉手上力道一空，栽了一个踉跄。站稳之后，他眼中露出难以置信的神色。而那抱剑少年的身影，也随之落在了他旁边。

“发生了什么？”围观人群中，响起一片询问的声音。

陆广白走上前，揪起牯牛的脖颈一看，吐出一句：“一剑穿心。”

无数道视线随着他的动作，落在牯牛身上。人们这才发现，在牯牛两片肩胛骨之间的毛发中，露出一个只有寸许长短的血口。

如果不是陆广白指出来，他们压根就不会相信，仅凭这样一个小小的伤口，就能够让一头健壮的牯牛瞬间毙命！

“是那个家伙……”张小萝撇了撇嘴，一语道破天机：“他一剑刺穿了牯牛的心脏！”

这话说起来简单，但闻者莫不色变。这电光石火的一剑，精准而毒辣，连强壮的牯牛都能一击毙命，若是落在人的身上，又会有怎样的效果？想到这里，众人顿时一阵毛骨悚然，连横竖看少年不顺眼的武崇操都乖觉地闭上了嘴，生怕一言不慎就被这不通人情的莽撞少年给一剑穿心了。

张小萝走上前去,伸手将少年手中的长剑抽出一截。众人的视线投注过去,惊讶地发现,那吹毛断发的剑刃上,居然连一滴鲜血都没有留下!

好快的剑!

第二十五章 小萝失踪了

少年的剑惊到了在场的所有人。

但也不知武崇操究竟是做了什么,总之那张云生和惊牛的汉子纵然被吓得双腿瑟瑟发抖,也还是死咬着不肯供出幕后之人。随着夜色越来越深,大街上的人流也越来越多。如果再这般挡着路,着实是不妥。无奈之下,最终只能以当街讹诈的罪名带走了两人。

一场闹剧就此落幕。

武崇操奸计不成,也只得灰溜溜地走了。临走时他一言不发,连句狠话都没放出来,也不知道是不是怕被少年的剑给穿了。

“哎,幸好时间还早。打发了武家的麻烦,我们也能安心观赏灯会了。”郭烨看着周围渐渐散去的人群,庆幸道:“只是没有了牛车,靠步行走不了太远。那洛河边的灯楼是瞧不了咯!”

“啊!”听闻此言,张小萝第一个垂下了头。她可就是冲着皇城外那二十来丈高的灯楼去的。

“无妨,就在前边修文坊里赏灯也是不错的。坊里的花灯多是民间百姓自发做的,也是有意思得很。”纪青璇安慰道,随即她转头看向郭烨。“至于你啊,还是先想想怎么跟司里解释牯牛的损失吧!”

顾青璇的本意只是习惯性地想怼一怼郭烨,没想到抱剑少年听了反而觉得内疚无比。“这,真是太对不起了,那一剑刺得太顺手了……”

“不妨事!”郭烨连忙安慰他,道:“今晚之事都是那武崇操惹出来的,与你无关，莫往心里去。”

“就是啊，说起来你还帮了我们一个大忙呢……”李二宝道。

大家七嘴八舌的好不容易把少年安抚下来。纪青璇终于得暇问起他的姓名来：“小兄弟贵姓？”

“免贵，姓裴。”

“裴兄。”郭烨拱拱手，正要客气两句，谁知一个“久仰”还在嗓子眼里酝酿，裴姓少年已经摇头纠正道：“不，你比我大，不能称兄。”

郭烨闻言哭笑不得，不过他现在也清楚裴姓少年的性子了，当下从善如流道：“好吧，裴老弟……”

裴姓少年这才高高兴兴应了。

“不知裴老弟接下来有何打算？”郭烨和纪青璇对视一眼，问道。虽然很想把这样的人才拉进不良司，但也要先确定他确实没有东家才行。

“当然是继续抓那个绑架少女的恶贼啊！”裴姓少年理所当然地答道。

于是，在开口招揽之前，他只得先跟裴姓少年解释所谓的少女失踪，很可能只是一个不切实际的流言。

然而一根筋的裴姓少年，却仿佛很难理解怎么会有人拿这种人命关天的事情开玩笑。无奈之下，郭烨只得打趣道：“其实你若要查少女失踪，哪儿都不用去，我们中间不就有个少女吗？你只需守株待兔便好。”

谁知他这话才刚说完，就听到裴姓少年惊讶道：“咦？那天与我比剑的那个姐姐呢？”

郭烨回头一看，虽然他们和纪青璇、李二宝、陆广白等人之间三三两两地隔着些赏灯的游人，但是都还能看到彼此的身影。可是环顾周围涌动的人潮，唯独不见了张小萝。

郭烨也没当回事，反而笑笑调侃道：“大概失踪了吧？”

就张小萝那战力，若真要被坏人盯上，倒霉的是谁还不好说呢！所以郭烨一点不担心。

“我猜她定是看灯看得入了迷，落在了后头。我们便在这儿稍等片刻，待她回过神，自然就会追过来的。”纪青璇从后面走上来，说道。

众人也没什么异议，就站在原地各自流连彩灯。纪青璇更是趁机以不良尉的身份发出邀请，希望裴姓少年能加入不良司，至少也可以做个不良友，就如同郭烨与陆广白当初那般。

不过这个邀请却被裴姓少年直言拒绝。

“大丈夫当征战沙场，马革裹尸！”少年拍了拍胸脯，认真地说道：“我已决心要去从军了！”

“好志气！”郭烨赞了一句，突然又想起一件事，奇道：“那你要从军，不去折冲府，整日里满街乱晃做甚？”

裴姓少年脸上露出一丝诧异的神情。“啊，还要这样的吗？我以为只要我立了功就能从军呢！”

这个思维着实古怪，饶是以郭烨的急智，也觉得有些跟不上。默然半晌之后，他才跟纪青璇商量道：“以裴老弟这身手，从折冲府的卫兵做起实是屈才了。你看能否想想法子给裴老弟谋个门路，洛阳你熟！”

纪青璇点了点头，正要再说什么，李二宝突然说道：“小萝怎么这么久还没跟上来？”

给他这么一说，众人这才惊觉张小萝走散的时间确实有点久了。他们现在就在一条直路上，如果张小萝只是因为看灯落后一步的话，长时间无论如何也该跟上来了。

“该不会真被人掳走了吧？”这一晚上听多了少女失踪之事，李二宝也不由得担心了起来。

“怎么可能？”郭烨脸色也有点难看了，但还是强笑道：“小萝的身手你又不是不知，若被人掳走，怎会一点动静都没有？”

“那也不一定，掳人也不是非要动手。”陆广白一开口，说出来的话，就让人恨不得踹他一踹。“陆某就知道数十种药方，能让人不知不觉着道。”

“你当谁都与你一般！”郭烨回了他一句，但心中的忧虑却更浓了。

“行了，都别在这废话了。赶紧分头去找找吧。”纪青璇当机立断，道：“不管找得到找不到，一刻钟后我们仍在此地汇合！”

“是！”众人都是不良人，别看平时嘻嘻哈哈的，一旦得了命令，却是令行禁止。

郭烨顺着自己负责的一路游走搜索，却一无所获，在心里估摸着时间差不多了，只能无奈返回。等他回到原地，才发现纪青璇和陆广白、裴姓少年都已经回来了，不过身边并不见张小萝的身影，看神情，他们也和自己一样白跑一趟。

“二宝呢？”郭烨见状张嘴就问。在其他人搜索都落空的情况下，李二宝那边已经是最后的希望了。

不过众人闻言都只是摇头。又等了好一会儿，他们才看到李二宝从街道那头拐过来，跌跌撞撞地一路狂奔，看到他们之后，脸上更是露出了焦急无比的神情。

“你们快跟俺来！”还没靠近，李二宝就气喘吁吁地叫道。

郭烨心里顿时就是一“咯噔”，涌起一股不祥的预感。

“怎么回事？你找到小萝了吗？”

“俺……俺没找到小萝……”李二宝道：“但是俺找到小萝的剑了……”

“什么？快带我们去看看！”

片刻之后，众人在一条靠近坊门的路边，看到了张小萝的那柄巨剑。

巨剑就斜斜插在十分显眼的位置上，郭烨快步走上去仔细打量，发现小半截剑身都深深地没入了路面中。

他试着提了一下，毫无意外地提不动。

“剑在这里，小萝她人呢？”郭烨有些暴躁地问道。

“不知道，俺到时就不见小萝的踪影了！”李二宝摇头，看他的表情，急得都快哭了。

偏偏这时候裴姓少年还用一种十分笃定的语气说道：“小萝姐姐肯定是出事了！不然一个剑客怎会把自己随身的佩剑舍弃？最近洛阳城里少女失踪——”

“大家就近找找，看看小萝有没有留下什么线索。”裴姓少年的话还没说完，就被郭烨急急打断了。他摸着巨剑，沉吟道：“剑不是跌落在地，而是插入土中的。这说明小萝应该走得不是很急，说不定会给我们留下线索！”

谁知他的话音才刚落，陆广白就接口道：“未必，这剑也有可能是别人插在地上的，甚至可能就是掳走她的人。”

纪青璇一惊：“何以见得？”

“因为我闻到了醉仙桃的味道。”

“嗯？”众人闻言纷纷不解地看向陆广白。

“醉仙桃配上其他几种药物，能够制成十分强力的蒙汗药，以小萝的体质，决计坚持不过三个呼吸的时间。”

“那我们更要快点找到她了!”郭烨急躁地低吼一声,蹲下身去细细查看了一番。

奈何这条路比起其他主路要偏僻一些,故而行人也少,连花灯都没有多少,昏暗的光线让他根本看不清脚下。

“该死的!”他狠狠捶了一下地,然后猛地朝不远处的繁华街道跑去,二话不说拔下一只花灯当灯笼,照着路又跑了回来,浑然不管身后一个老汉大呼小叫地追上来。

“不好意思,这灯我们买了。”纪青璇只好迎上去,掏出银钱,帮他善后。

对身后发生的一切,郭烨从头到尾都没去理会。他提着花灯在巨剑插入的位置细细查看了一番,而后提着花灯,顺着街道一直往前。他们本是在修文坊里看的花灯,此时顺着这条路没走多远就拐出了坊墙。

却见不远处是一条一丈来宽的木桥。郭烨在桥头蹲下身来,摸了摸木桥上散落的泥土,随即又走向了另一边的桥头。

“你发现什么了?”纪青璇连忙跟上去问道。

郭烨站起身来,面色阴沉地道:“若是小萝此时已经昏迷,要将其带走,无非是两个法子,要么扛着直接走,要么就是塞进车里。今日乃是上元节,街上游人众多,金吾卫又到处布控,要扛着一个大活人招摇过市未免也太大胆了,所以定是有车马随行。我看那木桥上有车轮碾过留下的沙土痕迹,且土质松软,显然是刚刚过去不多久。”

纪青璇闻言,张了张嘴,似乎是想说些什么,却又没有开口。

“怎么了?”郭烨忍不住问道。

“桥上过车马是常事,你如何确定就是载了小萝的那辆车?”纪青璇不想打击郭烨的士气,犹豫再三,才把心中的疑虑说了出来。“还有,若是那车不是往坊外走,而是往坊内走呢?”

“木桥上的车辙与我在小萝的剑旁看到的纹路印记一样。而且剑旁的车辙甚是清晰,显然是有停留的迹象。”郭烨舔了舔干燥的嘴唇,继续道:“你再看,靠近修文坊那头的车辙要比这边桥头留下的车辙清楚,这说明车是从坊内往坊外走的。而且——”郭烨停顿了一下。“而且,现在没有更好的选择,时间紧迫,我们只能搏一搏。”

纪青璇闻言诧异得看向郭烨,没有想到会从郭烨的嘴里听到这样一个理由。她第一次从这个做什么事都自信满满的少年眼里看到了慌乱。

第二十六章　醉仙桃引路

“跟着这两道车辙走!”过了小木桥,郭烨举起花灯,在地上一扫,即刻指着两道车辙叫道。

纪青璇亦俯身查看了一番,虽然地上交错着不少车辙,但郭烨手指的那两条却比其他车辙要宽上一指。

“看来这车的主人身份尊贵。寻常百姓用不了这个尺寸的车轮。”纪青璇道。

“对! 所以我们只需顺着这条车辙印追就可以了……”郭烨急急地说道:“别废话了,赶紧追吧!”说完,他就兀自向前跑去。“跟上来!”

“嗯!”纪青璇飞快地追了上去。

李二宝也“哇呀呀”叫了一声,大步奔行,嘴里恨道:“不管你是谁,要是小萝少了一根汗毛,俺就把你碎尸万段!”

至于裴姓少年就更不消说,以他的身法,足下一踏就能纵出去丈许,要不是为了迁就郭烨等人的速度,恐怕早就跑得没影了。

独独苦了文弱的陆广白,在后边远远缀着。

一行人一路追着车辙,这印子时断时续,时有时无,还好这坊外的路都是四平八直的,倒也不曾跟丢。待到追出一段路后,就见车辙又过了一座木桥,而后进了尚善坊。然而等他们也进了尚善坊,却发现路面上的车辙印不见了。

原来是这坊内也不知住了哪位大人物,街道的路面都做得格外坚实,有些位置还特意用“沙堤”筑路防滑。

“这里住的是?”郭烨顿足不前回身问道。

“太平公主!”纪青璇无奈地回答:“尚善坊毗邻皇城,北面便是直通皇城的天津桥。”

其他人站在她身后，一时也傻了眼。

就在这时，伴着一阵气喘吁吁的声音，陆广白也终于追了上来。

“小陆，你闻闻，能否闻到醉仙桃的味道？”看到陆广白，郭烨顿时眼前一亮。

不想陆广白却用一种怪异的眼神看着郭烨，道：“郭副尉，陆某是人，不是细犬。”

郭烨闻言也是一噎，有些不好意思地说：“小陆，我不是这个意思。”

“适才陆某能闻出醉仙桃的气味，大抵是因为那车在插剑的位置停留过。”陆广白也不理他，继续说道：“但离了那个位置，便再也闻不到了。”

“那该如何是好？”李二宝急得满头大汗。便是那裴姓少年也是一脸焦急。

“大家四散看看吧。”纪青璇道：“这条大街往前，下一个拐角处我记得有个蓼风楼，是一家十分热闹的酒馆，上元佳节也必定是张灯结彩好找得很。一刻钟后，我们便在那里碰头可好？届时再无线索，我便差人通知义父。”

“也只得如此了。”当下的境况，要在偌大一个坊内寻一个人，如大海捞针，只能大家分散找寻，尽可能地节约时间。但若是时间拖得太久，便不是他们能够解决的事了。毕竟小萝还有扶余国小郡主的身份，她这一丢，事情可大可小。故而纪青璇的布置算是当下最得当的处理办法了。

时间一分一秒地过去，纵然是在冬日，郭烨的额头上也开始冒出了细细的汗珠。一刻钟后，他按约定的时间折返蓼风楼，其时纪青璇、李二宝已经回来，独不见裴姓少年和陆广白。

又过了大约一炷香的时间，纪青璇等不及，正准备招人通知徐有功，却见裴姓少年踏风而来。“快，那个仵作哥哥让我来通知你们，他寻到线索了。”

郭烨等人闻言不由精神一振！原来裴姓少年刚刚在赶回蓼风楼的路上遇到了同样急匆匆往回赶的陆广白。奈何陆广白脚力有限，故而让他先回来通知众人，他自己再去盯着。

一行人跟着裴姓少年穿过了两个街口，终于看到了陆广白正站在一处街角的阴影里，眼睛紧紧盯着一所宅院的后门。

“小陆，你发现了小萝的线索？”郭烨急急问道。

“嗯？适才与你们分别大约一盏茶的工夫，一辆牛车从我身边经过，我又闻到了那股醉仙桃的味道。亏得今日路上人多,那牛车也跑不快,我便一直远远跟着,直到他们进了这所院子。”陆广白伸手指了指斜角的那所宅院。“到现在都不曾出来过。”

“过去看看。”听陆广白说完,郭烨脸色一沉,比划了一个不良人都看得懂的手势,指向宅院的后门。

李二宝大步上前,正待破门而入,裴姓少年却已经抢先“唰”地拔出长剑,贴着门缝一剑斩落,瞬间削断了门闩。他那剑也不知是何人打造,锋利无比,削断粗大的门闩,竟没发出什么大的动静。

郭烨上前伸手一推,两扇大门就应手而开。

才进了门,就看到一辆卸了牯牛的车厢停在院子中央。

郭烨箭步冲到车前,挑开车帘,借着幽幽的月光打量车厢,虽然看得不甚清楚,却也能看出这牛车的内饰透着一股清贵底蕴,不知是什么野兽的皮毛上铺着轻软的褥子,精美的刺绣比金银更能彰显牛车主人的品位和阔绰。在车厢中,还弥漫着一股淡淡的香味,这次却是连郭烨都能闻到了。

陆广白也快步走到车厢前嗅了嗅,随即又拿起车中小几上的一个香炉,从中挑起一片被烧焦一半的花叶看了两眼之后,肯定地点了点头,道:“果然是醉仙桃!”

“那就对了! 走!”众人穿过院子,就要往前走。郭烨嘱咐道:“找到小萝之前,切莫搞出太大动静,一切以小萝的安危为上!”

他又扭头看向裴姓少年:“若是途中遇上巡夜的家丁,还要仰仗裴老弟的剑术了……尽量莫要伤及人命吧!”

最后一句话,却是道出了他的心声,裴姓少年的剑术杀气太重,莫说武崇操,便是他看了也有些心寒。

“嗯,我晓得。”裴姓少年点点头,一马当先走在了最前头,一直抱在怀中的长剑,也被换到左手,蓄势待发。

不过出乎众人的预料,这所宅院虽然面积宽广,但却不似一般大户人家灯火通明。偌大一所宅院,竟有大半是黑漆漆的,众人一路行来,也看不到多少执役的仆婢,只是偶尔有几个提着食盒的下人匆匆走过。

裴姓少年如临大敌般的准备,竟全成了摆设。侧耳倾听,只从厅堂的方向依稀传来饮宴的声音，但却把整个清冷的宅院衬托得更加冷寂，宛如鬼宅。

“这般阔绰的宅邸，却不点灯烛，仆婢人数更是少得可怜，一看就有猫腻！”郭烨说道。

“废话少说，找小萝要紧！”纪青璇推了郭烨一把，催促道。

“嗯！去厅堂吧！”

黑暗中，众人皆不再说话，一路穿堂过院，直奔唯一有人声回响的厅堂而去。

到了堂下，终于见到了灯火。不过厅堂门扉掩得严严实实的，不见人影，只能听到其中有人声回响。

郭烨耳朵尖，一下就听到了张小萝的声音。情急之下，他也顾不得细听，直接大喝一声：“二宝！上！”

李二宝闷吼一声，把头一埋，合身撞在了厅堂的门扉上。

这门扉的形制乃是绮窗绣户，固然是好看，但对于李二宝这种蛮牛一样的家伙来说，阻挡的效果却是几近于无。

“咔嚓”一声，断裂的棂木和裱糊的碎纸四散乱飞，李二宝破门的同时大吼一声：“小萝，俺来也！”

裴姓少年虽然一言不发，却也是个古道热肠的人，自然也是不甘落后，身形一闪，进门的速度比李二宝居然还快上一些。

然而出乎郭烨的预料，他们两人先声夺人之后，厅堂里居然出现了短暂的寂静，一点都没有他想象中打斗的声音。他连忙冲向厅堂的大门，可脚还没跨过残缺的门扉呢，先就闻到一股浓烈的酒香。

郭烨虽不好酒，但当初常年混迹酒肆茶楼之间，多多少少也懂一点，一下就闻出，这酒并不是“绿蚁”那样的新酒，也绝非“冰堂春”一类的老牌名酒，而是来自西域的葡萄酒，这倒也符合这宅子主人一副清贵的做派。

只见厅堂中的景象，和他想象中的“罪恶现场”不同，反而一派其乐融融。张小萝和一个年轻的公子高座对饮，旁边是差不多年岁的少男少女相陪，虽无丝竹管弦，却也优雅无比。

此时那为首的公子正半举酒杯，一脸惊讶地望着他们这些闯入者。李二宝则和裴姓少年面面相觑，像是被眼前的场面惊到了。

反倒是张小萝似乎喝得有点多了，斜坐席上，小脸红扑扑的模样显得格外娇憨可爱。看到几人闯进来,她似乎一点并没觉得有什么不妥的地方,反而举起晶莹剔透的玉质酒杯娇笑道:“呀！你们来了啊！来,我给你们介绍个新朋友……”

第二十七章　如玉李家郎

张小萝小脸酡红,醉眼迷离,显然已经不胜酒力,但还在那儿举起酒杯大声嚷嚷。忽然,她竟是“噗通”一声倒在面前的酒案上,杯中殷红色的酒水洒了一地。

“小萝!”众人一惊,李二宝和裴姓少年更是本能地抢上前去,护在张小萝左右。直到陆广白上前查看了一番她的症状,对众人点点头,示意无碍之后,两人才放松了戒备。

事到如今,尽管还不清楚张小萝为何会跟着这户宅院的主人孤身到此,又为何会喝得酩酊大醉的,但毫无疑问,是他们误会了对方。

看了看被李二宝撞得粉碎的门扉,郭烨面上也不禁露出一丝惭色,拱手苦笑道:“在下心急舍妹安危,却是不慎坏了贵府的门扉,实是抱歉!”

郭烨的话音还未落,裴姓少年嘴快,就已经把郭烨没说的话全给抖搂出来了:“哎呀！我们还以为你便是这几日传言中掳掠少女的贼子,原来竟不是啊!”

“咳,咳,你少说两句行不行?”饶是以郭烨的急智油滑,也不禁被他的耿直给搞得张口结舌,只恨进来前没把他这张破嘴给缝上。

幸而这时座上的主人家也回过神来,却是不以为忤,反而“哈哈”一笑道:“区区一扇柴扉,不必放在心上！想来诸位就是小萝口中的好友吧？她喝醉了还心心念念不住地提起你们,闹得在下也是十分好奇。如今一见果真个个都是人中吕布。幸会,幸会!”

“兄台过奖了。”郭烨苦笑着连连拱手。

要说这户主人也确实会讲话,张小萝那番醉中酒话到底说没说,谁都不知。但他却是借着张小萝之口,上来就把众人夸了一夸,偏偏还语气真挚,让人熨帖到了心里去,可见也是个能说会道之人。

“来，请上座。”未几，主人家又请郭烨等人登床上座。

左右的少年旋即让出席位，而后招呼仆婢清理了破碎的门扉，并撤了残羹冷炙，换上新的酒菜，众人才重又开始叙话。

只见主人家举杯相邀道：“在下李梦白，今日佳客临门，当满饮一杯，以表庆贺。”

郭烨等人只好与他满饮一杯。停杯投箸之后，他们方得空细细打量这位深宅主人的容貌。李梦白看起来只比他们的年纪稍大一些，只见他端坐于灯火之下，剑眉星目，相貌堂堂，一举一动，莫不透着一股大家风范。

李梦白似乎也看出众人心里的疑惑，不待他们发问，便主动介绍起自己的身世来。原来他还真不是寻常人家，乃是太宗时期废太子李承乾的后人。据说当年太宗皇帝甚是宠爱这个太子，奈何他自己不争气，走上了逼宫篡位之路。但是太宗仁慈，仅将其贬为庶人。到了高宗继位更是赐巨万之资与其后人。女皇之后同样予以了厚待，虽然没有了皇亲国戚的威风，但小日子还是过得相当不错的。

而李梦白也识趣，并没有生出什么不该有的野心，反而对眼下悠游市井的生活十分满意。其府邸虽然位于尚善坊，但是位置却十分偏僻，且府中极少仆婢，也是为了避嫌。不过他到底少年任侠，为人又仗义疏财，尤其爱结识风尘中的奇人异士。方才众人看到的众多少年，或是他在市井中结识的富户子女，或江湖游侠儿。

“今日李某与众好友同车夜游，以赏佳节盛会。路上偶遇小萝，我与她在年前曾有一面之缘。当时见她独自一人在街上垂头闲逛，便停车相邀。听小萝说她原是想去洛河边看灯楼的，于是我便带上她一同前往观赏。想不到竟给诸位造成如此大的困扰，真是抱歉之至。李某自罚一杯。”李梦白说完，果真满饮一杯，说不尽的潇洒倜傥。放下酒盅，他又道：“嗣后我等牛车正欲出坊门，小萝想起当留下口信告知各位，便在路中留下了巨剑，那剑没入泥中尺许。李某记得她还特意问我要了纸笔，在剑上留了一张纸条。各位不曾看到吗？”

“啊？二宝你有看到吗？”郭烨闻言立刻看向第一个发现巨剑的李二宝。

却见李二宝摇了摇头。

“无妨，待小萝酒醒之后，问问便知。”李梦白很是洒脱，当下招呼起众人饮酒吃菜。

如此又是一阵畅饮后，郭烨等人便开始通名报姓。

在轮到纪青璇介绍自己时，李梦白一听她乃是徐有功义女，竟是主动离席，来到纪青璇案前，向她拱手致敬。

“原来是徐少卿义女，李某失敬。”

纪青璇被他恭敬的态度搞得一头雾水，忍不住问道：“李兄莫非识得义父？”

“神交已久，却是无缘得见。”李梦白唏嘘道，随即又道出一桩徐有功对李唐宗室的恩情来。

却说当年丽竞门构陷旧李唐宗室、原道州刺史李仁褒谋反时，徐有功曾为李氏据理力争，虽然最终李仁褒依旧被议罪，但徐有功自己也因此事被免官。如此义举，得到了李唐宗室的一致感激。

“义父为人便是如此，素来帮理不帮亲，李兄倒也不必如此。”纪青璇连忙推辞道。

有了这一层前因，双方的关系顿时又热络了不少，加之李梦白妙语连珠，引得席间笑语连连。

眼看酒过三巡，李梦白还要再行解劝，忽听陆广白出声道：“李兄且慢，陆某尚有一事不明，还请李兄为陆某解惑。”

李梦白这时已经听他们说起了一路寻来的经过，不禁微微一笑，道：“可是为了醉仙桃之事？”

陆广白素来直言不讳，坦然应道：“正是。”

“诡在人心，花草何辜？”李梦白似乎对奇花异草也很有研究，见陆广白问起，慨然对曰：“醉仙桃虽多为江湖强人用作蒙汗之药，劣迹斑斑，但其初传入中土之时，却是作为治病救人之良药。若稍减剂量以香炉焚之，有平喘之效。李某从小体弱，患有寒哮之疾，冬日里尤甚，故而常以醉仙桃入香料。陆兄不妨细细思之，看梦白此说可行否？”

陆广白闻言蹙眉冥思片刻，终于还是点了点头。即使以他的学识，也不得不承认，李梦白此言似无大缪。

有了这么一个小插曲，众人最后的疑虑也如冰释去。一行人开怀畅饮，即使以纪青璇之冷傲，也不禁频频露出微笑。

如此喝了小半个时辰，众人都已微醺，便提出告辞离去，毕竟明日还要前往洛阳不良司报到，实在不宜彻夜狂欢。

李梦白闻言也不久留，反而亲手调了醒酒汤与众人解酒，临别之时还不忘打趣道："来日若真有那绑架少女之事，诸位也不妨来我府中一叙。李某在这洛阳市井中也算小有薄面，问及宾朋，或能给诸位提供些线索。"他这番话原是调侃，说得裴姓少年满面通红。

然而不知为何，听他这般说辞，郭烨却是忽然来了脾气，冷硬道："若真有此事，也自有我等不良人倾力而为，倒是不劳外人插手了。"

李梦白被他堵得一愣，但随即也只是好脾气地笑笑，就客客气气地送众人出了门。因为知晓几人都是步行来的，李梦白还特意安排了牛车，送他们回去。按照郭烨的本意是想推辞的，只是张小萝此时才刚醒酒，若是吹了冷风怕是不妥，于是只能不情不愿地就了李梦白的安排。

坐在牛车上，郭烨满腔气闷非但没有发泄出来，反而更见郁结。

偏偏此时纪青璇还在他耳边絮絮不休，责怪他酒后失仪，有伤不良司的脸面。

郭烨也不知是不是喝多了酒，借着酒意，扯下腰间的不良人令牌往牛车的地板上一扔，怒道："好了不起的不良司！你纪不良尉若是容不下我等泼皮无赖，便去找那形貌昳丽、言语体面之人为你效劳吧！此处不留爷，自有留爷处！"说罢一甩手，他竟是兀自坐到了角落里不再说话。

纪青璇看着他的背影，一时惊呆了。两人相识许久，虽然平时也多有置气斗嘴，但郭烨却从未像今日这样对她大发雷霆。她实在想不通自己到底哪里得罪了他，一时又是尴尬，又是委屈。

李二宝、陆广白等人夹在两人之间，更是不敢言语。

最后还是裴姓少年一语道破天机："郭兄这是吃醋了吧？我见过我爹吃醋便是这般模样。"一语毕，纪青璇俏脸绯红，郭烨险些栽倒，其他人更是恨不得捂上耳朵，权当自己什么都没听见才好！

第二十八章　军中有旧识

“你闭嘴!”郭烨和纪青璇恼羞成怒,异口同声地斥了裴姓少年一句。斥完之后,两人对视一眼,又不约而同地扭过头去。

好在经过这么一打岔,原本尴尬的气氛倒是好了不少。

那裴姓少年纵然再后知后觉,此时也知自己说错了话。斟酌再三后终于找到了合适的话题。却见他看着张小萝道:“小萝姐姐,你怎么把自己的剑给丢下了?”

“为何不能丢?”张小萝貌似酒还未全醒,闻言不由迷迷糊糊地问道。

“可是,那是你的剑啊……一个剑客的剑怎可乱丢。正所谓剑在人在……”

“哦。你说这个呀?丢不了,那剑沉得很,寻常人根本拿不动。”

“这倒是。”郭烨闻言不由得暗自点头。

张小萝的话还没说完。“别说一般人拔不动,就是拔走了又如何?区区一把铁剑而已,本郡主府中同样的剑随随便便都能拿出大几十把来,使团那边还带了两把备用的,怕甚?”

裴姓少年没想到会是这么个答案,不由一脸郁闷。

郭烨等人也是这时才明白过来,张小萝身为扶余郡主,财大气粗,根本就没有什么“剑在人在”的想法。裴姓少年以己度人,结果便是谬之千里。

“哎,对了。小萝,那李公子说你问他要了纸笔,还给我们留了一张字条?可有此事。”顺着巨剑的话题,纪青璇猛然想起了字条这一茬。

“对啊!我在字条上告诉你们,我跟李梦白去看灯楼了呀。你们没看见我的字条吗?我特意插在剑上的。哦,我想起来了,我就是因为要把字条留在你们看得见的位置,这才把剑插在那里的。我聪明吧!”此时的张小萝晕乎乎的小脑袋终于清醒了些,这才想起自己留下巨剑的目的。

“小萝,你是怎么放的字条?”郭烨问道。

张小萝歪头想了想,道:“我把字条穿在剑中间了呀!”

这下在场的人，除了李二宝、裴姓少年这两个思想简单的之外，其他人都明白为什么没有看到字条了。

张小萝的巨剑足有四寸来宽，剑刃锋利，一张薄薄的纸片从中穿过，悬在中央，时间久了，便是轻轻一阵风吹过都能把纸片给吹跑了。难怪等他们到的时候，那字条早就没影了。

“那你又是什么时候跟李梦白见过了？”这疑问起来了，郭烨便索性一问到底了。

“哦，就是刚到洛阳那会儿呀，我去鸿胪寺。他似乎认识使团里的大叔，所以见过一次。”

李梦白的祖上是太宗皇帝的长子，若说因为这个机缘，他与扶余国使团里的人相识，倒也不是不可能。

如此，这一晚上的疑窦便全部解开了，真真是好大一场乌龙。唯独造成这场乌龙的当事人还一脸懵懂，完全没搞明白这一晚上究竟发生了什么事。

郭烨等人唯一庆幸的就是此事没有惊动徐有功，否则就真的不好收场了。

一路叙话，不多时牛车就进入了恭安坊。待到徐府附近停罢，几人才下车，就见一名穿着不良司服饰的不良人径直迎了上来。

“可是纪不良尉？”

“正是本尉，来者何人？”纪青璇眉头一皱，驻足问道。

那不良人闻言，立马堆起满脸笑容，隔老远就高声道：“属下洛阳不良司林瑞林不良尉麾下，不良人刘西元。今日受林不良尉所托，特来呈送纪不良尉您日前委托查证的消息！”

“消息？”一听这两个字，纪青璇的脸色就沉了下来。

郭烨等人也随即反应过来这人是来干吗的了，齐齐用一种要杀人的目光瞪着越走越近的刘西元，脾气最火爆的李二宝干脆大喝一声，握紧拳头就要上去打人，口中大喝道：“你还敢提这事儿！”

“二宝，退下！”纪青璇威严地摆摆手，道：“他不过是个跑腿的，跟他生气不值当！”

“不错，不错。下官不过是个受人所托跑腿的，诸位就不要难为我了。”刘西元笑嘻嘻地走上前来，递上一卷文书。“您要的消息都在这里了。请您收好，我也好回去复命。”

纪青璇耐着性子，把长卷上的文字读完，发现正是武崇操所策划阴谋的翔实消息。看得出来，探查这则消息的不良人，确实是尽心尽力，只是这个呈送消息的时机，就有些微妙了。

“文书既已送达，下官便告辞了。”刘西元保持着谦恭的笑容说道。

可惜他还没说完，纪青璇已经“哗啦”一声把手上的卷宗全部揉成了一团废纸。只听她冷冷道：“回去告诉你背后之人，他的意思我明白了。不过不要以为这件事本尉就会这般轻易地放过，让他以后仔细了！”

“是，纪不良尉的话下官一定带到。”刘西元明显也是个老兵油子了，面皮不是一般的厚，在这种情况下，居然还能笑容不变的道别。“那下官告退。”

纪青璇冷哼一声，没有说话。

郭烨目送着刘西元的身影消失在街道尽头的黑暗中。

一夜折腾，此刻已近丑时，坊里的花灯都逐渐熄灭。夜幕的昏暗重新笼罩了大半个洛阳，只有坊间大道，以及宫城的方向还有明亮的灯火。

郭烨张了张嘴，有心想问点什么，但想起自己不久之前才刚跟纪青璇争执过，此时开口似是有些尴尬。不过他才扭捏了片刻，还是忍不住问道：“这件事你打算如何处理，就这么放过他了？”

“放过他？哪有这么便宜的事情？”纪青璇眉头一扬，火气腾腾地说道：“待我明日先禀明了义父，再与他们分说！”

“对！不能放过他们！”

“一定要让那暗中捣鬼的人好看！”

张小萝和李二宝闻言，也都气呼呼地挥拳说道。

不过郭烨在心中暗暗叹了口气，却没有那么乐观。人家既然敢这么做，那显然也是做好了万全的准备，不怕苦主回头找麻烦。就算是徐有功出面，他们这个场子只怕也没那么容易找回来。

“先回府吧。”纪青璇显然也想到了这点，吁了口气，挥手道。

出了这么一茬事，郭烨也没再刻意走远，借坡下驴，和众人并肩进了徐府。徐有功因为明日还有早朝，此时已然早早地睡下了，故而便由纪青璇做主，在厅堂里招呼众人坐了一会儿。不过，就在她张罗着让下人去为裴姓少年准备客房时，后者却提出了辞行。

“都这时辰了，你还要去何处？”他这一举动让众人甚是奇怪，郭烨更是忍不住道：“你莫不是还想上街蹲守绑架少女的歹徒吧？”

“没有，没有。”裴姓少年红着脸连连摇头。经过这么长时间，他终于逐渐明白自己这些天的举动有多么荒唐了。

不过当众人再问他接下来的行止时，他却是闭口不言了。

无奈，纪青璇只得让人取来笔墨，道：“既然你有志行伍，今日我便修书一封，你带去拜访我等在军中的旧识，想必多少也能为你提供些便利。”

纪青璇口中的旧识，自然就是王无择了。据悉，王孝杰年前便已进京。当时王无择也曾传信给他们，道是初到洛阳诸事繁杂，待到年后一切尘埃落定再行拜访。不过听徐有功说，年后复朝，女皇陛下便第一时间召见了王孝杰，清边道行军大总管之职已然落定。如今将这个心性纯良的少年推荐给王无择再合适不过了。

纪青璇提笔刚写了没几个字，似是突然想起了什么，抬头道：“对了，还没问过你的全名。”

“裴旻。”少年露齿一笑，灿烂如骄阳。

待纪青璇写好了书信，众人便一同送他出了府门。看着裴旻的背影逐渐消失在道路的尽头，郭烨想起今天发生的种种事情，忽然觉得一阵疲惫涌上心头。

不过，他回房之后，独坐灯下，却觉得困意全无，反倒是刚刚消解少许的烦闷又涌上心头。

就在他坐立不安时，忽然一阵“梆梆梆”的敲门声响了起来。

“谁啊？这大晚上的……”他不耐烦地抱怨了一声，但门外却无人应答，他只好走过去开门。

谁知门打开以后，外头却是空无一人。郭烨左右一看，正待发作，余光却忽然看到一块令牌安静地躺在门廊下，正是他之前在气头上丢在牛车上的那块……

第二十九章　冷面不良令

第二天一早,长安不良司的众人赶在徐有功上朝之前早早等在了厅堂之上。

今日,是他们去洛阳不良司报到的日子,故而想要听听不良帅还有什么要嘱咐的。郭烨是最后一个走进来的人。出乎所有人的预料,昨夜还心情不郁的他,睡了一觉起来,像是换了一个人似的,见到纪青璇还异常热情地打了个招呼。而纪青璇的态度就更值得推敲了,她竟然也像什么事都没发生过一样,仿佛完全忘了郭烨此前的失礼。

“不知道为什么,总感觉郭大哥和纪姐姐今天怪怪的!”张小萝和李二宝站在两人身后,窃窃私语。但是两人偷偷琢磨了许久,都没什么头绪。

最后还是一旁沉默寡言的陆广白为两人解惑了。“看你们郭大哥的腰上。”多年担任仵作锻炼出来的敏锐直觉,让他在寻找关键证物的时候,总是这么目光犀利。

两小只顺着他指点的方向看去。张小萝因为昨天在牛车上一直迷迷糊糊的,一时还没明白过来是什么事。反倒是一向不爱动脑的李二宝这一次反应出奇的快。“咦?那不是郭大哥的腰牌吗?我记得他昨日下车之时没捡啊……你们谁帮他捡回来的?”

下一刻,三双眼睛同时聚焦到了厅堂正中的那道倩影上。

“这是长安不良司和洛阳不良司的第一次合作,青璇你在洛阳不良司……”徐有功还在侃侃而谈。

可纪青璇却总觉得背后有几道灼灼的目光审视,只是碍于义父的威严,不好转头一探究竟。

五更三点,报晓鼓刚一敲响,徐有功便起身出了门。

不良司诸人则又过了一刻钟,才在纪青璇带领下,精神抖擞地奔赴洛阳不良司衙门。

不过,尽管他们都拿出了自己最精神的一面,想要一展长安不良司的威风。

但来自洛阳同袍的“招待”，却给他们迎头泼下了一盆冷水。他们在洛阳不良司的后衙足足等了快一个时辰，洛阳不良令才从百忙之中抽出空来，把他们唤至公事房。

“你们便是付瘸子的人？”洛阳不良令是个不苟言笑的中年人，和醉生梦死的付九完全是两种风格。

在来之前纪青璇就已经告知众人，此人姓薛，据传是当年左骁卫大将军薛仁贵之子，然而街谈巷议不知真假，他本人对此更是讳莫如深，从不叙说自己的家世。

不过这位薛不良令十分不好对付倒是真的，上来先就给了郭烨等人一个下马威。

“薛不良令此言差矣。”纪青璇不卑不亢地回答道：“我等乃是长安不良人，自然归付不良令管辖。但任何一个不良人，都不是谁的私兵。一日身为不良人，便是圣天子耳目。若真要说我们是谁的人，那也只会是大周朝廷的人。”

“话倒是说得漂亮，纪不良尉还是这般伶牙俐齿。”薛不良令似是打趣了一句，只是声音淡淡，听不出任何情绪。停顿了一会儿，他继续道：“依本令之意，原是不打算接收你们这些长安来的散兵游勇的，不过徐帅的面子却是不能不给。这样吧，正好本令手上尚有一桩案子找不到得力的人手侦办，便交予你们了。让我也看看究竟是怎样的人物能得女皇明旨召见，莫是绣花枕头才好。”说罢，他竟不等纪青璇等人回应，便自顾自地召来了司中主簿，呈上一份卷宗。“要你们所办之案，所有前情皆载于卷中，你们自行回去研读即可。本令诸事繁忙，就不多留你们了。”几句话一说完，他根本不给众人反驳的机会，直接就让主簿送客出门。

直到出了后衙，郭烨等人都还一脸迷茫。自己枯等了一个时辰，却连通名报姓的机会都没有，就只是听了几句训，然后就被随意打发了一个案子。

“什么叫我们是散兵游勇？！”过了好一会儿，张小萝才后知后觉地叫道。

“就是！”李二宝也义愤填膺地说道：“好歹我们还要被陛下接见呢！他们架子这般大，也没见被陛下明旨嘉奖呀！”

“问题可能就出在这里……”郭烨比他们想得稍多一点，摇头苦笑道。

“那他们会不会故意寻个陈年的无头案为难我们。”张小萝很有忧患意识。

“不会！”

“这个你们可以放心……”

纪青璇和郭烨异口同声地说道。两人似乎都没想到对方会和自己同时开口，皆是愣了一下。

“郭大哥、纪姐姐……”张小萝唤了一声。

纪青璇道：“你先说吧。”

郭烨也不推辞，指着卷宗的封皮道：“此卷纸质尚新，墨迹清晰，应该是才誊抄好不久，并非什么陈年旧案。像这样近期才发生的案子，侦办起来或许会有难度，但要说是故意为难我们，却不见得。”

“不错。”纪青璇也接口道：“薛不良令其人，虽然不苟言笑，甚至可以说有些严苛，但风评素来不差，当得起‘铁面无私’四个字。昔日他为蓝田县令时，有一倪姓富商贿赂御史中丞来俊臣。来俊臣本打算私开义仓坊粮数千石与那姓倪的，但此事在经薛不良令之手时，却被他看出了猫腻。你们猜薛不良令当时说了什么？”

“说了什么？”

“义仓本备水旱，以为储蓄。安敢绝众人之命，以资一家之产？”纪青璇把薛不良令的话学了一遍，道：“后来他坚持不给，来俊臣也无可奈何。不过至此二人便结下了梁子。真要说和丽竞门的矛盾，洛阳这边可比我们长安不良司要深多了。”

“想不到这不良令大人还是个青天大老爷。”张小萝嘀咕了一句，不过语气里已经带上了几许敬佩。

“所以在这件事上，倒真的不用担心。包括昨夜之事，应当也是底下的人私自为之，绝非薛不良令的手笔。现在我们既已见过了不良令，接下来便只要专心破案即可了。像他这种眼里揉不得沙子的人，是不会允许有人在正事上扯后腿的。”纪青璇继续道：“不管洛阳这边的同袍心里是怎么想的，只要我们把案子办得漂漂亮亮的，他们就得服气，就得承认我们配得上女皇陛下赐予的荣宠！其他小手段都只是歪门邪道，难登大雅之堂！”

纪青璇的话稍安了众人的心，他们随即打开卷宗。几颗脑袋一起凑了上去，可当他们看清了卷宗上的文字之后，却是同时锁紧了眉头。

卷宗上对案情的陈述十分简单，只说在洛阳伊阙县一处荒山上，不时就会莫名出现一堆白骨。经伊阙县衙派出的仵作查验，这些白骨都属于不同的人，且骨殖上多有刀痕，明显不是自然死亡。然而调查到了这里，就再也进行不下去了。伊阙县捕快数日蹲守，都不见人迹，可山上的白骨还是会在不经意间又多出几堆来。捕快守山阳，则白骨现于山阴；捕快守山阴，则白骨现于山阳。久守无功之下，伊阙县中渐渐流传起鬼神害人的传言。

无奈伊阙县尊只得将案情上报，因为统计下来的尸骸数目骇人听闻，刑部震惊，加之案情诡异难言，最终被发至不良司侦办。这不，薛不良令刚刚接到命令，还没来得及指派人手呢。郭烨他们就自己撞了上去，莫名其妙领到了这个案子。

"这案子有些棘手啊。"看完卷宗，郭烨也不怕伤及士气，直截了当地说道。

其他人闻言也都连连点头。

侦办凶案，最怕碰到的就是这种没有疑凶的情况了。毕竟只要有疑凶，那侦办起来，起码有个大致的范围，知道应该怀疑谁，调查谁，总归是有个方向可寻。可像这种连个完整的尸首都没有，只剩下一堆白骨的案子，该如何下手？

第三十章　白骨露於野

白骨露於野，千里无鸡鸣，这是何等瘆人的境况。

若是不知便罢了，此时接到了任务，众人哪里还敢耽搁，当即就马不停蹄地赶往发现白骨的伊阙县，终于赶在日落之前，抵达了伊阙县衙。

伊阙县衙对他们倒是重视得很，得到消息以后，县尊大人亲自带着县尉、主簿、两班捕快，把他们隆重地迎进了县衙，宛如看到了救星一般。

"哎，不良司的诸位大人，可算把你们给盼来了！"伊阙县的县尊姓胡，一见到纪青璇一行，他那张胖脸上就露出了感激涕零的表情，其他人也都松了口气。

"县尊大人辛苦了！"纪青璇忙道。

"看来事情真挺严重……"郭烨打量着伊阙县众人，心中不由一阵惊讶。

原来，包括胡县尊本人在内，伊阙县衙的每一个人看起来都精神萎靡，眼睛更是熬得跟兔子一样红通通的。他记得很清楚，不良司的卷宗上就有说过，县衙的捕快夜夜都去荒山蹲守。他本来还以为这只是下面人的托辞，如今看来，人家还真没玩忽职守。想来也是，毕竟辖区内出现如此骇人听闻的事情，只怕连县尊的日子都不好过。上报刑部，也是他们实在没办法了，不然等鬼神之说一流行起来，案子更难破了不说，民心不稳可是大事。

“诸位里面请！本官已经吩咐膳堂准备了晡食为诸位接风。只是乡野之地，没什么好吃食，怠慢了诸位还请见谅啊！”胡县尊客客气气地说道。

看他这模样，郭烨等又在心里一阵苦笑。能把堂堂一县之尊，活活逼成跑堂的小二模样，可见这案子给衙门的压力有多大了。

“此时天色还早，用膳暂且不急。县尊大人还是先带我们去看一看连日来收殓到的白骨吧！”纪青璇连忙阻止道。

“好，好！那可真是辛苦诸位了！”确定了众人是真心来侦办案子，而不是来打秋风的，县尊愈发欣喜。他连忙招呼道：“林仵作，林仵作！快带诸位大人去你那仵作房里勘验尸骨！”

“诸位大人请随卑职过来。”林仵作从人群中走出，冲不良司众人做了个延请的手势。伊阙县的这位仵作，是个身材枯瘦的中年人，唇上留着一撇菱角翘须，这种胡须在隋朝时期甚是流行，到了如今蓄的人已是极少。和所有人一样这林仵作的眼中也是布满了血丝，袖口处还沾着褐色的污渍，估计这些天也是一心扑在案子上，根本没好好休息过。

一行人跟着林仵作，来到了后衙东厢的仵作房中。此时虽然日头还未完全落下去，但房中已经掌上了灯烛。

随着林仵作开门的动作，灯火被吹进来的微风拂动，摇曳不定，映得仵作房中也是一片阴森。

张小萝兴奋地走在前头，刚一跨进房门，就发出了“呀”的一声惊呼。这可把后面几人都吓了一跳。

林仵作更是疑惑地打量了她两眼，在他的想法里，不良人应该都是见多识广的精兵强将，却是不明白怎会把这般娇滴滴的小娘子也放出来办案，而且还是个鼻梁高耸、眼窝深陷的胡人女子。

郭烨忙扭头瞪了她一眼，张小萝不好意思地吐了吐舌头，低声道：“实在是有点吓人嘛!”郭烨摇摇头,也不说她。可当他自己看清了仵作房中的景象时,也不禁倒吸了一口冷气。

只见在仵作房中央,一溜长案排开,案上摆着的,全是白森森的骸骨,有的头骨还破损不全。此情此景,配上昏暗摇曳的灯光,当真是有如地狱一般。尽管来之前郭烨就已经在卷宗上看到,说伊阙县衙挖出的白骨已有数十具。可枯燥的字眼终究无法和摆在眼前的白骨相提并论。便是当初在苏瑞娜的胡思堂中,以死人血肉为食的食人妖花下,他也未曾见过如此多的尸骸!

“这……有没有可能是乱葬岗中的陈年尸骨,年深日久暴尸于外?”郭烨问道。

明知林仵作在写给刑部的文书中不大可能出现如此明显的误判,但他还是下意识不愿意相信这么多人都是为人所杀。

“绝无可能。”林仵作摇头道:“这些白骨上大多带有利器切削的伤痕,伊阙毗邻洛阳,这些年境内并无兵灾,亦无匪患。若是乱葬岗的无主尸体,怎会全都带着刀伤?”

“简直是丧心病狂!”郭烨闻言,恨恨地痛斥起那不知在何方的杀人凶手来。

陆广白倒是没他表现得这么义愤填膺,径直来到案前,取出褡裢里的小锤、小锥子等验尸工具开始勘验。只是从他迫不及待的态度中,就能看出他的心情其实也不平静。毕竟这一大堆的骸骨,只要不是冷血怪物,任谁看了都平静不下来。

林仵作一早便看到了陆广白的肩上挂着褡裢,知来人是个仵作,此时便规矩地立在一旁,将自己的勘验所得一一道来:“因现场并未发现骸骨之外的其他身体血肉,所以致命伤无法判断,亦无法判断这些伤势究竟是生前或者死后造成……”

“嘶!”此言一出,人群中顿时爆发出一阵倒吸冷气的声音。

纪青璇原本站在一旁一直不曾开口,陡然听到这么句话,不禁失声道:“你是说,他们有可能是活着被一刀一刀剐干净身上的血肉的?”这可真是骇人听闻的恶行了!

看到众人相顾失色,林仵作忙道:“卑职只是说出了其中一个可能性罢了。”

“要确定有没有这种可能性倒也不难。”陆广白正低着头一节一节地细细查看案上的骸骨,闻言头也不抬地说道。

“竟可以勘验出这刀伤是生前还是死后造成的?”林仵作闻言也是一惊,但下一刻随即明白过来,人家到底是不良司派来的人,自然是要比自己这样的乡野之人懂得要多。“不知这位不良司的仵作大人能否让卑职一观这验骨之法?”林仵作目光灼灼,对着陆广白拱手道。

“嗯,不过今日怕是不成了,需得找个白天,有太阳的日子。”陆广白点了点头。“你继续说你此前的勘验结果吧。”

“是,从骨骼颜色来看,骨骼表面没有黑色毒素残留,生前中毒的可能性不高。另外,在部分骸骨上,似是有被野兽啃噬的痕迹……”

“齿印宽二指,落点密集,有犬齿和门齿的印迹,但整体咬合力不强,应当是小型野兽啃噬造成的。”陆广白拿起一块白骨,比划了一下说道:“这些白骨的年份各有不同,但是上面留下的齿痕却都是新的,应该是最近啃食留下的。”

“还有吗?”纪青璇问道。

“没了!”陆广白也是干脆,站起来擦擦手道:“只有白骨的话,能够查验的内容确实有限。”

“那明日小陆你留在县衙,验验这伤是生前还是死后造成的。其他人跟我去勘察发现尸骨的现场!”纪青璇也是个雷厉风行的人,当下拍板道。

“为何要验这伤是生前还是死后造成的呀?都成一堆白骨了,验了又能如何!”张小萝很是不解。

“话可不是这么说。”郭烨接茬道:“这骨头上的刀伤若是生前造成的,说明凶手不但手段毒辣,而且心理扭曲,怕是还会有些其他诡异的癖好。而且要将一个人活生生地片下肉来,需要的工具、场所要求都更高。”

“还有可能用到药物。”陆广白补充道。

纪青璇点了点头,表示自己也是这个意思。

当夜,不良司一行人用过晡食之后,就在县衙的客房中住下,只待第二日按照既定的安排行事。

谁知才过三更,郭烨就被一阵噼里啪啦的拍窗声吵醒,推开窗户才发现外边下起了暴雨,雨点又急又大,一阵风吹过冻得郭烨忍不住打了个激灵。如此,这雨竟直直下了一夜。

第二天一早,暴雨倒是停了,只是天色依旧阴沉。

郭烨等人在伊阙县衙的后衙集合。看到陆广白进来,郭烨道:“小陆,今日那骸骨上的伤怕是验不成了，你也与我们同去现场吧。”

“嗯！”陆广白点了点头，道：“昨夜这雨下得还真是大。”

这时，一个声音忽然从旁边传来，接上他的话茬：“是哩！去年孟冬开始不知怎的，下了好几场大雨。哎！我记得第一次发现那些白骨的前一天夜里，也是下了一场大暴雨，比昨个儿下得还要大，那冷得哟。”郭烨扭头一看，只见伊阙县衙的捕头封不平正站在他门外的廊下，一边说话，一边还伸手让他们看自己手上的冻疮。

“封捕头，你刚刚说第一次发现白骨的前一天夜里，也下了一场大暴雨？你确定？”郭烨急急问道。

“确定啊！”封不平有些奇怪，不知道自己的这句话有何不对。“那日我家隔壁沈三郎家的牛棚都被雨冲塌了。我还去帮忙哩！记得清楚着呢！”

“这个情况为何没有写进卷宗里？”

“啊？下雨和发现白骨有何关系？”封不平更听不明白了。“那之前就连着下过好几场大雨啊。”

“莫不是——”纪青璇突然想到了什么，抬眼看向郭烨，郭烨点了点头。

看着两位上官的表情，封不平有些不知所措。

“这……这有关系吗？”

“当然有！关系还大了。”郭烨看着封不平道：“封捕头，我且问你，今年冬天伊阙县可是比往年要冷？县里可有冻死、饿死人这样的事发生？”

“嗯！卑职从小便在这伊阙长大，还从未遇到过这样冷的冬天。”封不平叹了口气道：“大雨下完，到处都结了冰，腊月里又接连下了几场雪，那些偏僻些的穷村子里冻死和饿死的也不在少数。但是郭副尉，这与那白骨案有甚关系？”

郭烨想了想，道：“如果我猜得没错，应该是这暴雨冲塌了山上的什么地方，才露出的这堆白骨。伊阙今年冬天又遇极寒，人都有冻死、饿死的，何况野兽。怕是山里的野兽饿极了，啃食被暴雨冲出来的白骨。”

听到这样大胆的推测，封不平惊得说不出话来。他就这样呆呆地盯着郭烨看了好一会儿，才想起自己此行的目的，道：“胡县尊让卑职来请诸位大人去膳堂，出行的车马也已经准备好了，只待用过朝食便可出发。”

“不必麻烦了，给我们带上些能填饱肚子的饼食和清水便好。既然这白骨与大雨有关，昨夜这场雨过后，或许能发现点什么也不一定。”纪青璇道。

其他人也都点头表示同意，原本毫无头绪，昨夜这场雨下得还真是时候，大家都蠢蠢欲动地想要一展身手。

“驾！”这封不平办事也是利索，不到一盏茶的时间，数匹骏马自县衙中奔出，直冲辖区内的某处山脉而去。

发现白骨的山离县衙并不远，一路疾驰，不消片刻就已经能隐隐看到荒山的轮廓出现在官道旁。只见远处两山对峙，如天然门阙，这伊阙之名，怕是就此而来。

“就是那座山。”领路的封不平一扬马鞭，指着左侧的一座山头道。

郭烨遥望那山，心中腾起一股无奈。

这山就在官道旁，不高，山上草木甚多，但此时叶片凋零，能隐隐看到半山腰上有一座不大的院落，听封不平说那是一所尼姑庵。至于山脚下，因为毗邻官道，又是由南往洛阳的必经之路，所以开了一家客栈。

众人在山脚下的客栈下了马，把马拴在客栈外的拴马桩上，徒步上山。

分头散开没多久，忽然张小萝高亢地大叫：“你们快来看啊！”

郭烨等还当她找到了以前发现白骨的现场，连忙跑过去。可到了之后他们才发现，就在离张小萝不远的石堆缝里，赫然卡着一颗布满了刀痕的骷髅！

第三十一章　妙计寻尸骸

“又……又出现了！”封不平指着那颗骷髅，大声道。站在他的位置远远就能看到，骷髅两个黑洞洞的眼窝朝外，格外刺眼，像是在无声地嘲讽着众人。“快！快！过去看看！”封不平大声指挥道。随他一起来的县衙捕快，却纷纷行动了起来，向着骷髅跑去。

看着他们凌乱的脚步，郭烨突然心中一动，大喝道：“慢着！”

“啊？”众捕快被他这突如其来的大喝吓了一跳，脚下急停，有个跑得急的还差点栽了个跟头。

“怎么了?”封不平回过头,茫然地看着郭烨。

“你们以前发现尸骨的时候,莫不是也这般大家一起跑过去?”郭烨问道。

“不然呢?”封不平一脸莫名其妙,似乎不理解郭烨为什么要问这个问题。倒是有那机灵的小捕快,隐隐听出郭烨的弦外之音,却直接想歪了,一哆嗦道:“莫非还有讲究?”

郭烨却没回答这人的问题,只是看着封不平。

这时封不平也品出些不对来,但他没有太多犹豫就答道:“是,因为兄弟们都冻了一夜了,第二天看到尸骨,我就想着赶紧运回去给林仵作看,也顺便喝口姜汤暖暖身子。”

“嗯? 为何不是那林仵作来现场,反而是你们将这些骸骨都运回去?”从他的话里,郭烨又捕捉到了一个不合常理的地方。按理说,发生了命案,衙门仵作通常都会赶到现场进行初步的勘验。

谁知他这话一说,捕快们却纷纷笑了起来。“就老林那身子骨,让他跑一趟,只怕我们回去的时候就要多抬一具尸体了!”

封不平也在笑,只是笑容里有些苦涩。“郭副尉,伊阙可不比洛阳城,名为天子脚下,实则却是个山沟沟里的小县城。寻常有点本事的仵作,根本就不愿来。林仵作也是因为身患赤眼之疾,急需薪俸诊病,才会来我们县中供职。可他那身体也确实无法与我们一道出来,纵有尸首,也只能运回县衙再交他勘验。”

“赤眼之疾?!”郭烨愣了愣。他这才明白,初见林仵作时他眼中的血丝,也不全是劳累所致,更多的还是因为身患痼疾。这下子,郭烨也没法再说什么了,只是挥挥手,对封不平道:“你带几个弟兄,以方圆十丈为限,把发现尸骨的这块地方围起来,不要让任何人进来。等我们勘验完现场再招呼你。”

“这鬼地方根本不会有谁来,有什么好围的……”一个小捕快不情不愿地嘀咕道。

他话还没说完,就被封不平一巴掌打断:“废什么话! 照做!”封不平这人虽然能力不行,但看眼色的本事却是一流,难怪能坐到一县捕头的位置上去。

看着封不平带人散开,郭烨突然摇了摇头,感慨道:“我如今算是明白为何他们一点线索都找不着了……”

纪青璇闻言也面露无奈之色。

李二宝还懵懵懂懂,问道:“为何啊?”

“因为他们根本不懂查案!”陆广白一针见血地说道。不过这也是没法子的事情。在唐代,捕快名义上是在衙门供职,但其实是个遭人轻贱的职业。一人当捕快,甚至三代之内都不许科举做官,以免有辱斯文。在这种情况下,稍稍有些才干、家底的人都不屑去干这活。只有那些走投无路,连一亩薄田都没得耕的穷鬼,或者游手好闲的闲汉,仗着还有一把子力气,才会拉下脸面去换口饭吃。除了长安、洛阳这种真正的天子脚下,其他地方的捕快基本都是两眼一抹黑,破案纯靠撞大运。像当初郭烨这种有一技之长的捕快,其实才算是衙门中的异类。

“话不是这么说,封不平已经算不错的了。”郭烨倒是很能体谅同行的难处,摇头为其开脱道。听他这么一说,其他人也都不说话了。确实,比起那些整日里只想着怎么盘剥压榨百姓的捕快,真心查案的封不平,的确算是个很不错的人了。

“事已至此,多说无益。”郭烨用手搓了搓脸,正色道:“我们索性就自己来吧,从头查起。”说罢,他解下腰刀,用刀鞘轻轻扒开枯草,一寸一寸地仔细搜索起来。

其他人也有样学样。不多时,他们就已经绕着那颗骷髅转了一大圈。

“小陆,你过来看看。”郭烨一路向上爬,差不多在距离骷髅五丈有余的高坡上,发现了一块巴掌大的碎骨和几个梅花状的动物脚印。

陆广白快走了两步,蹲下身,捡起那块碎骨,端详了一阵,又放在鼻尖嗅了嗅。

“是人骨!”而后他又打量了一下那几个梅花状的脚印。“应该是野狗之类的。”

郭烨不动声色地点点头,他把封不平叫了回来,道:“封捕头,劳驾你一件事。”

“您请吩咐。”

“你即刻派人回去,找县里的老百姓收几条黄狗上来,要能赶山打猎的那种,饿上一天一夜,明日我有用。”

“黄狗?”封不平一懵,不知这位不良人大人意欲何为。

“照做就是。”郭烨却不多作解释,只是拔出刀往地上一插,笑道:“明日自见分晓。”

待他走远以后,几个小捕快凑到封不平身边,坏笑道:“这神都来的不良人,莫非是嫌咱县衙客房阴冷,打算煮点狗肉汤暖暖身子?”

“胡说八道!”封不平在小捕快脑袋上狠狠敲了一爆栗,叱道:“你家煮狗肉要先饿上一天一夜呢?”封不平面露愠色,道:“我观这郭副尉不是等闲人物,你们休得在背后编排人家,好好学着点!”

“是。”一众捕快见捕头动怒,只得唯唯诺诺地应了。封不平自去安排寻黄狗之事不提。

这边,郭烨等人还是扩大了搜索的范围,只是这山看着不高,实则占地却甚广,粗粗搜寻了一遍后,除了又发现几块零碎的骸骨外,再无更多收获。

约莫过了有小半日的工夫,纪青璇扶着酸痛的腰背,看着越来越阴沉的天色道:“这里看得差不多了,其他的我们回去再说,看这天怕是还要下雨。”

果然回到县衙没多久,又开始下起雨来。

郭烨等人都回了各自的房间,唯独陆广白一头扎进了仵作房,不知在捣鼓什么。

又是一夜风雨,第二天清早,郭烨却是被响亮的狗吠声从睡梦中惊醒的。他推门一看,只见昨日吩咐封不平收来的黄狗,这时都被牵到了县衙的院子里。饿了一天一夜的黄狗显得格外凶狠,彼此间龇牙咧嘴,狂吠不休。

看到郭烨露面,封不平一溜小跑迎了过来,笑道:“郭副尉,你看这些狗怎么样?”

“不错,此事记你一功!”看着一条条饿得肚皮干瘪、眼珠发红的猎犬,郭烨振奋地一拍巴掌,吩咐道:“牵上狗,跟我们走!”

来到昨日郭烨插刀标记的地方之后,郭烨便吩咐封不平等人松开一直牵着的黄狗,让它们自由活动。

这些黄狗大多是从农户家中收来的,平时就吃不大饱,昨日起又被饿了整整一天一夜,再加上刚刚还追着马跑了一路,这会儿早就饿急眼了,绳索一松,顿时疯狂地冲了出去,漫山遍野地刨食。只是这山本就荒芜,昨日又刚下过雨,按理说应该是没什么果腹之物的。可这群狗放出去没多久,就有两条狗像是发现了什么,还因为争食打了起来,激得泥浆乱飞。

“过去看看!”郭烨一挥手,道。

众人一路循着声音跑到两条狗争斗之地,就看到其中一条狗衔着一根像是大腿骨的骨骼，被另一条稍大些的狗撵得满地乱窜，却死活不肯撒口。

“又有?!”众人大吃一惊。

“走开!”郭烨却像是早有预料，提着刚拾回来的横刀，上前驱赶两条恶犬。

谁知这两条狗也不知是不是饿红了眼，面对雪亮的刀锋非但不退缩，反而双双冲着郭烨龇牙，发出“唁唁”的威胁声。

“二宝，拿来。”郭烨一边说，一边朝着李二宝伸过手去。

只见李二宝应声上前，从怀里掏出一个裹了好几层的油纸包，一层一层揭开之后里面装的是昨夜晚膳时吃剩的几块蒸羊肉。

郭烨接过油纸包，手一甩，一块羊肉就飞了出去。

这下子，两条恶犬都弃了那难啃的骨头，往那块羊肉扑去。

郭烨连忙抢上前去，仔细查验骸骨，发现尸骨被糟蹋得并不厉害，这才松了口气。

可还不等他说什么，另一边又传来伊阙县衙捕快的大叫：“这边有发现!”

众人连忙赶过去一看，却发现一块巨石的边上有一座长满了枯草的孤坟，那坟包上的枯草足有一人多高，此时都被踩得倒垂在了地上。孤坟边有几条黄狗正在拼命啃食着几根白骨。

郭烨小心翼翼地走上前去，却见枯草的后头靠近巨石的位置坍塌了一角，露出一堆沾了泥土浆水的骸骨。

第三十二章　调查连受挫

官道旁的一块草席上，堆满了还挂着泥浆的骸骨。

在黄狗的帮助下，最终挖掘出来的遗骸经过小陆的辨认，至少属于二十个人。而且他们都是被剔尽了血肉，埋尸荒山孤坟。

“这座孤坟位置偏僻，且坟头长满枯草，若不是这几个月接连下大暴雨，坟包坍塌，怕是还真发现不了。”纪青璇冷冷地道：“看来凶手很熟悉这山上的地形。”

“对！而且据小陆和林忤作的勘验，这些骸骨的年份各不相同，也就是说这个凶手作案的时间已经持续了多年。”郭烨此刻的脸色已是铁青。“若是这样的话，怕是异地抛尸的可能性小一些，应当就是这伊阙县的人干的。”

“什么！”在他身旁，封不平脸色煞白，怒得嘴唇都在哆嗦。封不平自小长在这伊阙县，而且自从做了捕快，平日里认识的人也多，他很难相信这样残忍的凶手竟然就在他们身边，而且持续作案多年。

郭烨见状，拍拍他的肩膀，道：“我以前也是捕头。当捕头，心有义愤是好事，不过别让你的怒火干扰了你的判断力。”他一指身后的白骨。“他们的冤屈，还等着你去洗雪呢！”

“卑职明白！”封不平沉声道：“只要对破案有帮助的，需要卑职做什么，郭副尉您尽管吩咐。”这一刻，他终于对这个比自己小上许多的不良人心服口服。

“不会短了你的事儿。”郭烨又拍了拍封不平的肩膀，而后转头对纪青璇道：“纪不良尉，你来安排人手吧。”

纪青璇点了点头，道：“我与小萝是女子，行事便宜，便由我带上小萝，去那山顶的庵堂问上一问，看有没有什么线索。”

“好。”一旁的张小萝闻言点了点头。

“小陆就跟运尸的捕快们一起回县衙，继续验尸。”纪青璇又道：“不过验尸还是其次，你还有个更重要的任务，就是根据尸骸的死亡时间，调阅县衙里历年上报的人口失踪案，看能否找到和这些尸体身份有关的线索。这件事只有你做得了。”

“好。”陆广白毫不拖泥带水，应声之后转身就走。在他身后，捕快们正忙着收殓骸骨，准备背回县衙。

再看看剩下的人，纪青璇就有些为难了。山脚下的客栈、周围的村落都是需要细细盘查的地方。

“要是徐大哥他们在就好了……”纪青璇低声喃喃道。只是这几个老不良人自打来了洛阳，除了头几日借住在洛阳不良司里之外，后面就直接搬去了客栈，而且深居简出，仿佛透明人一般。这次出发的急了，纪青璇却是忘了叫上他们，不然此时也不至于落得个无兵可点的尴尬局面。

郭烨明白她的意思，上前一步道：“不如由我带着二宝去周围的村子，毕竟村子里人多，环境复杂。让封捕头带人去客栈。”

“嗯。”其实纪青璇也是这个意思,那客栈就那么点大小,调查难度低一些。

郭烨见纪青璇同意了,正欲招呼李二宝往村子去,没想到这时封不平却提出了异议,他诚恳地说道:“纪不良尉,让卑职跟郭副尉一道吧! 李副尉可是不良人,让他单独领一队人马再合适不过了。我啥都不会,打下手都嫌没用。我就想跟在郭副尉身边学点东西!”

封不平语气诚恳,倒让纪青璇和郭烨左右为难了。

郭烨对着纪青璇眨眨眼,当着这么多人,他们总不好说“二宝搞不好比你更没用”吧。

犹豫了好一会儿,纪青璇才点头道:“好吧,其实你们谁带队都一样。你稍候片刻,容郭副尉与二宝交代两句,再让他跟你一道去周围的村子里问问情况,看能不能找到什么可疑的线索……”

郭烨闻言也是心领神会,把二宝唤到跟前来,面授机宜,道:“到了客栈,先不要声张,直接带人搜查客栈可能作为凶杀现场的地方,莫要给人留下善后的时间。特别是柴房、后厨、马厩这些地方都要重点检查,决不可轻忽大意。包括墙缝、桌椅角落这些犄角旮旯,更要查得用心、仔细,看有没有不明血迹或污渍残留……明白了吗?”

“明白了! 包在俺身上吧!”李二宝自诩得了郭烨的“锦囊妙计”,又是第一次独自查一个方向,十分兴奋,把胸脯拍得山响。

看他这样,郭烨更不放心了,却也没奈何,毕竟分身乏术,只得让他独自领了几名捕快去了。

见其他几路都去远了,郭烨这才和封不平一起,带上剩下的几名捕快,跨上马,朝附近的山村进发。

路上,封不平策马行在郭烨旁边,虚心地求教道:“郭副尉,卑职有一事不明,还望赐教!”

“哦? 说来听听。”

“为何我们之前蹲守了数日都没看到野兽,今日您用那黄狗一下就找到了凶手抛尸的地点?”封不平斟酌了一下语言,问道。

郭烨笑笑:“这有何稀奇的? 山中野兽与家养的黄狗不同,特别是野狗之类个头不大的野兽,一般都是避着人走。这大晚上的在荒山上,你们眼睛难道还能有野兽尖？看不见也正常。”

“是这么个理。”封不平和众捕快闻言连连点头。

“不过再说下去，我就要说说你们办事不仔细了。”郭烨道：“虽说野兽避着人走是不错，但是这山上泥土松软，特别是雨后，极易留下野兽的脚印。且林仵作又在骸骨上寻到了野兽啃食的痕迹，你们就算看不到野兽，也应该在那骸骨周围细细搜寻一番才是。如此，即便破不了案，找不到埋尸的现场，也不至于会传出鬼神杀人的流言，弄得人心惶惶。”

封不平等捕快被他说得满脸通红，羞愧道：“郭副尉教训得是，卑职受教了。”

“算了，此事也怨不得你们。”郭烨摇摇头，道：“我们还是快点吧。今日要跑的路程就属我们这一队最远呢！”

“是！”

数个时辰之后，连跑了几个村子的郭烨等人，拖着一身疲乏返回了县衙。对附近山村的问讯，暂时没有得到什么有价值的线索。这主要还是因为村里人多，而他们手中有用的线索又太少，这样调查也比海底捞针容易不了多少。不过真正让郭烨疲惫不堪的还是那几个村子之间的路实在太难走了些。许是因为连日大雨，路上全是碎石泥浆。就那四五里的路程，愣是骑马走了半个多时辰才到。不过，他们好歹是在申时之前赶了回来。只是还没到县衙，隔着一个路口就看到县衙门口围了一圈的人，指指点点也不知在看什么。

一见这场面，郭烨心中就升起一股不好的预感。莫不是又出了什么棘手的案子吧？这样想着他连忙策马上前，来到人群外，远远就看到人群中央摆着一张条案，围着条案的，纪青璇、张小萝、李二宝、陆广白等人都在，捕快们也来了不少，甚至连胡县尊都屈尊露面。除了他们之外，还有一个满脸横肉的黑胖子，右眼一大块乌青，正扶着那条案大声叫屈。

“让一让！让一让！”郭烨一见这架势，连忙挤进人群，来到纪青璇身边问道：“纪不良尉，这是在作甚？”

纪青璇回头看了他一眼，露出又好气又好笑的神色。“你自己问二宝吧！他干的好事！”

“二宝，怎么回事？”

“俺又没错。”李二宝见郭烨回来了，先是一喜，然后喜悦又化作满脸委屈，嘀咕道:“俺照郭大哥你说的,把客栈搜了一遍。在这条案上的板材缝隙里发现了血迹,就想拿了这掌柜的。他不从,还骂我夯……”

“然后他暴脾气上来,就把人给揍了,还强行把条案和人都扛了回来!”纪青璇扶额补充道。

“真是扛,纪姐姐没骗你。”张小萝补刀。

“呃……这个……”郭烨彻底无语了。

“这什么这!”纪青璇低声斥道:“咱不良司这回算是大大的出名了!”

郭烨苦笑,又回头打量了那唾沫横飞的掌柜几眼。

这哥们满脸横肉,脸颊上还长着一颗生满黑毛的大痣,就是眼眶上的乌青有点搞笑。

他不用想也知道,能在官道旁开起客栈,估摸着也不是什么善类。李二宝跟他一言不合动起手来,倒不算意外,只是他明显低估了李二宝的战斗力,才吃了个大亏。

现在问题的关键在于,李二宝搜到的证据到底是不是真的。

“血是什么血?”他问道。

“还能是什么血?”掌柜的骂骂咧咧道:“那条案就放在后厨。某开个客栈,平时不用杀鸡宰羊的啊?溅上去一点有何奇怪的!”

郭烨却不理他,只是在人群中搜寻陆广白的身影。

陆广白明显已经验过了,似乎也觉得结果很丢人,站得远远的。见他目光扫过来,面无表情地说道:“畜生血。”

郭烨一滞,忍不住回头狠狠瞪了李二宝一眼。

李二宝这才自知理亏,委委屈屈地低下了头。

没奈何,事情发生了总得处理,何况李二宝又是郭烨亲口指派出去的,最后他只好自掏腰包,赔偿了客栈掌柜的损失,又再三道歉,才总算送走了这个瘟神。总算这掌柜的顾忌他们官差的身份,没有刻意为难讹诈,不然这事儿还不知怎么才能了结。

善后完这一切,郭烨只觉得身心俱疲,走进后衙就一屁股瘫倒在座席上,可是有些事还是不得不做。

“我与封捕头,去了三四个山村,都没有什么可疑的人和事。若只有眼前这些线索，怕是有些难下手。”郭烨率先说了自己这边的情况。“小陆，你那边查得怎么样了？”

“毫无进展。”陆广白淡淡道：“最早的白骨应当死于五年之前，我查阅了这段时间所有的失踪报案。虽然附近村落也偶有失踪的，但人数远远没到这个份上。而且我尽力比对了失踪之人和白骨的骨殖特征，暂时也没发现相似之处。”

“纪不良尉呢？”

“我们这边……进展也不大。”说起这事，纪青璇似乎也面有难色，道：“那庵名水月庵，我和小萝上门之时，庵中尼姑极不配合，说是佛门清静之地，尘缘已断，不想再受世俗打扰，拒绝我们入内查看。”

“这不明显心虚么？”郭烨猛地坐直了身子。“别告诉我你们就这么回来了！”

“当然不会。”纪青璇瞪了他一眼。“我又不傻，当时就想让小萝强闯，但是那些尼姑竟然以死相逼，戒刀还真的见了血。我怕真个闹出人命，只好先退了回来。现在我已经让县尊大人派人盯住了那庵堂，只待商议过后，再行分说。”

就在这时，封不平突然插言道：“说起那个尼姑庵，卑职倒是听给里面送菜的老妪说，那庵里的尼姑经常换！除了几个管事的老师太常在以外，其他年轻的师太，经常都是新面孔！”

“哦?！这就有意思了。”郭烨用力一捶面前的条案。“我们本该找那老妪再细细问上一问。但是今日这尼姑庵的尼姑反应这般大，里头定然有鬼。若再迟疑，怕是会徒添变数。纪不良尉，你觉得呢？”

“走！我们去搜水月庵！”纪青璇也是个雷厉风行的，闻言一咬牙，道：“二宝、小萝，一会儿如果还有人以死相逼，你们直接打晕她们！莫要让她们得逞！”

第三十三章　水月庵疑云

郭烨劲头一上来，也顾不得身心疲惫了，提了家伙就要往马厩冲去。

“等等！”陆广白却在这时站出来阻止道：“那些尸骨中，也并非全是女子，还有男子的尸骨!”

“那有女子的尸骨,对吗?”

“这个……有是有……可是……”

“可什么是啊!有就好!先不管那么多,搜了再说,那尼姑庵定有可疑!”

“是哩!是哩!搜了再说!”李二宝和张小萝也跳起来起哄道。

陆广白只得把征求的目光投向纪青璇。

不过纪青璇只是略一犹豫,就银牙一咬,道:“搜!”

不良尉都点头了,陆广白自然不会再自讨没趣,便也把褡裢往肩上一挎,随时准备跟着众人出门。

只是当他们看向封不平,准备让他召集县衙的捕快时,却遇到了些小麻烦。

封不平听到他们这个时候还要再去尼姑庵,顿时变得面色古怪起来,似是有难言之隐。

细问之下才知,这帮捕快自山上回来之后早就已经各自回家了。郭烨等人不由得也是一愣。他们往日都是住在衙门里的,若是有案子要查,通宵达旦都是常事,哪有这般悠闲,准点下衙回家的。

今日封不平见识了不良司诸人办案的方式,故而此时觉得这般早就下衙回家着实不该,所以当纪青璇问起时,他支支吾吾地不好意思说。

“纪不良尉、郭副尉……今天这跑来跑去的,兄弟们也确实是累了,要不卑职陪你们走一趟吧!但有差遣,决不推辞!”封不平略有歉意地说道。

纪青璇闻言,神色稍霁。她想到自己等人待会儿要去搜查的地方乃是尼姑庵。寺庙重地,若真有事也就罢了,若是无事,阵仗这般大,万一惹出点什么乱子来反倒不美。当下她便点点头,算是应允了封不平的提议。

为免夜长梦多,点齐了人马之后,纪青璇一声令下,众人立即启程,再赴水月庵进行搜查。

连番折腾之下,他们再赶回山下时,正好看到雨后初晴的阳光,穿过厚厚的云层斜斜落在山顶。

“想不到这荒山野岭也有这般景致!”尽管案情紧急,但众人在这一瞬间还是忍不住沉醉在这美景中,只有李二宝这个完全不懂欣赏的夯货,突然颇煞风景地大叫起来:“你们看,那里有个人!”

“嗯?”众人这才想起自己此行的目的,连忙顺着他指出的方向看去,果见一个细小的身影,正顺着山一侧的山梁,鬼鬼祟祟地向半山腰走去。

“跟上去!”郭烨一下子就兴奋起来。

距离太远,也看不清那人具体的样貌,甚至连是男是女都分不清,但至少能分辨出,这人身上穿的绝不是尼姑的服色。

虽然这会儿出了点日头,但连日阴雨山道还是格外泥泞湿滑,等一群不良人冲到半山腰时,那个神秘人已经消失了。

纪青璇左右扫了一眼,就把注意力放在不远处唯一的建筑物——水月庵上。果见那水月庵门前的山道石板上隐隐约约有些湿漉漉的泥脚印。

“那人果然是进庵了!”李二宝顺着纪青璇的目光,一眼便看到了上边的脚印,很是激动。

可是此时,郭烨却低着头琢磨这山道上的泥脚印并没有说话。过了一会儿他又伏低身子,像只伏击老鼠洞的猫一样,绕着水月庵院子走了一圈。

这样反常的举动,惹得纪青璇一阵疑惑:“可是有何问题?”

“没有破门和翻墙的痕迹,只有山道上有泥巴,那人是被尼姑们放进去的。”郭烨停顿了一下,紧接着就说出了一句石破天惊的话来。“可是,这水月庵连女客都不接待,为什么会放一个男人进去?”

“男人?”众人被他突如其来的结论搞得懵了一下。特别是纪青璇和陆广白,就见他俩急急往前走了几步,蹲下来仔细打量起那些脚印来。只是这石道并不十分平整,所以这脚印也不甚清晰。

“郭大哥,就几个脚印,你怎么知道是男子留下的?”张小萝站在一旁歪着脑袋看了很久,愣是没看出个所以然来。

郭烨看了纪青璇一眼,纪青璇了然。她也不多言,只是站起身来,在那行脚印边又踩了一脚,留下了一个新的脚印。有了对比,就好判断多了。纪青璇自幼练武,身段在女子中已然算时很高挑的了,但她留下的脚印,明显还是比那个脚印小了一号不止,也更纤细,深浅更是不能与之相比。

“男子的脚掌比女子大且宽厚,体重更是沉得多,脚印自然清晰一些。”陆广白补充了一句。

“小陆,你之前可是说那些尸骸里有男子的尸骨?”郭烨想起了出门前陆广白说的话，问道。

“对。”陆广白闻言，点了点头。

“那还等什么！”张小萝低声催促道：“赶紧进去啊！”

“不过……”郭烨还想说什么，但很快摇摇头道：“封捕头，去叫门吧！”

“是！”封不平上前叩响了门环，“梆梆”的敲击声在寂静的山林间传出老远。

很快，门板“嘎吱”打开一条缝隙，一个圆脸的中年尼姑闪了出来。她原本神色恬然，可待她看清郭烨一行人的衣着打扮之后，表情却瞬间垮了下来。“佛门净土，不接外客，各位请回吧！”她说完，回手就要关门。

不过郭烨已经抢先一步抵住了门板，笑道：“欸，师太这话就说得假了，我等刚刚可才看到一男子进去！”

中年尼姑闻言脸色一白，张嘴斥道：“休得胡说，败坏佛门清誉！阿弥陀佛，罪过，罪过。”

“败坏佛门清誉的怕不是我们吧？”郭烨冷笑一声，也懒得再跟她磨嘴皮子，回头冲李二宝道：“二宝，进去搜！等把那男子搜出来，我看这些尼姑还怎么抵赖！”

中年尼姑闻言张开嘴就要大喊，可郭烨眼疾手快，一抬手就捏住了她的下巴，让她再也发不出声音来。

不过这时候，庵中的其他尼姑也都察觉到了不对，纷纷迎了出来，看到这场面，又拿出了此前纪青璇她们来时“以死相逼”的戏码。

不过这一次，郭烨可不会再跟她们客气了，一挥手，张小萝大剑出鞘，一挥之间，就把她们手中装腔作势的戒刀纷纷打掉。

“这丫头，又变厉害了啊……”看着张小萝穿花蝴蝶一般的身影，郭烨不由赞叹了一句。自打前些日子和裴旻交流过剑术之后，张小萝也不知从他那里学到了什么，整个剑术都有更上一层楼的趋势。

制服了一众尼姑后，封不平和李二宝的搜查再没了阻碍，一间房一间房地踹开门扉搜查。

郭烨等人老神在在地等着，满以为能逮个正着，没想到一番搜查下来，也没找到除了尼姑之外的半个人影！

“这可就怪了，明明看到有男子进来的。”郭烨也犯了嘀咕。

“哼，官爷无中生有的本事倒是不小。”为首的中年尼姑冷哼一声。“诸位肆意扰乱佛门净土，贫尼少不了要去县尊面前告上一状。”

听中年尼姑这么一说，连纪青璇都有了退意，反倒是郭烨神色一冷，断然道：“不，那个男子上山是大家都看到的，绝不会错！”

纪青璇也是个不服输的性子，见他这般坚持，也下了决心，道：“封捕头，你出去找找，我此前就请托胡县尊命人盯着这尼姑庵，怕是人就在附近。刚刚我们上来也没见着，想是错过了。二宝、小陆，你们一起从外面守住庵堂，从现在开始，准进不准出。将所有尼姑都集中到佛堂边的静室，小萝，你和我一起看住这些尼姑，免得她们又闹出什么幺蛾子来！郭副尉，待封捕头找到人来，便由你带着他们仔细搜一搜！便是把这尼姑庵掘地三尺，也要把那男子给找出来！”

纪青璇下了死命令，众人都应了。唯有封不平面色尴尬，低着头忙不迭地就出去找人，心里不由得骂起娘来，也不知这帮浑小子在哪儿猫着呢！

不过这人倒也好找，原来刚刚郭烨他们上来之时，他们中一个人方便去了，另一个猫在大石块后边打瞌睡。这些家伙查案不行，盯梢不行。不过打打下手，翻翻柜子，找找人什么的倒还行。

一阵鸡飞狗跳之后，马上就有人大声回报道：“几位大人，在佛堂的金身下面发现了一处暗格，里面有具尸体！”

“尸体？”纪青璇在隔壁的静室里闻言，扭头看了为首的圆脸中年尼姑一眼，发现她脸色已经变得煞白一片。“才这么一会儿，居然又害了一条人命！本尉看你还有什么话说！”

静室外的郭烨面色也是一沉，对着那捕快道：“走，我们去看看。”

他们来到佛堂里时，陆广白已经在验尸了，看到郭烨等人进来，脸上不由露出一抹古怪之色。

“小陆，如何了？”

“这……”陆广白犹豫了一下，道：“经我勘验，这具尸体至少已经死亡八个时辰以上了！”

“八个时辰？”郭烨大吃一惊。“我们明明刚刚才见人进来的！”

“是，我们都看到的，可这具尸体我也不会验错……”

“我知道了！”郭烨低头陷入了思考。

可就在这时,一阵尖利的女声从隔壁静室里响起。

啊——不好!

第三十四章　恩客成迷踪

纵然是场面纷乱,郭烨也听出那尖叫声是张小萝发出来。

等他冲进静室,就看到地上一摊血渍。一个年轻的小尼姑撞墙身亡了。

"怎么回事?"郭烨急急问道。

纪青璇满脸内疚地摇了摇头,她没想到在自己的眼皮子底下还会出这事。"进来时我跟小萝都搜过她们的身……没承想……"

郭烨点了点头,他们现在人手不足,若真有心要寻短见,也确实防不胜防。

"那尸体并不是昨日那人!"郭烨停顿了一下,目光扫过那群瑟瑟发抖的尼姑。"你们先等等。我让封捕头带人过来,先让他们一个一个地审审这些尼姑。"

纪青璇点了点头,更是打起了十二分精神,生怕再有差池。

郭烨回到佛堂,吩咐了封不平几句,就自顾自又在水月庵的小院里走了一遍。

纪青璇此刻正站在静室的门口。

"哎,肯定还有机关,一个大活人不可能就这般没了。若是苗雄老哥在这儿就好了。"郭烨嘟囔了一句。

"确实!"纪青璇看了他一眼道。

"不过,你也别把我想得那般没用!"听到纪青璇也这样说,郭烨反而不干了。"我虽不是苗雄老哥,破不了这庵堂里的机关。不过有时候,找人也不一定非要破解机关啊。"

"你又有什么鬼点子?"

"待会儿你就知道了。"郭烨神秘地笑笑,道:"走,咱先去看看封捕头他们那边审得如何了。"

"故弄玄虚!"纪青璇有些不满,但还是跟着他一起向佛堂走去。

此时天已经全黑了，郭烨看着灯火中宝相庄严，再想起就在金身下方发现了一具尸体，不禁觉得讽刺无比。

“如何了？封兄。”他站在佛堂门口，探个头进去问道。

“呸！真真是晦气！”封不平见识郭烨和纪青璇来了，翻着大白眼走了出来，嚷嚷道：“想不到这里竟是一窝花尼姑！”

“花尼姑？”纪青璇一愣，旋即反应过来，脸色变得无比难看。她此刻再去回想，刚开门时那中年尼姑脸上的表情，哪有半点佛门子弟的庄严清净？

“那她们可有交代杀人的事？”郭烨倒是不在意，继续问道。

“说了，不过就只承认金身下面发现的那具尸体是死在她们庵里的，其他的事情一问三不知。”封不平犹豫了一下，请示道：“卑职以为，是不是先把她们拉回去……”

“拉回去动刑吗？”郭烨不置可否地笑笑，道：“你先说说，关于刚刚那具尸体，她们交代了什么？”

“这……”封不平看了一眼他旁边站着的纪青璇，面有难色。

纪青璇见状柳眉一竖：“怎么？还有什么供词是本尉不方便听的吗？”

“没有，没有！绝对没有！”封不平大惊，连忙辩解道道：“卑职只是担心污了您的耳朵！”

“不良人可没那么多忌讳，说吧。”纪青璇道。

郭烨也笑笑，道：“说吧。”

“好。”封不平点了点头，但还是不自觉地压低了声音道：“她们说，那具尸体，是因为玩得太过火，才……”

“玩得太过火？玩什么……”纪青璇还愣了一下，郭烨已经反应过来，怒道：“荒唐！难道山上的其他尸骨，也都是玩得太过火了吗？！”

“这……反正她们是这般交代的。”封不平无奈答道。

好在这时，陆广白已经验完尸，擦着手走了过来，听到郭烨的怒斥，淡淡道：“这事她们没有扯谎。”

“嗯？”

“死者掌布红筋，闭合如圈，口唇及指甲青紫，确是马上风的症状。”

“真是玩过火了？”

“你要这般说也可以。”

“呼……”郭烨吐了口气，怒气稍平，方又问道：“那我们看到的那个人影呢？为何遍寻不见？”

“她们说那人也是这庵中的恩客，见我们进门之后，便从密道走了。”

“密道呢？”

“她们说……她们不知道在哪儿！”

“不知道？”郭烨本来都已经准备抬脚去看密道了，不想却得到了这么个答案。“她们的庵堂，居然告诉我不知道密道在哪儿？”

“这庵堂并不是她们的。”封不平脸色苦色更浓。“她们说了，这是洛阳的某位大人物，专门建了来供神都中有特殊癖好的贵人消遣的。除了做主的水月尼姑知晓密道的开启方式之外，其他花尼姑都是按时从洛阳那边送来，这也是送菜的老妪总能看见生面孔的原因。”

“那做主的水月尼姑呢？”

“刚刚死了。”

“难道说，撞墙那个……”纪青璇大吃了一惊，她怎么也没想到这水月庵主事之人竟然会是一个看起来才碧玉年华的小尼姑。

“怪不得事情一挑出来，就撞墙自尽了。”郭烨冷笑一声。“那大人物是谁？她们说了吗？”

“她们也不知，所有事情都是下人安排的。”

“组织还挺严密啊。”郭烨一挑眉，道：“走，我就不信剩下这些人就一点都问不出来。”

众人举步进了佛堂，郭烨将目光扫视了一圈，最后落在最先开门的那个圆脸中年尼姑身上。以她的年纪，决计不可能是接恩客的花尼姑。

“说吧！你都知道些什么？”那中年尼姑见郭烨这般直接，也是愕然，随即在那里叫屈道：“哎哟，各位官爷，奴家知道的都已经说啦。就连死掉的那倒霉鬼，奴家也不知他的身份啊。这不，刚派人通知了洛阳那边，接尸体的人都还没来呢，你们就先上门了。”

“呦，这会儿工夫连称呼都变了。”郭烨挑了挑眉，道：“怎么不自称贫尼了？”

那中年尼姑的面上一阵尴尬，但很快就恢复如常，道：“官爷，您也别取笑奴家了。怎么回事儿,您不都已经知道了吗？奴家这也是命苦,谁让现下那些大爷癖好这般独特。要不好好的奴家也不会绞了头发来做姑子呀!”

“口条倒是不错。”郭烨冷着脸走上前去,开门见山地问道:“说吧,洛阳那边的大人物是谁?”

“官爷您可别再说笑了。”中年尼姑道:“奴家不过是个做皮肉生意的。那大人物高高在上的,又怎么会屈尊来见我们这种低贱之人呢？不知,委实不知。”

“那负责跟你们接头的下人呢?”郭烨也看出这中年尼姑讲话真真假假,实在是难以判断,故而也不纠缠,干脆问起了旁的问题。

“这个嘛……奴家也是不知。反正每次来送小娘子的,都是不同的人。而且都是那水月尼姑接待的。奴家只负责招待恩客。”

“推得倒是干净。这水月尼姑才多大。再往前几年怕才是个总角小童,如何管着你们这一大摊子事？还不肯说实话,是吧?”郭烨脸色一沉,指了指封不平。“看见这位封捕头没？要不是本副尉拦着,他可是老早就喊着要把你们拉回去大刑伺候了！你们这一身细皮嫩肉的,扛不扛得住县衙大牢里的刑具,本副尉可就不敢保证了。”

“别,别,别,官爷饶命呀!”一听要动刑,中年尼姑立马就软了。“奴家真没扯谎。之前也不是这个水月尼姑。现在这个约莫是……是一年之前来的。”

“这水月庵的水月尼姑还不是一人?”郭烨有些惊讶。

“嗯。隔一段时间总会换上一换。只是奴家都称呼她们作水月尼姑。因为她们管着水月庵的事。”

纪青璇闻言轻笑道:“规矩真多。”

“可不是嘛!”中年尼姑像是很认同纪青璇的话。“规矩多得很！麻烦着呢!”

纪青璇也懒得与她多废话:“你此前说已经通知洛阳那边来接尸体了,只是人还没到?”

“嗯。”

“那这人一般几时会到？总不能等这尸体都臭了才来吧?”

“算算这时间,也快了。以前最晚也晚不过两日。就像女官爷您说的,再久这尸体就该臭了。”自从听说有可能要动刑之后,这中年尼姑很是乖觉。

郭烨点了点头,道:“既然如此,我们便等吧！纪不良尉以为如何？现下也没有更多的线索。况且小陆说那人死了有八个时辰,想想那接尸首的人也该来了。”

“罢了。当下也只能如此了。让大家都隐蔽起来,等那个接尸体的人来了,务必要在第一时间制服他!”

纪青璇停了停,继续道:“你说得对。若是这时候有个苗雄大哥那般的机关高手在就好了,我们便不会如此被动。”

这轻飘飘的一句话,把郭烨说得好生郁闷。

第三十五章　意外的来客

没想到这一蹲就是一夜的工夫,直到天边露出熹微的晨光,水月庵的大门终究没有再响起,反倒是不少地方都传出了轻微的呼噜声。

“看来是打草惊蛇了。”郭烨从藏身的地方走出来。他倒是没睡,但也是一脸的疲惫之色。“人应该不会来了,这一晚上算是白守了。”

“那该如何是好?”纪青璇也是一脸憔悴。“就抓了一窝花尼姑,而这幕后之人却迟迟不见踪影,难道我们就这般放过他了?”

“放过? 怎么可能!”郭烨恨恨道:“那么多条人命,岂能这般轻易就算了?”

“可现在线索已断。你莫不是还有其他办法?”

“当然。我一早便说了,找人也不一定非要破解机关。”郭烨自信满满地一点头,目光落在佛堂中停着的尸体上。“活人逮不到,死人却跑不了。”

“此话何意?”

郭烨却不直接回答了,只是转头看向陆广白道:“小陆,你把这具尸体收拾一下,伪装成被盗贼所杀,没问题吧?”

“没问题。”

“好,收拾完了之后,让二宝带上几个伊阙县衙的弟兄,把这具尸体给送回洛阳去,就说是为贼所杀,但身份不明,张榜写明衣着、相貌,让家属前来认尸。我们先把他的身份搞清楚了,然后再顺藤摸瓜往下查,看能不能挖出点什么线索来!”

“好!”小陆点点头,自去忙活,不提。

郭烨搓了搓脸,又道:“都饿了吧?走,我们先去山下的客栈里叫些吃食,回头再给小陆和封兄他们捎一份上来……二宝你跟我们一道去,回来刚好小陆也收拾完了。”

李二宝听说要去山下的客栈打尖颇有些变扭,但想着自己咕咕叫的肚子,又只得妥协。

于是郭烨、纪青璇带着张小萝、李二宝,深一脚浅一脚地下了山,刚进客栈,迎面就看见板着一张臭脸的掌柜的。

他眼眶上的瘀青还清晰可见,配上那张凶神恶煞的面相,显得十分滑稽。他在看到李二宝的时候,鼻子里还冷哼了一声。

“各位官爷,又来查案呢?”掌柜的语带讽刺地冷冷道:“这里可没有你们要缉拿的犯人!”

“怎么?来你这店里,就只能问案,不能打尖吗?”郭烨左右看了看,笑呵呵地道。

这客栈开在官道边,虽然房屋颇显简陋,但生意还算是不错,南来北往的旅人不少。这时才刚天亮,不算宽敞的大堂里就已经坐了不少的客人。郭烨估摸着,他们都是去往洛阳,却误了头天宵禁时间的客商或者举子。

“那好,几位官爷想吃点啥?”做买卖的自然不会跟钱银过不去,掌柜的见郭烨等人是来打尖吃饭的,便也不再冷着张脸了。

“一人上一斤胡饼,一碗馎饦,再来些炸果子。”郭烨道。

“好嘞。”掌柜一一记下,转身离去。

不多时,就有一个还算风姿绰约的妇人,就把他们点的吃食一一端了上来。妇人旁边还跟着一个四五岁大的小娃儿,虎头虎脑的,甚是可爱。

“你是那掌柜家的娘子?”郭烨打量了一眼这妇人,问道。

“是哩!”妇人微微一笑,道:“奴家赵五娘,见过各位官爷。咱这铺子里也请不起太多的人手,只能自己多做一点了。”

“生意不错啊?”郭烨随手拿起一块胡饼,貌似漫不经心地问道:“这客栈开了得有不少年头了吧?”

“托官爷的福,是有些年头了。”赵五娘笑了笑,见郭烨的目光落在旁边的小男孩身上,又指着他,道:“这是小儿,名唤阿虎。就是生了他以后,我们夫妻俩才带着他来的伊阙,盘下了这家客栈。”

“哦,那有三四年了。”郭烨看了阿虎一眼,发现他虽然年纪小,但在继承了他娘亲的清秀之外,眉宇间果然也能看到些和客栈掌柜颇为相似的虎气。

“看来是亲生的。”郭烨不由在心里嘀咕了一句。

“诸位官爷慢用。奴家还要去招呼其他客人,就先失陪了。”赵五娘见众人没了别的吩咐,又一揖,转身就要离去。

不过她虽想走,但阿虎这娃儿却不肯挪步,眼巴巴地望着纪青璇手中的胡饼,不停地吞口水。

“想吃吗?”纪青璇莞尔一笑,掰下一块递到他手里。“吃吧!”

“哎哟,这怎么好意思?”赵五娘回身正好看到这一幕,轻拍了自家儿子一下。“你这孩子……”然后又冲纪青璇等人抱歉地说道:“这不早上忙,还没来得及给这孩子弄吃的,叨扰了诸位官爷吃饭,莫要见怪。”

“无妨。”纪青璇笑着摇摇头,看着已经捧着胡饼大口吃起来的阿虎,自己也咬了一口胡饼。

不得不说,这客栈掌柜的虽然人长得凶,但手艺着实不错,这胡饼皮薄馅大,尤其是肉馅剁得极细,也不知是牛肉还是羊肉,配上其中满满的油脂香料,一口咬下去,满口鲜香。众人吃得胃口大开,不多时就把端上来的吃食都一扫而空了。“走,吃饱喝足,也该干活了。”郭烨会了账,众人便按照之前的计划分头行动。

因为还有密道的事未查清楚,郭烨等人索性就在水月庵中停留了下来。

别说这白日里的视线确实是比晚上要好,郭烨在这水月庵里又转了几圈之后,密道是没发现,倒是发现了点别的。原来他在其中一间厢房的墙角和夹墙的缝隙里,寻到了不少疑似血迹的紫黑斑点。经陆广白勘验,确认是人血无疑,而且还不只是一个人的血,甚至留下血迹的时间也不一样。这个发现让众人的精神为之一振,这几日连连受挫的情绪得到了稍稍的缓解。等闲哪个庵堂里会这般巧合地留下这么多不同人、不同时间的血迹?便是马上风也不至于每次都血溅当场吧。

“那就是了!”郭烨一拍巴掌,道:“这下我看她们还怎么抵赖!那么多条人命啊,也不晓得她们如何下得去手!”

“这般看来，她们说的那个大人物，嫌疑也是不小！”纪青璇蹙眉道：“也不知二宝那边有什么收获。看这时辰，也该回来了。”

纪青璇的话音落下没多久，门外就传来了张小萝的声音。

“二宝他们回来了。”郭烨和纪青璇闻言一前一后迎出了门去，刚走到水月庵的门口，就看到李二宝，正领着一个人，沿着山道，缓缓走了上来。

那人的身量挺拔颀长，披着余晖，仿若是从画中走出的谪仙。

不过郭烨看这身影，却是不怎么顺眼。不待那人走到水月庵前，郭烨便上前几步开口抢白道：“这不是李梦白，李公子吗？怎么，死了的那男子莫不是你家的人？”

不过李梦白的修养也确实不错，郭烨这话实在算不得好听，但他也不生气，只是开门见山地微笑道：“不，李某是来做说客的。”

“说客？”郭烨眉头一挑，道：“谁的说客？”

“自然是这水月庵主人的。”李梦白苦笑道：“他派人看了尸体，就明白你们的意思了。也知你们不良司不把事情查个水落石出，恐怕是不会善罢甘休的。”

“不错！”郭烨坦然道：“李公子若是知道此人是谁，还请如实相告，否则少不得也要被牵连，治个包庇之罪！”

“郭副尉，你可莫要吓李某。”李梦白微笑着摆摆手，道：“不过，无论怎样我也不会告诉你此人身份的，这也是为了你们好。而且此事本也与我无关，只是这水月庵的主人知晓我与你们相识，方才请我出来说和，让你们不要再查下去了。毕竟这事虽非大恶，但也委实不光彩，若是传扬出来，大家面上都不好看。”

“虽非大恶？”郭烨闻言一双剑眉当即就竖了起来，怒道：“数十条人命，在你们口中居然都非大恶？你倒与我说说，什么才是大恶？”他也是怒极了，看向李梦白的眼神中，蕴满了怒火。

李梦白却是不以为意，只淡淡说道：“不良司正在查的案子，水月庵的主人也已知晓。不过他可以保证，此事绝对与他无关，这一点请你们放心！”

郭烨眼睛一眯。“你说……他已知晓？”

“不良司虽机密，但也不是密不透风吧？”李梦白笑笑，取出一封书信道：“李某这里还有封书信，可以为证。水月庵的主人也正是为了去请这手迹，才耽误了些时辰。各位自可验一验手迹和印信的真伪。”

郭烨接过书信草草看了一遍，瞪了李梦白良久，才咬牙挤出一句话来："请托李公子的这位，可真是手眼通天啊！"原来，写这信的正是郭烨他们曾经见过一面，现在却已从凤阁舍人迁至秋官侍郎的张柬之。这位算起来，可是徐有功的上司了！

张柬之的手书写得很简单，只说水月庵的主人，一定跟郭烨他们在查的白骨案无关。可越是这样，郭烨就越觉得手中的纸张重逾千钧。能在一日之内，说动这般人物为自己作证，可见水月庵主人的本事之大！

"我看看。"纪青璇闻言也连忙走上前来，接过书信一看，也不禁倒吸了一口冷气。

但很快，她就确认了书信的真假，看向郭烨道："郭副尉，此事你怎么看？"

"非查不可！"郭烨坚持道："张侍郎远在神都，说不定是被这幕后之人蒙蔽了！别的不说，就说我发现的那些血迹，又当如何解释？"

李梦白蹙眉，道："你怎知张侍郎不知情？"

"不行！"郭烨怒不可遏道："除非能给我一个合理的解释，否则郭某绝不罢手，数十条人命无辜枉死，岂能一言蔽之！"

"你……简直是榆木脑袋！"李梦白似也有些恼怒了，瞪着郭烨道。

郭烨毫不畏惧地瞪了回去。两人对峙了片刻，李梦白终于在他灼灼的目光下退让了。

"罢了，来之前张侍郎就曾告知我，说你们一定不会轻易妥协。如今看来果然如此。"李梦白长吁了一口气，道："好吧，我挑些能说的，说与你们……这座水月庵，以前曾是某一位训练私兵的地方，密道也是那时建的。还有郭副尉看到的那些血迹，应当都是当初练兵时留下的。后来那一位的家族遭逢大变，不得不解散私兵，将此处改为敛财之所，方有水月庵之事。这个解释满意了吗？好了，我能说的都说完了，若还是不满意，郭副尉就请自己去找张侍郎对质吧！"

第三十六章　又见新尸骨

“我还有一个问题,密道在哪里?”郭烨板着脸问道。

“你想看?”郭烨的神色虽然不善,但李梦白却是一阵欣喜。愿意提要求,说明还有商量的余地,最怕就是那种一句话杠到底的。

“带我去。”

“好。”李梦白一口应下。“那一位原本也做好了你们提这个要求的准备了。跟我来吧。”

他招招手,示意大家跟着他,一众人等绕过佛堂,穿过小院,最后到了一间静室前。

郭烨和陆广白对视一眼,俱是露出了讶异的神色。

这间静室,正是他们发现血迹的地方。

“密道在这里?”郭烨蹙眉问道。

“你们找过,但是没找到对吧?”李梦白笑笑,道:“如果这般轻易就能被找到的话,如何能叫密道?”

“可是……佛堂金身下面藏尸的暗格也被俺们发现了呀!”李二宝不服气地抢白道。

“郭副尉,你觉得呢?”李梦白回过头来,脸上依然挂着温和宁定的微笑,也不争辩,只望着郭烨问了一句。

郭烨的心思比李二宝缜密多了。那暗格既然是建在佛像之下的,自然是把私兵营改成水月庵以后的事了,说不定还是那些个花尼姑自己找人干的,寻找两者的难度,自不可同日而语。

“走吧。”郭烨明知李梦白说的是对的, 却也不愿意承认,直接就岔开了话头。

李梦白笑了笑,一马当先推门走了进去。

一行人来到屋中站定,都注视着李梦白,想看他从哪里打开机关,毕竟整间屋子他们都已经翻了无数遍,也没找出个可疑的地方来。

李梦白确实不负众望,站在屋中想了片刻,似乎是在回忆那“大人物”教给他的机关开法,随即突然一个助跑,在墙边一跃而起,猿臂轻舒,无比潇洒地在房梁中间敲了一下。

郭烨看得一震,他没想到,这李公子不但喜欢与能人异士结交,自身竟也有不凡的身手!

李梦白落下之后,又再度跳起,敲击房梁,不过比原本敲击的位置,却是远了一尺。

如是再三,郭烨他们忽觉脚下微微一沉,方圆丈余的禅房中,整个地板竟然都无声无息地陷下去一尺,在墙侧基脚下,露出一个仅容一人匍匐而入的方形洞口。

见此情景,郭烨等不良人不由得面面相觑。

且不说这个机关的开启方式如此隐秘,光是密道入口位置的设置,就称得上是天衣无缝了。

一般人搜密道,习惯性会敲墙、敲地板,通过声音辨析密道位置。最后就算不知开启方式,便是用暴力挖掘,大多也能打开洞口。但这水月庵中的密道却绝非如此简单,设计者不但把密道入口置于房基之下,更是让整块地板浑然一体,难怪之前郭烨他们反复敲打也没有察觉到任何异常的地方!

众人对视一眼,不禁都有些相信李梦白的话了。能做出如此浩大工程的,绝不是普通人。对于这样的人来说,且不论他有没有必要杀那么多人,就算是要杀,他也有许多的办法可以处理尸体,断然不至于随意抛尸荒山,还让人抓住了首尾。

“诸位不是想参观密道吗?”李梦白微微一笑,伸出手掌,做了个延请的手势,“请吧!”

对这种诡异的地方,郭烨等人自然也不是全无防备之心的,不仅把张小萝留在了地面上策应,更是把李梦白这个只有一面之交的人夹在中间进入,以避免任何可能的意外。

不过李梦白确是心中坦然,毫不在意,昂然跟了进去。

众人依次下到密道之后,最前方的郭烨点燃了火把。借着火光,他发现这密道虽然入口狭窄,但里头却十分宽敞平整,通风也流畅,即使摸黑行走在其中,人也决计不会摔跤,更不会感到憋闷。更重要的是,这密道上下左右都铺着光滑的青石板,看着都已经很有些年头了。

从进入密道起，全程没有一个人吭声，大家都在默默地打量眼前的一切。郭烨更是瞪大眼睛想要找出点什么“罪证”来，可惜终究一无所获。就像李梦白说的，这就是一条走人的密道而已，除此以外，再也没有任何不对劲的地方。

很快，倾斜向下的密道就走到了尽头。李梦白触动内壁的机关，挪开了里侧的石碑，一众人等这才钻了出来。

等到所有人都到了外面，他们这才发现自己刚刚是从一座坟头爬出来的。那被挪开的石碑正是座坟茔的墓碑。而此处高低起伏的山坡上，还有两座这样规模的坟茔。此时天色渐暗，这山野间冷风习习，竟让人莫名觉得有些瘆得慌。

“怪不得那恩客宁可暴露行踪都要从水月庵的正门进去。密道的这一头可真不是个好地方。”纪青璇皱着眉头喃喃道。

李梦白闻言，微微一笑，却也不答话，只看着众人道：“好了，密道也看过了，又有张侍郎作保，你们还有何疑问？”

郭烨没有说话，只是提着火把绕着几座坟茔走了一圈，最后又蹲下来查看了一番。过了许久他才直起身子，吐了口气，道：“回去吧，这边没什么好看的了。”

李梦白点了点头，道：“请！”

一群人跟着李梦白，围着身后的小山转了半圈，宽阔的官道就又豁然出现在眼前。原来那出口的位置，竟是在荒山背向官道的一侧。

“也不用回水月庵了，回县衙吧。既然水月庵有张侍郎作保，排除了嫌疑，那这白骨案我们便要从长计议了。二宝，辛苦你去把小萝也叫回来。”郭烨道。

李二宝点了点头，自去不提。

这边纪青璇听到郭烨这般决定，张了张嘴像是想要说点什么，但是犹豫之下终究还是没有开口。

一行人就这般回到伊阙县衙，各自道别安歇。

不过郭烨却是没有真个睡觉，他吹熄了灯火，和衣在床上躺了约莫一个时辰之后，蓦地翻身而起，径直出门，把包括封不平在内的众人，又一一叫了起来，唯独遗漏了李梦白。

“干吗啊？又不让人睡觉了啊？”张小萝揉着眼睛，有些不满地抱怨道。

其他人也都睡眼惺忪地看着他。

但郭烨此时的神情却是严肃无比，他压低声音道：“不要惊动了李梦白。带上火把,封捕头县衙可有锄头之类的物件,也带上。跟我走！今日这事不对劲!”

“你发现什么了吗?”纪青璇闻言一下清醒了过来,迟疑了一下问道:“你是说李公子有问题?”

“不清楚。”郭烨摇摇头,道:“也许他知情,也许他也是被蒙蔽的,但总之那密道是肯定有问题!”

“如果是密道有问题,李公子应该是被蒙蔽了吧？我看那密道建成的时间,怕是比他的年纪还大。”纪青璇像是松了口气。

郭烨看了她一眼,有些不耐烦地道:“总之先瞒着他!”

他都这么说了,其他人自然也没有异议,连夜出门,快马加鞭,不多时就又来到了山下,拴好马匹,直奔山背而去。

“现在你可以说哪里不对劲了吧?”纪青璇有些没好气地问道。

在县衙的时候,郭烨就语焉不详,只是急匆匆地带着一群人赶路,到了这里终于可以停下来问个明白了。

“跟我来!”郭烨虽然说密道有问题,但真到了地头之后,却是看都不看那座坟茔一眼,目光只在几座坟茔之间搜寻。没过一会儿,他指着几处起伏不平的小土包,问道:“你们看这些像什么?”

黑暗之中,火把的光芒能照亮的范围有限,众人左右打量,都觉得这片地与其他的山地并没有太多不同的地方。若一定要说不同,就是这些土包上的草木似乎更茂盛一些。

“你们……”郭烨气结,抽出腰刀往一个小土包前一插,道:“再看!”

这一次还是站得最远的张小萝脑筋最活络,突然一拍巴掌:“土坟!”说完以后,她自己都忍不住双臂环胸,搓了搓。

不管是谁,大半夜站在坟茔前,总会觉得脊梁骨凉飕飕的吧！更何况如今看起来这里可能连片的都是尸骨。

郭烨点了点头,一指地上的土包:“挖!”

“咳,咳,郭副尉,你是说我们……我们要挖坟?”封不平声音颤抖着道:“这,这不合适吧?”

“有什么不合适的？若是这些土包都如周围的坟茔一般,建碑立墓的那不奇怪,可奇就奇在要这般遮遮掩掩的,意欲何为?”郭烨目光炯炯,在火把的映照下像两盏明灯，逼得封不平不得不转开了视线。

话都说到了这一步，封不平哪里还有什么话说，干脆一咬牙，抡起手中的锄头，挖了起来。因为这县衙里就一把锄头，其他人也都乐得轻松，围在一边看热闹。

趁着封不平干挖坟掘墓的工夫，纪青璇忍不住问郭烨："你怎知这些土包就是坟堆？"

"是呀，说不定是被雨水冲下来的泥土堆成的呢？"张小萝也颇为不解。

"若是被雨水冲下来的泥土，堆不成这种连绵的形状。"郭烨顺势用手做了个高低起伏的动作。

"哦——"张小萝似懂非懂地点了点头。

"你们看这土包上的草，再看看附近的。"郭烨指着土包上的荒草，道："即便是天气尚且寒凉，都不难看出，这里的荒草分明比其他地方要茂盛得多。很大可能性是下面埋了什么能提供肥料的东西，才能让这片地方变得比附近更肥沃。"

"尸体？"陆广白皱了皱眉，不知是不是想起了万年县的食人妖花，和它下面层层叠叠的尸体。

"还有吗？"纪青璇问。

"有！最后一点。"郭烨提起刀鞘，戳了戳脚下的土包，淡淡道："其实这一点纪不良尉你已经想到了。就是那些达官贵人不到万不得已都不选择从密道走，仅仅因为这里有一两座坟吗？郭某以为，一两座坟茔还不足以让他们铤而走险。但若是我所料不错，这一片小土包下都埋着尸骨的话，那就另当别论了。"

"你的意思是……他们也知道这件事？"

"当然。"

"那……我们还要查下去吗？如真是如此，这其中可能涉及不少达官贵人，你……"

郭烨眉头一挑，冷冷道："我不良人办案，何时惧过权贵？"

"嗯！"纪青璇的眼神忽地一亮，点头道："这才是我认识的郭烨！"

郭烨没想到会得纪青璇这样一句夸赞，顿时有些手足无措。

就在这时，旁边挖坟的封不平突然大叫了起来："真的是坟堆！好多白骨！啊！有刀痕！一样的，是一样的！"

第三十七章　红伞证冤屈

从荒冢中再度掘出带刀痕的尸骨，这无疑是件大事。

在事实面前，无论是那大人物的身份，还是张柬之的手书，都显得是那么苍白无力。

“我看看！”郭烨振奋起来，一把扒开封不平，探头往挖出来的坑里看去。果然在掘开的黑色烂泥中，能看到许多尸骨暴露出来，也没有棺椁，不像正常的墓葬，倒像是随意丢弃的。尸骨就这么层层叠叠地堆积在一起，不少骨骼都支离破碎，简直惨不忍睹。

郭烨抽出一条手巾，包住一根腿骨，抖掉泥土，举到眼前。在火把的光芒下，腿骨上的刀痕清晰可见。

“我倒要看看，李梦白和他身后的大人物，还有什么话说！”郭烨怒道。说着，他劈手从封不平手中夺过锄头，丢给李二宝道：“二宝，你动作快，你来挖！把这些土包都挖开，我倒要看看，这么小小的一片荒山，到底能埋下多少条人命！”

李二宝也不言语，埋头就是一阵猛挖。他的怪力显然不是封不平能比的。不多时，地上的土包便全被挖开，暴露出的森森白骨触目惊心。

“一、二、三……”陆广白在一个个坑穴间走过，飞快地点着数。以他的眼力，即使这些白骨都烂在了一起，他也能把它们辨认出来。

“这里……起码又埋了二十来个！”陆广白嘴唇嚅动了一下，艰难地说道。只这句话就像是抽空了他最后的力气，甚至连一直保持的清冷态度都维持不住了。他虽然当了多年仵作，但也没见过这么多横死之人，一具具白骨，就像一个个重重的秤砣压在他心上，让他难以呼吸。

纪青璇阴沉着脸站了半晌，才道：“先去水月庵休息一夜，天亮之后，叫捕快们把这些尸骨都搬回县衙！”

几人在辗转反侧中煎熬了一夜，终于等到了日出东方。这是这几日里难得的大晴天，只是众人的心情却晴朗不起来。纪青璇派封不平回去召集了县衙的捕快们，而后一行人抬着尸骨，浩浩荡荡地往县衙而去。

回到县衙之后，李梦白居然已经起来了，见到众人便迎了上来，对纪青璇笑道："纪娘子，这一大早上就不见你们人影了，这是去哪儿了？"

纪青璇还没来得及回答，郭烨已经把扛在自己肩上的布包往地上一放，扯开露出里面的枯骨，然后站起来和李梦白冷冷对视道："李公子啊李公子，幸好我们昨日里没听你的，不然这些枯骨怕是要沉冤地下，永难见天日了！"

"这是怎么了？哪来的？"这一出似乎大出李梦白的意外，他俊美的脸上也随之露出了吃惊的神色。

这期间，郭烨一直紧盯着他的眼睛，直到确定他的神情不似作伪之后，才道："这些尸骨，便是从你指引给我们的密道出口挖出来的！"

"密道出口？"李梦白愣了一下，旋即眯起眼睛不知道在想什么。片刻后，他突然笑了起来，含蓄地道："郭副尉，有些话虽然明说出来不好听，但是私兵训练也不是所有人都能通过的啊。你说呢？"这个说法倒是合情合理，私兵训练的残酷和严苛，犹在正规府兵之上，便是出现伤亡也在所难免。郭烨一时也寻不出什么错处。

这时郭烨也意识到自己今天的情绪似是有些不大对劲。或许是一下子见了这么多的尸骨，让他的心绪实难平静。又或许是没有一个案子让他产生过这样多的挫败感，纵然是之前一直悬而未决的三大案，也只是让他觉得繁杂而无头绪，却从未像今日这般无力。

正因为这样的情绪，让他忽略另外一种可能性。若是换了平时，他稍加思索，应该就能考虑到的。

"李兄说得也有道理。"他倒也不是个知错不改的人，微一沉吟，就向李梦白拱手道："是郭某疏忽了，多谢李兄提醒。"

"无妨，无妨。"李梦白风度翩翩地回了一礼，笑道："若是郭副尉的调查，能证明李某的清白，那也是一件好事。"

郭烨点了点头，不再言语，只是转过身跟着陆广白忙活去了。

"你心乱了。"陆广白道。

"啊？"郭烨愣了一下，才意识到陆广白是在跟自己说话。"小陆，你这话何意？"

"仔细看看两批骨头,我不信你真的看不出它们之间的差别。看不出来也无妨。难得是个大晴天,刚好可以验一验。"说完他便头也不回地自往仵作房而去。郭烨看着陆广白的背影,沉默了片刻,突然俯下身去,认真查看起地上的尸骨来。

先前送来县衙的骨头,郭烨都是仔细检查过的,此时还犹在眼前。这时他得了陆广白的提醒,静下心来,仔细查看新发现的白骨,果然发现了一些不一样的地方。

两者最显著的差别,就是在骨骼表面的刀痕上,之前送来的尸骨,刀痕多而浅,几乎遍布了每条骨骼,切口平缓倾斜,似是被人用刀子反复刮擦过。

而昨夜刚发现的这批尸骨,刀痕却是少而深,但凡有刀痕之处,几乎都笔直切入骨骼内部,有的甚至直接被砍断。

就在郭烨查看尸骨的同时,陆广白也去而复返,和县衙的林仵作一起,提着大包小包的东西走了回来。

郭烨眼尖,注意到陆广白的腋下还夹着一把红色的油纸伞,配上他俊美清冷的神情,当真有种翩翩的风度。不过,走在他旁边的林仵作的状态,就让人忍不住地为他担心了。

这些天郭烨他们一直在外边跑,没怎么见到林仵作,今日一见,才发现他的情况似乎愈发的严重了,身形枯瘦不说,两只眼睛更是红得像是要滴出血来。

"林仵作,我来吧……"郭烨上前一步道。但林仵作却像是知道他要说什么一样,摇摇头:"郭副尉,不用劝卑职了。卑职的身体自己心里有数,今日能见识不良司的陆仵作验尸,已是三生有幸,我想自己来。"

郭烨闻言,伸出去的手僵在那里。沉默片刻,他终于还是默默退了回来,把最好的勘验位置,让给了这个已将生死置之度外的仵作。

"开始吧!"陆广白却是没有他这么多愁善感,冲林仵作平静地道:"现在的时辰刚好。"

林仵作点了点头, 接着,只见两人合作,从两批尸骨中各拣出一些来洗净,按次序摆放到竹席之上。

然后,陆广白指挥周围的衙役在平地上挖出一个土坑,里面堆放柴炭,将土坑的四壁烧红。冬日里腾起大火,烤得人身上暖洋洋的好不舒坦。

不过众人没有享受太久,陆广白就叫人铲去炭火,接着取来两罐早就准备好的液体，“哗”地泼入依旧滚烫的地窖中。

刹那间，白雾蒸腾，整个县衙的院子里，都弥漫起一股酒香和酸味混合的古怪味道。

“好酒两升，酸醋五升。”郭烨自言自语道。

张小萝奇怪：“郭大哥，你知道他们在做什么？”

“知道。这可是你小陆哥哥的绝技。耐心看吧，这么久以来我也只见识过一次。”

陆广白和林仵作指挥着捕快们，趁着地窖里升起热气，把尸骨抬放到地窖中，盖上草垫，然后就坐在一旁开始静静地等候。

这空档，县衙里的人都陆续赶了过来。大家一起呆呆地等了约莫有一个时辰后，陆广白又命人把尸骨取了出来，放在院中最亮堂的地方。

等到一切都就绪后，却见他撑开放在一旁的红油伞，走到尸骨前，阳光透过伞面，顿时投下一片红色光影，将白骨笼罩在下方。

陆广白透过光影观望了片刻，便站了起来，笃定地说道：“两批尸骨应当并非同一人或同一伙人所杀。”他顿了一顿，又回头看向郭烨，道：“李梦白是对的，水月庵这条线不用再查了。”

第三十八章　步步再推演

“怎么说？”郭烨跟陆广白相识已久，自是知道他从不说没把握的话，但还是忍不住追问了一句。

“各位请看。”陆广白退后一步，从旁边的物件中，抽出一根细细的竹竿，指向地上的尸骨。

“这是最早发现的尸骨，这是昨日新发现的尸骨。”他在两堆尸骨上各自一点，道：“各位仔细看这两堆尸骨，有何不同之处？”

不同？众人先瞧瞧尸骨，再你瞧瞧我，我瞧瞧你，都露出了迷茫的神色。

许久都不曾有人说话。最后还是一名年轻的捕快琢磨了很久,道:“是不是昨日新发现的尸骨要脏些,之前那些白骨看起来干净些?”

这名捕快的话,引得周围一阵哄笑。

“阿元,你当是后厨洗菜不成!人家陆仵作问的是两堆白骨有何不同,不是问你哪个干净。”

“你们自己看呀,昨日发现的那些骨头真的黑一点。”那个叫阿元的捕快眼见是有些急了,手指着白骨直跺脚。

“好像是黑一点啊。”

……

围观的捕快议论纷纷,还是陆广白解答了阿元捕快的问题。“这位捕快兄弟说得不错。昨日发现的那些尸骨颜色较深,且已脱脂干燥。说明死亡的时间较长,据陆某推测,至少也有二十年了。而早先发现的尸骨,差不多都是这几年里才死亡的。”

阿元听了陆广白如是说,很是兴奋,面上露出得意的表情,向着刚刚嘲笑他的捕快们一阵示威。

郭烨此时双手环胸,静立在一旁沉默不语。

陆广白见其他人再没有更多的发现,便将手中的红伞移正,让它能完全遮住两堆白骨:“各位再看,昨日新发现的尸骨在伞下刀痕发红发暗,之前发现的尸骨则没有这个迹象。”

“不错。”离得陆广白最近的林仵作率先点了点头,问道:“陆仵作,这是为何?”

“以红伞遮日之法验尸,刀痕处呈红色,则此伤为生前所受。刀痕处无异样,纵有折损,也是死后之痕。这个陆某从一本古籍中寻得的验骨之法。”

“昨日发现的尸骨,伤口笔直入骨,且刀痕处呈红色,是生前所受刀伤,符合格斗训练之说。尸骨埋葬年份悠长,且多为几人合葬,无棺椁,时间和处置尸体的方法都符合李公子的私兵营之说。小陆,所以你才认为白骨案与水月庵无关,对吗?”郭烨突然开口道。

“对。”陆广白继续道:“此前发现的白骨,刀痕和尸骨断口处均无血色,且死亡年份短。”

郭烨默默地点了点头："还有吗？"

"有。"陆广白放下红油伞，举起一颗骷髅，指着它的臼齿道："从牙齿磨损的情况和白骨形态来看，此前的死者死亡之时年龄不一，男女老少皆有，而昨日发现的尸骨，年龄集中在十五至二十岁间。"

话到此处，还有什么不明白的。死者年龄、死亡时间、安葬方式、刀痕形态，桩桩件件无一不在验证李梦白的话。

郭烨不知该如何形容自己此时的心情，这一遭看似查出了许多蛛丝马迹，实则却是打回原地，从头开始。他深吸了一口气，转身冲着李梦白拱了拱手，道："多谢李公子点明歧途，让我等不至于迷失太远。"

李梦白风度翩翩的一欠身，谦逊道："郭副尉客气了。此刻既然有陆仵作的尸格证明这水月庵与白骨案无关，那李某此行的目的便已完成。受人之托，忠人之事，李某也在此谢过各位辛劳。既已无事，李某在此地还有些事要办。"说着也是对着不良司众人拱了拱手。

"李公子自便即可。"纪青璇道："我等也是职责所在。"

李梦白点了点头，道："李某这几日还会在县衙边上的客栈投宿，诸位若有用得上李某的，尽管开口。告辞。"说着他便往县衙大门走去，谁知才走了几步，却听郭烨在后面道："李公子可是要去帮那水月庵的主人善后？"

李梦白回转身来，没有回答，只看着郭烨，算是默认。

"烦请李公子转告那水月庵的主人，蓄养私兵虽是一家之事，但终究伤的是人命。望他以后还是收敛些，少做些损阴丧德之事，为好。"李梦白很是一愣，他没想到郭烨的话竟说得这般直白。但转头想想，若郭烨是个趋炎附势、畏惧强权的，怕也不会深更半夜带人挖坟掘墓了。这样想着，李梦白不禁莞尔一笑。"李某定然不负所托。"说着他便欠身离开，很快就消失在了县衙门口。

只留下一群人用各种奇怪的眼神看向郭烨。张小萝、李二宝这般的自然是一脸的崇拜。陆广白和纪青璇则更多的是无尽的担忧。

"好了，都看着我作甚！如今此案又要从头查起了，还不赶紧干活！"郭烨有些好笑地看着众人。

"那倒也未必要从头查起。"纪青璇最先回过神来，道："至少如今我们已然确定，这些白骨上的刀痕都是死后造成，也就是说此案的凶手至少不是个心理扭曲之徒。那么我们便可从一般人杀人的动机去推演。一个人要杀人，无非是为财、为色、为情、为仇。但是小陆之前提到，死者中男女老少皆有，那就意味着——”

“不是为色和为情。”郭烨道：“可若是为仇，男女老少皆有，那就是灭门了。若是一户人家被灭门，不可能不引起左右邻舍的注意。可是至少在伊阙县的记载中没有任何信息。”

“何止是没有灭门案，便是人口失踪也不曾有。”陆广白补充道：“但若是为仇，要分几年时间，将这些人逐一聚集到此地，难度太大。”

“所以，凶手为财杀人，而死者互不相识，这种可能性最大。”郭烨接茬，道：“死者不是伊阙县人。他们或是在伊阙县驻留时被劫财后杀害，又或是被人在别处劫财杀害后，埋尸在此。”

“郭副尉，您之前不是说，凶手很熟悉那山上的地形，而且持续作案多年，必是伊阙县人吗？”封不平插嘴道。

“不错。”郭烨点了点头，道：“死者在伊阙县驻留时被劫财害命。但无人报案，就是说死者不是来伊阙县走亲访友的，就是路过！”

郭烨猛地一击手掌！“哎！我之前怎么没想到！该死！都是那群花尼姑，遮遮掩掩，误导了我们查案！”

“郭大哥，你想到了什么？”

“凶手！我知道凶手是谁了！”

第三十九章　香饵钓凶鱼

推演到了这一步，也就是两小只心思单纯，还在问凶手是谁。便是那封不平在心中也隐隐有了些自己的猜测。

纪青璇当即召集了所有人，除却陆广白还要与林仵作一同处理那堆积如山的尸骨外。郭烨、张小萝、李二宝以及封不平都策马飞驰，往那目的地而去。

“那不是二宝去搜过的客栈吗？”张小萝勒住了马缰，看着不远处的客栈道。

“不错!”郭烨等人也都放缓了前行的速度。

“可是……二宝不是已经带人搜过了吗？还……”张小萝疑惑道。

李二宝面露赧色，被派去查案却弄得鸡飞狗跳的，他大概也是不良司的头一号了。

郭烨伸手拍拍李二宝的肩膀，然后道：“正是因为二宝闹了那一出，我们才下意识地放松了对客栈的警惕，加之水月庵的花尼姑遮遮掩掩的，误导了我们的查案方向。如今想来，当日调查的方向原本是对的，只是阴错阳差罢了。”郭烨这话不说还好，越说越让李二宝感觉羞愧难当，就差挖个洞把自己给埋起来了。

这般徐徐前行，不消片刻，一行人就又来到了客栈门前。

有了昨日的经历，这回掌柜的倒是不曾给众人脸色看了，擦擦手就迎了上来，赔笑道：“各位官爷又来了，不知今日里想吃点什么？”

郭烨笑道：“莫非来你这店里，就只能打尖，不能问案吗？”

掌柜的脸上笑容一僵。“官爷说笑了。”

“谁跟你说笑了。”郭烨脸色一正，道：“我且问你，你这客栈后山上出现白骨之事，你可知情？”

“这个……前些日子，这位官爷已经带人来问过了。”掌柜的用手指了指李二宝，道：“小人委实不知!”

“是不知呢？还是不愿老实交代啊？”

“真的不知!”

“好。”出乎意料，郭烨却没有再追问下去，只是笑了笑，就往客栈中走去，边走边道：“既如此，你便再给我们上一份吃食吧，就比照昨天就好。”

“好嘞，几位官爷稍等片刻!”掌柜的应命而去。

“你什么意思？”纪青璇刚开了口，忽然又警觉地朝掌柜的方向看了眼，确定他在忙碌，听不到自己等人谈话，才继续道：“怎么问到一半又不问了？”

郭烨自寻了一处空席盘坐下来，待众人纷纷坐定，才慢条斯理道：“你觉得，他要真是凶手，我就这般问两句他会承认吗？”

“那你还打草惊蛇？”

“我就是要打草惊蛇!”郭烨眯起眼睛，看向掌柜忙碌的背影，淡淡道：“只有惊了蛇，那蛇才会慌，只要他慌了，便会露出马脚。不光是我，你们也都把眼睛擦亮点，能眼皮子都不眨一下就害死几十个人的家伙，绝非等闲之辈，今日我们恐怕少不得要斗智斗勇一番了。”

“没问题！”一说到“斗智斗勇”，两小只和封不平都立马兴奋了起来，身子坐得笔直，一副随时准备按剑而起的架势。

郭烨无奈地摇摇头，对纪青璇道：“纪不良尉，一会儿你与我分头查看一下，看这客栈里有没有不妥的地方。”

“嗯。”纪青璇不动声色地点了点头。

很快，他们点的吃食就端了上来。

“诸位请慢用！”送吃食的依旧是掌柜的那个巧笑倩兮的娘子——赵五娘。

郭烨看着赵五娘面无表情地说道：“掌柜娘子，昨日在你家吃了朝食之后，回去我可是拉了一晌午的肚子啊。你这后厨里，莫不是有什么不干净的东西吧？”

“官爷这是说的哪里话，我们家这铺子虽小，但也是打开门来做生意，那等昧良心的买卖，我们可是不干的哩！”赵五娘一听直叫屈。

“是吗？”郭烨却是不为所动，反而借机提出了自己的要求。“本副尉要去你们的后厨看看，不然谁知你这话是真是假。”

“这……”赵五娘脸色一变，但她也有几分急智，很快便说道：“不瞒诸位官爷，我们这外乡人能在伊阙县立住根，开起这客栈，凭的便是家传做吃食的手艺。这后厨重地，有不少我家郎君家传的秘方，郎君家中曾立下祖训，万万不可外泄。前些日这位官爷来搜，我们看在人命关天的份上已是破例过一次，今日还要再查……官爷，这……实在不大方便。”赵五娘直接搬出了李二宝日前的过失来当挡箭牌，回答得滴水不漏。

这下子，郭烨也被噎了一噎，不过才片刻工夫他就解下自己腰间的令牌，“啪”地扔在面前的小案上，笑道：“掌柜娘子可认得这是何物？”

赵五娘咬着嘴唇，一副受了莫大委屈的模样，道：“官爷莫不是要仗势欺人？若是如此，奴加也无话可说。”

“你不必作这等姿态。”郭烨笑道：“郭某只是想告诉你，我等都是有正经职司在身的朝廷命官，难道会放着好好的衙门不待，来贪你这区区一罐汤水、一个饼食？莫要多言，快快带路！”

“这……那官爷便随奴来吧……”见郭烨如此说，赵五娘也没了对策，只能楚楚可怜地应了，带着他和纪青璇两人就往后厨走去。

可等到进了后厨，郭烨和纪青璇都惊了一惊。别看这店小，后厨却收拾得那叫一个干净，便是炉灶边的土碗、木盆都不带一点油渍的。

“一点污迹都没有。”纪青璇低声对郭烨耳语道：“太不正常了，便是那大堂都没有这般干净。”

郭烨点了点头。

在李二宝当日那阵仗之下，这掌柜的若真的心虚，必然会即刻动手清理现场。这客栈不大，若要分尸剔肉的，后厨是最合适的地方，所以郭烨一开始就猜这后厨必是案发的现场，想要伺机来看上一看。如今见掌柜的收拾得如此干净，线索是找不到了，但至少印证了一点，这客栈必有问题，这后厨也必有问题。

郭烨与纪青璇两人在后厨转了一圈之后，又回到了大堂。

这时，一伙赶路的行商正好从客栈中走出来，一个客商还在大声抱怨道：“你说怪不怪，往日里我住这家客栈，夜里都睡得特别舒坦，所以我才宁可多赶上几步路，都要在他们家投宿。可前两天我再住这里，不知怎的，就睡得不甚踏实了。昨日夜里也是如此……”

“莫不是你年纪大了吧。哈，哈……”行商们嘻嘻哈哈地走过郭烨和纪青璇的身边，两人对视一眼。

郭烨道：“意外收获！”

“嗯。”纪青璇点了点头。

“什么意思啊？”冷不防张小萝插了一句嘴。最近，她觉得郭大哥和纪姐姐总是说一些她听不懂的话，令人好生烦恼，这不今日又是如此。

“刚刚那人说以前睡这客栈，夜里总是睡得特别舒坦。这种乡野小店能让人睡得特别踏实，怕是用了什么不该用的手段。”郭烨耐心地解释道：“而且偏偏就从两日前开始，他再来这客栈，睡得就不甚踏实了。这时间正是二宝搜了这客栈之后。”

“所以是下药了？”这一次张小萝听懂了。

“嗯。不过不要紧！”郭烨闭上眼睛，想了一会儿，道：“这样，我们就先回县衙，咱们再在伊阙县待两天，给他下一个大大的香饵，我郭烨就不信到时候钓不出这条大鱼来。”

是日,郭烨在纪青璇的陪同下,进入县尊房中密谈了半个时辰。

又过了两日,几个从县衙大牢里提出来的人犯被挂上了"荒山白骨案真凶"的牌子,推出去游街示众。此前白骨案骤起之时,在伊阙县闹得沸沸扬扬,如今"真凶"归案 ,自然是一石激起千层浪,很快全县的百姓都知道了。

胡县尊的书斋中,郭烨一手按在面前的公事案上,一副运筹帷幄的姿态,道:"我们两次搜查客栈,都一无所获。今日白骨案的'人犯'终于被抓。那掌柜的若真是凶手,定会以为自己安全了。这样一来,他想必会放松警惕,只要他再次出手,我们自然就能拿他个现行!"

"可是……"李二宝喃喃道:"郭大哥,我们此前一直在调查水月庵,你为何不用那花尼姑去游行,那不是更像吗?"

"非也!你忘了前几日我们去那客栈时,我曾问过掌柜的,是否知晓后山白骨案之事吗?当时我们已然抓获了那群花尼姑。若那些花尼姑是'人犯',我又何必多此一举再去问一遭。"

"哦!"李二宝似懂非懂。

"所以你郭大哥停了两日才让人上街游行。为的就是迷惑那掌柜的,让他以为我们准备找个替罪羊了事。"纪青璇解释道。

"那万一那掌柜的不上钩呢?"

"所以了,我们就需要给他一个不得不上钩的香饵!"

"不得不上钩的香饵?"两小只疑惑道。

"正是。"郭烨点点头,冲胡县尊打了个手势,胡县尊会意,冲着门外招呼了一声,很快,县衙的主簿就提着一个大包裹走了进来,"哐啷"一声放在桌上。

郭烨拉开包裹一看,只见里头全是散碎银子和成吊的铜钱,方才满意地点点头。

"郭副尉啊,你们可千万得把这些个银钱给本官完好无损地带回来呀,县衙的库存不够,本官私人贴了一部分在里头。"胡县尊哭丧着脸道:"这要给弄丢了,我家娘子可决计不会轻饶了我!"

听他说得可怜,众人都哈哈大笑起来。

笑完之后,郭烨又道:"如今钱有了,还缺一个人。看来得找找客栈里的李公子帮帮忙了。"

“李公子?”纪青璇愣了一下。“你说李梦白?”

“正是。他不是说若有用得上他的,尽管开口吗?”郭烨站起身来,抖了抖身上的袍子。“走,我们现在便去开口。”

第四十章　缘是故人来

伊阙县城里的客栈虽然比官道边的那家条件要好一些,但跟洛阳的比起来还是颇显简陋。不过,李梦白的这个房间却格外的舒适,大床围了精致的床屏,看不见里面的样子。大床前头的小榻上铺着绣工繁复的褥子,小榻边的案几上放着一个香炉,淡淡的醉仙桃的气味,弥漫其间。

郭烨等人到的时候,李梦白正倚在小榻上翻看一本古籍,着实是悠闲自在得很。

“李公子在洛阳交游广阔,郭某有一事相请。”一进门,郭烨也不客套,开门见山道。

李梦白也是好涵养,并不因自己被求而显露丝毫骄矜之气,只是淡然一笑,道:“郭副尉不必客气,但说无妨。”

“郭某想请李公子代为物色一位有胆色的绝色女子为饵,不知李兄可有合意的人选?”

“郭副尉几时要这个人?”

“越快越好。”

李梦白微微蹙眉,但随即他就笑了起来,道:“李某此行有一佳人做伴,乃是一胡姬,美貌是有的,至于胆色嘛……李某就不好评说了。”

“哦?李公子真是好风雅。”郭烨挑了挑眉,他们时间紧迫,若是能有一个现成的人选倒也不错。“那烦请代为引荐吧。”

“好。”李梦白倒是对郭烨的话不以为意,只干脆地应道。

不多时,李梦白口中的绝色胡姬便被带了过来。

“怎么是你?”郭烨愕然,道:“你怎会在洛阳?”

“你们认识?”李梦白也是一阵错愕。

“是。奴家当日在长安清风馆时与纪不良尉、郭副尉,以及各位不良司的官爷有过几面之缘。”说着,这胡姬便一揖,而后继续道:“我与十三娘子年前便已到了神都。现驻尚善坊的蓼风楼。”

原来这来人正是郭烨等人的老熟人,当日长安清风馆的舞姬巴娜丽。

“蓼风楼是风十三娘开的?”纪青璇惊讶,道:“莫不是带‘风’字的酒馆都是你们的产业?”

“那倒不是。但蓼风楼确是十三娘子开的。”巴娜丽低着头道。

“既是熟人,那这事便好办了。郭副尉,你看这人可用得?”李梦白道。

郭烨看向纪青璇,只见纪青璇点了点头。

“人选倒是不错。”郭烨道。巴娜丽既然能为风十三娘所用,胆色自然是没得说的。

“若奴家应了郭不良尉之请,不知这银钱当如何算?”巴娜丽跟着李梦白出来,自然是来伴游解闷的,这时候提出价格,倒也合情合理。

郭烨正待接话,李梦白反倒先开口了:“所有银钱算在李某账上即可。”

有人出钱,不良司诸人自然不会反对。一番客套之后,商定了具体的事宜,众人便打道回县衙了。

第二日一早,郭烨等人再度来到客栈。刚进门,就见一个熟悉的身影斜斜靠在那铺了华丽褥子的小榻上。那人见郭烨等进门,噌一下站起身来,急急看向郭烨身后,而后神态失落地道:“陆郎怎的没有同来? 为了他,奴家可是连夜跑断了腿才赶到这伊阙县的。”

“陆郎……”郭烨前脚还在惊讶风媒传递信息的速度,后脚就被这个腻死人的称呼膈应得猛打了个寒战。

“哼! 这没良心的冤家……”风十三娘莲足一跺,自言自语地娇嗔了一句。“亏奴家来洛阳的时候,还特地给他带了新入手的大食香料,谁知道托人去不良司询问的时候,才知你们又去了外地……”不过风十三娘的情绪并没有低落太久,马上就又笑逐颜开:“亏得巴娜丽在此处遇见了你们。诶,陆郎呢? 快叫他出来!”

“咳!”郭烨见她一直说个没完,连忙板起脸打断道:“十三娘子,见小陆之前,你似是还忘了件事吧?"

"何事?"风十三娘本来还隐隐有些不耐烦,但一见郭烨脸色不善,马上又恢复了巧笑倩兮的表情。"哟,郭副尉怎的了? 莫不是还想吃了奴家不成?"

郭烨嘴角一抽。"十三娘子,自个儿做的事,忘得够快的。"

"咦? 怪了,奴家可不记得何时得罪你郭副尉了。"

"你!"郭烨很是无语,低吼道:"郭某好心给你提供个挣银钱的机会,你转手便把我给卖了。还不算得罪我?"

"哦,您说那事儿呀!"风十三娘这才做出一副如梦初醒的表情,娇笑道:"郭副尉,您可不是好心。您那是以消息抵账的。况且,我们风媒做的可就是这八方来风的买卖,您也没说这消息不能卖不是? 再说了……"她拖长声音低声道:"郭副尉你可别说自己没存着坑万御使一把的心思啊。奴家遂了你的意,当了这把刀子,你怎么也不能放我们清风馆一家去承担丽竞门的怒火呀,对吧?"

郭烨哼了一声,伸出一只手掌道:"拿来。"

风十三娘装傻:"什么?"

"红利啊!"郭烨嘿嘿笑道:"丽竞门的怒火咱可是一起担的,好处倒让你们一家挣去了,不合适吧?"

"在我风十三娘这里,落了袋的钱断没有再吐出来的道理。"风十三娘不紧不慢地道:"想要钱,郭副尉还是死了这条心吧。"郭烨刚想说话,却见风十三娘抬手一示意,继续说道:"钱是没有,不过奴家倒是可以帮郭副尉一个忙。"

"什么忙? 说来听听。"

"巴娜丽那买卖,我替她去,还不收银钱。郭副尉意下如何?"风十三娘笑盈盈地问:"我不她比更合适?"

听风十三娘这么一说,郭烨不由心中一动。若说这人选,无论是胆色亦或是美貌,都是风十三娘更胜一筹。但是这样的好事,这掉进了钱眼里的小娘子能便宜了自己等人?

"不过我有个条件。"果然还不等郭烨回答,向来善于察言观色的风十三娘就继续道:"奴家要陆郎和奴家一同去。郭副尉,且看在奴家千里迢迢寻陆郎,一片痴心的份上,让他假扮奴家的郎君吧! 反正你们还得寻个人扮小厮不是,郎君也是一样的。有陆郎在身边,奴家的心里也安不少呢!"

其实在场的人都心知肚明，风十三娘来洛阳，绝非是为了寻陆广白，至少不全是。不过这些细枝末节，倒也无伤大雅。

“不行！”郭烨摇头道：“那客栈掌柜已经见过了小陆，虽然当时人多，但保不齐那掌柜的就记得小陆的模样，若是再让他陪你去，怕是会露馅的！”

“这郭副尉不必担心。”风十三娘的俏脸上露出一个狡黠的笑容，信誓旦旦道：“干奴家这行的，化妆易容都是傍身的本事。你且把陆郎叫来。若是易容之后，这里还有一个人能认出他来，此事就此作罢，奴家绝不纠缠！”

“哦？”郭烨深深地看了风十三娘一眼，随后冲李二宝一挥手，果断卖了兄弟。“二宝，去把小陆叫来。”

不多时，李二宝去而复返，手上还拖着一脸迷茫的陆广白。

原来，刚刚陆广白还在县衙处理那些无主的骸骨，不曾想被李二宝连拖带拽地就给拉到了客栈。

“你怎么来了？”陆广白一见风十三娘就问道。

“怎么？奴家不能来吗？”风十三娘故作幽怨地问道：“你这没良心的，答应了奴家的事，转身便忘了。还把奴家独自一人丢在长安，真真是好狠的心呐！”

此话说得隐晦，周围人的耳朵瞬间就竖了起来，看向两人的眼神，也充满了暧昧的神色。

陆广白更是瞠目结舌，不得不把脸一板道：“好好说话！”

“哎，你这人，除了长得俊俏一脸，其他就像个木头人一般，真真无趣得很。”风十三娘一噘嘴，竟仿佛发自内心地露出了小儿女态，然后从自己的包袱里掏出一袋东西塞进陆广白怀里，道：“这是给你的。一袋香料还得奴家背着跑来跑去，好生重！”

“这……谢谢。”陆广白似是没想到当初自己的一句话，这风十三娘还真为自己带了香料，愕然一瞬之后，才笨拙地道谢。

“想谢的话，待会儿就好好配合奴家吧！”风十三娘闻言又露出了妩媚的表情，回眸一笑，便是郭烨等人也大感吃不消。

“等等……”陆广白正要拒绝，郭烨已经一把拽住了他，道：“小陆，想想那些枉死的人、那些白骨，你且忍一忍，正事要紧！”

陆广白无法，犹豫了片刻后面无表情地对风十三娘说道：“那便去易容改装吧!”

“好嘞。”风十三娘嫣然一笑。说罢,她就款款向陆广白走去,经过他身边的时候,突然伸手在他脸上轻轻拂过,感叹道:“陆郎,你这皮肤可真是好啊,真不知待会儿该把你易容成什么样子才好呢!”

陆广白木然,但众人分明看到,一抹绯色瞬间染红了他白净的面庞,一直爬上了耳朵根。

众人齐齐低下头,在心里默念了一句“非礼勿视”。

约莫过了有大半个时辰,风十三娘两人再次出现在他面前时,这一次在场的所有人都忍不住张大了嘴!

“这是……小陆?”郭烨瞪大眼睛看向跟在风十三娘身后的一个黄脸木讷汉子,左看右看,嘴巴彻底合不拢了。如果不是亲眼看见陆广白是和风十三娘一起进的室内,他简直没法把这个老实巴交的庄稼汉子和俊美的陆广白联系在一起。

“然也!”风十三娘笑着道:“如何? 这下没话说了吧?”

“服了……服了……”郭烨绕着陆广白走了两圈,硬是看不出一点破绽,只能啧啧称奇道:“真是神乎其技。”

突然,他想起某个可怕的技艺,猛地回头,紧盯风十三娘,道:“这莫不是人皮面具?”

在来洛阳的路上,他们就曾见识过一次活剥人皮易容的人皮面具之法。

“什么人皮面具呀! 没见识!”风十三娘白了他一眼,不客气地道:“那种血糊糊的玩意儿,哪儿有资格跟我们风媒的易容术比?”

郭烨闻言,也只得无奈地点了点头,若说隔行如隔山这句话还真是不错。

见郭烨还在愣神,风十三娘轻轻挽上了陆广白的手臂,笑道:“若郭副尉没有其他事的话,那奴家可要带着郎君一起去投宿了?”

郭烨沉默了一会儿,又看了看纪青璇。这种涉及不良人的大事,终究还是需要她这个上官来拍板的。

纪青璇见陆广白似乎也不反对,点了点头:“好,多加小心。”

第四十一章　屠刀谁人掌

从县城的客栈出来，众人特意绕道去了伊阙以南，好让陆广白和风十三娘装作北上洛阳的旅人。

“把这个含在舌下，莫要吞了，自能抵消绝大部分催眠的药效。”临行之前，陆广白摸出两颗漆黑的小药丸，一颗自己含服，一颗递给风十三娘，谆谆叮咛道。

对此，郭烨倒是并不奇怪，若是没有对付催眠的手段，他也不会放心让两人深入虎穴。

“谢郎君。”风十三娘俏脸含羞，却不动手，美眸微闭，张开嘴，等着陆广白亲手把药丸喂入她的檀口之中。自打和陆广白定下了夫妇的“名分”，她就一口一个“郎君”喊得甚是亲热，大有假戏真做的架势。只是她这一脸的羞怯中，又有几分真几分假，那却是只有天知道了。

陆广白踟蹰了一下，还是给她喂了进去。

“就到这儿吧，你们不用跟了。”喂完药，陆广白转身对郭烨等人说道。

“小心些。”分道扬镳之前，郭烨拍拍陆广白的肩膀，叮嘱了一句，然后才紧了紧身上披着的毡毯，转身和其他人一起朝着夜幕渐浓的山上走去。

按计划乔装成夫妇的陆广白和风十三娘，当天夜里就会住进山下的客栈。至于郭烨他们，则领着伊阙县的捕快在不远处的山上潜伏下来，只待客栈掌柜露出马脚，陆风二人发出信号，这时再由他们华丽登场，破门而入，抓凶手一个现行。

目送郭烨等人走远，陆广白对一旁语笑嫣然的风十三娘道：“走吧。”

“要叫娘子！”

“呃……”陆广白嘴角一抽，生涩地喊了一声：“娘，娘子……”

“不对，不对，你叫得这般生硬，一听便会穿帮！来，亲热一些……”

“哦，娘子……”

“嗯，这下子有点味道了。”风十三娘享受地说道：“再叫一声来听听……”

“娘子……”

“奴家把你拉进这么危险的事情里来,陆郎可会责怪奴家?”沿着官道走出一段路,眼看客栈的灯光已经遥遥在望,风十三娘突然正色问道。

陆广白没想到她会突然这么严肃地说话,愣了一下,才淡淡道:“你自己不也来了吗?”

“那不一样,对奴家来说,这是一笔买卖。”

“没什么不一样的。”陆广白打断道:“你是做买卖,收人钱财替人消灾。对陆某来说,身为不良人,职责所在,岂有退缩之理?”

“你少扯开话题!”风十三娘娇嗔道:“奴家是问你有没有怪奴家,跟不良司的职责有何关系?”

“当然……”陆广白才说了半句,忽然看到风十三娘期待的眼眸,停顿了片刻后,摇了摇头。

“太好了,就知道你不会怪奴家的!”风十三娘得到了肯定的答复,瞬间露出一个明媚笑容。“放心吧,奴家一定不会让陆郎你遇到危险的。我们风媒女子,自有一手傍身的绝活!”

陆广白没有搭话,只是伸手摸了摸袖中的手弩,嘴角扬起一个安心的弧度。虽然不会任何武功,但他陆广白也不是什么手无缚鸡之力的文弱书生……

各怀着心思,又前行了一阵,陆广白和风十三娘终于推开了客栈的大门,高声招呼道:“掌柜的,住店……”

“陆大哥他们怎么还没动静?”夜色渐深,荒山上,李二宝伏在冰冷的沙土上,眼神却像火焰一样暴躁,为了抑制自己的焦急,他的手指把地面都抓出了一个深深的坑。

虽然是在寒冷的冬夜里,但他的额头上却还是渗出了密密麻麻的汗珠,显然十分担心陆广白的安危。

“二宝,少安毋躁!”郭烨严厉地说了一句,但转念一想又有些不忍,又温言道:“发不发信号,不在于小陆他们。客栈掌柜的若是不动手,我们等一晚上他们也不会有动静。耐心些!”

“可是……”

“二宝,我知道你想说什么。”一直没有吭声的纪青璇也说话了。“但既然入了这一行,冒点风险也是分内之事。换作是让你去,你也一样会义无反顾,对吗?”

“好吧……”李二宝垂头丧气地低下头去，不说话了。不过没过多久，他又焦躁地念叨了起来：“陆大哥他们怎么还没动静呀……”

如此反复了好几次之后，连郭烨他们的耐心都快要被磨光了，想着今晚怕是要白挨冻受累了。然而就在这时，一声尖利的哨声，突然响彻了寂静的夜空！

“是小陆！小陆他们发信号了！”郭烨猛地一振，从地上一跃而起。可是因为在地上趴太久，筋骨都有些麻木了。当他跳起来的那一刻，突觉得脚下一空，差点栽倒在地上。

等他好不容易站稳脚跟，才发现其他人都已经如风一般狂冲下山，直奔客栈而去，李二宝和张小萝更是在半路上就已经把兵刃拔了出来！

“哎，一个两个的，跑得比兔子都快！”郭烨嘴上不满地抱怨着，脚下却没有停，就这样拖着被冻僵麻木的身躯，深一脚浅一脚地往山下跑。

临到半道上时，他听见“哗啦”一声巨响，然后远远就看见山下客栈泄出来的灯光一下明亮了不少，估计是有人情急之下砸空了客栈的墙壁，就是不知道是两小只中哪一个干的了。

等郭烨好不容易来到山下，果然看到客栈后院的墙上，多出了一个可容一人进出的大窟窿，其他人都不见了，反倒是客栈中传来一阵激烈喧哗的声音。他连忙穿墙而入，没花多大力气，就在一处厢房门口，看到了被不良司众人围住的客栈掌柜。

张小萝的剑就架在掌柜的脖子上，陆广白和风十三娘站在门口，纪青璇和李二宝护在他们面前，掌柜娘子则跌坐在一旁抹眼泪。各个厢房门口，则站满了愈来愈多看热闹的旅人。更远一点的地方，客栈掌柜的儿子阿虎似乎被惊醒，正跌跌撞撞地向这边跑来。

“是他么？”郭烨急忙跑过去，还没靠近，迎面就闻到空气中弥漫着一股极其浓烈的香甜味道。

“不错，就是他们！你可有闻到空气中的异味？这是焚烧底也伽的香味，只是分量不大。现在到处找找，应该还能找到他们焚烧底也伽的工具！”陆广白急急道。

“底也伽？”这名字郭烨听过，便是张小萝、李二宝都晓得。当日张小萝中招被捕便是被底也伽药膏给迷晕的，不过大抵是分量不同的缘故，这客栈里用的底也伽只是让人沉睡,倒没有出现致幻的效果。

纪青璇听陆广白如是说,立刻道:“大家快点开窗通风,不要闻这股味儿了。过往这家黑店就是靠这种手段迷倒来往的旅人,再谋财害命的,如今已有好几十条人命死在他们手上了。”

“什么?”

“简直是丧尽天良!”

“快开窗!”

“我说怎么在这家破店里就睡得特别舒坦呢……”

……

“你血口喷人!”掌柜的闻言,哪怕被张小萝的剑压在肩上,也用力挣扎起来。“我若真要做这种事,现在又岂会有这么多人醒来?难道被杀的人不会反抗,不会惊醒其他人吗?”

“也对哦……”众人一听,本来慌乱的脚步,又不禁顿了一顿,纷纷转过头来,想看陆广白怎么说。

“去开窗!别耽搁!”陆广白大声说了一句,走上前在掌柜的衣襟上一扯。

突然,“哨啷”一声,一个茶壶般的金属罐就滚落出来,罐底还有被烟熏火燎过的痕迹。

那罐子刚好滚到了郭烨的脚下,郭烨俯身捡起罐子,打开嗅了一嗅,随即掏出一把匕首,从罐中挑出一些金黄色的膏状物,对小陆道:“这可是底也伽?”

“是。”陆广白肯定地点了点头。

听到小陆的答案,郭烨对着那掌柜道:“底也伽价比黄金,若是想把全客栈的人都熏到昏睡不醒的地步,这样的用量,便是你们劫掠了过往的所有人,想必也是耗费不起的吧?我猜你们只是先用少量的底也伽,让大部分人都陷入沉睡,听不到你们的动静了,你们再对看准的猎物下手……”

风十三娘此时也淡淡笑道:“如果不出意料,今日我与陆郎便是你的猎物吧?”

“可惜你没想到,你在捕猎别人的时候,我们也在狩猎你!”郭烨大步上前,继续道:“天网恢恢,疏而不漏,这么多年来你们谋财害命,到今天也该遭到报应了!”

“胡说八道!”客栈掌柜仗着自己并没有被抓到现行,还待狡辩。“老子……

我，我就是看大家路途疲惫，焚烧少许安神药膏。我，我不知道你在说什么。什么底也伽，听都没听过。我只想让大家睡得好一点，下次再来我店里投宿。难道不可以吗？真是狗咬吕洞宾，不识好人心……”

“不识好人心？”陆广白似也动了怒火，一直古井不波的眼神中闪现一抹怒火，冷冷道：“这底也伽虽然暂时有安神催眠的作用，但是时间一长，却会让人成瘾，生不如死，若是长期接触，甚至可能伤及人的心智和身体，致人病弱痴呆。”

“哗！”听他这么一说，周围原本还在观望的商旅开窗的速度瞬间又快了不止一倍，不少人甚至按捺不住，直接翻窗逃了出去。

“你们……”客栈掌柜神色明显慌乱了一下，但还是嘴硬抵赖道：“有这回事吗？我不知道啊。卖我这药膏的大食胡商没跟我说啊。哎呀这挨千刀的，要知道这东西这么毒，就算打死我也不会用的啊……”

郭烨觉得恶心无比，大喝一声：“够了！”周围顿时一静，连客栈掌柜都乖觉地闭了嘴。

然后郭烨才厌恶地挥挥手。“把人押回去吧，有何冤屈，县衙的大牢里你尽可以喊个痛快！”

早就蓄势待发的捕快们顿时一拥而上，按住了客栈掌柜。拉扯中，掌柜的衣衫都被扯得凌乱无比。

“等等！”郭烨突然面色一变，喝止了众人的动作。

在众人疑惑的眼神中，他快步走上前，拉起客栈掌柜的衣袖看了一眼，随即面色难看地退回纪青璇身边，低声道：“坏了，这个杀人的凶手，怕还真不是这个掌柜的……”

第四十二章　猛兽伏身边

“啊？”听了郭烨的话，纪青璇大吃一惊，道：“郭副尉，你可知自己在说什么吗？”

“知道。”郭烨此时的脸色也不甚好看，但还是坦然道：“这掌柜的确实很可能并非真凶。”

纪青璇不动声色地环顾了一圈，压低声音道：“你有何证据？”

郭烨虽然平时滑不留手，没个正形，但是在关键时刻却从不无的放矢，他这般郑重其事地说，由不得纪青璇不认真对待。

“你看他右手腕。”郭烨悄悄朝客栈掌柜的手腕投去一瞥。只见在掌柜微微挽起的衣袖下，赫然露出一条狰狞的伤疤，宛如一条攀附在手上的蜈蚣，触目惊心。这明显是条陈年的旧伤，却依旧清晰，由此不难想象，当年刚受伤时，会是怎样的惨烈了，估计半个手腕都被割开。

“我并不十分确定，还需小陆看一看。”郭烨说着将陆广白拉到了一旁，一阵耳语。在众人一片疑惑地目光中，陆广白施施然走上前，在仔细查看了掌柜的双手之后，又退回到了两人身边。

“如何？”纪青璇问。

陆广白道：“这样的伤势，怕是已经割断了手筋，现在他这只手不可能有力气……”

“可那骨头上的刀痕，都是右手持刀砍出来的！”纪青璇脑子转得快，瞬间就反应了过来。

“没错。”郭烨道。

“那掌柜娘子……”纪青璇继续问。

“不可能。”陆广白微不可察地摇摇头，道：“那些白骨都是死后直接被剔净血肉的，并没有被烹煮过的迹象……这切生肉所需的力道绝不是一个手无缚鸡之力的弱女子所能施展的。”

“不错。”纪青璇点了点头，道：“生肉绵软，不像熟肉成形好切。莫非——他们还有同伙？”

“可恶！”郭烨一咬牙，向着纪青璇道：“要不让人先把他们带回去！反正底也伽的事已坐实，就算人不是他们亲手杀的，他们也有嫌疑！”

“只能如此了。”纪青璇点点头。

不过，就在郭烨打算开口让人把掌柜夫妇押走之时，他视线一转，落到掌柜娘子赵五娘脸上时，心头突然“咯噔”了一下！

赵五娘居然一直望着三人,他们交头接耳的模样,全然落入了她的眼中,而陆广白之前撩起掌柜衣袖察看的突兀举动,更是所有人都看得清清楚楚。

其他人或许还不觉得有什么,但这赵五娘却是个伶俐人儿。一见郭烨望过来,她瞬间就反应过来,往掌柜的身上一扑,扯开衣袖,露出那手腕上那道伤疤,哭叫道:“我家郎君早已是个残废了,他怎么可能杀人?还是说,你们连我这个弱女子都不放过?”

“啊?”旁边李二宝不禁失声低呼了一句。他这一声,却是又把掌柜娘子的注意力吸引了过来。后者指着他叫道:“若非郎君早已伤了手腕,他那日又如何会被你打得那般惨?”

李二宝顿时被她指责得面红耳赤,原本那日之事他就已经羞愧至极,如今发现自己动手伤得竟是个残废之人,这让李二宝更加觉得不光彩。

而赵五娘此时七情上面,哭得那叫一个凄厉,围观众人都不禁动了恻隐之心,齐刷刷地把目光投向了郭烨等人,想看他们如何决断。

就在他们骑虎难下的时候,风十三娘突然推开人群走上前来。她手中提起搭在肩上的半幅披帛,照着赵五娘的脸上比划了几下,而后娇滴滴地道:“哟,我当是谁这般眼熟。原是铁娘子啊。昔日大名鼎鼎的巾帼枭雄,怎的哭得这般凄凉?”

赵五娘闻言肩头猛地一抖,哭声戛然而止。

“铁娘子?”郭烨等俱是一愣。

风十三娘望着地上的赵五娘,笑得风情万种。“堂堂铁娘子,沦落到在官道边开小客栈谋财害命为生。这要传出去,可不知要笑掉多少人的大牙啊!”看到众人疑惑的眼神,她又解释道:“你们可莫要小看了这位铁娘子。她可是真正的巾帼豪杰,西域大寇铁逢春的独女。纵横丝路,烧杀抢掠,可止小儿夜啼。其父被官军剿杀之后,是她率领残部继续劫掠。一介女流之身,手段凶残,尤甚其父。直到再次被官军剿杀,她才销声匿迹。想不到居然逃到天子脚下来了。我原只看过她的图影,其中几幅还是蒙面的。故而刚刚只是觉得眼熟,一时竟没对上号。”

“来头这么大?”众人听得都是一愣一愣的。

虽说不良司也要负责处理缉拿盗匪之事,但他们遇上的,大多都是单独行动的独脚大盗,像这种公然啸聚一方,需要派官军前去剿杀的贼寇枭雄,他们还真是见所未见。

郭烨不由得低声赞道："十三娘子果然好见识。"

不想那风十三娘也十分的不客气，淡淡回了一句："好说！"

就在两人低语之时，旁边突然传来"唔"的一声闷哼。

众人连忙回过头去，却只见铁娘子袖中现出一把尖刀，深深地扎进了客栈掌柜的心窝子里！这一刀又快又狠，吓得周围那些捕快都愣了神。客栈掌柜的更是猝不及防，只来得及发出那一声闷哼，便气绝当场！郭烨他们待要阻止，已来不及，只能眼睁睁地看着铁娘子把这一切做完。

铁娘子伸手合上掌柜死不瞑目地眼眸，戚然道："冤家，当日你舍命护奴家逃出重围，不惜折了一条手臂，深情厚谊，奴家无以为报。你如今身体孱弱，断不能落入这些鹰犬之手，受他们折辱，来日奴家再为你报仇！"

看铁娘子的哀容，就知道她和这掌柜的之间确有真情，两人间或许还曾有一段可歌可泣的往事。只可惜他们把自己的喜乐建立在别人的尸骨之上，这却是郭烨他们这些不良人万万不能容忍的！

"我与郎君本已有意归隐，奈何你们这些朝廷的鹰犬竟还咄咄逼人，真当我好欺负不成？"铁娘子小心地放下了客栈掌柜的尸身，站起身来，柳眉倒竖，此时她的容颜中，再也不复之前的柔弱，凤目顾盼之间，自有一位巾帼枭雄的凛然威严，令人望而生畏。

"归隐？"郭烨闻言也不禁大怒，道："便是归隐为何要害人性命？"

"哼，这点人命，跟我昔年在西域立寨之时相比，算得了什么？我这已是心慈手软了！"铁娘子哼了一声，不以为然道。

"你……简直是丧心病狂！"郭烨气结，其他人也纷纷露出义愤填膺之色。

"今日无论如何也不能放你逃走了。不然纵虎归山，还不知有多少无辜人命枉死你手！"郭烨说完后退一步，道："二宝、小萝，拿下她！"

张小萝和李二宝两人二话不说，举起兵刃就扑了上去。

"哼，两个毛都没长齐的小娃娃，也想拿下老娘，真是笑话！"铁娘子冷哼一声，挥舞起手里的短刀，就迎向了李二宝和张小萝。而她的目光，更是死死盯住了郭烨。"你就是这些鹰犬的头头吧，那今日就先取了你的狗命，祭奠我夫君的亡魂！"

"喂，你的郎君可是你自己杀的……"郭烨下意识反驳了一句。接着，他蓦然露出了喜上眉梢的神色。因为他看到，铁娘子竟试图以自己手中的短刀，去格挡李二宝沉重的铁锏！

"真是不知死活！"他已经在幻想铁娘子格挡不成，被李二宝击倒在地的样子了。然而接下来发生的一幕，却让他完全不敢相信自己的眼睛！

在刀锏相撞的那一刻，铁娘子手中单薄的短刀，竟像是有魔力一般，直接把浑身蛮力的李二宝给砸得双脚离地倒飞而起，轰然撞破了脆弱的木墙，摔到隔壁房间里去了！

这时，才听到风十三娘那背书般的悠悠声音从边上传来："铁逢春乃是西域绿林道上有名的好手，铁娘子更是青出于蓝而胜于蓝，继承的可不只是她父亲的残暴，武艺也是相当不差……"

"你不早说！"郭烨大怒，可惜才骂了一句，铁娘子短刀就已经刺到了他面前，明晃晃的刀锋闪得他眼眸生痛。

见鬼！千钧一发之际，郭烨只好拿出自己当年在万年县混市井时常用的保命绝学，一包石灰甩出去，然后一个懒驴打滚，狼狈地试图逃脱铁娘子的追杀！

然而下一刻，他就绝望地看到，铁娘子披着浑身白灰，从弥漫的石灰尘雾中扑了出来，还沾着掌柜鲜血的刀尖被糊上了一层石灰，不偏不倚，依然追着他的脖颈扎了过来！"鹰犬！还我父亲和郎君命来！"

"吾命休矣！"直到此刻，他才看清铁娘子在他扔出石灰包那一刻，就已经未卜先知般，提前闭上了眼睛。

想想也是，作为纵横西域的枭雄，什么手段没见过，又怎会在意郭烨这点小把戏？

"哨！"正当他瞑目待死的时候，旁边一道白影闪过，却是纪青璇的蛇皮软鞭飞来，堪堪为他挡了铁娘子一刀。

纪青璇的武功在不良人中也算不错，特别是一手软鞭使得出神入化，但在铁娘子死人堆里磨砺出来的刀法面前，依旧不是对手，区区三两招一过，就败下阵来，手中长鞭也被脱手击飞。

好在有了这片刻的耽搁，张小萝大剑也成功转了回来，和灰头土脸跑回来的李二宝一起，牢牢阻住了铁娘子的攻势！

郭烨转瞬在生死边缘走了个来回，惊魂未定。

“哼！算你走运！”铁娘子武艺虽好，但要同时对付认真起来的李二宝和张小萝还是力有未逮，丢下一句狠话，就准备脱身了。

“等等！铁娘子，虎毒尚不食子，莫非你就一点都不顾念你儿子阿虎了么？”郭烨在地上两个翻滚，爬起来一把抱住了掩在人群中睡眼惺忪的阿虎，大喝道。虽然这种手段不太光彩，但他一想起铁娘子的手段，就不禁心生寒意，打定主意今日无论如何也要把她留下来。

岂料铁娘子也不是一盏省油的灯，她挥刀挡开两小只的兵刃，冷笑一声，回答得滴水不漏：“你们这些公门中人，不是向来自诩公义的吗？怎的也有用童稚小儿来威胁别人的一天？老娘就不信你们敢对阿虎怎样。只要你们敢动他半根手指，你们就最好祈祷老娘出了这个门就死在外边，否则我们不死不休！”

面对这样的对手，郭烨一时也只能眼睁睁地看着铁娘子且战且退。

转眼来到了院墙边，铁娘子腿一踢，就蹬垮了大段院墙，作势就要往院外的夜幕中纵去！

然而就在这时，一个冷淡的声音蓦地响了起来：“你出不了这个门……”

第四十三章　白骨案之终

“嘣！”一声轻微的机弦声响起，随即众人就看到，一支短短的弩箭突然从人群中飞出，洞穿了院墙垮塌的尘雾，破皮入肉，深深扎在铁娘子的后腰上！

“啊！”铁娘子猛地痛呼一声。

本来以她的身手，一处箭创断不至于影响她的行动。但偏偏她挨了这一箭之后，只摇晃了几下，就在众目睽睽下一屁股跌坐在地上，竟连爬都爬不起来了。

“什么箭这么厉害？”大家吓了一跳，下意识地移动目光，搜寻起箭矢射来的方向。

接着，他们就看到陆广白正端着他的手弩，面无表情。另一只手上，还拿着一个小瓷瓶，一股子刺鼻的味道从瓶口散发出来，令人闻之眩晕。显然，他刚刚就是用这小瓷瓶里的药水淬了弩箭，才让它拥有了一发制敌的威力！

“小陆，你竟带了不良司的手弩在身。果然还是你想的周到。”关键时刻还是郭烨的反应快，要知这私藏弩箭，那是犯法的。今日众目睽睽，怎么也得替他掩饰一下，毕竟陆广白是为了自己才出手的。

“嗯。”陆广白点了点头，算是知他好意。

郭烨快速看向纪青璇，在场的人里，数她职位最高，只要她没有异议，别人便不会多想。只见纪青璇的目光在初初闪过一丝惊讶后，很快就恢复如常。也不言语，只捂着手臂弯腰，准备捡拾那落在地上的蛇皮软鞭。原来刚刚被震飞蛇皮软鞭的那一记力道太大，她自己也因此伤了手臂。

郭烨见状一个箭步上前，捡起软鞭，双手递给纪青璇，道：“多谢纪娘子救命之恩！”

“不必客气。”纪青璇用完好的那只手接过蛇皮软鞭。“你我本是同袍，救你亦是分内之事。”

“不管怎样，还是谢谢你。”郭烨将“谢谢你”几个字咬得格外重。这一句谢，谢得可不只是救命之恩，还要谢她替小陆掩盖之情。

正在郭烨与纪青璇说话之际，封不平满脸自责地走了过来：“对不住啊郭副尉，我一点忙都没帮上。”

“没事，有这个心就好了。”郭烨安慰地拍拍他的肩膀。“今日这女匪，我看了都犯怵，的确不是你们能对付得了的。”

郭烨这才大步走向铁娘子，问道：“我且问你，你们杀人之后为何还要剔下肉来？那些剔下来的皮肉又作何处置？”嫌犯虽然已经归案，但案子中许多细节还是要问清楚的。

“剁了！都被老娘剁碎做胡饼馅儿了！”铁娘子此时也是自知绝无活路，披头散发地叫道：“我记得你们可是顶爱吃我家的胡饼呢？怎么样？人肉的滋味不错吧？”

“呕！”旁边猛地传来一阵呕吐的声音。

郭烨眼角余光一瞥，周围的人都是脸色发白，一副恨不得把头天晚饭都吐出来的模样。

“呵呵，那胡饼的味道倒确实是不错。”郭烨歪着头冷笑了一下，还用舌头舔了一下嘴唇,似是在回忆那胡饼一口咬下去时油脂四溢的感觉。

“郭大哥……”张小萝没想到郭烨竟然这样说,捂着嘴就是一阵干呕。

这时纪青璇走到了张小萝的身边,抚了抚她的背,轻声道:“那日用朝食时,我曾掰了半个胡饼给阿虎,赵五娘并未阻止。”

张小萝生生压住了喉咙口涌上来的恶心,睁大了眼睛用一副难以置信样子看着纪青璇:“你是说……”

纪青璇轻轻点了点头,示意她看郭烨。

只见郭烨在众人或惊讶或忌惮的眼神中,不耐烦地道:“扯完了吗?没扯完继续扯。我就不信还有人会喂自己的亲儿吃人肉的。”

“你……”铁娘子颓然低下了头,恨恨道:“竟让你识破了!”

“真是贼心不死。”郭烨摇摇头,道:“说吧,你还有一次机会。为何要剔下人肉?”

“毁尸灭迹呗。”铁娘子叹了口气。“可惜剁骨头的动静太大,否则便连那骨头一起都剁碎了,今日又如何会被你们这些鹰犬发现?”

“这就叫天网恢恢,疏而不漏。”郭烨一边说,一边走到陆广白身边,取过他手中的瓷瓶,在自己刀尖上抹了一点药水,然后在铁娘子手脚上各刺一记,方道:“得罪了,你实在是太危险了,郭某不得不出此下策。”

“无妨。能栽在你这样的人手里,老娘也不算冤了。”铁娘子这时像是已经想通了,洒脱一笑,气度自生。

郭烨深深地看了她一眼,才一挥手,道:“带走!”

当他们回到县衙的时候,已是中午时分,提前得到消息的胡县尊已经差人摆好了酒宴,迎接他们的凯旋。

“胡某代伊阙县的数万百姓,谢过不良司诸位大人,为我们擒拿了此等十恶不赦之徒!”酒席上,胡县尊举杯相敬,带着一丝不知真假的后怕道:“若非诸位,本官还不知道,就在自己治下,居然隐匿着如此穷凶极恶的匪类!”

“职责所在,不敢当县尊大人一个谢字!”纪青璇作为众人的首领,连忙谦让。

众人又是好一阵客气。待气氛起来之后,陆广白突然问道:“县尊大人,不知林仵作何在?为何没有出席今日的庆功饮宴?”

此言一出,席间突然出现了一瞬间的死寂,一股哀伤的神色渐渐浮上胡县尊的面庞。

不过他还没说话，捕头封不平已经放下酒杯，长叹一声，道：“老林，他……哎！他今早便已经去了！”

“什么？”不良司诸人闻言，都是大吃一惊。

尽管早知林仵作病入膏肓，但他们也没想到，永诀的时刻居然来得如此突然。

“林仵作……他这些日子太累了！”胡县尊闭上眼睛，从眼角挤出一点晶莹。“其实案子办到后来，他完全是靠着意志在咬牙硬撑了。得到你们破案的消息之后，他心里那口气一松，只是笑了一下，倒下去就再没起来，连一句话都没有留下啊！”

“那林仵作他……”

“已经让他的家人接回去了，这会儿应该在设灵座吧……”

“这样吗？”郭烨沉默了许久，缓缓举起酒杯，道：“敬林仵作！”

“敬林仵作！”众人纷纷附和。

次日，郭烨等前往林仵作布设在家中的灵堂，送别了这位可敬的仵作。

一番哀悼之后，纪青璇做主，向同来的胡县尊和封不平提出了辞行：“我等不良人为查案而来，如今血案既破，深埋的白骨也已沉冤得雪，是到了我等告辞的时候了！”

“再次谢过诸位大人！”胡县尊拱手。

“郭副尉……”轮到封不平上来道别的时候，他看着郭烨激动得有些说不出话来。“多谢你这些日子教我的东西……”

“都是为大周效力，莫要说谢！”郭烨拍拍他，道：“若是有心，以后好好守护伊阙这一方太平就好！”

“我会的！”

“哎……”就在大家依依惜别时，纪青璇突然轻轻一叹，道：“铁娘子夫妇死有余辜，只是可怜了阿虎这孩子，小小年纪就没了爹娘！”

她对虎头虎脑的阿虎尤其喜爱，如今铁娘子夫妇二人尽皆伏法，她很担心这孩子以后的日子该怎么过。

“放心吧！纪不良尉。”封不平笑了起来，拍胸脯保证道：“阿虎这孩子，我一定会把他安顿好的！”

“那就有劳封捕头了……”

交割好在伊阙的一切，一众不良人终于踏上了回归洛阳的路途。出县城时他们还遇上了同样回洛阳的李梦白、风十三娘等人。

一路上，风十三娘自然没少“调戏”小陆。

奇怪的是，小陆似乎也不怎么反抗，就这么默默地受了，倒是让众人之间又多了不少谈资笑料。

待进了定鼎门，李梦白一拱手，道：“李某告辞，后会有期！”他又看着郭烨道：“郭副尉且放心。你的话，李某定会转告给水月庵主人。”

“郭副尉只是一时气话……”纪青璇连忙打岔道。

“不，李某并无离间之意。”李梦白坦坦荡荡地说道：“坦白讲，水月庵一事，李某也是颇为看不上，只是奈何身不由己。郭副尉愿意仗义执言，也算是了了李某一桩心事！”

“那便有劳李公子了。”郭烨骑在马上，微微昂首，神情中有种说不出的肃穆。“请李公子把郭某的话带到便是。一应后果，郭某一力承担！”

李梦白点了点头，鞭子一样便绝尘而去。

随后，风十三娘也恋恋不舍地回了她的蓼风楼，临走前，还不忘对着陆广白道：“陆郎，有空记得来找奴家喝酒呀！奴家那儿可是又有好几坛新出窖的百花春呢！”

很快，当在场的只剩下不良司中人时，纪青璇略带担忧地问道：“水月庵主人虽然不是什么好人，但你也不必搞得如此剑拔弩张吧？”

郭烨笑笑道：“该给的面子，我们不是已然给他了么？”

“可你最后说的那些话，怕是会把这位大人物给得罪了啊！”

“那又如何？肺腑之言而已。”郭烨沉默了一下，道：“郭某刚加入不良司的初衷是为了避祸。那时，郭某一心想的，只是如何明哲保身。可是后来，与你们一起经历的事多了，总觉得这世上还是需要一些光明和道义的……”

第四十四章　不良令认可

“你……”郭烨突然的一番肺腑之言，把众人都给镇住了。就连纪青璇都像不认识他了一般，诧异地打量着他，一时不知该作何言语。

不过下一刻，郭烨就自己把这义正辞严的新形象给砸得粉碎。他扭过头，嬉皮笑脸地对纪青璇道：“不过纪不良尉，你刚刚可是在关心郭某？”

“谁关心你！”纪青璇狠狠剜了他一眼。“本尉是怕你鲁莽行事，到时把自己搭进去不说，还连累了不良司！”

“放心，放心！”郭烨无所谓道：“你看我像那种身先士卒的人吗？”

纪青璇又上下打量了他两眼，点头道：“嗯，这话倒也在理。”

郭烨被她说得一愣，总觉得这神情、语气不像好话，偏偏纪青璇又是顺着他的话茬子往下说的，让他根本反驳不得，不禁好生郁闷。

“走吧，回不良司。”纪青璇也是见好就收，让他吃了个瘪之后，就主动转移开话题，道：“伊阙县衙的文书比我们快一些，薛不良令现在应该已经收到我们破案的消息了！”

余晖从洛阳不良司公事房的窗口返照进来，给薛不良令脸上万年不化的冰川镀上了一层金红色的光辉。

看着他冷酷庄严的面庞，郭烨忍不住在心里嘀咕道：“传说搞不好是真的，虎父无犬子，咱们这位上官，说不得还真是薛仁贵的亲子呢。”

忽然，一声沉稳的赞扬打断了他的遐思。“能在如此短的时日里破了一桩大案，稳定了伊阙县的民心，尔等这次做得还算不错。”

薛不良令张开手，按在面前案几摊开的卷宗道：“不过……”薛不良令微微一顿，环顾一圈，见没人开口，自顾自地质问道：“本令听闻尔等在调查中曾屈服于来自洛阳这边的压力？可有此事？”

薛不良令的神通广大有些出乎纪青璇的预料，她没想到薛不良令人在洛阳，足不出户就连这种细枝末节之事都能知晓，看来洛阳不良司对京兆附近的控制，远非衰落的长安不良司可比。

不过再一想两者的地位，她就了然了，美眸微微闪烁了一下，道："此话并不属实。"

"哦？"薛不良令面色一沉，自有一股不怒自威的气度油然而生。

在他的注视下，就连郭烨都觉得压力颇大，宛如遇上了杀人无算的沙场猛将，不敢多言。

唯独纪青璇恍若未觉，淡淡道："我等在调查中的确遇到了来自洛阳的压力。不过郭副尉应对得法，当面虚与委蛇，背地里依然坚持调查，直到真相大白。因此卑职实在不知这句'屈服'从何说起。"

"巧言令色！"薛不良令冷冷道："尔等明明从水月庵的花尼姑处得到了线索，为何不追查下去？"

"追查什么？"纪青璇佯装不解道："白骨案不是已经破了吗？水月庵亦被证明是一条错误的线索，按理无须继续追查下去了！"

"那水月庵的主人究竟是何方神圣，你们查清楚了吗？"薛不良令质问道。

纪青璇闻言也不禁恼了。"无论此人是谁，都已证明与此案无关，卑职实在不觉得还有追查下去的必要！"纪青璇的态度强硬，看得郭烨他们面面相觑。

就在他们以为两人还会继续争执下去的时候，薛不良令突然打住话头，盯着纪青璇仔细看了两眼，问道："你真不知那李梦白背后为何人？"

纪青璇蹙眉答道："卑职一心只管查案，至于水月庵究竟为何人所建，卑职委实不知。"

"是吗？"薛不良令不置可否地说了一句，又道："既如此，以后少跟那边来往便可。"

"卑职以为，不良人的私交，似不应在司里的限制之下。"

"你这是在质疑本令的话？"

"卑职不敢，只是私以为我不良司乃是朝廷耳目，若是树敌太多，难免要步上丽竞门的后尘！"

"你还知不良司乃是朝廷耳目，那就更应该知道，我等只需效忠陛下即可！尔等莫看丽竞门名声臭不可闻，但他们对陛下却是忠心耿耿，这才是他们屡遭朝野非议，却还能屹立不倒的原因！只要陛下点头，他人的评价又有什么要紧？"薛不良令蓦地怒了,冷冷道:“你以为那委托李梦白出来说和之人是什么善与之辈?!他……”说到这里,他惊觉失言,连忙住口不言。

“他到底是何人?”纪青璇不禁追问道。

“你既不知,便不要多问了。”薛不良令脸上露出一缕疲惫之色,原本挺得笔直的身子又跪坐了下去,道:“言归正传,你们此次的表现确实出乎本令的预料。看来长安不良司虽败落,但也还是有些人才的。不过你们也切勿自满,洛阳不良司中强手如云,随便派些人去,也能做到这种程度。”

郭烨顿觉被小瞧了,张嘴就要反驳:“既然洛阳这边恁多强手,为何又非要派我们去呢?”不过他才动了动嘴,就瞧见纪青璇在朝自己打眼色,他立刻明白过来,这些话不过是一个新上官给下属的下马威,以免下属居功自傲,生出骄躁之心,实在不值得往心里去。相反,薛不良令能这么说,方才算是真正认可了他们在洛阳不良司中的职司,不会再生波折了。

“请薛不良令示下。”纪青璇道。薛不良令把面前的卷宗卷起叠好,递给纪青璇。“这里有一桩新案子,你们自己看吧。”

涉及案情,众人顿时把方才那点不愉快抛到脑后,齐齐围到纪青璇的身边,埋头阅览起来。

良久,郭烨才抬起头,道:“也许我们应该把裴旻那小子给叫回来的……”

然而却并没有人附和他的话,众人的脸色同时变得严肃无比。

只见摊开的卷宗上,白纸黑字地写道:

“万岁通天元年十二月初八,洛阳永丰坊坊正上报洛阳县衙,永丰坊方氏十岁女童无故失踪,现场未发现可疑线索……”

“十日后,洛阳县尉陆象先以县尊病重不能视事、县衙捕快人手不足、无力侦办为由,将案件卷宗转呈洛阳不良司……”

“万岁通天二年正月十五上元节夜,洛阳永太坊向氏十一岁女童无故失踪……经勘验,案情与前案雷同……一并转呈不良司处理……”

纪青璇喃喃道:“想不到少女失踪的流言竟然是真的……”

李二宝更是懊恼地捶了一下自己的脑袋,道:“上元节那日失踪的少女离我们根本就不远!要不是我们拉走了那裴旻,让他继续蹲守下去,说不定这第二个少女就不会失踪了!可恶啊!”

“行了，现在说这些有什么用！”郭烨打断他自责的话，道：“想想怎么把这人抓出来才是正理啊！”

“尔等先回去休整一夜，想想可有什么思路。待明日开衙，自去寻林瑞，林不良尉。他会将手中已有之线索交予尔等。日后一应行事待遇，皆可与洛阳不良司其他不良人等同。”薛不良令行事毫不拖泥带水，确定众人都看完了卷宗，当即下了逐客令。

“是！”郭烨一行人躬身告退。出了公事房，郭烨才摸着下巴道：“这案子还与林瑞那厮有瓜葛？莫不是派了林瑞与我们打下手？这倒是好，我们还正缺人手干活儿。”

在伊阙县的时候，他们就已然尝到了没有得力人手的麻烦，此时更是要在洛阳城的茫茫人海中找出这个导致少女失踪的凶手，若是单凭他们几个，简直是大海捞针。

“不可能。”纪青璇却是看得明白。“林瑞与我同为不良尉，便是要派人也不会派林瑞。算了，明日见了林瑞再议吧，此时多说也是无意。”

郭烨一怔，随即点头道：“有道理。”

说话间，几人已经来到了洛阳不良司的衙门外，张小萝眼尖，突然指着前方叫道：“他们怎么来了？”

“谁？”郭烨忙着和纪青璇交谈，一时还没反应过来，顺着张小萝手指的方向一看，只见暮色下几个熟悉的身影正朝自己等人迎了上来。

可不正是不见人影久矣的徐问清、任斗牛等人吗？

自打进了洛阳城，徐问清等人整日神出鬼没，唯独不见靠近洛阳不良司，也不知今日是想通了还是怎地，居然破天荒地到了此处迎接他们。

正在不解中，徐问清已经带着其他三人走到了众人面前，一张白白胖胖的大脸上写满了认真。他对纪青璇行了一礼，道：“不良人徐问清……”

“任斗牛！”

“梁得尚！”

“龚四海！”

四人依次报上自己的名次，然后齐声道：“领长安不良令付九之密令，至此归属于不良尉纪青璇麾下，但有差遣，绝无二话！”

第四十五章　人间凄惨事

“你说……付不良令命你们来帮我？”纪青璇秀眉微微蹙起，狐疑地盯着徐问清。

“是！”徐问清看出她的疑惑，郑重道：“临行之前，付不良令就有言在先，说你们定会遭到洛阳不良司的刁难，故而让我等静观其变。若是你们无法通过洛阳这边的考验，我等就自己行动。若是你们成功通过了考验，那以后所有行动都将唯你们马首是瞻。”

“哪曾想，你们会干得这般漂亮，比我等想象中还好。”任斗牛笑着补充道。

“就这样？”

“当然不止于此。”龚四海接口道：“我等此来洛阳，自然也肩负着自己的使命，不过这和你们手上的案子并不冲突……”

“而且现在也已经结束了。”梁德尚最后道。

因此，短短的沉吟之后，纪青璇微笑起来，冲四人拱了拱手，道：“那就有劳几位前辈了！”

“好说。”徐问清作为四个老不良人中最温和外向的一位，顺理成章地当起了代表，问道：“我们接下来有何事要做？”

“我们几人刚刚从薛不良令的手中接到一个新案子，不过甚是棘手，暂时还没有头绪。”纪青璇说着，把刚从薛不良令处拿到的卷宗和盘托出，递交到四人手上，又道：“这里不是说话的地方，你们先随本尉一起回不良帅的府邸吧。具体的行动待明日见过林瑞之后，我们再行商议。”

第二天一早，郭烨用过朝食，便随纪青璇一同前往不良司，找到了刚刚点卯完毕的林瑞。

林瑞是个面色白净的中年人，脸上始终挂着如沐春风般的和煦微笑。如果不是经过上元节走车马一事，郭烨他们恐怕还真会被他脸上的笑容给蒙蔽了。只是如今再看到这笑容，不免让人觉得虚伪。

“林不良尉。”纪青璇用一种公事公办的语气道：“薛不良令让本尉寻你，取少女失踪一案前情线索。”

“啊，太好了。”林瑞笑眯眯地道：“这段时日本尉手上的案子实在是太多了些，着实也分不出精力去办这种漫天找人的小案子。难得你们有空，正好把这个案子交托给你们了，只是线索就真的没什么了。”

“什么都没有？”

“确实没有！”

“那前段时日你们都查了些什么？”

“这个乃是我这一支的机密，就无可奉告了。”林瑞笑容不变，如同一团棉花，让人无端生出一丝无力感。

“你……”郭烨还想还嘴，却被纪青璇一把拉住。

“算了。”她看了林瑞一眼，淡淡道：“既无多余的线索，那本尉就不叨扰林不良尉了。只是此案以后就都交给本尉麾下负责，还望林不良尉约束好自己手下之人，似上元节那般不愉快之事，还是莫要再发生了才好。”

“这个自然。”林瑞笑容可掬道。

“我们走！”纪青璇再也不想看见他的笑脸，一挥手，带着郭烨扬长而去。

出门之后，纪青璇秀眉扬起，怒容满面，郭烨却是微笑道：“怎么？纪不良尉，林瑞没给你线索，你很生气吗？”

纪青璇回头斜了他一眼，没好气道：“怎么？你不生气？刚刚不还明里暗里指责人尸位素餐吗？”

“是啊，可是我转念一想，觉得还是现在这样比较好。”

“怎么说？”

“就算林瑞那厮真的肯给你线索，你敢信吗？”郭烨笑道。

纪青璇一愣，恍然而笑，道：“言之有理……那接下来怎么办？”

“还能怎么办？”郭烨耸耸肩，道：“如今我们也是两眼一抹黑，只能按章程办事，从头查起呗。”

“那先去永太坊？”

“嗯，回去叫上小陆他们，一起走一趟吧！”

永太坊，便是最近失踪的少女一家所在的地方。此坊在洛阳东面，毗邻南市，不少身家豪阔的胡商富户都居住于此。相比起那些偏僻的坊市,此处已经可以称得上是寸土寸金。

按照卷宗上的记录,一行人很容易地找到了向氏宅邸。向氏也是大户,宅院占地虽不甚广阔,却有着高高的院墙,隐隐还能听见院中有狗吠之声传出。

“二宝。”纪青璇使了个眼色,在她的示意下,李二宝上前叩响了门环。

很快,伴随着“嘎吱”一声轻响,朱红色的大门打开一条缝隙,一个门房打扮的年轻人探出头来问道:“你们有何贵干?”

李二宝亮了一下不良司的腰牌,道:“不良人缉查问案,还望配合,请你通传你家主人。”

没想到门房看到腰牌之后,门房先愣了一下,接着貌似恭敬的神情里,竟隐隐带上了一丝不耐烦的神色,嘀咕道:“又来?”

“又?”纪青璇心里不由得咯噔了一下,想是那林瑞早就带人来过了。这厮果然是做了事,故意压着不说。但此刻也由不得纪青璇多想,她微笑道:“麻烦兄台通传了。”

门房怔了一怔才点点头道:“好吧,稍等。你们在这里莫要乱走。”

不一会儿,门房去而复返,言道主人已经在大厅等候各位官爷,让众人随他一同进去。

行走间,纪青璇又趁机向门房打听起了林瑞来时的情况。“案发当日,县衙的捕快就来问过了。不过来了就走了。到了第三日你们不良司的人来了,说是这事归不良司管了。大概又过了几日,又有一波特别凶的官爷也跑来我们府上,闹得鸡飞狗跳的,走时还顺走了我们府上不少东西。直到有一天跟你们不良司的官爷碰上了,双方大吵一架,他们才不再来了……”这向府的门房也是个伶俐人儿,快言快语,扳着手指很快就把事情说清楚了。

“这么多人来过了,可案情至今都没什么进展,看来我们今日也不用抱太大希望了。”在不良司的时间久了,张小萝也开始学会开动小脑瓜了,凑到郭烨身边低声道。

“嗯。”郭烨点了点头,道:“不过呢,也未必。要不怎么就我们得了女皇的召见呢?必然是我们能破别人破不了的案子呗。”

张小萝闻言认真地点了点头。

“另外那伙人会是谁？”李二宝疑惑道。

其他人也被勾起了好奇心，然而纪青璇询问门房，门房却是摇头不知，只说那伙人并未如不良司一般亮明身份，而是敲开了门就直接往里闯。

纪青璇想了想，故意落后两步，低声道：“门房不知道，这家的主人未必也不知道，他们总要亮明身份的……何况我们也不是来查这件事的。”

众人闻言，纷纷点头称是。

一行人穿堂过远，终于在向氏大宅的厅堂里，见到了向家的主人。

这是一个很精干的中年人，即使经历了失女之痛，但在对答间，依旧条理清晰，难怪能闯下偌大一份家业。

“其实能说的向某早已与各位的同僚说过一遍了，实在是我们自家所知也是不多。头天临睡前，还是向某亲自把倩娘送去安寝的，谁知第二日就不见了踪影，真是咄咄怪事！”

在问到另外一伙人是谁时，向老爷更是一脸无奈道：“哎，除了丽竞门还会有谁？若论此事，向某乃是苦主，可他们却登堂入室如入无人之境，还又搬又抬的，倒像是把向某当成了作案之人，简直是欺人太甚！”

“丽竞门？”郭烨不解，下意识看了纪青璇一眼。

只见她也是一副眉头紧锁的模样，似也搞不懂一向专注于谋逆大案的丽竞门，怎么会突然对失踪的两个少女感兴趣？

百思不得其解之下，他们也只好暂时按下这个话题，继续问道：“那门锁、门闩、墙头的夯土之类可有损坏？”

“不曾。”

“唔，可否再容郭某查看一番？”郭烨站了起来。

“向某这宅院之中，郭副尉自便可也。”向老爷道：“向某叫个下人来为您引路。”

“劳烦了。”

得到主人家的允许之后，郭烨便在向家下人的陪同下，在这宅院中转悠起来。一番查找之后，他并没有得到任何有价值的线索。

这也是预料之中的事情，且不说此时距离案发之日已经过去了好一段时间。便是真这般容易就能找到线索，那林瑞麾下的不良人也不至于全然空手而归了。

郭烨再次回到厅堂，与纪青璇低声交流了一番后，便起身话别。

“叨扰向老爷了。我等若是有所收获的话，定当遣人来报知于你。”

“哎！那向某便多谢纪不良尉和各位不良人了。”向老爷长叹一声，道：“其实向某早已对倩娘平安归来死心了，便是归来……哎，只是我家娘子，却是因此终日以泪洗面……眼下只盼着活要见人、死要见尸。若能有个确切的消息，也算是了了向某一桩心事啊！”

这话说得悲切，纪青璇他们也不知该如何劝慰，只得胡乱丢下两句“吉人自有天相”之类的话，就向门外走去。

不过就在这时，一道人影忽然从后宅大步狂冲了出来，来势汹汹，把众人都吓了好大一跳。

不过这人速度虽快，脚步却是踉跄，冲过来之后，竟一下扑跌在众人脚下，郭烨只觉脚脖子一紧，竟是被来人一把紧紧拉住！

“作甚?!”他当场就懵了。低下头，他才发现来人竟是个衣着华丽的妇人，只因为跑得太急了，钗摇发乱，风华锐减。

她抬起头来，也不顾自己还摔在地上，露出一张满布泪痕的脸，哀求道：“求求各位官爷，请你们一定要把我家倩娘找回来啊！求求你们了！”说着，她竟然“咚咚咚”地给众人磕起头来！

“快起来！快起来！”郭烨哪受过这个，连忙一把将妇人拉了起来。这时他才看清，这妇人眉眼倒还算俏丽，看得出年轻时当也是个美人，不过此时却满是戚容，一副心力交瘁的模样。

妇人被拉起来以后，依然死死扯住郭烨的袖子不肯撒手，只是在那连声哀求着。郭烨无奈，只能把求助的目光投向其他人。

好在这时候，向老爷终于反应过来，大步上前，一把拉住美妇人，怒道：“娘子，你怎敢大胆冒犯各位官爷！”一边说，他一边想要强行把这妇人从郭烨身边拉开。只是那妇人的手指却像是钳子一般，任凭那向老爷怎么拉都拉不开。最后无奈之下，向老爷寻了府里几个力大的老妪，一个手指一个手指地掰开。纪青璇等人在一旁看着就觉得生疼，可那妇人竟似全然不觉。直到郭烨的袖口从那她手中抽出，那美妇人才猛地挣扎了起来。

“老爷！老爷！你也求求这些官爷们，让他们把我们的倩娘救回来啊！”

“胡闹！胡闹！还不快来人把娘子拉到后面去！”向老爷脸色铁青。

向夫人被拉走以后，那悲伤的哭声却仿佛依然回荡在众人耳边，让每个人心里都沉甸甸的颇不好受。

“哎！各位莫见怪。”向老爷拱了拱手，可才说了一句，却于开口的瞬间老泪纵横。“我这，真是家不成家啊！”

第四十六章　古怪丽竞门

自向家出来后，向夫人的痛哭、向老爷的浊泪，都像梦魇一样萦绕在郭烨等人的脑海中，始终挥之不去。

“可恶啊！”沉默着走出一段路之后，李二宝终于压抑不住心中的郁气，猛地一拳打得旁边的坊墙夯土飞溅，低吼道：“闷煞俺也！”

“二宝！别沉不住气！”郭烨扭过头，严厉地训斥道：“你这样子，对案子一点帮助都没有，只会让人看了笑话去！”

“可俺心里堵啊！”李二宝捶着自己的心口道。

“大家心里都不好过，但你要记住，你是不良人，你的职责是查清真相，还苦主一个公道，而不是跟着苦主一起哭天抢地！”郭烨一句话说得在场的所有人都不再言语了。

就在大家都垂头丧气的时候，张小萝突然一反手，握住了背后的剑柄，低声道：“留神！有人在跟踪我们！”

“有人跟踪我们？”郭烨警惕地抬起头，举目四顾，正好看见一个鬼鬼祟祟的人影消失在街道的转角。

“追！”众人此时正是没头绪的时候，怎么也不会放过这种近似于送上门的线索，当即拔足便追。

不过这个暗中监视他们的人，显然也不是什么等闲之辈，他似乎颇为精通追踪与反追踪之术，郭烨他们连追了两条街，终于还是在一个十字路口处，丢失了对方的踪迹。

“该死的，让他跑了！”纪青璇望着周围的车水马龙，恨恨道。

“跑得了和尚跑不了庙……呼哧，直娘贼，别落在小爷手里，不然定要让你后悔生在这世上……”这么一通狂奔下来，以郭烨的体质也累得不轻，正撑着膝盖大口喘息。“起码我们现在已经可以确认，这次少女失踪案，绝不是某个路过的独脚大盗临时起意做的了的。”

“不错！连不良司都追不上的人，绝不可能是普通盗匪！”纪青璇也反应过来，道：“走，我们先去永丰坊看看。”

“查方家？”郭烨问道。

方家就是第一户报少女失踪的人家。

“对。”纪青璇抿了抿嘴，遥遥望着刚刚那人消失的方向道：“不管怎样，我们总是要去一趟方家的。”

“那就走吧。”计议停当，待陆广白追上来后，一行人便风风火火往永丰坊方家而去。

永丰坊位于洛阳城的南边，与向氏这样的高门富户不同的是，方家是个小门小户的市井人家。方家郎君是家酒肆的伙计，娘子日常在家给人做些洗衣缝补的活计帮补家用。

郭烨一行在方家的讯问，同样以徒劳无功而告终，而且这一次他们还特别排查了方家周边的房舍，并没有任何被跟踪监视的迹象。

“纪不良尉，你怎么看？”郭烨叹了口气道。

“先回不良司。部署人手对向家和方家进行监视。”纪青璇道：“这伙人既然露过一次头，便还会露第二次，不怕抓不到他们的马脚！”

众人点了点头，刚刚跟丢了的这个人，怕是此刻他们手中握着的唯一可以追查的线索了。

不过，待他们进了不良司的大门，却就被其间怪异的氛围给吓了一跳。特别是路过的不良人看向纪青璇的目光，总有些欲言又止的意思。

“不良司里有事？”纪青璇疑惑道：“似乎还跟我有些关系？”

“嗯。”郭烨看着又一个用奇怪地目光看向纪青璇的不良人匆匆走过去之后，点了点头道。

“找薛不良令去。”纪青璇直接道：“不良司里有事，还有谁比他知道得更清楚的。我倒要看看，能有什么事还与我有关。”

等到纪青璇敲开了不良令公事房的门时，她即刻就知道为什么那些不良人看向她的目光都格外的奇怪了。

因为此时，除了她之外，洛阳不良司的其他九大不良尉都坐在公事房里。

“薛不良令，这是何意？”纪青璇美目流转，在所有在座的人身上一一扫过，才问道：“洛阳九大不良尉及副手悉数到场，如此大场面，为何没人通知本尉？”

“呃……”闻听此言，饶是以薛不良令的冷酷，面上都不禁露出一抹尴尬的神色。

事实上，不仅是他尴尬，从一进门，郭烨就感觉到，在座的不良尉看向自己等人的目光，或多或少都有些尴尬。

只有林瑞皮笑肉不笑道：“今日乃是我洛阳不良司的例会，大家随便聊聊罢了，并无甚要紧事。纪不良尉乃是长安不良司之人，又有要案在身。我们合计了一下，觉得还是不要打扰你查案了。”

纪青璇也不理他，只是看向薛不良令道：“薛不良令也是这个意思？”

“休得胡言！”薛不良令面上挂不住了，狠狠地瞪了林瑞一眼。

直到后者悻悻扭开视线，他才略略缓和了一下语气道：“纪不良尉说的哪里话。你是不良司的不良尉，又是徐帅的义女，自然有资格与会。本令刚刚才遣人去寻纪娘子呢，想不到你自己就来了，如此甚好！”

郭烨闻言不由得撇撇嘴。明眼人都看得出来，这纯粹是睁着眼说瞎话。

放眼望去，在座的人一个萝卜一个坑，压根就没有多余的空席位留下，他们若真的有心相请，又岂会连座席都不敷设一张的？

“现在我人既已来了，诸位在讨论什么？不知可否说与青璇知晓？”纪青璇不置可否地点点头，问道。

“这个自然。”薛不良令连忙招呼道：“来人呐，还不速速给纪不良尉看座！”

“你跟我进来。”纪青璇对郭烨说了一句，又把陆广白、两小只和徐问清等几人都安顿在室外稍候，然后才昂首阔步走了回来。

这时，已经有不良人扛了家伙进来，七手八脚地铺设她和郭烨的座席。

待纪青璇和郭烨坐定，薛不良令像是为了打破尴尬的氛围，一反常态地主动开口询问:“本令听闻纪不良尉今日率队出去探查失踪少女的家宅,我们也正好谈到此案,不知纪不良尉可有收获?”

“没有。”纪青璇坦然回道。

“本尉还以为纪不良尉身为徐帅义女,一定能旗开得胜,斩获颇丰呢。”说话的又是那林瑞,笑里藏刀道。

纪青璇一双柳眉渐渐竖起,道:“阁下这话是何意?”

“实话实说罢了。”林瑞面上笑容愈发得意。“纪不良尉以女儿之身独当一面,可是不良司中的传奇啊。若是毫无建树,未免令人失望。”

纪青璇脾气再好,也受不了这样的挑衅,冷冷瞪着林瑞,道:“真是狗嘴里吐不出象牙!”

“你说什么?”林瑞脸上的笑容顿时维持不下去了。

“需要本尉再说一遍吗?”纪青璇和林瑞一言不合就顶在了一起,两人视线在空中交错,宛如能撞出火花。

眼看气氛越来越剑拔弩张,薛不良令终于忍不住出来制止了。

“够了!”他猛地一拍面前桌案,怒道:“尔等都是不良尉,当众争吵奚落,成何体统。”

他先瞪了林瑞一眼,呵斥道:“徐帅也是你能议论的?速速给纪不良尉道歉!”

说完,他又摆出一副各打五十大板的姿态,对纪青璇劝解道:“不过纪不良尉也莫怪他,他那一支人马此前便是负责此案的。你们自己今日也去查证过了,此案确实棘手。久久没有线索,他也难免会心焦,若有什么不敬之处,你就不要往心里去了。”

“本尉还不至于那般小气。”纪青璇斜睨林瑞冷笑一声,道:“不过卑职在查探中,却是发现了一桩奇事。”

“噢?”薛不良令精神一振,问道:“究竟是何事,竟值得纪不良尉称奇?”

“我等在探察过程中,发现还有另一伙人也在监视着向家,我们试图追踪,不过最终却是被对方给甩掉了。因此我们想加强对向、方两家的监视。若是这伙人再出现的话,定要将其一网成擒!”纪青璇把自己等人路上遇到的事情道了出来。

没想到,听完她的叙述,在场的人居然都露出古怪之极的神色,纷纷把视线投向林瑞。

你们这是什么表情？纪青璇和郭烨心头瞬间生出一股不祥的预感。

接着只见林瑞嘴角一抽，一张本来白净的脸庞瞬间涨得通红，他咬牙道："那些人不用管，他们不是疑犯。"

"难道是你的人？"

"不是。"林瑞不情不愿地摇摇头，道："不过我的人也追过他们一次。"

纪青璇闻言不由得一挑眉。看不出这林瑞说话虽然讨厌，但在追缉方面还真有两把刷子。那监视向家的人他们也曾追过，自然知道有多难缠，连张小萝这样的身手都追之不及。想不到林瑞他们竟然也能发现了对方的踪迹，听这语气，似乎还真让他追到了。看来薛不良令说洛阳不良司卧虎藏龙，还真不是一句虚言。

"那伙人到底是何来头？"纪青璇追问道。

林瑞支支吾吾半天没吭声，直到薛不良令敲了敲桌子，道："同司为官，纪不良尉既然问起了，你就如实相告便是！"

他这才不情不愿地抬起头，说出一个名字："丽竞门。"

第四十七章　旧案寻踪迹

"丽竞门？不可能！"听了林瑞的话，郭烨第一反应就是这厮在扯淡。他郭某人跟丽竞门也算是老熟人了，以丽竞门那飞扬跋扈的行事风格，不迎上来把你打得头破血流就不错了，又怎会仓皇逃窜。

"信不信由你。"林瑞深吸了一口气，压下额角暴绽的青筋，板着脸道。显然，被郭烨一个小小的不良人当众质疑，让他觉得很没面子。

纪青璇挥挥手，制止了郭烨说话，但从她微微蹙起的黛眉来看，明显她也不是很相信这话。

不过这时，一直坐在林瑞身后的刘西元苦笑出声道："二位莫要不信，刘某敢以人格担保，那伙人确是丽竞门的暗探。"

“哼，藏头露尾的鼠辈！”林瑞像是吃过丽竞门的亏，闻言不由得恨恨道。

“真是丽竞门？”纪青璇大为讶异。“他们何时变得如此乖觉了？”

“这也是我等奇怪的地方。”刘西元摇摇头，道：“前些日子向家那条线是我负责在追的，期间丽竞门也试图插手，还跟我们的人起了争执。不过我们这边才刚强硬一点，他们马上就缩了回去，一点都不像丽竞门以往的行事作风啊……”

郭烨立刻想起，向家的门房就曾提到过，说不良司和丽竞门的人马在查案中发生过冲突。现在看来，那批威慑丽竞门的不良人，应该就有刘西元在内了。

“丽竞门里到底发生了什么？”郭烨和纪青璇听得面面相觑。

“丽竞门的动静与我们无关，无须花太多精力在他们身上。”薛不良令见状，用力敲了敲桌案，道：“只要他们不来干扰我们，我们也不要去理会他们，专心查案。”

众人闻言，你看看我，我看看你，突然哑然失笑。

一个不良尉打趣林瑞道：“薛不良令说得对，只要他们不来给我们捣乱，管他们作甚！老林，你莫不是已经习惯了跟丽竞门那帮疯狗斗智斗勇，他们一时不闹腾了，你就觉不习惯了？我劝你莫要犯贱啊……”

“哈，哈，哈……”众人听他说得滑稽，一愣之后，不由得齐声大笑起来，声震屋宇。

林瑞对洛阳的同僚，却是不敢如对郭烨等人一般排挤，闻言也只能摇头苦笑。

“但是丽竞门的人究竟为何要掺和到这少女失踪案中来？”笑声中，郭烨提出了疑惑。“这又不是什么谋反大案。”

“郭副尉，你们可是在向家周围发现的丽竞门的踪影？”刘西元好心提醒道。

“是。”

“那方家周围却不曾有任何人监视跟踪的迹象，可对？”

“对。”

“向家乃是高门富户，纵然涉的不是谋反案，但只要丽竞门有心罗织，又有什么案子做不成呢？”刘西元停顿了一下，似是在思考要不要说后面的话。

“说吧。”林瑞不耐烦地道。

“是。据刘某所知，这向家与新任内史王及善乃是姻亲……”刘西元的声音很轻，但是一字一句却是非常的清楚，纪青璇与郭烨瞬间了然。

“真是一帮无耻之徒!”纪青璇恨恨道。

不过确如薛不良令所说,不论丽竞门如何行事,只要不妨碍到不良司查案,就与他们无关。况且刘西元所说之事,与丽竞门的行为是否真的有所关联也还未可知。但是不论怎样,经过这么一个小插曲,原本公事房中尴尬的气氛倒是被打破了,大家终于可以心平气和地讨论案情了。

“林不良尉,你手上的线索,可有全数交给纪不良尉?”薛不良令问道。

此言一出,纪青璇立刻对林瑞怒目而视,郭烨则轻轻笑道:“林不良尉此前告知我等,他们并未查出任何线索。”

“真是抱歉,本尉手底下的人不大争气,完整的卷宗也是方才刚刚整理上来的。”林瑞也是彻底豁出去了,睁着眼睛说起瞎话来。

“不打紧,我们现在看也是一样的。”纪青璇道。

“刘副尉,你去把东西拿来。”林瑞瓮声瓮气地说了一句,等刘西元拿来卷宗,他看也不看地扔给纪青璇。“拿去。”

在纪青璇翻阅卷宗的时候,其他不良尉都很耐心地保持了沉默,时间飞快流逝,不多时,一份卷宗就见了底。

“让个位置,给我也看看。”郭烨和纪青璇的关系,可没有不良尉和副手那么泾渭分明。他凑到纪青璇身边,伸长脖子就跟着一起看了起来。

不知是否靠得太近的缘故,纪青璇白净的耳郭上,不知何时微微泛起了一股粉红来。

不过很快,这点小小的旖旎,就被钦佩和震撼所取代。

郭烨惊讶地发现,自己眼前卷宗上所记载的东西,远超预料。两名失踪少女在失踪前数日的行踪,说过的话,接触过的人,甚至是吃过的东西都记载得分外翔实,并且只要是能证实的内容,皆非孤证,至少得有两份以上的人证物证托底,条理清晰。其细致的程度,让郭烨这个半路出家的不良人不禁叹为观止。也直到此刻,郭烨才真正认识到,在不良人这条道路上,自己其实还有着很多的欠缺,这绝非一个观察入微就能弥补得了的。

然而,洛阳不良司给郭烨的惊喜还远不止于此,待到纪青璇和郭烨看完卷宗,薛不良令竟然又敲敲桌案,冲着林瑞道:“林瑞,你手上就只这些东西?”

林瑞见薛不良令有心把自己最后的老底都翻出来,也不敢再藏拙,又不情不愿地递出另一份卷宗，道："我着手下之人翻查了近五年来洛阳县衙全部的失踪案卷宗。发现其中至少有十起案子涉及的失踪人口为少女。"

郭烨和纪青璇对视一眼，都从对方眼中看到了一抹严肃。

"可有什么发现?"纪青璇迫不及待地问道。

"还没看完。"林瑞不紧不慢地丢出一句道。待薛不良令一计眼风扫过，他又不得不正襟危坐，道："卷宗我们确实还没有看完。这不是没有料到纪不良尉麾下之人办案如此神速么。不过，其中有一起三年前的失踪案倒是很有些意思。那宗案子发生在修义坊王家，这家的郎君本身就是五品的金吾卫果毅都尉，家中亦有家人仆役合计数十人，但依旧无法阻止王家女儿被掳走，甚至当时都无人察觉到这件事，直到第二日天明方才事发。"

"竟有此事?!"纪青璇和郭烨闻言也不禁大吃一惊。

"但是，这一起案子，与现下我们手上的案子是否为同一伙人所做，那就未可知了。"林瑞说话似乎总是想让人不痛快，既然他会从大量的案卷中注意到这起案子，必然是觉得有可疑。可他偏偏就是不说准话。

"好吧，假设这起案子与我们当下所查之案是同一伙人所为，那是不是说明我们要对付的不是一伙简单靠采生折割混口吃食的江湖人?"郭烨耸耸肩道。当着不良令的面，他就不信林瑞还能无的放矢。采生折割，即是江湖上拐卖孩童，故意将其制造出伤残的伤势，然后再以之博取他人的同情心，用以乞讨的手段。可若说在神都的果毅都尉府中掳人去行采生折割的勾当，且不说一般的江湖人有没有这等本事，光是这件事本身，就已是让人匪夷所思了？听他这么一说，在座的各不良尉都纷纷点头。

"未看完的卷宗便留给纪不良尉，你们自去查吧。但是林某以为种种迹象表明，在京畿附近，存在着一个神秘的团伙，他们把少女作为自己的狩猎对象。"

"为何你认为这伙人活动的范围，仅限于京畿呢?"郭烨冷不丁说了一句。

"嗯?"薛不良令眉头一挑。

"我觉得，我们不能因为只看了洛阳的卷宗，就把视线局限在京畿了。或许其他地方，也有类似的案子呢?"郭烨淡淡道："若真有这么一伙强人在各地掳掠少女，那他们的目标，一定会有某种共通之处，不然随意掳人便可，又何必招惹朝廷的果毅都尉呢？只不过我们现在暂时还没找到这个共通的特征罢了。如果案卷数够多的话,说不定就能找出来了呢?到时未必不能顺藤摸瓜,把这伙人给揪出来明正典刑。”

薛不良令神色一动:“你的意思是……”

“上报秋官,调阅案卷。”纪青璇接口道。在郭烨提出强人作案的范围也许不仅是京畿范围后,纪青璇心中便已经有了应对之策。

“荒谬!”果不其然,林瑞又是第一个跳出来反对的。“这不过是你们的猜测罢了,就敢妄言惊动秋官,若是失误了怎么办?岂不是大大丢了我们不良司的面子?”

“破不了案更丢面子。”郭烨喃喃道。

“混账!你可是小觑林某?林某今日便在此处立下军令状,若是……”林瑞屡次吃瘪,早憋了一肚子的火,再被郭烨一激,正要当众立下军令状,突然薛不良令轻咳一声,道:“够了!林瑞!此案既已交给纪不良尉负责,就无须你插手了!”

林瑞一怔,旋即蔫蔫地坐下。

“那就依纪不良尉的提议,上报秋官吧!”薛不良令拍板道。

“多谢薛不良令。”纪青璇拱拱手,朝着薛不良令行了一礼。

随即她又对着林瑞道:“青璇这里也谢过林不良尉鼎力相助,这些卷宗我们拿回去,会细细研究,定不负林不良尉此前辛劳!”

“哼!”林瑞怒哼一声,脸色瞬间变得铁青。

第四十八章　飘渺雁字来

让林瑞移交了卷宗之后,郭烨就一路无聊枯坐,熬到散会。

待到大家从公事房出来,林瑞彻底收起了他的笑容,狠狠地瞪了郭烨和纪青璇一眼后,带着刘西元昂首走远了。

看着林瑞的背影,郭烨若有所思。

“怎么了?有何不对吗?”纪青璇问。

“你道为何薛不良令执意要将此案划拨于我们调查?”郭烨道:“就说林瑞对此案的前情调查,不但没有错处,反而做得出人意料的细致。”

“我也不明白。或许是林瑞真的手上案子太多。分一个出来罢了。”

“可你没见他满脸不情愿吗?”郭烨不满道:“若这般说来,我们算是给他减轻负担了。”

“若你手上好不容易有些眉目的案子,无端被人夺了去,你会乐意?这恐怕跟忙不忙的,没甚关系。意难平罢了。”

“好像也有些道理。最古怪还是那薛不良令。”

“嗯。”

“纪姐姐、郭大哥,你们在说什么?”见到两人从公事房出来,张小萝几个便迎了上来。

“没什么,就说这人多事多也不好,开个会都比别处时间长。”郭烨摇头晃脑地感慨道:“这要是在长安,哪儿会坐到这般腰酸背疼的啊!”

“你坐着的都嫌累,我们这些一直站在外边的该如何了?”陆广白不客气地回怼。

郭烨哈哈一笑,道:“是我失言了。走,今日放衙之后,大家一起去喝一杯。庆祝林不良尉给我们贡献了如此多卷宗啊!叫上徐大哥他们一起。”

“喝一杯”的地点,最后定在了风十三娘的蓼风楼。当然郭烨的本意还存着捉弄一下小陆的心思,可没想到,真喝起来之后,小陆居然一反常态地对风十三娘的敬酒来者不拒,反倒让郭烨没了趣味。

酒过三巡,郭烨起身去如厕。不过,他刚从茅房出来,还没来得及把那一口如释重负的气给吐出来,一个等在茅房外的小厮就用托盘送上了一封书信,道:“客人,这是刚刚有人托小人送给您的!”

郭烨哭笑不得,道:“你们蓼风楼做事都是这风格吗?什么信等我离茅房远一点了再给我不成吗?”

“那人特意嘱托过小人,务必要单独交给您。”小厮恭敬地说道。

“哦?什么信这般保密啊……”郭烨的脸色一下子严肃起来,他一边拆信一边随口问道:“让你送信的是谁?”

“小人不知。”小厮答道:“戴着面纱,不过听声音似乎是个年轻的小娘子。”

年轻小娘子？郭烨皱了皱眉，实在想不到在洛阳会有什么年轻小娘子给自己送信。

说话间，他已经把信笺拆了出来，才看了一眼，他的眉头就猛地跳了起来。信笺上入眼便是一笔极娟秀的字迹，郭烨记忆力极好，第一时间就认出来，当初也正是写这封信的人以坎字戒为饵，将自己诱去破林黄案的，谁知等到案子破了，这人却没了下文，真真是可恶至极！

哼，前面的账还没算完呢！郭烨眼睛一眯，心道：现在居然还敢来忽悠我！真以为藏头露尾的，我就没法把你揪出来了是吗？他撇了撇嘴，继续往下看去，不过越看，脸上的神情就越发的严肃起来。他发现，这封信名义上是写给他的，但信上的内容却写得很没头没脑，只一句话——“咸亨三年，长安万年县柳家，一十岁女童离奇失踪，现场未有可疑线索。”

这信上提到的案子，莫不是与自己当下在查的少女失踪案有关？郭烨惊得一身冷汗，刚刚有些上头的酒也一下子就醒了。他尤待再看得仔细些，那信纸和信封就忽然剧烈地燃烧起来，吓得他手一松，将其抛了出去。飞在半空的信笺连落地都来不及，转眼化为灰烬。

“又来这手！”郭烨恨恨道。无奈之下，他只得空手回了房间，把有人送信之事和信上的内容对众人和盘托出。

“想不到郭副尉还有这样的人脉。”纪青璇听完他的讲述，没有第一时间讨论案情，反而斜了他一眼，道：“你可真是瞒得大家好苦啊！”

“冤枉啊，我根本就不知道这信是谁送的。”郭烨叫屈。他还想再解释两句，却被纪青璇打断了。“罢了，言归正传吧。”纪青璇也确实没心情与他废话。“郭副尉，你觉得信上那句话，是与我们在查的少女失踪案有关？”

“嗯。我虽不知传信之人是谁，但她每次给到的信息都与我当下所查之案或多或少有些联系，由不得我不信。”郭烨尽量含糊了自己与送信之人的关联，但是直觉又告诉他，这封信可信。

幸亏纪青璇等人也没有更多的追究，因为一直以来在郭烨身上发生的稀奇古怪的事太多了，便是他那个一直挂在嘴边的师傅袁天罡，就够值得让人怀疑的了，可偏偏他又会那些个奇诡的江湖技艺，真真假假之间还真是让人摸不透他。

“咸亨三年——”纪青璇掐着手指，算了算时间。“那时高宗皇帝尚在位，离现在差不多有二十五年了。”

“若这案子真可以追溯到二十五年前，那还真不能当作普通的失踪案件来看了。”郭烨面色沉沉，道：“这说明这个团伙至少存在二十五年，而这二十五年间，它还在持续作案，却从未被官府捕获。”

“对。若是林瑞推测不错，那还意味着至少所有五品以下官员的府邸对他们而言几乎是如履平地。”郭烨与纪青璇的一席话，把众人都说沉默了。原本还在庆幸林瑞给自己等人白白打下了个好基础，不想这案子远比他们想象的要久远、要复杂。

“风雨欲来啊……”郭烨叹了口气，正待说些什么，纪青璇突然道：“此事不能等到秋官回复再处置。我们要先一步行动！”

嗯？一双双视线同时凝聚到了她脸上。

纪青璇果断道：“虽然各地的案卷每年都会给秋官抄送一份，但那照例都是简省过后的，远不如当地衙门中第一手的案卷翔实。原本我们属于大海捞针，自然是等秋官这边的回复，比自己毫无目标的漫天调查要省力。可若是我们手上有了这条信息，是不是自己找人回长安去调取，获得的信息会更为翔实、可靠？”

“有理。”当下郭烨便看向了在座的四名老不良人。自从确定了主从之后，四名老不良人就一直安守本分，连饮宴上都显得有些拘谨，以至于直到此刻，众人才再度意识到他们的存在。

听纪青璇和郭烨如是说，徐问清即刻点了点头，道：“我这就出发。”

“等等！郭烨忽然出声叫住他，道：“若是当初此案无甚线索，应该是由县衙来处置的吧？“

“对。”徐问清答道。

“那这样，你稍待片刻，我再修书一封，你到时候一并带给万年县衙的主簿。”郭烨解释道：“县衙的行事风格，大家心里都有数，我便不多说了。徐大哥这次又是去调取多年前的案卷，难免他们会阳奉阴违。郭某曾是万年县衙捕头，和县衙里的主簿也算有交情，虽说人走茶凉，但总归应该还有点香火情在的。我们两厢合力，当不至于被冷落了。”

徐问清闻言大喜：“如此甚好！”

徐问清走后，郭烨他们每日里能做的，除了例行的巡查，似乎也就只剩下等待了。更让他们气闷的是，秋官处的回复也迟迟不来。

郭烨一横心，索性跑去追查起那神秘的写信人来，毕竟坎字戒的疑团，始终萦绕在他心中，哪怕明知希望很是渺茫，他也打算试上一试了。可惜的是，对方的手脚做得十分干净，除了“年轻小娘子”这一个特征之外，没有留下任何可供追索的痕迹，甚至连蓼风楼中的风媒，都不敢确定这女子究竟是何时进入蓼风楼，又是如何离开的。茫茫人海，这可要到哪里去寻？没奈何，他只得放弃了徒劳的尝试，重新开始枯燥的等待。

一转眼数天过去，郭烨几乎是数着日子等徐问清回来。这天，他又去了一趟方家，刚回来，突然房门就被敲响。

“难道是徐大哥回来了？”他连忙跳起来去开门，然而站在门口的，却是一脸嬉笑的两小只。

“是你们啊……”郭烨揉了揉脸，掩去失望的神色，随口问道：“徐大哥回来了吗？”

“还没呢？”李二宝答道。

接着，郭烨只觉得袖子一紧，已经被两小只一人一边给拽住了。

郭烨只觉得两双灼热的期待眼神，落在自己脸上。“郭大哥，陪我们去吃张手美的涅槃兜吧！”

“涅槃兜？”

“对呀！”张小萝笑嘻嘻地道：“今天可是降圣节啊，郭大哥你忘了吗？”

“不过……张手美的涅槃兜是个什么玩意儿？”郭烨一脸茫然地问道：“没听过降圣节还有这个习俗啊！”

“不是习俗啦！”张小萝笑了起来，道：“郭大哥你来洛阳时间也不短了，怎么好像对这城里的吃喝玩乐一点都不了解啊！”

郭烨脸一黑，道：“我哪有那个时间？”

“好啦，好啦！那今天就让人家带你去吃点好吃的吧！”张小萝笑得更开心了。“张手美可不是什么玩意儿啦，是这城中一家出名的食肆。他们家每逢节日，就会推出契合节日的特色吃食，涅槃兜就是今日降圣节的吃食。”

李二宝在旁边嘀咕了一句：“现学现卖，全都是俺告诉她的。”

张小萝瞪了他一眼。“那我转述给郭大哥听，你有意见么？”

“没有，没有。”

“那不就得了。”张小萝满意地点点头，又看向郭烨。“郭大哥，好不好啦？”

郭烨低头看了看自己被两人抓得紧紧的手腕，苦笑道：“都这样了，我还能说不吗？”

以这两小只的怪力，他就是有心说不去，也真心挣脱不了啊……

第四十九章　生年有蹊跷

直到坐进了张手美的铺子里，郭烨才得空揉了揉自己被两小只抓得生疼的手腕，一脸无奈。

等手腕上的痛楚缓过来，他抬头一看，发现这家食肆果然如两小只说的那样，应当是声名远播，里里外外都是摩肩接踵的食客，想来若不是两小只力大无穷，恐怕他们直到现在都还被堵在门外挤不进来呢。只是人虽然进来了，但是上菜的速度就不要指望了，好在有李二宝在，听他比手画脚地讲这“张手美”的历史，倒也不觉枯燥。

原来这张手美也算得上一家代代相传的老店了，别的吃食也就一般般，但有一桩好处，就是每逢佳节，一定会推出应景的特色吃食：元日卖元阳；上元节卖油画明珠，也就是油饭；人日卖六一菜；如今日二月十五降圣节卖涅槃兜……

“来了，来了！涅槃兜来了！”听到伙计的吆喝，李二宝好生激动。“准备好，准备好。这可是一年才吃得上一次的美味啊！”

接着只见一个小二端着一叠吃食，像一条灵活的游鱼，在密集的人流中移动着。他明显早就适应了这种人头攒动的场面，弯着腰，在人群中三拱两拱，就来到郭烨他们面前，给每人面前的案上放下了一碟白色的小点心。

郭烨低头一看，只见这点心只有一寸长短，像是由面皮包馅捏成的，半透明的面皮里，隐约能看到花花绿绿的馅。他拈起一个咬了一口，只觉得肉馅的鲜香和蔬菜的清香混合在一起，令人唇齿留香。

“果然好滋味!”郭烨尝了一口,眼睛一亮。

“这家店铺的手艺是真好,要不然就是名头再响,也不会有这般多的人来吃。可惜小陆大哥不乐意凑这热闹。”说着,李二宝还不无遗憾地感慨了一句。

“没事,给小陆大哥和纪姐姐他们带上一份不就行了嘛!”张小萝一边吃一边道。随后,几人大快朵颐,吃饱喝足之后,由郭烨会过账,才往徐有功的府邸走去。

南市与徐府所在的恭安坊只隔着两个坊,倒也不是太远,三人一路步行就当是消食了。只是还未进恭安坊的坊门,就见一支五六人的骑队从坊外大道上疾驰而过,扬起一路飞尘。领头那人身形魁梧,便是坐在马上看起来也比其他几个要高大许多。

“郭大哥,那人好生眼熟。”张小萝用手护着怀里的吃食,遥遥望着绝尘而去的那队人道。

“你是说为首那人?”被张小萝这么一说,郭烨也看向过去,只见那队人在定鼎门大街的位置向南拐去,随即消失在了众人的视线中。

“确实有些眼熟,看那身形倒像是那日在泠口堡遇到的苗兄?”郭烨眯着眼道。

“对哦,还真有些像。还是郭大哥你眼神好。”张小萝点了点头,道:“他们这是要去哪儿?往南是要出城吗?”

“不知。”

“别管了,我们赶紧回去吧。”李二宝催促道:“涅槃兜凉了可就不好吃了。”

不过,他们才刚刚进了徐府的大门,还没来得及分享美食,一道高瘦的身影就迎了上来。“郭副尉,你等让我找得好苦啊!”

“龚副尉,怎么了?你不是在不良司衙门里吗?难道有线索了?是不是徐大哥回来了?”

“不是。”龚四海依旧是那副面瘫样,面色冷峻地道:“是秋官的案卷调过来了!”

“一样!都一样!走,我们回不良司!”郭烨激动道。这些天他看似悠闲,其实心里早就憋了一肚子的火,现在好不容易有个突破口摆在眼前,他哪里还会放过?

片刻之后,他们几人,连着陆广白就都站在了不良司配给纪青璇的公事房中,只见房中一张条案上摆满了一卷一卷的案卷,甚至连条案边的地上也堆了好几摞案卷。

“这些都是近些年失踪的少女?”郭烨吃了一惊。“这么多?不是说秋官收到的案卷都是简省过后的吗?”

“那日你收到线索后,我便又将调取卷宗的时间往前提了提。这是二十五年里,所有有关失踪人口的卷宗。”

“怪不得等了这般久。我还道秋官办事拖沓,原是我误会他们了。”郭烨挠了挠头。突然他似想到了什么,惊呼起来:“你是说这是所有失踪人口的卷宗?不只是失踪少女?”

“对!”纪青璇一副你终于听懂了的模样。“时间跨度太长,秋官允我们调取已是帮忙,又怎会费时费力地筛选呢!这事儿啊,还得我们自己来。”

这话一说完,不只是郭烨,连带后面的两小只都瞬间垮下脸来。

“早知道,俺就跟徐大哥回长安查案去了。”李二宝最不耐烦坐一整天翻看案卷,第一个提出了抗议。

郭烨瞪了他一眼,道:“早知道,我便自己去了,哪还轮得到你!”

“别早知道了。你我都是奉诏入京,哪里走得了。”纪青璇毫不客气地戳穿了他们。“还是快点查阅案卷吧!”说完,她雷厉风行地伸手一划一拨,就把面前的案卷分成了几份。“大家都看仔细着些,我们这次的目标,是找出所有和最近两起少女失踪案相似的案子,特别是作案手法。若是有模棱两可的案子,另放一摞,稍后排查。都明白了吗?”

“明白!”

纪青璇一声令下之后,公事房中就只剩下“沙沙”的翻阅卷宗的声音。

枯燥的工作,很快就磨平了郭烨的激情。不过只要一想起向家夫妇的泪水、方家夫妇疲惫而无奈的眼神,他就又提起精神,强迫自己在一卷卷泛黄的故纸堆中,去寻觅那可能的线索。

幸运的是,有梁得尚、龚四海和任斗牛三名老不良人的加入,让他们的效率着实提升了不少,这几个人都是在不良司里待了多年的老人,且不论查案水平如何,就只查阅卷宗的速度就是几个郭烨都没法比的。

在梁得尚第二次分走郭烨手中的卷宗之后,日头已经西斜,昏黄的余晖透过窗子,落在条案上,把一堆堆分列整齐的卷宗拉出老长的影子。只可惜,条案上的卷宗是看完了,垒在地上的还没有动……

“好了,辛苦大家了。”纪青璇莞尔一笑,嘴角美妙的弧度堪与天边的晚霞争艳。只见她拍了拍一摞整理出来的卷宗,道:“今日先回去吧,再晚些坊门关闭,我们可就真的只能在此地奋战了。养足精神,明日努把力,看完它!”

纪青璇话音刚落,众人瞬间就瘫在了座席上。但很快又振作起来,收拾了条案上的卷宗,打道回徐府,大家谁都不想错过了宵禁,被关在不良司衙门里看卷宗。

如此反复两日,郭烨直觉自己的老腰都要断了,这堆在地上的卷宗才终于看完了。不过还没来得欣喜,纪青璇一句话就让整个公事房中瞬间哀鸿遍野。

“所有能确定和最近两起失踪案类似的案子,都已在此了。大家今晚做好秉烛夜战的准备吧,我们一鼓作气!”

“啊!”

“为何要一鼓作气?”

“不要了吧?”

可惜,抱怨归抱怨,该干的活儿还是逃不了的。认真起来的纪青璇,可是比铁娘子更可怕的巾帼英雄。

在她的监督下,众人草草用过晡食,就又投身到卷宗的海洋中去了。好在经过这几天的筛选,此时的范围已经缩小了不少,在反复的讨论和推敲之后,终于总结出了几处可能的疑点。

“从表面上来看,这些失踪的女童除了失踪时的状况同样诡异之外,她们的出身、环境、地点几乎毫无相似之处,彼此间也互不认识,但若是详究各地失踪的人数分布,各地都有,但是京畿附近居多。”郭烨一边翻阅自己抄录的卷宗一边道。

“那是不是可以说明,这伙人主要的活动范围在京畿附近?”李二宝道。

“也可以这么说吧。”

“会不会是绑了这些小娘子,供京畿地区的大人物……”任斗牛原就是个嘴快的,此前听他们说了水月庵的事,这会了就立马就发挥了想象。

被他这么一说,郭烨等人也是一愣。这么说来,似乎也不是没有可能啊。

“那我们还要不要继续查下去?”梁得尚冷冷问道,他比几个年轻人都要更圆滑,敏锐地察觉到了其中可能隐藏的凶险。

“查啊! 为什么不查!”郭烨冷笑道:“这次可没有个李梦白来给他们说情了!”

“就你能耐!”纪青璇瞪了他一眼。“你倒是说说,你还看出什么来了? 别只会说大话。”

郭烨被她堵了一下,眼神在卷宗上一扫,突然笑道:“我还看出来,这伙人最近的口味,偏向于十岁、十一岁的小娘子……”他指着卷宗道:“你们看啊,最近失踪的一个是十一岁,去岁腊月失踪的是十岁……”他本来是信口一说,但说着说着,脑子里突然灵光一闪,闭上嘴认真翻阅起来。

其他人见状,也意识到他发现了什么,纷纷安静了下来。

半晌之后,郭烨蹙眉道:“似乎最近几年失踪的小娘子,其实都是同一年生人。”

“你们看,向家的女儿是上元节失踪的,十一岁。方家的女儿是去岁腊月里失踪,时年十岁。换句话说,两人是同年所出。”郭烨快速地翻动卷宗,挑选自己需要的资料。“然后你们再看这个小娘子,她是前年在长安失踪,时年九岁……还有这个,这是凤翔府大前年的案子,八岁……看,这么一推算,她们应当都是同年所生!”

第五十章　世事多阻碍

“向家女儿十一岁,那便是丁亥年生人了。”纪青璇思索了片刻道:“大伙儿一起再找找,可还有丁亥年生的。”

如此又过了一个多时辰,大家这才将卷宗里失踪女子的生年全部统计完成。因为秋官处的卷宗记录都是简省过的,且人口失踪实算不得什么重案大案,故而卷宗里只记载了失踪者失踪时的年龄,并没有详细的生辰八字,偏偏这些女子失踪的年份又各不相同,郭烨等人只得一个一个的推算。

“有意思嘿!”郭烨看着几堆分门别类后的案卷,笑道:“这些个被掳走的小娘子,要么是丁亥年所生,要么是辛巳年所生,还有极少数癸亥年生的。除却这些年份之外的,或是案发时的状况不同,或是人后续被找回。”

“丁亥年是十年前,辛巳年是十六年前。这中间断了五年。癸亥年是三十四年前,中间又断了十七年。”纪青璇不由皱起了眉头。“为何要这般挑人?用意何在。”

“若是知其用意,这案子就破了。”郭烨无奈地摊了摊手。“怪不得这伙人这么些年都不曾落网,这断断续续在各地作案,若非大量的案卷放在一起,还真发现不了。”

“你们忘了一件事。”一晚上都不曾开口的陆广白这时候突然出声了。

“什么事?”众人齐齐看向他。

“这里面并没有密信里说的那个案子。”

郭烨猛地一惊,随即又是好一通翻找。

若是按照密信中所言,二十五年前失踪,失踪时十岁,世人惯以出生计一岁,那便是三十四年前生人。可是,正如陆广白所说,癸亥年生人的失踪女子中,并没有长安万年县柳家的信息。

“这……”

“要么是这封密信所述之事并不属实,要么就是当时这个案子不知为何并没有上报秋官。还有一种可能性——”纪青璇停了停,继续道:“柳家并未报案!”

“但是若非有这封密信,我们最多会如林瑞一般,调取近五年的卷宗,决计不会追到二十五年前,由此可见这密信的方向是对的。可若方向是对的,密信中也再无其他有用的信息,实在不必杜撰一个人出来。”郭烨道。

“所以,这案子应当是属于后两种可能。”

“那老徐怕是一时半会儿回不来咯。”任斗牛依旧快人快语。“要查二十五年前县衙处置过的案子,已是不易。若其中还有些什么猫腻,又或者苦主压根没有报案,岂不是更难?”

众人闻言都不禁皱起了眉头。

“那我们要不要通知徐大哥?”张小萝怯怯地插嘴。

“通知一下吧。我来安排。”纪青璇无奈道:“还有其他的发现吗?若是没有,便散了吧。”

“有。”还是陆广白清清冷冷的声音。

“小陆大哥,你竟看得这般仔细!”张小萝有些惊讶地看向陆广白,不明白他是怎么看出这么多问题的。

“仵作本就需要细心。不过,我不知这算不算得是发现。”

“说来听听。”郭烨最是了解陆广白,知他不会无端提出问题。

“刚刚郭副尉提到的凤翔府的案子里,有一笔记载,同日凤翔府还有一名丁亥年出生的女子失踪,三日后却被人发现暴尸荒野。”说完陆广白将记有这一事件的卷宗递给了纪青璇。

“死了? 怎么死的?”郭烨问。

“案卷上只得寥寥数笔,并无详细记载。”纪青璇抬起头来道:“许是因为出了人命,故而并没有录入在失踪案的卷宗里吧。”

“莫不是,我们还要派人去凤翔府查一查? 同日同地,且也是丁亥年生人,那便很有可能是这伙人所为,可这人偏偏就死了……”

“我去!”任斗牛像是生怕别人抢了去似的,急急说道。随即见众人的目光都看向他,这才不好意思地挠挠头道:“纪不良尉和郭副尉你们几个不是离不得洛阳嘛。那便由我跑这一趟吧。”

随着任斗牛奔赴凤翔府,少女失踪案的调查又一次陷入了停滞。因为连着几日的辛劳,且案情又无更多的线索可以追查。这日休沐,郭烨直接睡到了个日上三竿。

“郭大哥,快醒醒,徐大哥来了口信。”李二宝的大嗓门,划破了徐府后院的寂静。

“这么快?”郭烨猛地一个激灵,清醒过来,披衣而起,隔着门扉问道:“口信上说了什么?”

“呃……这个……”李二宝的声音一下子变得支支吾吾。“俺也不是太清楚,徐大哥从长安派了一个不良人带了口信过来,俺只听说他没拿到卷宗,就急急忙忙地来叫你了……”

郭烨哭笑不得,道:“行吧。稍等我片刻,我收拾收拾便来。”

当郭烨来到厅堂时,其他人都已经在了,一个眼神灵活的小个子坐在众人对面,想来就是徐问清派回来送信的不良人了。

“郭副尉。”看到郭烨进来,小个子不良人连忙起身。

“别,你坐下,跑这么远辛苦了。”郭烨摆摆手,自行走到纪青璇身边的席位坐下,方才问道:“徐大哥的口信上说了什么?”

“徐副尉在收到纪不良尉的通知前,便已经去寻了万年县县尊调阅卷宗。谁知那县尊竟称徐副尉所需的卷宗有一大部分都于前任县尊手上走水遗失。”小个子不良人是个精明强干的角色,三言两语就把事情说得清清楚楚。

“放屁!”郭烨大怒,一巴掌拍在桌案上。

前任县尊就是朱有德,当时郭烨还在捕头任上,可从没听说过储存卷宗的库房发生过走水事件。更让他愤怒的是,朱有德纵有万般不好,居然死后还要被人泼上一盆污水,简直是欺人太甚!

喘息了两声,待心中怒气稍平,郭烨才问道:“我给他的那封信呢?官面上走不通,他就没有私下里去寻寻万年县衙的主簿?”

“寻了,主簿也需些时日方可确定,且纪不良尉传信说这案子也有可能并未上报县衙。”

“嗯。”郭烨长吐了一口气,问道:“那徐大哥可还有说些别的事?”

“他已请求司里协助,重新调查当年之事,只是……”不良人犹豫了一下,似乎觉得不知如何开口,最后含糊其辞道:“只是司里的情况各位也知道。这案子又过去时日长久,想要调查清楚,也需些时日。”

“知道,知道。”郭烨不禁哑然失笑。

纪青璇也安慰他道:“你不用那般紧张,照实说便是了。”

“就是。”张小萝笑嘻嘻地问道:“我们离开长安这些时日,长安可有新鲜事情发生啊?”她原不过是一句客套的玩笑话,哪曾想小个子不良人说出的下一句话,却是把所有人都惊得目瞪口呆。

“那丽竞门的万国俊死了。”

“咳,咳,咳!”短暂的死寂过后,郭烨爆发出一阵惊天动地的夸张咳嗽。他被自己的口水给呛到了。

“郭大哥!”李二宝连忙跑过来,给他捶背顺气。只是他那手劲可想而知,这一顿捶好悬没把郭烨的心肝脾肺肾一起捶出来。

“够了,够了!”郭烨连声求饶。待李二宝停手之后,他才看向小个子不良人,问道:“万国俊怎么死的?被天收了,病死的?”

“不,他是惹了众怒,被陛下流放了……”

“竟有这回事?我们怎的一点消息都不曾听说?还是女皇陛下英明!”郭烨发表完疑惑,还不忘由衷地赞美一句,其他人也连连点头。

“应当是我们去查白骨案时的事吧。义父最近似是在忙着陛下封禅泰山之事,都已经许久不曾见过他老人家了。怕是因为这些事都压在了一起,我们才没有收到消息。”纪青璇分析道:“可流放归流放,他怎的又死了?”

“被人杀了!”说起这件事,小个子不良人的神色异常兴奋,开怀道:“他这辈子作恶多端,得罪的人太多了。也不知道是哪位壮士下的手,把他刺杀于南岭外的客栈中。据说当时身中几十刀,当场死于非命,尸体直到第二天早上才被押送的官差发现。丽竞门的人都忙着处理这事,似是神都这边也派了人去。”

“痛快!”郭烨用力一拍大腿道。

“长安还有别的消息传过来吗?”纪青璇问。

“没有了。”

“好,你先下去歇着吧。”待小个子不良人退下,纪青璇才合拢双手道:“万国俊死了,此事的确算得上一桩喜事……”

“啧啧,难怪在向家的时候,丽竞门的人行事反常,敢情是丽竞门倒霉了啊。”郭烨明显还沉浸在欢乐中无法自拔,笑道:“我就说嘛,以女皇陛下的英明神武,怎会容忍这些恶犬给朝廷抹黑呢?”

“行了,大家心里有数便是了。”纪青璇蹙了蹙眉,道:“万国俊之死,与我们当下所查的案子并无关联。大家还是把注意力转回到案子上来吧。”

“这还有什么好转的。”郭烨耸耸肩,道:“事情不是很明白了吗?此案推导到当下,已是再无线索可推了。只能等徐大哥和任大哥他们的消息,才能再行定夺了。”

“那你的意思是,我们就这般干等着?”

“干等倒不至于。”郭烨摇摇头,道:“依我看,我们现在应该把失踪少女生年的线索通报给薛不良令了,好让司里知晓我们调查的进度。至于之后是另行安排任务给我们,还是由司里出面向万年县衙、凤翔府衙门要求协助,都是上面要考虑的事情,与我们无关了。”

“就这么办!”纪青璇沉吟片刻,终于拍板道。

第二日上午,郭烨就陪同纪青璇一起,把前几日整理出来的卷宗呈送到了薛不良令的面前。

“你们倒是比我想象中要出色些。”在仔细浏览过卷宗,又听取了两人的汇报之后,薛不良令面色沉静地夸奖了一句。以他的性格而言,一句“出色些”已经是非常了不起的夸奖了。

“不良令谬赞了。”郭烨和纪青璇低头道。

“不用太谦虚。”薛不良令摆摆手,道:“本令这里可不是付瘸子的醉仙居。在这洛阳不良司,素来是能者上,庸者下。你们能在如此短的时日里,查到林瑞都没发现的线索,那就证明你们有这个能力,不必故作姿态。”

“是。”

“本令也知道你们此来的意思。”薛不良令继续道:“不过眼下本令手上也没有适合你们的案子。你们便安下心来,继续侦办此案吧。至于万年县和凤翔府那边,本令自有主张,你们不必担心。”

得到了薛不良令的首肯,郭烨和纪青璇终于安下心来。

两人一前一后出了不良司衙门,郭烨道:“纪娘子若是无事,便先回吧,郭某还有些私事要办。”

纪青璇狐疑地盯着他,问道:“私事? 你在洛阳有何私事?”

第五十一章　追踪出异事

“是私事,如今倒也并非全是私事了。”郭烨的话说得不甚清楚。见纪青璇没听明白,他又补了一句:“我打算去蓼风楼走一遭。”

“你想查那密信之事?”

“纪不良尉果然聪慧过人。”郭烨冲纪青璇竖起一根大拇指,又道:“虽说暂时还看不出那人的意图，但她既然能提点我们，且提点的事情便是秋官的卷宗里也不曾记载，那此人手上说不定还会有其他线索，反正此时闲着也是闲着，不如试试把她找出来。”

“可那日你不就问过蓼风楼的人了吗？她们也未曾看清此人的行踪。”纪青璇不解当日都不曾寻得蛛丝马迹，过了这些日子郭烨为何还要再去找。

“那你就小太看风十三娘了。”郭烨意味深长地笑了笑，道：“作为消息最灵通的风媒，却被人在自己的地盘上摆了一道，想来咱们这位十三娘子也是憋了一肚子的邪火吧？当日空口白话的问她，她自然是不知的。”

“你是说，你是要去买消息？”纪青璇挑了挑眉，有些难以置信地看着郭烨，却见他笑而不答。

既然把话挑开了，纪青璇也无事，便与郭烨一同去了蓼风楼。两人才在蓼风楼坐下没多久，风十三娘曼妙的身影，就已经伴随着一阵香风和一串悦耳的铃铛声出现在了雅间门口。不过她美目一扫，发现来的只有郭、纪二人时，俏脸上明显露出一丝失望：“怎么陆郎今日没来？”

“他有自己的事。”郭烨轻笑一声，调侃道：“何况要是真带他来，十三娘子怕也没法跟我们好好说话了吧？”

“那倒是。”风十三娘一点都不觉羞涩，坦然应了下来，然后在两人对面落落大方地坐了下来，问道：“无事不登三宝殿，不知纪不良尉和郭副尉今日来奴家这蓼风楼有何贵干？”

“我们想来喝酒不成吗？”郭烨举了举手里的酒杯。“我记得蓼风楼应该是酒馆没错吧？”

“郭副尉别拿奴家取笑了。”风十三娘娇笑着，一口就叫破了他的托辞。“若是郭副尉你独自一人前来，奴家还勉强能相信你这话，不过连纪不良尉都一道来了，你们不良司当真闲到这种地步了？”

“好了，闲言少叙。”纪青璇开口打断了两人的试探，道：“我们今日来，的确是有事相求。”

“求？求倒是不必了。我蓼风楼是个做买卖的地方，可不是个善堂。”风十三娘早就对郭烨的吝啬嗤之以鼻，此时一听有事相求，立马就表明了态度。“若有买卖与我做，便说来听听。若是没有，看在我家陆郎的份上，奴家今日就请你们吃一杯酒水罢了。"

"确是我说错了。"纪青璇微微提高了些声量道："我不良司要买一个情报！不知这买卖，十三娘子做是不做？"

"纪不良尉……"郭烨有些吃惊，可话还未完，就见纪青璇抬手示意他别说话。

风十三娘有些意外地看了郭烨一眼，有转向纪青璇，笑着道："既是不良司的买卖，便是看在付大人的面上也是要做的。只是这银钱……"

"放心，这钱一分不会少你的。"纪青璇说着从怀中摸出一小锭金子，递了过去。

风十三娘的态度瞬间便变得极为热情，接过那金子，在手中掂了掂便揣入了腰间的佩囊里："纪不良尉，想知道什么？"

这一次纪青璇不再开口，只看向郭烨。

郭烨了然，直接道："关于当日给郭某送信的年轻小娘子，不知十三娘子究竟查出些什么来了。"

风十三娘面色一变，檀口微张正要说什么，郭烨已经摆摆手道："莫说你没查她。你等风媒做的就是搜集消息的买卖，突然出现一个给不良人送信的神秘人，我不信你们会不去查查她的来历。"

"哎。郭副尉慧眼如炬，奴家也不瞒你了。自从那天以后，奴家的人确实又去追查了那小娘子的下落。"

郭烨伸出手指轻叩桌面，问道："结果呢？"

"当日，他们一路追到了通济坊的一所宅子里，随后，似是被那小娘子发现了，奴家的人便不敢再逼得太紧……"

"通济坊？"郭烨才到洛阳不过月余，那些大的坊，他自然是知道的，只是这通济坊似是没有听说过。

"那是洛阳城最西南角的一个坊，连着通济渠。"纪青璇轻声道。

"哦。"郭烨点了点头。"后来你们可有探查过那所宅子？"

"当然有啦！"风十三娘瞪了郭烨一眼，道："那日奴家特意令手下的人在那宅院外蹲守，打算等日后再寻时机一探究竟。哪知当晚那宅子中就走了水，直接把整个院落烧了个精光。"

“那女子呢？”

“从头到尾，那宅子中都没有任何人出来，仿佛……烧的就是一所空宅子一般！”

“没人出来？”郭烨一挑眉，和纪青璇对视一眼，都从对方眼中看到了相似的猜测。“可是屋中有密道？”

“奴家也是这般想的。”风十三娘道：“可惜这走水呀，不但烧光了所有线索，便是那现场，如今还被金吾卫封锁着，奴家的人也无力混入，只能凭空猜想罢了。”

“还真是大手笔啊！看来我们又缀上了一个了不得的人物啊。”郭烨摇摇头，感叹道：“行事果断、作风隐蔽，兼之还深明狡兔三窟的真谛，是个人物。”

纪青璇有些不甘心：“若是本尉再添些价码，可否请十三娘子的人马继续追查此事？”

“生意上门，我们自然不会不做。”风十三娘掩口一笑，弯弯的眉眼风情万种。“不过看在我们的交情份上，奴家倒觉得，两位不妨再往下听听看，说不定可以省下一笔花销呢！”

“十三娘子这话是何意？”

“咯，咯，咯。”风十三娘轻笑起来。“郭副尉也莫要太看不起我这蓼风楼的人马了，虽然直接追踪那女子失败了，不过我们也不是一点成果都没有的。这世上没有人能凭空出现，追踪受挫之后，奴家便遣人去调查了近些日子出没在那宅院附近的陌生女子。郭副尉你不妨猜猜，奴家发现了什么？”

郭烨依旧没说话，只是静静地看着风十三娘。

风十三娘讨了个没趣，撇撇嘴道：“我们询问了那宅院的附近的街坊，从一位更夫口中得知，原本那处宅院是空置的。年前，也不知何时住进了一个极美的白衣小娘子。只是这小娘子每日里深居简出，且黄昏之前从不现身，便是出门也是带着同色帷帽，他也只远远看到过两次。”

“既是带着帷帽，他又如何知晓这小娘子长得极美？”纪青璇忍不住问。

“看身形，猜的。”

“哦。那更夫是看身形猜测所得。以风十三娘的手段，不至于也是猜测的吧？”

“自然不是！奴家按那更夫所言，按此女的身形，将其带了帷帽的图影绘好，与来蓼风楼饮酒的监门卫副尉打探过。巧合的是，年前有日夜里下了一场雪，宵禁解除后，还真有这么一位同样穿了一身白衣，带着同色帷帽的小娘子入城来，当时正是那监门卫副尉当值。因那小娘子行色匆匆，便被拦下，要求摘了帷帽查验身份。他当时对那小娘子的容貌惊为天人，因此印象极其深刻。”

“竟连前日下雪都记得这般清楚？这监门卫副尉倒是个好记性。”纪青璇有些惊讶道。

“错了。不是那监门卫副尉好记性，实是那小娘子太过美貌，让人见之难忘。”风十三娘纠正道。

“不知那女子是何来路？”郭烨终于开口了。

“奴家还以为郭副尉你真能忍得住呢，想不到听见美人儿的消息，还是按捺不住了啊。”风十三娘调笑道。

“十三娘子莫要挤兑郭某了，还请说正事吧！”

“郭副尉真是心急呢。得了，那奴家便不逗你了。据那名监门卫的副尉所言，这名女子的路引来自长安，而她入城的那日是除夕前三日。”

风十三娘促狭道：“奴家看这小娘子所行之事，她莫不是跟着郭副尉从长安来的？郭副尉你别是在长安惹了什么风流债，让人家小娘子一路追到了洛阳。”

“十三娘子说笑了！”郭烨心里一紧，下意识往纪青璇那边看了一眼，却只见她面无表情，也看不出喜怒，就像是没听见风十三娘的话一般。他这才松了口气：“不知十三娘子可还有别的线索告知郭某？”

“没有了。”风十三娘正色道：“这女子来历虽然神秘，但在这洛阳城中行事低调，想来除了郭副尉，也不会有人想买她的情报。我蓼风楼在她身上也看不到多少油水，人力物力却也花了一些，再追查下去就有些得不偿失了。”

郭烨想了想，认可了她的说法：“那小娘子的图影画像可还有，不知可否给郭某一份呢？”

“这怕是难办了。”

“莫不是还要收钱？”

“不，不，不，实则是那日那监门卫副尉见了那图影着实喜欢得紧，便要了去。其实就是个带了帷帽的人影，也不知他喜欢个什么劲儿。”

既然再问不出什么消息了，郭烨便与纪青璇起身告辞。临出门的时候，风十三娘还跟在他们身后嘱咐道:“二位回去之后,切记提醒陆郎常来奴家这里坐坐,奴家可是又为他寻了些新奇的大食香料呢。”

“这十三娘子同一套把戏到底要用多久,也就小陆会上钩啊!”郭烨笑嘻嘻地说了一句,又转身问道:“纪不良尉,咱们接下来往哪里去?”

谁知他入眼所见,却只有纪青璇俏脸上的一片寒霜。

“郭副尉,刚刚那锭金子,算是我借你的。记得要还。”说完,纪青璇便径直扬长而去,只留下郭烨一个人站在原地,目瞪口呆。

不是说不良司买消息的吗?怎的又要他付钱!

第五十二章　春社两相邀

郭烨一路郁闷地跟在纪青璇的后头往回走。

“喂!”纪青璇突然停住了脚步,转身问道:“你为何不问风十三娘要一张监门卫副尉口述的肖像图影?”

郭烨本在低头思考,这一停顿,好险没有撞到纪青璇的身上。他赶紧退开一步说道:“你没见我们问图影时,风十三娘只说了那更夫口述的图影,没有说那监门卫副尉口述的图影吗。说明她压根没让人画。至于为何没有让人画,我估摸着是那监门卫副尉并不知道风十三娘兼着风媒的买卖。对于一个不甚要紧的人物,风十三娘也犯不着暴露自己让他去口述那小娘子的模样。”郭烨继续道:“罢了。若真是那般美貌的小娘子,我能记不得?如今一点印象都无,说明我压根不认得她。且那小娘子行踪诡秘,便是有那画像怕是也无济于事,何必徒劳。”

他话音刚落,就见纪青璇又是一声不吭地自己走了。

“哎,怎么又走了?!等等我呀!”

此后几日,纪青璇都是一副公事公办、生人勿近的模样。郭烨想问一句究竟是怎么了,却总是没有机会问。

因着徐问清和任斗牛都未有消息传来,郭烨便也无太多事可做。故而这几日的黄昏之后宵禁之前,他都会不时去到通济坊附近溜达一圈,又或是直接住在了通济坊内的客栈。

“郭大哥,明日你还要出门吗?”这日接近黄昏,郭烨正准备出去撞撞运气,却见张小萝迎面走了过来。

“不一定。你可是有什么事?”郭烨疑惑。

“明日是社日,我们也收到了‘转帖’,要去街尾参加社日,不去可是要被罚酒的。”

社日?直到张小萝提醒,郭烨才发现忙忙碌碌间,都不曾注意到街道两侧槐树的枯枝已经吐出了点点新绿,这漫长的冬日竟已悄然结束,社日的祭典就在眼前了!

所谓“社”,就是土地神的意思。社日,就是老百姓祭祀土地神和五谷神的节日。春社日祈求五谷丰登,秋社日答谢土地神和五谷神的恩典。这即将到眼前的当然是春社日。而通知社日活动时间、地点的帖子叫作“转帖”,转帖只有一份,会在街坊四邻各家之间传递。

因着这一习俗,春社这天,郭烨也和众不良人以及街坊四邻一起在芦棚下参加社日狂欢。

在社正主持祭祀过后,鼓乐声响起,“赛神”开始了。这时,纪青璇端着一杯宜春酒来到郭烨身边,将酒杯递给他的同时,问道:“这两天可有收获?”

郭烨的行动并没有瞒着自己的同伴。同样,在他打算另辟蹊径,寻找那位神秘小娘子的同时,纪青璇等人也没有停止对失踪少女的调查。遗憾的是,无论哪一边,都收效甚微。

“没有。看来真的要等到徐大哥他们回来才行了。”郭烨接过酒杯啜了一口,旋即皱起了眉头,抱怨道:“想不到洛阳的宜春酒也这般难喝。”

“临时酿的浊酒,能好喝到哪里去。”纪青璇瞥了他一眼,道:“不过是喝个喜庆罢了。据说这酒能治耳聋,其他酒再好喝也没这功效,别挑剔了。”

“我又不聋。”郭烨耸耸肩,把杯中浊酒一饮而尽。

这时装着神佛雕像的彩车游行队伍刚好用郭烨面前经过。

“大抵最近看到的尸体太多了些。我都觉得再这样下去我该遁入空门去当和尚了。”郭烨道。

纪青璇闻言不禁嫣然一笑，正要挤对他两句，突然一个温文尔雅中又不乏硬朗的笑声在一旁响了起来："那可不成！郭兄你若是入了空门，这神都洛阳的风云怕是都要失色不少啊！"

"嗯?"郭烨和纪青璇扭头一看，只见王无择风度翩翩地站在离两人不远处，满脸笑意。

"无择兄!"郭烨一喜，随即笑道："无择兄真是高看郭某了。"

"那可不是高看，父亲对郭兄还有不良司的几位都是青眼有加，若非诸位都是不良司的贤才，说不定他都要动了心思把诸位要到自己帐下了呢!"

"王大将军?"郭烨愣了一下，虽然年后有王孝杰起复之事已然落定的消息，但此刻真正看到王无择身上的白衣被青色的官服所替代，他还是有些难以置信。

王无择含笑点头，直接承认了他的猜测。"父亲已经正式被陛下起复，出任清边道行军大总管，不日就要出征，全权统领征讨契丹逆贼的事宜了。无择身为人子，也将随大军出征。今日冒昧来访，便是带来父亲的邀请，请不良司诸位贤姊弟能百忙抽空，赶在父亲征讨契丹前到府上一叙。"

"王大将军太客气了。当日之事，不过是我等不良人分内之责，岂敢当大将军一句谢?"听了王无择的话，不但郭烨动容，连纪青璇都觉得受宠若惊。以王孝杰的身份，又到了即将出征的时候，此时应当忙碌无比，居然还能在百忙中邀请他们去府上做客，这个诚意真是足得无法言喻了！当下二人也是投桃报李，邀请王无择在社日的筵席上坐了下来。

"无择兄，前些日子纪不良尉曾修书一封，让一位少年剑客来投奔你，不知他后来可曾去了?"酒过三巡，郭烨看到张小萝背上的大剑，忽然心头一动，问起裴旻的下落来。

"你说的是裴旻吧……来了，来了。"王无择嘴上应着，脸色却变得极其古怪。

郭烨见状，心里不由得一紧，裴旻那古怪的性子他可是领教过的，当下忍不住心中忐忑，低声问道："无择兄，那小子莫不是闯了什么祸吧?"

"闯祸? 那倒是不曾……"王无择似乎想起什么好笑的事情，嘴角微微扬起。"就是有些不太懂礼数。那日他拿着书信，直接闯入了我们府上，被父亲的亲卫拦住。他还说那些亲卫工夫不行，把那些叔伯气得呀……"

"啪!"郭烨一把扶住了自己的额头，以他对裴旻的了解，后者绝对做得出这种事来。而且他说王孝杰的亲卫不行,那还绝不是嘲讽。他都可以想象那小子当时真挚的眼神和微带羞涩的语气。不得不说,他那副样子,可比故意嘲讽还要气人得多了。

“无择兄,真是抱歉。”郭烨连忙离席,给王无择作揖。“都是小弟出的主意,一切罪责,都由郭某承担。还请无择兄在大将军面前多多美言,看在裴旻年少无知的份上,莫要和他计较。”

“计较?不会,不会,郭兄误会了……”王无择终于笑出了声,连连摆手道:“父亲乃是爱才之人,当日裴旻和亲卫队的叔伯们切磋之后,父亲对他可是喜爱有加,直接招在帐下作了亲卫,还视同己出。有时便是我这个亲子看了都觉得心生妒忌呢!父亲说了,这次请你们过去,其中一个因由便是想好好感谢各位为大周挖掘出了这么一块璞玉!”

“啊?”闻听此言,饶是以郭烨的伶牙俐齿,一时也被噎得不知该说什么好了。上门打了人家的亲卫,还被待若上宾,难怪刚才王无择的表情会那般古怪了。好半晌,他才从牙缝里挤出一句话来:“王大将军心胸如海……郭某自愧不如!”

王无择笑了笑,“待几位去了寒舍,自然就能看见裴旻了。他对你们也甚是挂念呢!”

“这个自然。”郭烨连忙拱手。

交谈间,那厢社神的祭典也已经完成,被整治成大块的肉食也很快被分割开来,端上芦棚,请各人享用。

郭烨等人自然也各自分到了一大块肉食。不过,就在郭烨夹起一大块炙羊肉,放进嘴里撕咬时,突然一块夹在肉中的硬物,把他的牙给硌了一下。

“哎哟!”他低呼一声。这肉里怎的还有碎骨头?他低下头一看,却只见从肉中露出的并非是骨头,而是半块泛黄的竹简,上面用郭烨熟悉的清秀笔迹刻写了一行字:“三月三,伊水畔。妾等君来,不见不散。”

第五十三章　女皇封东岳

三月三……上巳节？郭烨在心里一盘算，嘴角扬起一丝冷笑。自己前些时日寻得团团转，却不见其踪影，今日不寻她了，反倒自己送上门来了。

“郭兄，怎么了？”王无择和纪青璇本来正在交谈，见他举着羊肉突然停在那里，不由奇怪地问道。

“哦，没事。”郭烨回过神来，手一缩就把竹筒收进了自己袖子，然后笑着回答道。

纪青璇瞥了他一眼就不再理会，扭头继续跟王无择交谈起来。

只是郭烨却已经无心吃喝，他探手入怀，轻轻抚摸着那一枚冰凉的玉戒，不禁在心中叹息了一声。

春社日的祭典，很快在一阵其乐融融的氛围中结束。送走了王无择之后，郭烨等人各怀心思，回到了徐府中。然而让他们大吃惊的是，一贯忙碌、不见踪影的徐有功今日竟然已经在府中，且正坐在厅堂里等着他们！

“王公子已经走了吗？”徐有功温和地笑道。王无择今日到来之事，徐有功虽未在场却也听管家说起了，故而有此一问。

“嗯，走了。”众人还有些反应不过来，只纪青璇下意识地回答了一句。

“你们这些孩子啊……”徐有功见众人一副诧异的表情，不禁哑然失笑，道：“这府邸可是我家，我待在自己家中也值得你们这般奇怪吗？”

“不，我们没有这个意思。”郭烨反应最快，忙解释道：“只是徐帅您公事繁忙，我们……我们只是有些吃惊罢了。”

看他诚惶诚恐的模样，徐有功也不再逗他们了，正色道：“不错，今日我留下来，确实是有事要与你们交代的。”

“请徐帅示下。”郭烨一行人互相对视一眼，同时恭敬地低下了头。

虽然和徐有功相处的时间不久，但他们已经了解了这位不良司最高统帅的性格。在平时，这就是一位温润如玉的谦谦君子，如果他用这么严肃郑重的语气说话，那非得是十分重要的事情。果然，徐有功接下来一开口，就是震动社稷的大事：“陛下已经决定封禅泰山的日期，不日就要出发。本官亦将会是随行的文武官员之一。”

“当然，封禅和你们无关。”徐有功话锋一转，问起了和他们密切相关的事情。“我听闻，前些日子你们被林瑞刁难了？”

“算不上刁难，只是我们初来乍到，与洛阳这边的同僚配合起来难免有些摩擦罢了。”纪青璇谨慎地回答道，她可不是那种会背后说长道短的小人。

“你们都很不错。”徐有功脸上露出满意的微笑。“事情的来龙去脉，薛讷都与我讲了。这段时间，你们表现出来的，无论是应对还是能力，都不比洛阳这边的精锐不良人差上分毫。”郭烨等人这才明白，徐有功虽然平日里看起来不大管不良司的事情，但其实所有人的活动，都被他看在眼中。

“林瑞那脾气我也知一二，其实他无甚坏心，只是有些孤傲罢了。你们也不要往心里去，更不要有怨气。”徐有功继续笑道。

“不敢。”纪青璇和郭烨等人连忙表态。

“原来只是不敢啊，看来你们心中还是有怨气的。”徐有功意味深长地笑了笑。看到纪青璇似乎想辩解，他摆摆手道：“之前我不管不问，只是觉得陌生环境或许能给你们多一点历练，反正有我在不良司中镇着，也不怕出什么乱子。不过如今我这一走，不知要几个月才能回来。这样吧。明日例会，便由我出面与你们说和一下，以后查案之时互相协作，也省得他们再拿你们当外人看待便是。”

“听凭徐帅决断！”

事实证明，徐有功在不良司中的威望，远比众人想象的还要高许多。在第二天的例会上，他破天荒地出席了会议，在简单交代过自己离开后不良司接下来的大事方针以后，便谈起了纪青璇这一卫人马的事情。不过他才刚一开口，包括洛阳不良令薛讷在内，所有不良尉全都恭恭敬敬地应了下来，没有抗拒，也没有狡辩，一个个拍着胸脯说要拿他们当自己人看。原本最排外的林瑞甚至主动过来给郭烨他们道了个歉，笑得真诚无比，至于他心里到底是怎么想的，那就只有天知道了。

不良司开完例会的当天，徐有功就离开了徐府，尽管没有女皇陛下确切的行踪，但郭烨他们还是能推断出来，封禅的队伍现在应该已经在启程前往东岳的路上。

也就是从这一天起，当郭烨再走在洛阳城的大街上时，他总会情不自禁地产生了一种错觉，仿佛在女皇陛下离开之后，整座城池都失去了主心骨，充满了一种风雨飘摇的动荡感。“错觉，一定是我的错觉。今日的洛阳，跟往日并没有什么不同。”郭烨望着人流如织的大街，嘀咕了一句，下意识地加快了脚步。

可无论他怎么安慰自己，心中总像有股阴霾挥之不去。急急又往前行了几条街，郭烨等人的目的地便到了。

原来，今天正是他们和王孝杰约好登门拜访的日子。

不过，当他们走到王孝杰府邸门前时，第一个看到的人却不是任何王家的人，而是另一张熟悉的面孔。

“苗大哥?!”郭烨失声道。

“嗯?”苗雄显然也没想到会在这里遇上郭烨他们，也颇为意外地挑了挑眉，然后才笑了起来。“原来是你们啊。”

“是啊！苗兄，你怎会在此地?”郭烨高兴地说道。他跟这个坦荡磊落的机关师，总有种一见如故的感觉。

苗雄笑了笑，正要说话，一个惊讶的声音突然从苗雄身后传来：“你们竟相互识得?”

郭烨扭头一看，只见王无择站在王府门口，明显是刚刚才送苗雄出来，此时正一脸错愕地望着他们。

“无择兄。”郭烨拱拱手。不知为何，他总觉得王无择这句话中的惊愕意味，已经超过了应有的程度，心有疑惑，却又不知该如何问起。

倒是苗雄看看王无择，再看看郭烨他们一行，那视线还特别在纪青璇和郭烨的脸上多停留了一会儿，随即浮起一抹恍然大悟的苦笑。

“哈，哈，哈，郭老弟、纪娘子，原来世上竟真有这般巧合之事……苗某还在疑惑，在洛阳中哪来这许多的少年英杰。原来如此，原来如此……”给他这么一说，郭烨心中疑惑更浓。可还不等他把心中的疑惑问出来，苗雄已经冲着王无择道：“王公子，今日叨扰了。请再次代苗某向大将军致歉，当日之事，苗某必会给他一个交代！告辞！”

王无择面上看不出太多的表情，只拱了拱手道：“好说。”

苗雄又看向纪青璇和郭烨，还有他们身后的一众不良人："诸位，苗某今日还有要事，不便多留，希望来日还有对饮之时。无论如何，能识得诸位，是苗某毕生的荣幸。后会有期！"

"苗兄……"郭烨的手才刚刚抬起，苗雄却已头也不回地远去了。望着他的背影，郭烨忽然觉得，这个伟男子的心中似乎埋藏了太多的情绪，似有得脱樊笼的轻松，也有心力交瘁的疲惫。但不管是什么，都仿佛挡不住他那坚定的步伐。转眼，他高大的背影就消失在了街道的转角处。

"真没想到你们跟苗雄居然相互识得。"这时，王无择才开口感叹了一句，然后微微欠身，道："父亲已经在正厅等候诸位了，请！"

"无择兄请。"郭烨拱拱手谦让了一句，登门而上。

在向着厅堂走去的同时，他忍不住问道："无择兄，苗雄究竟是何人？"

"啊？你们跟他不是认识吗？"王无择脚步一顿，回过头诧异地问道。

"老实说，我们跟他其实只是在来洛阳的路上偶遇一面，然后一同破了一桩案子，喝了一次酒。对他身份的了解，也就仅限于他在机关术一道上造诣不凡罢了。"郭烨耸耸肩，道："不过看无择兄的架势，他在官面上的身份，应该也很了不得吧？"

"难怪了，难怪了……哈，哈，哈。"王无择这才露出一副恍然大悟的表情，忍俊不禁道："我刚刚还在奇怪，你们身在不良司，跟丽竞门的人交情怎会那般好，原来如此啊……"

"什么？"郭烨等人闻言纷纷震惊不已。苗雄是丽竞门的人？！

第五十四章　将军欲远征

"苗雄名义上领察院监察御史、宣节校尉，不过识得他的人都知，他真正的身份，其实是丽竞门司卫部的长官。"王无择一口道破苗雄的官职。

见郭烨等人依旧面带疑惑，却又不知如何开口相询的样子，王无择笑了笑继续道:“丽竞门六部中,司卫部负责对内监察。他此次前来拜访父亲,也是为了解释当日契丹刺客行刺时使用丽竞门腰牌之事。”

“这可真是……”郭烨等人闻言,也不禁生出一种啼笑皆非之感。

他们万万想不到,世间还有这般巧事。本该老死不相往来,甚至隐隐有所敌对的双方,居然会在阴差阳错间,变成了相交莫逆的朋友。

“腰牌之事他如何解释?”纪青璇问道。

“无非就是把腰牌失落的责任推给底下的人,说是一时疏忽,还说已经严惩过了……谁又知道这人是不是随便推出来的替罪羊呢?!”谦谦君子王无择竟也有说话这般直接的时候,显然是对当初的刺杀事件还耿耿于怀。

“无择兄。”郭烨斟酌了一下,才缓缓开口道:“这世上之事不可一概而论,丽竞门中倒也未必没有正人君子。郭某虽然跟苗雄相交时间不长,但也看得出,他绝不是一个虚伪之人!”

王无择闻言,深深地看了郭烨一眼,神色稍微缓和了一些,道:“此言倒是不差,这苗雄虽在丽竞门中供职,但素来风评不差。”顿了顿,他又道:“不过郭兄你在得知了他的身份之后,还肯为他说话,让王某颇为敬佩啊。”

“公归公,私归私,不过是人之常情而已,不敢当无择兄一句敬佩。”郭烨坦然道:“郭某虽对丽竞门上下的行事作风颇为不齿,不过苗雄对我等以诚相待,郭某自然也不会在背后非议他人之长短。”

“这才正是无择敬佩之处啊!”说话间,众人已经走到了王府的正厅前,王无择遂止住苗雄的话题,伸手延客道:“请!”

众人在他的引领下推门而入,迎面就见到王孝杰端坐在主座上。一段时间不见,这位大周军神的容貌虽然没有多大变化,但气势却更见威严。被女皇陛下起复后,他的地位也随之水涨船高,今日虽然未着戎装,只是一身常服,但往那里一坐,顾盼间,自有无边杀伐之气流露,颇见龙盘虎踞的风采。

不过当他看到郭烨等人进来,脸上的表情一松,随即换上了一副和蔼的笑脸。

“王大将军。”郭烨等人连忙弯腰行礼。

“不用多礼。”王孝杰笑摆摆手,道:“都坐吧,今日叫你等过来,也只是随便闲聊叙旧,多谢你们当初的救命之恩。我此去契丹,还不知何时才能归来,甚至不知回不回得来,若不在走前好好向你们道道谢,心中始终是不安啊!”

“不过是些土鸡瓦狗,父亲必然旗开得胜,何须忧虑。”王无择连忙说道。

郭烨等人也附和道:“大将军神威,岂是契丹蛮夷可以对抗的?我等敬候大将军凯旋之日。”

“你们都不用给我灌迷汤啦。”王孝杰哑然失笑,道:“吾辈行伍之人,马革裹尸乃是莫大的荣耀。没什么可忌讳的!”

他又严厉地看向王无择:“无择,你年岁也不小了。刚刚所说之话以后莫要再提。契丹贼孙势大,这是不争的事实。若是你还抱有这等轻敌之念,战场上出了纰漏,莫怪为父军法无情!”

王孝杰明显积威深重,王无择被他训得冷汗涔涔,甚至顾不得还有郭烨等客人在场,离席伏地道:“是,孩儿知错了!”

郭烨等人见状也连忙帮着求情,王孝杰这才借坡下驴,让他坐了回去。

“让你们见笑了。”王孝杰道:“只是这行军打仗不比其他,一个小小的疏忽,都可能导致千百士卒死于非命。前次征契丹,便是由于武尚书轻敌冒进,才致有黄獐谷一败,前车之鉴,我等不可不谨慎啊!”

黄獐谷一战的来龙去脉,郭烨几人也有所耳闻,左鹰扬卫将军曹仁师、左金吾卫大将军张玄遇等人本来都是从军多年的良将,由他们统兵,原本是再合适不过的。奈何武氏诸王有心在此战中插上一脚,硬是蛊惑女皇陛下封梁王武三思为榆关道安抚大使前往监军,外行指挥内行,加之轻敌大意,钻进了李尽忠的圈套,才终致大败亏输。不过武氏诸王位高权重,也只有王孝杰这种重臣才敢置喙一二,郭烨他们却是一句话都不好多说的。

王孝杰似也觉得颇为无趣,便转移了话题,招呼后厨端上美酒佳肴,与众人吃喝起来。

酒过三巡,郭烨等人有心想要见见裴旻,又不知该如何开口。毕竟裴旻现在已经归于王孝杰帐下,身为行伍中人,已不如以前自由。还是王孝杰看出众人心思,主动笑道:“某记得帐下亲兵中,有一人乃是尔等好友,还是纪娘子介绍给无择的。如今他也将随某一道出征契丹,不妨趁此机会,叫过来一起聚上一聚。”

郭烨等闻言大喜,道:“多谢大将军体谅。”

“无择,让人去把小裴叫过来吧!”王孝杰笑道:“这孩子日日练剑不辍,我见了都佩服。不过张弛有度方是正道,他也是该放松一下了。”

王无择应了一声，离席走了出去。

王孝杰又对郭烨等人感叹道："初见小裴之时，我也对他的剑术惊为天人。直到后来他投入我的账下，我才知道，这孩子剑术通神其实是有道理的。他在武学上的天赋其实并不算顶好，只是凭着一腔热血，日日苦练不辍，除了吃喝拉撒，其他时间几乎都扑在了练剑上，方才有了今日之成就，真真是工夫不负有心人啊！"

听了王孝杰的话，郭烨还没觉得有什么，反正他也就会些防身的三脚猫工夫，对此不甚在意。但张小萝和李二宝，此刻却是情不自禁地羞红了脸。要说天赋，他们两人都是天生神力，练武的好坯子，比起裴旻来不知强了多少。但他们心知肚明，真要搏杀起来，他们两人便是联手，都未必是裴旻的对手。

片刻之后，门外响起均匀的脚步声。

"父亲，裴老弟来了。"王无择道。

"进来吧。"

"裴老弟！"郭烨等抬起头，就看见裴旻跟着王无择走了进来。

久别重逢，大家都忍不住露出了喜悦的神色。虽然相识的时间不长，但每个人对这个拥有赤子之心的少年都颇有好感。

"郭大哥、纪姐姐、陆大哥、二宝、小萝，你们来看我来啦？"裴旻惊喜地说道。他穿着一袭黑色的劲装，鬓角还有汗水浸湿的痕迹，就像王孝杰说的，他应该刚刚还在练剑。

郭烨等人听了他喜悦的言语，不禁张了张嘴，不过最后还是忍住没说出自己不是专门来看他的，都想着就让他这样误会下去吧。

看得出来，在王孝杰帐下的这段日子，裴旻应该也学到了不少的东西，虽然性格还是跟以前一样的耿直，但眼神却不再青涩，反而多出了一股行伍之人的铁与血的气质，宛如一柄被磨砺过的宝剑，锋芒毕露。

"郭大哥，我听说洛阳城中真有绑架少女的匪徒啊，你们抓到他了吗？"得了王孝杰赐座，裴旻屁股还没落下，就迫不及待地问道。

"哎，此事说来还是我们想当然了。"郭烨有些懊恼地长叹一声，道："上元节那日，若不是我们非要拉你离开，说不定也就没后边这么多事了。"因为在场没有外人，他也不避忌，在征得纪青璇的同意之后，直接把不良司侦办少女失踪案的过程挑拣能讲的,大致讲了一遍。

裴旻倒没多想,只听得义愤填膺,道:“小弟不日就要随大将军出征契丹,却是无力再帮忙了。这伙匪徒就要拜托诸位哥哥姐姐把他们抓出来了,也算是替小弟尽一份心力!”

郭烨连忙宽慰他,道:“你不是教了小萝不少剑术吗?她出力也就相当于你出力了。”

裴旻这才微微释然。

随后,众人陪王孝杰又聊了几句,便起身告辞:“多谢大将军百忙之中还盛情款待我等,当真是受宠若惊。我等就在此祝大将军旗开得胜、马到成功,一举平定孙逆!”

“那我也借各位小友的吉言了。”王孝杰笑着应下,随即便招呼王无择和裴旻送客。

在两人的陪同下,一行人刚刚走到门口,忽见一名身着粗布麻衣、腰间却配着一个绯算袋的秃顶丑陋老头,跌跌撞撞地来到王府门口,问王无择道:“王公子,今日大将军可有空接见朱某了?”

王无择瞧见这人,眼中闪过一丝显而易见的厌恶,但嘴上还是淡淡道:“真是抱歉。朱郎中,家父今日忙于出征契丹之军务,实是无暇见你,还是请回吧!有事等他凯旋再说也是一样的。”

“行行。王公子,您可一定要替朱某在大将军面前多美言几句啊。”丑老头对着王无择又是一阵点头哈腰,然后才失魂落魄地去了。

这时,王无择才看着他的背影冷笑一声:“天字第一号的马屁精,祸国殃民!贪得无厌,惹了陛下厌恶,居然还想请父亲说情?真真是笑话!”

“呃?马屁精?”李二宝一愣之后,问道:“刚刚那人,莫不是驾部郎中朱前疑?”

第五十五章　上巳游伊水

“确是朱前疑不错。”王无择道：“不过这个驾部郎中前面，却是非得再加一个‘前’字不可了。”

“前驾部郎中？”李二宝一愣，随后幸灾乐祸地笑了起来，道：“怎的？这位大马屁精被贬了啊？”要知当日若非是这厮捣鬼，他们此刻早已面完圣，回到长安了。如何会像现在这般滞留洛阳，遭人排挤。

“为何他都被贬了，女皇还要去封禅泰山啊？”张小萝不解，直直问出了心中疑惑。

“小郡主慎言。”王无择闻言也是一惊，随即正色道：“女皇陛下的决定不是你我可以非议的。况且这与朱前疑被贬亦是两码事，切不可混为一谈。”

“还真是现世报啊！”郭烨嘴巴又毒又准，一句话既缓解了双方的尴尬，又道出了众人心中所想。

“可不是嘛！”王无择也摇头失笑，道：“这厮仗着马屁功夫了得，混了个驾部郎中还不知足。前些日子父亲奉旨出征契丹，军中需大量军马填充，女皇陛下便下旨筹措，这厮也不知从哪里搞来一些马匹，居然还想借此换取高官厚禄。终因吃相太难看，引得陛下厌恶，将他一贬到底，复归白身。他也不想想，这等军国大事，岂是他可以儿戏的？真真是不知天高地厚！”

“那他来拜访大将军是……”

“还不是想让父亲与他说情，重回朝堂吗？真是异想天开，父亲往日最痛恨的便是这种人，怎会帮他说情！”王无择的笑容愈发冷冽。

郭烨跟着笑了笑，却没有继续在这个话题上聊下去。王孝杰出征在即，王无择想必也是很忙的，今天能抽空款待他们，已经是非常给面子的一件事，实在不该在这种事上再浪费时间。

“无择兄，告辞。”郭烨冲着王无择一拱手，又拍了拍裴旻的肩膀，道：“跟着大将军好好干！”

“嗯!”裴旻用力地点点头。

王无择也拱手回礼:“不送!”

拜访过王府的当天下午,郭烨就从徐府管家口中得知了王孝杰启程前往北方的消息。

“春官府和夏官府一同为王大将军践行,不过真正的文武重臣,都已经随陛下东行,场面难免失色不少。”管家在向纪青璇汇报时,郭烨等人就在一旁听着。

“这有何妨?”郭烨很想得开,笑道:“以大将军的韬略武功,想必不日就可大破贼军,班师回朝。届时自会有更盛大的庆功宴在等着他,又何必在意这区区一次践行呢?”

在座众人,连同那徐府的管家都点头称是。

王孝杰离京几日后,三月三上巳节就越来越近了。不光是郭烨在期待着这一天,其他不良人同样盼望着这个节日的到来。

上巳节虽然不如元日、人日这样的节日隆重,但上巳游水却是周人最重要的交际活动之一。这天大家都会不约而同地前往水边游玩,赏花、喝茶、戏水都是必不可少的。不少许久不见之人,或者想见而不得见之人,都会在这一日重逢于水边。一些胆大些的女子,甚至会将这天作为暗中窥伺自己未来夫君的一个契机。

早在收到神秘女子的竹书传信之后,郭烨就提前约了纪青璇等人在这一日前往伊水游玩。原本他倒是想要一人独自赴约的,但是斟酌再三,决定还是与大伙儿同去的好。这一是因为他在洛阳城里无亲无故,也确实找不到一个合适的理由单独行动;二是觉得防人之心不可无,万一有事,与大家同行,彼此也还有个策应。想来此女可以在社日,众目睽睽之下送信与他,也一定有办法寻到他单独一人的机会。不过他心中也还另有盘算,若是对方迟迟不露面,便是忌惮他身边有人,届时他再稍微离开一段距离便可……当然对于纪青璇等人,他并没有将事情和盘托出,这终归是他的私事,在没有弄清楚来龙去脉之前,他还是不愿意说太多。

转眼就到了上巳节当日,郭烨一早去找纪青璇等人。奇怪的是,除却陆广白,其他几人居然没一个在自己房里的。他在徐府中找了一圈,才终于在后厨发现了众人的踪迹。

“咦?你们都围在这里作甚?”他站在后厨门口,好奇地问道。

“某人不食人间烟火,待会儿也不要动我们准备的吃食好了。”纪青璇从忙碌中抬起头来，挤兑了他一句。在她往日清冷的俏脸上，此时却多了一条锅灰的黑痕，让她很是多了几分人情味儿。

张小萝笑嘻嘻地招呼道："郭大哥不羞，我们都快弄好了你才来。快来看，纪姐姐给大家准备了好多吃食哩！"

郭烨嘿嘿一笑，也不觉尴尬，凑过去问道："我看看，都有些什么吃食呀？"

"花煎、花菜、乌米饭、糯米饭……"郭烨一样样看过去，发现上巳节必备的吃食，后厨中都一应俱全。除此之外，纪青璇竟还准备了羹汤、炙肉的原料，以及冷盘和点心，看起来是打算在伊水边大快朵颐一番了。

"想不到纪娘子还有这个手艺。"郭烨啧啧称奇。

"雕虫小技，不值一提。"纪青璇被他惊异的眼神看得有些局促，理了理耳边的散发，淡淡地解释道："这段时间大家都辛苦了，恰逢上巳佳节，自当好好休息一下。"

"有理，有理。"郭烨嘿嘿一笑，突然闪电般伸手拈起一块花煎扔进嘴里。"那我就不客气啦！"

纪青璇愕然，张小萝却跳出来抗议道："呀！郭大哥，你不可以这样，这是大家出去戏水的时候一起吃的啦！"

"有什么关系！"

"不行，不准再吃啦……"

……

郭烨仿佛有一种独特的能力，在他的插科打诨之下，能够让气氛迅速的欢乐起来。

当众人提着食盒走出徐府的时候，便是陆广白的脸上都少了些清冷，多了一抹若有似无的笑容。只有郭烨自己走在最后，脸上虽在笑，但眼神中却充满了思索和期待。

就在他回身掩上徐府侧门的那一刻，突然听见纪青璇在自己身后问道："明明洛水离我们更近，你为何非要去伊水？"

郭烨一惊，回头就看见纪青璇正若有所思地看着自己。

两人默默对视，郭烨敏锐地感觉到，纪青璇似乎猜到了什么。不过他并不知道纪青璇知道多少，犹豫了一下，还是含糊其辞地道："还不是因为洛水穿城而过，虽然近但是游玩的人也多！我们在这城里又无熟人，何必去凑那个热闹？去伊水欣赏一下湖光山色不也挺好的吗？”

“只是因为这样吗？”纪青璇深深地看了他一眼，美眸中流露出一抹微不可察的失望之色。

只可惜这时郭烨已经关好了门，向前走去，并没有注意到她的神色。“当然啦，不然还能是因为什么？快走吧，小萝他们都等急了……”郭烨的话虽然只是托辞，但有一点他并没有说错，那就是伊水之畔确实清净了不少。

蜿蜒如带的伊水从一马平川的洛阳平原上穿过，河畔只有三三两两的游人。郭烨等人从牛车上下来，看着眼前的美景都不由得深吸了一口气。

在城池中还不明显，但到了这郊野之地，众人才真切地感觉到，春天真的已经到了，风中虽然还微微带着点寒意，但初春的青绿已经星星点点地覆上了山坡温柔的曲线。

不过，这春意盎然的美景，郭烨却是无心赏玩。自打来到了这伊水之畔，他就始终处于一种魂不守舍的状态，不时抬起头来环顾一下四周。可惜等了好半晌，也始终不见有什么特别的人出现在他的视线里。

“看来她果然是在避着纪不良尉他们……”郭烨在心里轻叹一声，终是下了决心，站起来对众人道：“我自去散散心，你们继续玩你们的……”

第五十六章　溯游见伊人

郭烨在众人诧异的眼神中离席而起，沿着伊水，独自一人向着远处走去。他并没有刻意选择方向，因为他心里很清楚，如果暗中真的有一双眼睛在盯着自己，那方向并不是什么问题，距离才是。

但是让郭烨没有料到的是，他沿着伊水之畔走了约莫有一刻钟的样子，对方依旧没有出现。

藏头露尾的家伙，竟这般谨慎？他虽心有抱怨，脚下却不敢停，继续默默向前走着。希望你们手上真有郭某要的东西,否则定叫你们好看!他也不知道自己走了多远,只觉得在行走的过程中,各种念头纷至沓来。

“嘻嘻!”等他终于被一声悦耳的轻笑惊醒,回过神来时,才发现自己已经走到了一片临水的芦苇荡边。

在春日暖阳的熏蒸下,伊水河面上弥漫着一层水雾,笼罩在黄绿相间的芦苇间,将周遭点缀得犹如梦境。

郭烨听到的那一声轻笑,就是从芦苇丛中传来的。他循声望去,只见离自己不远处的芦苇,突然轻轻摇曳起来。

紧接着,一道娇俏的倩影,拂开茫茫的白雾,从芦苇深处飘然而出,来到了他眼前。

那一瞬间,他忍不住猛然想起了“蒹葭苍苍,白露为霜。所谓伊人,在水一方”。

“郭副尉,久仰了。”宛如踏水而来的神秘女子身穿白衣,戴着同色的帷帽。在薄雾中看不清她的容颜,只能听出她的声音如黄鹂般悦耳。

“你究竟是何人?”郭烨手扶腰刀,沉声问道:“都到了这一步,还不敢以真面目示人吗?”

在这个距离上,他终于看清了,这女子并非踏水而行。在她脚下,踩着一张竹筏,随着伊水的微波轻轻摇晃。还有一个老仆跪坐在她身后,似在摆弄着什么。

竹筏漂近了,轻轻靠在河岸上,白衣女子莲步轻移,走到郭烨面前,抬手揭开帷帽上的薄纱。

郭烨只觉得眼前一亮,轻薄的白纱下,露出一张眉目如画的脸,让他都忍不住失神了片刻。郭烨只觉得自己仿佛见到了前朝曹子建笔下“丹唇外朗,皓齿内鲜。明眸善睐,靥辅承权”的洛水之神。不怪那监门卫副尉只见过此女一面便神魂颠倒。

“奴家方玉娘,见过郭副尉。”方玉娘的声音,唤回了郭烨的神智。她轻轻一揖,柔声道:“以这种方式邀请郭副尉前来一见,委实失礼。只是奴家亦有苦衷,还望郭副尉体谅。”

“坎字戒到底是怎么回事?!”郭烨顾不得其他,直截了当地问道。

“郭副尉莫要心急,奴家今日既已决定见郭副尉,自会将一切坦诚相告。”方玉娘做了一个“请”的手势，道：“上巳佳节，奴家亦携酒菜而来。郭副尉不妨陪奴家对饮两杯，咱们边饮边说岂不妙哉？”

言语间，那老仆已经飞快地在芦苇荡边的一处空地上拉起了帷幕，铺好了食单，摆上酒菜，然后沉默地退到一旁，垂手侍立。

“郭副尉，请。”

“那郭某便厚颜叨扰了。”郭烨定了定神，昂然入席，与方玉娘相对而坐。

不过当他看清面前的酒菜时，不禁又是一愣，只见食单上摆的菜肴数量虽然不多，却都是产自海外的珍馐美味。他粗粗一看，也仅仅只认出了南洋的燕窝和东瀛的干贝。便是这些都已是价值不菲的山珍海味，其他吃食能与它们摆在一道，定不是什么简单的东西。

“方娘子好大的手笔，倒叫郭某受宠若惊啊！”郭烨沉声道。突然间，他变得不再急躁。在双方的谈判中，表现得越是急切的一方，越容易落入下风。反正对方已经露面，也不愁问不出自己想要的东西，倒不如徐徐图之，看对方到底做何言语。

这一点神色上的变化，自然逃不脱方玉娘的眼睛，见他如此迅速地控制住了自己的情绪，此女的美眸中也不禁浮现起一抹欣赏的神色。

“奴家先干为敬。”仿佛是为了打消郭烨的疑虑，方玉娘为两人斟好酒，主动端起自己的杯子向郭烨示意了一下，然后一饮而尽。她看起来似是不常饮酒的，一杯美酒入喉，俏脸上顿时浮起两团红霞，显得愈发娇艳欲滴。

见此情景，郭烨心下稍安，也满饮了一杯。然后等方玉娘动了筷子之后，他才举箸向她用过的菜肴夹去。

“看来郭副尉对奴家戒心不浅啊。”方玉娘微微一叹，索性轻启朱唇，先把每个菜都尝了一筷子，方抬起美眸，望定郭烨。

郭烨闻言也不尴尬，举杯一笑，道：“郭某现在什么都还蒙在鼓里，如何敢妄言信任？方娘子好歹也叫郭某先知晓些什么，郭某才能判断谁人能信，谁人不能信啊！”

“是奴家冒昧了。”方玉娘浅浅一笑，道：“就是不知帮不良司截杀契丹刺客的事，能不能让郭副尉对奴家稍加信任呢？”

“截杀契丹刺客？”郭烨闻言一愣，突然恍然大悟。“那日我们在王大将军府中设伏之时，最后那两支箭是你们的人射的？”

方玉娘含笑不语，只是随手拿起一颗柑橘，轻舒皓腕，将其举了起来。

嗯？郭烨不明所以地看着她，正待发问，突然，他耳朵一动，猛然间听见一声令人毛骨悚然的尖啸！

强弓！郭烨一瞬间就反应过来，下意识想要躲避。不过看到纹丝不动的方玉娘，他像是突然明白了什么，强行压制住了自己想要躲避的念头。下一刻，只听“啪”的一声，一支狼牙箭像是从虚无中飞来，穿云破雾，将方玉娘手中举起的柑橘直接射爆！

毫厘不爽！

郭烨下意识地看了一眼方玉娘的手指。只见刚刚那一支狼牙箭虽然射穿了柑橘，但却丝毫没有伤到她娇嫩修长的手指。这样的箭术，当真是神乎其技！

他扭头看向狼牙箭射来的方向，只见百步之外的一处小山坡上，一个手挽长弓的瘦长身影从薄雾中显出身形，对着他这边微微欠身致意。

“那是奴家的林毅叔叔。”方玉娘收回手，掏出一张手帕，平静地擦去手上的柑橘汁水，轻笑道：“二十年前江湖匪号‘箭王’。”

箭王……郭烨咀嚼着这个名号，他没有听说过这个人，但并不妨碍他从中感受到那股凌厉肃杀的气势。更重要的是，这位箭王已经用自己的行动表示，他的确是有能力插手当初截杀苏瑞娜的战斗！

“好，这事我信了。”郭烨爽快地点点头，拱手道：“多谢！”

“其实应该道谢的是我们。”方玉娘道。

“嗯？”

“还记得奴家写给你的第一封信吗？”方玉娘提点了一句，又指了指箭王的方向。“想想林毅叔叔的姓氏……”

“林毅……林……”

郭烨霍然抬头，目光炯炯地看向方玉娘，道：“林黄也是你们的人！”

“没错。”方玉娘点点头，美目中流露出一抹悲哀之色。“林黄叔叔是我们中负责管理账目之人，不曾想……哎！”

郭烨直觉得莫名其妙，道：“你们到底是何人？契丹刺客潜入长安，意在搅乱大周，又为何会选择对林黄下手？”

“说出来你可能都不信，原因实是有些滑稽。”方玉娘摇了摇头，无奈道：“我们也是在你揪出了舞蛇人钱五郎之后，又顺着这条线往下查，才有了一个大概的猜测。他们杀林黄叔叔，纯粹就是为了……钱！”

“啊？”郭烨简直不敢相信自己的耳朵。

“很不可思议是吧，我们的人刚查出此事时，也觉得不可思议。”方玉娘绝美的脸上露出一丝苦笑，道：“可事实就是如此，他们压根没有察觉到林黄叔叔的身份，只是单纯把林黄叔叔当成一般富户，就想借着花巧芸的手捞上一笔……”

“这……！”郭烨都已经不知道该说什么了。若事情真如这方玉娘所言，那林黄未免也太倒霉了些吧？而且，契丹刺客千里迢迢跑来长安搞风搞雨，最后却在钱上栽了跟头，是不是太儿戏了点？

郭烨在心中将所有的事串联起来，突然福至心灵地想到了一种可能性——莫不是当日那苏瑞娜的胡思堂不仅是契丹人的据点，更是他们敛财之所。自己与二宝撞破了胡思堂的秘密，苏瑞娜匆忙逃亡，应当也没来得及把聚敛的财富带走……只是这些推断，他却是不会跟方玉娘说的，有些事自己知道便好。

“现在明白了吧？”箭王不知何时走了过来，淡淡道：“截杀契丹刺客，是我们对你的谢礼。多谢郭副尉为林黄兄报仇雪恨了。同时这也是我们自己的反击！”

“好吧，分内之事罢了。我既知有人枉死，又岂会坐视不理。”

郭烨义正辞严地谦让了一下，又道：“那郭某还有一个问题……”

“你想问我们是什么人？”

“不错。”郭烨点点头，道：“为何你们当时要让我去侦破林黄遇害的案子，你们又怎知我身上有坎字戒？”

方玉娘没有立即说话，只是定定地盯着他看了几眼，然后从怀里掏出两样东西，平摊在嫩白的掌心上，呈到了郭烨面前。

郭烨定睛一看，猛地惊呼一声：“戒指！”

第五十七章　义门讨真相

“我也去走走。”另一边的伊水之畔，在郭烨走后没多久，纪青璇有些担忧地向他离开的方向看了一眼，也站了起来。今日的郭烨，一直给她一种心神不宁的感觉，她想要追上去看一看。

对纪青璇的想法，便连张小萝和李二宝都看得明白，不过并没有人揭穿这一点，只是背着她相视一笑。认识这么久，他们对纪青璇的性格亦是十分了解，知道她既然说是去“走走”，那就不希望被人看穿自己对郭烨的关心，至少是不能宣之于口的。

河畔松软的泥土上，留下了郭烨的足迹，足迹看起来有些凌乱，纪青璇能够从中清楚品出了足迹主人混乱的心绪。“你究竟还有什么没告诉我们的？”纪青璇蹙起眉头，顺着郭烨的足迹望去。在迷雾的尽头，她仿佛能看到郭烨魂不守舍的背影。这一次，她没有再犹豫，举步快速地追了上去。

“戒指？！”在方玉娘把素手托举到郭烨眼前时，郭烨望着她掌心的东西，霍然坐直了身子。

方玉娘拿出来的，是两枚和坎字戒形制大同小异的玉戒！

他盯着方玉娘手中的戒指多看了两眼之后，突然探手入怀，再拿出来的时候，手中竟也多了两枚戒指——坎字戒，还有得自萧廷的离字戒。

两人手掌相碰，四枚戒指摆在一起，在初春的阳光下显得晶莹剔透。所不同的是，方玉娘手上的戒指，刻的乃是“乾”字和“震”字。

这一回，却是轮到方玉娘吃惊了：“你手里怎会有两枚戒指？”

“离字戒乃是郭某办案所得。”在弄清楚事情的来龙去脉之前，郭烨不愿意说太多，随口含糊了一句，又问道：“为何你也会有这样的戒指？”

“因为这本就是我们的信物！”

“信物？你们到底是什么人？”

“你可以称我们为……义门。”

“义门?”郭烨在脑子快速地把不良司中关于江湖上黑道、绿林的资料全部过了一遍,却没有半点关于这个名字的记忆,不得不摇头道:“没听过。”

“不良司虽然神通广大,但我们从不跟江湖上的龙蛇来往,郭副尉自然没听过。”方玉娘笑笑,道:“事实上,除了我们内部的成员,这世上知道我们存在的人,大概还不到两手之数吧!”

郭烨深深地看了她一眼,道:“那不知你们究竟想要什么?跟郭某又有何渊源?”

“我们只是想要一个公道罢了。”说起这个话题,方玉娘收敛了笑容,绝美的脸上露出一抹沉痛和肃穆混杂的神情。“至于郭副尉你,若非种种阴差阳错,你本来和令尊一样,是我们的同道中人!”

“你知道我爹是谁?!”郭烨闻言,猛地激动起来,一把抓住方玉娘的肩膀,急切地大声问道:“他到底是什么人?他现在到底在何处?”

“可恶的家伙,竟然一个人走得这么远!”纪青璇循着郭烨离开的方向走了好半天也没见到他的身影,眉宇间不禁微微带上了些不耐烦的神色。不过,就在她犹豫着是不是要往回走的时候,突然听见郭烨激动的喊声从不远处传来。

纪青璇连忙向声音传来的方向走去,不过当她绕过一处长满芦苇的河湾时,看到的却是一处帷幕。从帷幕的缝隙间可以窥到郭烨正和一名花容月貌的白衣少女相对而坐,而郭烨的双手,正搭在后者的香肩上!

在看到这一幕的时候,她仿佛感到自己心中有一股酸楚的感觉,无声地蔓延开来。她再也不想看郭烨跟白衣少女亲密的样子,一咬牙,也不招呼郭烨,而是掉头就走。原是佳人有约啊!我还真是被猪油蒙了心才会去担心你!

就在她气哼哼地走出一段路之后,突然,一个熟悉的声音从不远处响起:“嗯?前边的可是纪娘子?相请不如偶遇,不知李某可有荣幸邀请纪娘子同游伊水?”

沉浸在焦急中的郭烨,还不知道自己的举动已经被纪青璇暗中看在眼里,还闹出了个不大不小的误会。此时此刻,他心中唯一关心的,就只有那个纠缠了自己快二十年的问题!

“我爹到底是谁?他去哪儿了?为何这么多年了,他从未回来看过我和我娘?”郭烨五指紧紧抓住方玉娘的肩头,问话的时候,表情都有些咬牙切齿了。这也不怪他失态了,尽管平日他总是表现出一副无所谓的样子,但这么多年来,每每午夜梦回的时候,他都已经不知道被这几个问题折磨了多少次。尤其是在他母亲孤独离世的时候,对那个男人的不解和怨恨,更是达到了顶峰。

“郭副尉,你弄疼奴家了。”方玉娘痛得俏脸煞白,低声求告道。郭烨这才意识到自己的态度有些过于粗鲁了,连忙松开了手,但一双眼睛,还是死死盯着她。

方玉娘轻轻揉了揉自己被郭烨弄疼的地方,然后才道:“令尊现在在何处,奴家委实不知,我们也找了他许多年了,可惜一直一无所获。若非从付不良令那得知了坎字戒在你手中,我们也不会知晓,你便是他的孩儿。”

“付九?”郭烨更加糊涂了。“怎么又跟老酒鬼扯上关系了?”

他定了定神,决定还是从头问起:“咱们慢慢来。首先,你们到底是谁?”

“奴家已经说过了,我们是义门。至于付不良令,他也是奴家之前说的两手之数中的一人。算是我义门在这世上不多的朋友之一吧!”

“那义门到底是什么?”

“郭副尉可知孝敬皇帝?”方玉娘神情肃穆地问道。

郭烨闻言,身体猛地震动了一下。孝敬皇帝他如何不知,不过这一位虽然名为皇帝,却是崩殂后追封的。他真实的身份,乃是女皇陛下和先帝的长子,也是当年陛下所出的第一位太子,名为李弘。

这位太子殿下素以仁孝闻名朝野,只可惜天妒英才,上元二年,在随帝后出行洛阳时,暴薨于合璧宫绮云殿,时年仅二十二岁。朝野间对他的死因众说纷纭,先帝亦是悲痛不已,追封其为“孝敬皇帝”,以天子礼仪归葬恭陵。这些都是陈年的旧事,在当年也算是无人不知、无人不晓。如今虽已过去多年,但郭烨依然有所耳闻。只是他却没想到,自己的身世,居然会牵扯到这桩多年前的皇族秘事中去,一时也不知该如何接口,只是默默地点了点头,表示自己多少知道一点。

“可你一定不知道,就在孝敬皇帝驾崩后不久,他的旧部、门客,就因为各种理由遭到了血腥的清洗和屠杀!”方玉娘突然话锋一转,颇为悲愤地说道:“而遭到清洗的原因,仅仅只是因为这些当年身受殿下大恩之人,觉得殿下死因可疑,想要查证一二罢了!可还没等他们真正行动起来,就纷纷遭到了厄运!”

“慢着!”郭烨只觉得一阵头大,连忙阻止了方玉娘继续说下去。“你该不会是想说,你们义门就是这些人搞出来的吧?”

“我等祖上受殿下大恩,父辈虽殁,我等亦有心探查当年真相,以慰英灵。”方玉娘正色道。

“那个,郭某突然想到自己还有点事,便先告辞了。多谢方娘子的款待……咱们后会无期了!”郭烨皮笑肉不笑地拱拱手,站起来,走得却是无比坚决。开什么玩笑！这种涉及太子之死的秘事,是他郭某人有资格参与的吗？就是有一百颗脑袋也不够杀的啊!

不过就在这时,方玉娘在他身后轻轻说了一句话,却是让他的脚步猛地僵在了原地。“太子洗马便是令祖!”

“你……你说什么?”郭烨僵硬地扭过头,干笑道:“这个笑话一点都不好笑。”

方玉娘平静地望着他,又说了一遍:“郭副尉,太子洗马郭瑜便是你的祖父。你的父亲,自幼与殿下一起长大。及冠之后,与你母亲同为太子殿下最倚重的门客之一,你手中的戒指就是证据。”

“够了!”郭烨突然爆发了出来。“别胡说八道了！郭某就是一市井泼皮！什么太子洗马,什么太子门客,郭某高攀不起,也不想高攀！你说的这些,郭某权当没有听见,也不想再听,请回吧!”

方玉娘也不说话,只是静静地看着他发泄。

如此过了片刻,郭烨才终于在一阵喘息中安静了下来。望着面色不变的方玉娘,他只觉得嘴巴里一阵苦涩,叹道:“你说的都是真的?”

方玉娘轻轻点头。

郭烨低着头沉默了片刻,突然回过身,重重一拳打在旁边的石头上,留下一个鲜血淋漓的手印,然后才狠狠地大骂了一句:“见鬼!”

第五十八章　隐秘渐揭晓

见鬼了!

的确是见鬼了!

饶是郭烨对自己的出生有过无数种猜测,但他也决计想不到,自己的身世,居然会牵扯如此凶险的皇室隐秘。他甚至恨不得自己今日从未来过这里,从未见过方玉娘,从未听过她说出来的每一个字。

他不是傻子,他甚至比谁都清楚,自己今日听到的这些东西,很可能会把他和他的朋友们统统拉进万劫不复的深渊中!

自古天家最是无情,太子李弘暴毙,死于非命,而他的母亲则身登大宝。这里面代表的意味,光是想上一想,都足以让郭烨汗透重衣! 更倒霉的是,从现在方玉娘的话来看,他貌似还跟故去的太子有甩不脱的关系!

“方娘子,你可给我找了一个大麻烦啊!”短暂的混乱之后,郭烨抬起头,望着方玉娘一字一顿地说道。事情到了这一步,自怨自艾已经没用了,因此他努力让自己在极短的时间内就镇定了下来。

“看来我们果然没有看错,郭副尉你就是我们最需要的那种人才,或许只有你才有可能查清当年绮云殿中发生的一切。”方玉娘欣喜道。

“免了。”郭烨却是高兴不起来,方玉娘的欣赏和期待,对他来说就像烫手的山芋,恨不得甩得远远的。“我今日来见你,只是想知道关于戒指和我爹的事。现在目的已经达到,既然你们也不知我爹的下落,那郭某也该告辞了。”说罢,他再度作势欲走。

“等等!”方玉娘连忙拦住他,道:“郭副尉,奴家还有一个不情之请。”

旁边箭王林毅也跟着踏前一步,斜斜阻住他的去路。

“既是不情之请,那便不必说了吧。省得郭某拒绝了,大家面上都不好看。”郭烨呵呵一笑,毫不犹豫地拒绝道。

方玉娘被他噎得一滞,她都没想到,郭烨会这般决绝且油滑,竟然顺着她的客套话往下说,完全不打算给她开口的机会。“郭副尉说笑了。”方玉娘平息了一下心中的羞恼,方道。

“郭某可没心思说笑。”郭烨道:“我发现,今日我来赴约便是一个错误。”

“好,既如此,奴家也不拐弯抹角了。”方玉娘觉得自己算是摸清了郭烨的性子,索性直截了当道:“我们义门想要郭副尉你手上的两枚戒指,开个价吧。只要是我们能够接受的价码,绝无二话……还望郭副尉割爱。”她顿了一下,似是不放心,又补充道:“郭副尉参与过林黄叔叔的案子,自然应当知道,我们义门也还是薄有资产的,想来不会让郭副尉失望。”

说实话，方玉娘的这个条件，让郭烨瞬间心动。林黄家他去过，何止是薄有资产，那可是实打实的巨富之家。他若是狮子大开口，想必能敲到一笔不菲的资财。只是今日在听过了这么多的秘闻之后，郭烨却是不敢再作任何非分之想了。他托起手中的两枚戒指，问道："它们到底有什么秘密，值得你们这般大费周章也要拿回去？"

"这几枚戒指乃是我义门前辈的信物，意义不凡，自是要收回的……"

方玉娘的话还没说完，郭烨已经打断道："罢了，既然你们毫无诚意，那此事便无须再谈了。"方玉娘虽然已经尽量掩饰自己对坎离双戒的渴望，但郭烨还是敏锐地发现了她所言不实。何况一步一步引他上钩，又付出这么大代价只为找回几件信物，这样的托辞，打死他都不信。

"郭副尉真是慧眼如炬。"方玉娘幽幽一叹，道："其实奴家也不是有意隐瞒，只是此事我们义门自身都不确定真假。不过郭副尉既然有心想听，奴家便不再隐瞒了。"

"洗耳恭听。"郭烨顺势又坐回了原位。其实他倒也没想真的走，今日若是没来便罢了，可现在已经冒着天大的风险听了个开头，若是不把事情的来龙去脉搞清楚，那未免太亏了些。

"这样的戒指一共有八枚，分作八卦……"方玉娘把手中的乾、震戒指放在郭烨面前，开始了讲述。"当年太子还在世时，门下共有八大奇人异士，人称'东宫八客'。郭副尉你的父母，以及奴家的父亲、林毅叔叔都是八客之一，而这八个戒指就是身份的象征。"

郭烨挑了挑眉，却没多说什么，只是静候方玉娘的下文。他本能地觉得，能让太子手下最重要的八人分开佩戴，此刻又让义门的人不惜大费周章来购买，这戒指绝不会只是信物那么简单。

果不其然，方玉娘接着就道："不过，这八枚戒指不仅是信物，更是一套重要的钥匙。"

"钥匙？"郭烨下意识低头看了一眼自己手中的戒指，他怎么都没办法把这圆润的戒指，和"钥匙"联系在一起。

"钥匙只是打个比方。"方玉娘道。

"有钥匙，就一定会有对应的锁……"郭烨随之接口。

方玉娘点点头，道："你说的锁，就是太子殿下贴身携带的一个罗盘。据说那是太子重金聘请墨家的能工巧匠打造的一件机关迷锁。除了八枚戒指齐聚，或者他本人亲自打开，否则这世上没有任何人能在不损伤其中物件的情况下，打开罗盘，拿到其中的东西。"

"可是太子薨了。"

"是的，所以现在想要打开罗盘，唯一的办法就是集齐八枚戒指。"方玉娘眉宇间浮起一抹愁色。"可是当年太子事发突然，八客都散落各地，之后又遭到追杀，八枚戒指此流落在外。我们找了这么些年，也仅仅在你这里看到两枚。"

郭烨深吸了一口气，问道："追杀太子旧部的都是些什么人？"

"最开始是北门，后来各方势力的人都有。"

"北门？"郭烨倒吸一口冷气，脸色瞬间变得无比难看，叫道："女皇陛下亲自下的旨？"

北门，是女皇陛下在登基前培植的重要势力，因为其中大部分成员名义上都是弘文馆学士、翰林待诏。他们从北门进入禁宫，接受当时还是天后的陛下的接见，因此被称为"北门学士"。北门学士的地位大略就相当于如今的丽竞门，乃是陛下的左膀右臂。不过相比起丽竞门中大多数人都不学无术、只知攀咬罗织，当年的北门学士们却是真正的高士。

丽竞门的门主来俊臣如今也不过就是五品的御史中丞，这还是托了圣眷正浓的福，而北门学士日后却大多是衣紫着绯的三、四品高官，其中的核心人物范履冰、刘祎之甚至还做到过同凤阁鸾台平章事的宰相之职上。若非他们在篡唐改周的过程中见识了太多的阴私之事，在陛下登基之后遭到打击从此风流云散，也断然不会有丽竞门今日之风光。

若当真是北门出手对付太子的门客，那几乎就可以肯定，太子之事，怕是真如民间所传，与女皇陛下脱不了关系了。

所幸方玉娘的下一句话，让他的心稍微放下一点。"不是陛下。"

方玉娘蹙起眉头，道："此事应当是北门学士中某些人自作主张。后来如今的陛下，当时的天后似乎也意识到了这一点，制止了北门对太子旧部的追杀，甚至还暗中有所帮助。而且北门后来之所以落魄，其中很大一部分原因，似乎也正是因为在这件事上遭了陛下厌恶。"

郭烨心下稍安,但还是不免试探道:“此话当真?方娘子可莫要坑郭某啊!”

“自然当真。”方玉娘坦然回应他的注视。“若非如此,在当年那种群龙无首的情况下,东宫旧部断无可能从各方围杀中逃脱出来。而且陛下并不知晓义门的存在,更不知道我们这些人的存在,郭副尉不必多虑。”

若说陛下不知道义门的存在,这一点郭烨倒是信的。

“等等,那些人为何要追杀太子旧部?而且还是各方围杀。”

“清酒红人面,财帛动人心呐!”方玉娘苦笑道:“当时也不知是哪儿来的传言,说隋末宇文化及在缢杀隋炀帝后,曾在徐州掠夺了两千辆牛车,用来装隋炀帝的珍宝。宇文化及兵败后这两千车的珍宝就不见了踪影。其弟宇文士及后投靠了太宗皇帝,据说将这两千车珍宝的藏匿位置告诉了太宗。太宗将其传给了当时的太子,也就是先帝高宗。先帝故后,亦将此秘密传给了太子殿下,而这宝藏的秘密被太子分成八张图,藏在八大门客身上。”

“呃……两千车啊……”郭烨摸着下巴,在心里盘算了一下两千牛车的金银财宝,堆在一起到底该有多大一堆。要知道郭烨一个九品不良人,每个月的月俸还不到两贯钱。

“那这与戒指又有何关系?”琢磨了好一会儿之后,他才回过神来问道。

方玉娘摇头苦笑,道:“所谓财宝一事,不过是子虚乌有之事。但是太子确实是将非常重要的东西分藏在了八大门客的身上。”

“便是那八枚戒指?”

“对。”

“难道说那宝藏的秘密是藏在罗盘中?而那些人只是搞错了具体的东西罢了?”郭烨将所有的事情串联起来,得出了一个最有可能的猜想。

“郭副尉,奴家已经说了,财宝一事,是子虚乌有。你怎的还绕在其中出不来了。”方玉娘有些无语。

“咳,咳!抱歉。”郭烨自己也不好意思,尴尬地回到了正题。“那你们要打开罗盘作甚?”

“我们有充足的理由相信,那罗盘中,藏的乃是太子殿下的手书!”林毅突然接茬道:“太子绝非无能之辈,虽然最终难逃阴谋暗算,但是据当时太子的随侍内监所言,太子在事发之前,就已经察觉到异样,并曾留下一封手书。但是当年太子薨逝之后,并没有任何手书之类的物件流出。”

“所以你们认为,太子有手书藏在罗盘中?”

“对。”林毅点了点头。

“哦。那罗盘呢?也在你们义门?”

“对。当日事发之时,太子的随侍内监便带着罗盘从绮云殿中逃出。便是他后来集齐了东宫旧部,组建了义门。”

“可是,郭某还要一事不明。为何那些追杀之人会突然消停了?两千牛车的财宝,这样的诱惑又岂是当时的天后娘娘能够制止的。即便明面上放弃了,暗中怕也是会穷追不舍的。”郭烨此言一出,却见方玉娘的情绪有了明显的波动,就连林毅都瞬间变得沉默。

“有什么不对吗?”郭烨很是莫名,不知自己这个问题究竟哪里问得不当。

“因为当时的东宫八客中有人付出了血的代价。”方玉娘深吸了一口气,缓缓道:“那人便是奴家的父亲。”

“这……”

“还是我来说吧。当日陛下出手干预之后,确实让那些追杀的势头缓解了许多。但是也仅仅只是缓解而已,当时流言已然四起,陛下能阻止北门,却阻止不了许多暗中势力。”林毅面色沉痛,道:“最终是玉娘的父亲佯装露出破绽被抓,那帮人酷刑用尽,但是玉娘的父亲一口咬定东宫八客只是分散各地帮太子经营私产,这才有了流言中的宝藏一说。他们甚至还抓了玉娘的母亲相威胁,但他们都至死不松口,这帮人才逐渐认定此事乃是谣言。”

“父亲将戒指藏在奴家身上,托付给了一户农家。直至奴家四岁之时,林毅叔叔找了过来……”方玉娘声音颤抖,道:“我等先辈身受殿下大恩,玉娘也早已发下毒誓,便是粉身碎骨,也一定要揪出这个凶手,为太子殿下报仇雪恨,亦是为双亲报仇雪恨!”

第五十九章　不妨谈一谈

“嗯，义门高义，方娘子高义，郭某很是佩服。不过这种事情，我还是不奉陪了。”郭烨并没有被方玉娘的慷慨激昂打动，敷衍了一句，就准备告辞。这一次，他是真的打算走了。能谋杀太子的人，岂是“位高权重”四个字能够形容的。无论怎样，此事都不是他一个小小的九品不良人能沾手的。

不过方玉娘早就领教过郭烨油滑的性子，此刻直接抛出了杀手锏，道：“郭副尉，你和你父亲骨肉分离二十年，母亲也不得不隐姓埋名。所有的悲剧，也都是由此而来，难道你就不想算一算这账吗？”听她提到自己的父母，郭烨眼中闪过一道惊人的寒光。

但很快，他就把这一丝仇恨掩饰了下去，故作轻松地耸耸肩，道：“我母亲直到临终也未对我说出东宫八客之事，你道是为何？”

方玉娘看着郭烨没有说话 。

“只因她想让我平平安安地过一生。母命如此，我还是不要自寻死路的好。就像当初方娘子的父亲将你托付给普通农家一样，他未尝不想你能平安过此一生。”郭烨直截了当道。

“怎么能说是自寻死路呢？！”方玉娘明显对郭烨的用词很不满，因为这话不但在质疑义门所有人的努力，也在质疑了她所有的坚持。

“哦？不是吗？你等莫不是以为自己的义门便是当年太宗皇帝的天策府？那恕我直言，莫说是义门，便是当日的东宫八客也未必能为之。”郭烨半带讥讽地道。

“郭副尉言重了，我们只是想查出殿下之死的真相！”方玉娘有些羞恼地道。

“是吗？”郭烨笑笑，道：“你们以为当初你们用的所谓的计策就一定奏效？在我看来却是错漏百出。东宫八客，仅一人被擒，就能让那些幕后之人收手？莫不是太天真了一些？”

方玉娘和林毅的面上瞬息之间变了颜色。

“依我之见，这些人之所以会消停，怕不是真的信了你们的话，而是迫于情势蛰伏,实则静候时机罢了。如今你们终耐不住,出手寻找戒指,待到这些人知晓,你以为他们就会罢休?莫要小看了两千牛车的财宝的诱惑。”

“可那是子虚乌有之事!”方玉娘急急争辩道。

“方娘子,你又怎知那是子虚乌有之事?你见过?若说那罗盘中藏着什么,郭某倒觉得,藏着宝藏的秘密,比藏着太子的手书要可信得多。”

“郭副尉,你手上的戒指可不比我们少!”林毅果然不愧是当年的东宫八客。此时他也懒得与郭烨在这个问题上多费口舌,而是直接指出了关键点。

“可郭某并不想集齐乾坤八卦。”郭烨挑眉笑道:“我只是不舍母亲留下来的遗物罢了。届时真的暴露,随便交予哪个大人物,换取一身平安,也无不可。”

“你!”方玉娘没想到郭烨居然耍无赖,不由气结。“你这人好没道理,既然不是不能给出去,为何不给我们?”

“因为,我不信任你们。一路藏头露尾,本就是鼠辈之举。”郭烨平静道:“而且。你们没给出我想要的代价。那我又为何要把母亲的遗物交给你们?”

“郭副尉想要什么?”

“帮我找到我爹!”郭烨严肃地说道:“如果我所料不差的话,在他手里,应当还有一枚刻着‘兑’字的戒指,你们想打开罗盘,这枚戒指同样必不可少!在找到他之前,我绝不会把坎字戒交给任何人!找到他,然后带他来见我。活要见人,死要见尸。然后坎字戒就是你们的了!”

“这……”方玉娘面露难色,欲言又止了一会儿,还是道:“这个稍后再说,郭副尉还有别的什么条件吗?也一并提出来吧!不必藏着掖着了。”

郭烨问道:“我现在追查的案子,你们想必都知道了吧?”

方玉娘默默点头。

“你们既知长安二十五年前的旧事,想来手上还有其他情报,我全都要!”郭烨狮子大开口道。

“这个……请恕奴家爱莫能助,真的是有心无力。”

“嗯?怎么说?”

“二十五年前的那桩旧案发生之时,正是东宫八客最鼎盛的时期,所以才会对长安城内大小事件记录翔实。但是绮云殿之后,殿下的门客、幕僚、随侍等各奔东西,失去了联系,当年所记之事也四散零落。这桩旧事还是奴家此前在整理旧事卷宗之时偶然看到的，但是东宫案卷中为何载有此事，以及与此事相关的其他卷宗，却是再也寻不到了。”

“那就帮我去查。”郭烨沉吟了一下，退了一步。“以你们现在表现出来的实力，只要有心查证，想必还是能得到些有价值的线索的。”

“这……”方玉娘还在犹豫。

“怎么？这也不行，那也不能，你们莫不是打算强抢郭某手中的戒指？”郭烨不悦道。

“郭副尉息怒。”方玉娘苦笑道：“实非奴家有意推脱，若是当初八客中的鹰眼顾老前辈还在的话，郭副尉的这个要求，奴家自是眼皮子都不眨一下便会答应下来。只是如今，奴家实在不愿你误会我们没有诚意啊！”

“此话怎讲？”郭烨蹙眉。

“郭副尉可知当日林黄叔叔遇害，奴家为何要送信于你？”

“不知。”

“事已至此，说出来也不怕郭副尉笑话了，正是因为我义门中缺一个像郭副尉这般观察细微、明察秋毫之人，方才导致林黄叔叔沉冤难雪。”方玉娘叹道：“当日长安城中乱局初显，那案子若是迁延下去，随时可能惹来丽竞门的人插手。若是如此，我义门大半资产，便都要落入那些疯狗之手了。也正因此，奴家和林毅叔叔才力排众议，请与我们渊源甚深的郭副尉出手相助。为此，我和林毅叔叔还遭到门中许多元老的质疑，责怪我们不该将门中隐秘暴露给外人呢。”

“我算是听明白了，合着你们义门压根没有能力寻到那其余四枚戒指是吧？”郭烨目光炯炯地盯着方玉娘道：“而且义门内部还不是铁板一块。”他回味良久，总算听懂了方玉娘的弦外之音。

若他猜测不错的话，当年那内监组建义门时召集的人，除了八客中人，应当还有不少普通的东宫旧人。这些人眼下同样占据了义门的大量话语权。他们不但没有能力，还各有各的目的。但是有一点是肯定的，就是他们都在元老的位置上恋栈不去。为了保证自己的利益，甚至连义门最初的使命都开始有意无意地忽略了。

“这可真是有趣了。”郭烨道：“你们既拿不出郭某想要的筹码，又想要利用郭某之能为你们办事，天下哪有这般好事？”

“郭副尉你想要找到令尊,我们也想找到八客中的其他人,我们的目的并不冲突。”

“这个你们,是指整个义门,还是就只你二人所能代表的势力?”郭烨问。他句句话都直戳要害,容不得林毅和方玉娘含糊其辞。

“郭副尉暂时能借助的,只有我和玉娘麾下的人力物力。”林毅不得不如实答道:“但郭副尉请放心,即使是这部分力量,也能给你提供足够的帮助。”

方玉娘忙又补充道:“并且你每找到一枚戒指,奴家就有把握说服门中那些老顽固多开放一部分力量。你若能在短时间内找到他们这些年都找不到的东西,想来他们也没有理由拒绝跟你的合作了。不知这样可行?”她的话音刚落,突然眼前一道碧光闪过,她下意识抬手一捞,定睛再看时,只见那枚刻着“离”字的玉戒,已经落在了自己手中。

“这算是郭某预付的。”掷出离字戒后,郭烨淡淡道。坎字戒是他娘亲遗物,自是不能随便予人的,但得自萧廷的离字戒就没有这个问题了。反正八枚戒指少一枚都不行,他只要把坎字戒捏在手里也就足够了。

“成交!”方玉娘盯着离字戒看了两眼,像是下定了决心,道:“有了这枚戒指,奴家也有把握说服门中长辈了。郭副尉委托的事情,奴家回去便安排!”

“如此甚好。”

“不过奴家尚有一事相询,还望郭副尉据实以告。”

“是想问这枚戒指的来历吗?”郭烨心思灵巧,一眼就看出了方玉娘的疑问所在。“这枚戒指,乃是郭某在办案时,从户部萧侍郎的二公子萧廷的尸身上得来的……”说着,他就把当初的萧廷案简单与方玉娘讲了一遍。

方玉娘越听越是惊讶,待郭烨讲完,她诚恳地道:“郭副尉果真是大才,这等事情,若非今日听你提起,我们万万想不到还有一枚戒指的主人,就隐居在我们的眼皮子底下!”

“这与郭某无关。”郭烨指了指方玉娘手中的离字戒,道:“咱们的合作,就从少女失踪案开始吧。至于后事,且看你们的诚意吧。”

“郭副尉请放心。”方玉娘轻声道:“奴家回去就安排人手全力追查此事,务必在最短的时间内给郭副尉一个交代。还有这离字戒为何会在萧廷之手,我们也会去查验,若有结果,也自当与郭副尉分享。”

“如此甚好。”郭烨朗笑一声道:“另外若是来日郭某囊中羞涩,还望义门的朋友慷慨解囊啊……”

方玉娘和林毅没料到他忽然又嬉皮笑脸起来,顿时愕然。等他们再抬起头来时,郭烨已经扬长而去。

第六十章 画舫群贤会

一走出方玉娘和林毅的视线,郭烨就收敛了笑容,转而露出沉思的神色。

方玉娘的露面,解答了他一直以来追查的一些事情,虽然还不知其中有几分真假,但对照目前他所掌握的情况来看,方玉娘应当是没有说假话的。不过,此女同样也带来了更多的疑云。郭烨想要解开心结,似乎还有很长一段路要走。但他也深知饭要一口口吃的道理,对此并没有强求,把所有疑问埋进心里之后,就向着不良司众人搭了帷幕的地方走了回去。

让他意外的是,当他回到原地时,纪青璇竟然不见了人影。

看到他回来,正吃得兴高采烈的张小萝等人连忙招呼道:“郭大哥你再不回来我们都要吃完啦!”

“纪不良尉呢?”郭烨坐下来问道。

“不知道啊,她不是去找你了吗?”张小萝嘴里塞着花煎,腮帮子鼓得高高的,模样煞是可爱。“纪姐姐很担心你呢!”

“是吗?”郭烨很是意外,同时心里也颇有些感动。

“你手怎么了?”陆广白突然问道。

郭烨低头一看,才发现自己之前因为骤然听闻身世来历,惊怒之下打在石头上受伤的右手破裂了一道口子,流出来的血水都已经半凝固了。

“没事,不小心弄的。”这样的托辞自然瞒不过仵作出身的陆广白。不过他也没有揭穿,只是在褡裢里翻翻找找,不一会儿就拿出一条白绢丢给郭烨。“自己包扎一下。”

郭烨咬住白绢的一头，三两下就把受伤的拳面给包扎了起来，然后才问道："小陆你这白绢是何用途？染了血不妨事吧？"

"不妨事。"陆广白眉头都不皱一下地答道："反正是用来捆尸首的，如今拿来与你包扎也是一样。"

郭烨脸上的表情顿时一僵，深恨自己嘴贱，讪讪地不说话了。

就在这时，只听张小萝忽然又叫道："纪姐姐回来了！"

郭烨一喜，可还没等他循声望去，又听到张小萝说道："咦？纪姐姐旁边那人可是李大哥？"

哪个李大哥？郭烨疑惑地转头，就看到一艘画舫从伊水上的薄雾中驶来，一男一女并肩站在船头赏玩着沿岸风景，可不正是纪青璇和李梦白吗？

说什么担心我。原是与李公子并肩同游去了。郭烨在心里腹诽道。不过即使是他也不得不承认，李梦白月眉星眼、风度翩翩，纪青璇粉面桃腮、英姿飒爽，两人站在一起，恰似一对璧人。

纪青璇在画舫上看到众人，脸上先是一喜，随即看到人群中的郭烨，俏脸上浮起一抹不自然的神色，但还是对李梦白说了两句什么。在李梦白的招呼下，画舫朝着岸边迅速靠了过来。

"李某见过不良司诸位朋友。"待画舫停稳，李梦白跟在纪青璇身后下船，冲着郭烨等人拱手笑道："李某在路上偶遇纪娘子，便随她一道前来拜访诸位了。希望莫要嫌李某叨扰，正好顺道给各位介绍几位朋友。"

在他开口的同时，郭烨就注意到，画舫上并非只有他和纪青璇两人，还有数名形貌各异的年轻人，紧随在他们身后踏过跳板，来到了不良司众人面前。

"来，我来介绍一下。"李梦白指着身后的几位年轻人，热情地介绍道："这位是洛阳县尉陆象先，他父亲是天官侍郎陆元方陆侍郎。这位是金吾卫宣节校尉方雷。这位是章士诚，他家虽非官宦，却是巨万之家。这位是李某的族弟李成玉，这是陆兄的妹妹陆云娘。"

顺着李梦白的指点，郭烨一一打量过去。

只见陆象先是个一脸正气的青年，三十出头的年纪，浓眉大眼，虽只是正八品下的县尉，但其位只在县尊之下，也算是洛阳的父母官，气度自是不同凡响。

方雷则是虎背熊腰，典型的军汉模样，不过一双眼睛中却透出一丝油滑的少年气，似非外貌那么稳重。

章士诚则胖乎乎的，在被众人盯着打量的时候，他那张白胖的脸上，竟还露出了一抹羞涩。

而李成玉和李梦白虽然同为李唐宗室，却是两个极端。在他身上看不到李梦白的风度，眉眼间只有无尽的张扬和放浪。哪怕是在被介绍之时，他也没有正眼看向众人，只自顾昂着头，一只手揽在身旁一位美貌舞姬的腰上，显然是个十分风流的角色。

不知为何，在打量李成玉的时候，郭烨总觉得站在人群最后的秀丽女子陆云娘，也时不时地看向李成玉，美目中透出一丝幽怨。

“不过是一群末流小吏罢了，也值得从兄你这般郑重其事地介绍？”李梦白的话还没说完，李成玉就先不屑地冷笑起来，道：“李某可没这时间与闲杂人等交往，青儿，我们回吧。”说罢，他揽着名为“青儿”的舞姬，就要回画舫上去。

“成玉！”饶是李梦白的好脾气，见状也不禁浮现出怒色，道：“你莫要太狂妄了！纪娘子乃是司刑徐少卿的义女，小萝是扶余国的小郡主，二宝是李昭德李相爷的孙子，郭副尉和陆副尉也都是身怀绝技之人，他们哪个不是万里挑一的人才？”

李成玉闻言，这才转过身来，正眼打量众人，不过也仅限于纪青璇和张小萝，便是对李二宝他都看不上眼，更不用说郭烨和陆广白了。

真是个势利眼的家伙。郭烨在心里给李成玉下了断语。不过他也只是在心里想想，并没有形诸颜色，等李梦白介绍之后，就上去跟众人见礼。

在这个过程中，他发现陆象先似乎对李二宝格外的友好，方雷一双牛眼则不停地在张小萝身上转来转去。

“这两人是怎么回事？”他偷偷走到纪青璇身边问道。

谁知纪青璇瞟了他一眼，竟是压根就不搭理他，冷着脸走到李二宝身边，道：“二宝，这位陆兄的父亲，与你爷爷乃是志同道合的朋友，说起来，你们两家也算是世交了。”

李二宝愣愣地听完，竟然对着陆象先作了个长揖：“世叔……”

陆象先苦笑了一会儿，才道：“二宝，我与你一见如故，若是不弃，你叫我一声陆大哥便是。”

"好的,陆大哥。"李二宝这才痛快地改了口,引得众人又是一阵哄笑。

只有郭烨看着纪青璇冷漠的脸色,心中一阵气苦,浑然不知自己又在何处得罪了这位小娘子。

"诸位,相见即是有缘,此时这外边有些起风了。若是不嫌我这画舫狭小,不如移步船上,可好?"李梦白作为画舫的主人又邀请道。

郭烨心中别扭,正要推拒,纪青璇却已经一口答应了下来,率先登上了画舫,他踟蹰了片刻,只好也跟了上去。

李梦白的这艘画舫外形看着不甚张扬,内里却一如既往得很是阔绰,即便是加了不良司里的这些人,依旧显得很宽敞。

待郭烨磨磨蹭蹭入了船舱,才发现众人都已坐定,席间还多了一位白衣的年轻人。

说是年轻人,其实也不甚准确。他的年龄看起来比陆象先还要大上几岁,一双眉毛耷拉着,眼角已经有了细细的皱纹,看着便是一副文弱的书生样。当众人笑谈畅饮的时候,他也是一个人安静地坐在角落里,眉宇间笼罩着一抹孤寂的神色。

见郭烨的目光停留在白衣人身上,陆象先微笑介绍道:"这是我远房表兄贺季真,如今任四门国子博士。只是他性子疏狂,不喜与人交往,今日也是我硬拽着才来的,让诸位见笑了。"

众人忙道:"无妨。"

李梦白随即唤人换上酒菜,招呼众人饮宴。

要说太宗皇帝对李梦白的祖上也着实宽厚,虽然剥夺了爵位,贬为庶民,但其拥有的资产,却依旧足够他们过上优渥的生活,传到李梦白这一代,尚可称之为豪富。就拿此时端上来的这些菜肴论,就丝毫不逊色于郭烨此前在方玉娘处尝到的山珍海味。美酒佳肴当前,加上李梦白的身份,也比义门更让人放心,郭烨只是纠结了一会儿,也放心吃喝起来。

在他身边,坐着张小萝。而那方雷不知怎的,居然一直围着张小萝不停地献殷勤,狗熊般巨大的身躯忙前跑后的,看起来好不滑稽。

郭烨正看得有趣,忽听船舱另外的角落里,猛地传来一阵争执的声音。他连忙扭头一看,这才不多时,李成玉便已经喝得脸庞通红,嘴里喷吐着酒气,冲着白胖的章士诚怒斥道："你一小小的商户之子，本公子让你献艺，是看得起你，你竟敢驳了本公子的面子？信不信我让你在这洛阳城中混不下去？"

"玉郎，你喝多了。"青儿抱着李成玉的手臂柔柔地劝道。

"成玉，坐下。"李梦白也不悦地蹙眉道："莫要失态！"

"我……我没喝多！"李成玉却是不依不饶，一把甩开青儿的拉扯，指着章士诚的鼻子叫道："我告诉你章胖子，你今天是献也得献，不献也得献。本公子也不难为你，琴棋书画你任选一个。不然今日这事儿没完！"

第六十一章　李真咏垂柳

"我……我不会！"章士诚咬牙不应，还低声抗议道："我又不是戏子，为什么要我献艺？！"

"你以为在本公子的眼里，你比戏子高贵多少？"李成玉俯下身，醉醺醺地吼道，唾沫星子喷了章士诚一脸，本来俊美的脸庞，让人看了直觉得厌恶万分。

"哼，地位不高，架子倒是不小，还以为自己是皇亲国戚呢？"张小萝不满地轻哼了一句。李成玉和李梦白是族亲，他要么是当年李建成、李元吉的后人，要么是女皇陛下篡唐改周之后的李氏弟子，但无论如何，都是失了势的旧宗室，勉强能算是"士"。可要说多么高贵，那还真不见得，也不知道他这自以为是的毛病是怎么惯出来的。

不过，就在郭烨等不良人看不下去，准备仗义执言之时，一个意料之外的人抢先站了出来。"李公子。"一脸书生气的贺季真挺身而出道："章兄既然无甚才艺，你就不要强人所难了吧？"

"你说什么？"李成玉瞪着一双红通通的眼睛看过来，张狂笑道："你是要帮他出这个头是吗？行啊！只要你帮他献艺，本公子今日就不为难你们了！"

"太过分了！"张小萝和李二宝不约而同拍案而起。

不过还不等两人开口，贺季真已经一口应下："可以，不过贺某于乐理无涉，不如赋诗一首为诸位助兴吧！”

李成玉嘿嘿笑道：“敢情还是位诗人啊。行，你作诗吧！不过若是作得不好，本公子须不放过你！”

“取纸笔来！”贺季真一直面无表情的脸上像是忽然有了光亮，他完全无视了李成玉的威胁，一挽袖子道。他索来纸笔，随即走到边上，推开船舱的窗户凝视了一会儿外边的大好春光，突然转身，伏案挥毫而就，片刻便成诗一首。

陆象先见状不由笑道：“我这表兄的书法可是妙绝一时，偏偏不喜留书，今日却是托诸位的福，可以饱一饱眼福了。”

说话间，贺季真便已经搁笔，将新写成的诗文递给了身旁的陆象先：“请表弟传阅诸位，品鉴一二。”

陆象先扫了一眼之后，顿时面露惊容，但还是顺手将他递给了张小萝，张小萝懵懵懂懂地看完，又依次传给了身边的人。传到李梦白手上的时候，这位李氏宗亲的公子哥不禁拍案称奇，赞道：“古有曹子建七步成诗，传为佳话。依我看，今日季真兄的才华当不在当年陈思王之下。”

很快，贺季真的墨宝就传到了郭烨手中，他低头看了一眼，果见一笔好字如龙飞凤舞，跃然纸上。他虽只是粗通文墨，但也仿佛能感到一股山川大河般的气度扑面而来，不禁惊叹道：“好字！”

再看贺季真的诗作，赫然是一首七言绝句：“碧玉妆成一树高，万条垂下绿丝绦；不知细叶谁裁出，二月春风似剪刀。”

“这是……”郭烨默默地品味了一下诗作，忽然像是想起了什么，也一把推开了身边的窗子，迎面就看到一片新芽吐露的垂柳，顿时恍然大悟道：“季真兄此诗真是大妙，通篇无一柳字，却是把春日新柳给写活了！好，真好！”此言一出，李梦白等人还只是附和着点点头，不良司中人却是吃惊地看着他。

李二宝佩服地问道：“郭大哥，你还懂诗啊？”

郭烨嘿嘿一笑：“二宝，你莫要小瞧了你郭大哥，我也不是个不学无术的！起码看懂季真兄写的什么还是没问题的。”

贺季真写完诗后又恢复了那副文弱书生的模样，自顾自倚在一旁，听见郭烨的话，微微拱手道：“郭副尉谬赞了。”

他们一唱一和，人群中李成玉早气得脸都白了。他本来还打定主意，若是贺季真写出一首平平之作，便要赖账不认，让章士诚和贺季真一起出个大丑。可他却没想到，这位小小的国子监教员却是个深藏不露之辈，作出来的诗竟是让所有人都交口称赞。这下子，他便是连发难的理由都没有了，只能闷哼一声坐了回去。

这时，这首诗也传阅到了在座的最后一个人，也就是陆象先的妹妹陆云娘的手中。“诸位怕是不知，我这表兄乃是证圣元年乙未科的状元，这诗作得自然是好的。不过今日乃是上巳佳节，这柳丝如情丝，表兄单写垂柳，却少了年少慕艾之情，未免有几分不美。”

贺季真闻言，面色红了一红。

倒是郭烨等人却是吃了一惊，原以为这贺季真只是国子监一小小教员，不想人还是状元出身，要不怎么说天子脚下无庶民呢，还真是一个都不能小瞧了去。

“不早说！”只是那李成玉像是也不知这贺季真的身份，恨恨道。

陆云娘看了他一眼，并不说话，还是陆象先看着气氛尴尬，忙打哈哈道：“是我这表兄素来不喜别人知他出身状元，只道自己一直籍籍无名，愧对了这名号。故而陆某从前不曾介绍过，今日倒是让小妹给说了出来。怪我，怪我。”

众人也都不以为意地跟着笑了笑，既然人家自己不愿意让人知晓这状元身份，旁人也强求不得。

正待将这一出揭过去，就见张小萝眨巴着大眼睛，道：“我觉得这诗写得好，看到诗就好像看到了绿油油的柳树啊。为何一定要写情情爱爱的？”

陆云娘面色僵硬了一下，但很快又恢复了笑容道：“小郡主你还小，还不懂。”这句话可算是打在了张小萝的七寸上，她气呼呼了好一会儿，却不知该如何反驳这句话。

谁知那长得活像一头人熊的宣节校尉方雷，却在此时插言道：“陆娘子此言差矣。张小郡主已到及笄之年，在他们扶余国，想必已是谈婚论嫁的年纪了，如何能说还小？”

他的话音刚刚落定，立马就听到一个娇滴滴的声音道：“方校尉你这般说，怕不是自己对小郡主动了心思，想去扶余国混个驸马当当？”原来是那李成玉边上的舞姬青儿接的话茬，她似也不怕这些达官贵人，很是见过一些大场面的样子。

“有何不可？”方雷瞪大眼睛道：“窈窕淑女，君子好逑。我未婚，小郡主未嫁，难道不能有此念头吗？”

“当然不可!”一声急迫的大喝,突然从旁边响起。众人被这雷霆般的声音吓了好大一跳,循声望去,只见李二宝已经从座席上跳了起来,脸上写满了焦急。

“李副尉,你倒是说说,为何不可?”方雷不悦道。

李二宝自己都闹不明白,只一时情急便跳出来反对了。此时又被众人一盯,他一张脸顿时涨得通红,磕巴了半晌,才想到一个理由:“小萝剑术厉害得很,俺怕你惹她烦了,被她打! 俺是为你好!”

这个理由牵强得连郭烨听了,都觉得有些哭笑不得,方雷更是觉得受到了侮辱,大怒道:“李副尉,小郡主金枝玉叶,怎的在你嘴里就成了个泼妇? 更何况,方某乃是行伍出身,从军多年,在沙场之上也是颇有斩获,你莫不是小觑方某不成?”

李二宝咬着牙,正待说话,旁边一直撑着腮帮子笑而不语的张小萝忽然道:“他说的是真的哎!”说出这句话的时候,她瞥了李二宝一眼,笑得眉眼弯弯,宛如月牙。

方雷闻言自然不服,辩驳道:“小郡主,你乃是金枝玉叶,怕是不知我们行伍中人的功夫和寻常的花拳绣腿是不一样的。”

“花拳绣腿吗?”张小萝忽然笑得人畜无害。她也不多做解释,只是解下背上的巨剑,随即单手提起巨剑,朝着场中随手一掷。

“轰隆”一声巨响,画舫巨震,好险没砸出一个坑来。

除了不良司的人和见过她出手的李梦白还能保持淡定之外,其他人俱是露出了瞠目结舌的表情。特别是那青儿,惊得直缩进了李成玉的怀里。

更可怜的是方雷了,他看看张小萝,再看看地上的巨剑,嘴唇颤抖着蠕动了几下,却是半个字都没说出来,掉转头就灰溜溜地坐回自己的位置上,再也不敢打张小萝的主意了。

镇住了居心不良的方雷,张小萝明显也有些小得意,拉着李二宝出了这画舫的船舱,往那甲板上闲逛起来。不多时,两人正好走到方才被郭烨推开的窗子前,张小萝突然从外边探头进来向着郭烨问道:“郭大哥,那些人在做什么?”

郭烨闻言起身走了过去,顺着张小萝手指的方向看了一眼,只见在一片青绿色的原野中,不少农夫农妇打扮的人,正在弯腰采摘着什么。不过他却不像张小萝自幼在扶余王宫中长大,十指不沾阳春水。自幼见惯了黎民疾苦的郭烨,一眼就认出了这些农人所干的事情,笑道:“他们是在摘野菜。”

“摘野菜?”张小萝和李二宝同声问道。

“不错。”郭烨点点头,道:“如今寒冬已去,正值这万物萌发之际,这荒野中的野菜想必长势正好,他们自是不会放过的。”

随口解释了一句,郭烨便准备回去自己的位置,不过就在他转头之时,却听李二宝,低声道:“我们要不要阻止他们?他们这样或许会采到有毒的草呀!”

郭烨一愣,正想笑他杞人忧天,然而入目所见,却是李二宝一副紧张的表情。他心头一颤,低声问道:“又想起豆卢子陵了?”

第六十二章　内中尽隐情

“嗯。”李二宝闻言默默地点了点头。

豆卢子陵虽然背叛了他们的友情,但一个活生生的人就这般在自己眼前毒发身亡,还是给李二宝心上留下了深深的烙印。也正因为如此,他听说农人们是在采摘野菜时,第一反应就是要阻止他们,以免有人中毒,重演当日的悲剧。

不过他的担心明显是多余的,郭烨笑着拍了拍他的肩道:“无妨。”

只是这样轻描淡写的说辞,显然不足以打消李二宝心中的疑虑,眼看他脸上忧色不减。一旁听着几人对话的陆象先却是开口了:“二宝贤弟宅心仁厚,为陆某生平所仅见。不过,不必担心,这些农人世代皆是如此作为,早已练就了分辨野菜和毒草的能力。”

“不怕一万,就怕万一啊!”

“二宝,少安毋躁。”陆象先笑道:“且不说这些贫苦之人不可能为了一句‘万一’,便放弃了填饱肚子的食物。便是真有个‘万一’,其实他们也未必没有解救之法。前阵子陆某亲身经历,才知这民间的偏方,未必就比大夫的方子差劲!”

“哦?陆兄此言像是有所奇遇?快快道来,也算是为我等开一开眼界。”郭烨被陆象先的话勾起了好奇心。

“是啊!快讲讲吧!”其他人此刻也注意到了他们,也都附和道。

尤其是对奇花异草最有兴趣的陆广白，更是早早地竖起了耳朵。

“其实也不是什么奇遇。”陆象先笑笑，道：“只是开春以后，报到县衙的中毒案突然多了起来。陆某派人查探才知，洛阳城南郊外的一大片田地里，长了不少雷公藤。因其外形酷似一种马蹄形的野菜，便有不少农人误采了。当然还有一些富贵人家的丫鬟小厮，与主家出来郊外野游时也学着采来尝鲜。”

“看吧看吧，俺就说应当阻止他们！”陆象先还没说完，李二宝已经嚷嚷了起来。

“二宝你这个毛躁的性子何时才能改一改？”郭烨责怪地看着他。“让陆县尉把话说完！”

陆象先点了点头继续道：“后来我们发现，其中有不少农人中毒之后，竟自行解毒了。反倒是那些富贵人家的丫鬟小厮都送了病坊。”

“他们是如何解毒的？”陆广白迫不及待地问道。说着，他也不等陆象先回答，就自顾自地说道：“雷公藤属热毒，多食可致人死亡，与酒同服则发作更快，需以金银花、甘草、绿豆等清热解毒之物煎服，辅以催吐的手段方可解毒……不过听陆县尉的意思，他们应当不是用的这个法子吧？”

“不是。”陆象先摇摇头，道：“陆副尉的方子，我在出事之后也曾向病坊的大夫询问过，拔毒干净，但见效略慢，且花费大。那些农人的法子，相对之下就简单得多了。”

“那是什么？”陆广白仿佛又变回了当年万年县的那个“药郎”，眼睛一瞬不瞬地盯着陆象先。

“薜荔。”陆象先被他炯炯的目光盯得有些不自在，笑道：“只要在出现雷公藤中毒征兆的初期，去寻些薜荔磨碎之后冲泡服用，毒性便可缓解。便是中毒略深些的，也至多手足酸软一二日，便能痊愈。且陆某听那些农人说，这薜荔在洛阳周边的山野间常有生长，甚是好找。”

“还有此法？”陆广白初一听闻，也很是错愕了一下。

“看来这乡野之中，也有不逊庙堂的大智慧啊！”郭烨等人都不由得感慨道。

“可不是嘛。”亲历此事的陆象先感触更深。“这些乡民生活虽苦，但于挣扎求存前，却是更容易萌发出一些我们想不到的妙法呢！”

不过，就在众人齐声应和的时候，一个讥刺的声音突然插了进来。“哼，左右不过是一群泥腿子罢了！”

众人一愣，循声望去，只见李成玉满脸不耐烦的神色，边往舱外走去边道：“诸位身为公卿之后，却对这等下里巴人的法子念念不忘，可见也是自甘堕落，李某当真不屑于你等为伍！”

青儿见状，连忙端起一盘点心追了过去，道：“玉郎，你还没吃甚东西呢，莫要饿坏了身子。”

“别来烦我！”李成玉回头凶巴巴地吼了一声，把青儿镇在了原地，一双美眸里都是泪水。

“这人说话怎么这般难听！”此言一出，人群中当先恼了张小萝这丫头。

李成玉讲话太刻薄，饶是其他人涵养再好，闻言也不禁动怒。

“诸位莫恼，李某这族弟就是这个桀骜的性子，大家伙看在李某的面上，莫要与他一般见识。”李梦白连忙站出来打圆场，抱歉道：“他应当也是喝多了，不如撤了酒菜，李某请大家饮一盏茶醒醒酒吧！”

听他这么说，众人也不好不给主家面子，便都渐渐息了怒火，李梦白则招呼着画舫上的仆役撤了酒菜，把烹茶的器具拿了出来。

这时，陆云娘忽然也款款起身，冲众人一礼道：“云娘不胜酒力，暂且告退，出去吹吹风。”

陆云娘出去后，仆役们也把茶具摆了上来。

“李某献丑，还请各位品鉴。”为了表示歉意，李梦白亲自升起炭火，用铁茶箸夹起圆形的蒸青饼团茶，放在炭火上慢慢炙烤。当茶饼被烘干，一股清茶的香味慢慢升起来时，便被包着放在一旁保香、候冷，李梦白则转身去准备磨茶的茶碾和茶罗。

做这一切之时，他脸上带着一种近似于虔诚的沉静，一丝不苟地操作着手上的茶具，再配上他俊美的容颜，当真有种谪仙般的风度，看得周围的人都不禁暗暗心折。

只是不知道为何，郭烨看着这场面，总觉得有些烦躁。索性也离席走出舱外，重新下到河畔呼吸外面清新的空气。不过，他顺着河畔低矮的灌木还没走出多远，就听见一对男女争执的声音从前面传了过来。

“……不知世伯有没有说，你我何时完婚？咱们可是有婚约在身的，你还要请世伯为我多多美言几句，谋个好差使，我跟李梦白他们可不一样！”

李梦白？听到这三个字，郭烨也是一愣，初时他还有心回避，但此刻却没来由地想要听一听下文。好奇之下，他一闪身，躲在一处灌木背后往前边窥视而去。

灌木丛后争吵的人，竟然是李成玉和陆云娘。

“原来这两人有婚约在身啊？”郭烨也是一愣。

“玉郎，奴家与你是青梅竹马，你这些年心中的苦闷，奴家也一直看在心里，可这并不是你放浪形骸的理由啊！”陆云娘语气诚恳地道：“况且，就你现在这般，谁敢给你谋差使？”

“那婚约呢？”李成玉闻言色变，质问道：“当年你爹落魄时，可还是我们李家拉了他一把。莫非此时飞黄腾达，成了那一位跟前的红人了，就要忘恩负义吗？还是说你见我家道中落，就打算背弃婚约，另外攀龙附凤吗？”

“你……简直不可理喻！”陆云娘气得俏脸通红，怒道：“这事与我爹有何关系，是奴家见你整日里寻花问柳，才迟迟不愿嫁你。你难道就不能自己争口气吗？你看你现在都变成什么样子了？”

“寻花问柳？”李成玉大言不惭道：“我乃是堂堂宗室后裔，身份高贵，岂会去那秦楼楚馆、花街柳巷？”

“那青儿呢？”

“逢场作戏罢了！”李成玉不耐烦道：“何况大丈夫三妻四妾有什么要紧的，你这个拖延婚约的借口未免太拙劣了。”

“你……”

“好了，你不要说了。”陆云娘还想说什么，李成玉已经借着酒意，一口打断了她。“我算是看明白了，你们陆家就是想赖掉这份婚约。哼，本公子偏不遂了你的意，想要解除婚约，那是异想天开！我李成玉娶不了你，你也休想嫁给别人！”说罢，他径直拂袖而去，临走还丢下一句话：“呵，区区吏部侍郎，我李家当朝之时，你们也敢对我如此放肆？”只剩下陆云娘站在原地，被他气得娇躯乱颤。

“真是个败类。”见李成玉离去，郭烨不禁摇摇头感叹道。不过俗话说清官难断家务事，他也无心现身相劝，只想着就此离去便是。

不过就在这时，一个胖乎乎的身影忽然映入他的眼帘，朝着陆云娘走了过去……

第六十三章　又见暴旋事

嗯？是他？郭烨遥遥望着那个有些虚胖的身影，不禁产生了一丝兴趣。

来人不是别人，正是章士诚。

在郭烨看来，章士诚一个商贾之子能和画舫中的这些人相识，都已经是托了李梦白的福了，不然李成玉也不敢那么肆无忌惮地欺压羞辱他。

不过，当他看清章士诚的表情时，不禁又是一愣。这个被李成玉当众折辱都忍气吞声的胖子，此时脸上却挂满了义愤之色，一步步走到陆云娘面前，咬牙切齿道："云娘，他可是又欺侮你了？"

陆云娘原本妙目垂泪，可听到他的声音，突然神色一敛，飞快地擦掉了脸上挂着的泪珠。

"不关你的事。"她冷硬地道。

"云娘，你要是需要帮忙你跟我说呀。"章士诚关心地说道。

"不，不需要，你也帮不上什么忙。"陆云娘一口回绝了章士诚的好意。

郭烨看着也不禁有些好笑。看得出来，这章士诚貌似是对陆云娘有些意思，只是寻常官宦人家，压根不可能自降身份将女儿嫁给商贾之子。而且这陆云娘明显也并不吃他这一套。这怕是一段剃头挑子一头热的孽缘。

两人又交谈了几句，大概是章士诚在劝说陆云娘，但陆云娘的态度却十分坚决，两人很快就谈崩了，然后一前一后离开。

不过章士诚在离开之前，面上的表情却是充满了怨毒。这一切早走一步的陆云娘并没有看到，但却都被藏在暗中的郭烨尽数收入眼底。

唱戏的都走了，郭烨这个看戏的自然也待不长久。待到那几人都走远了，他稍微整理了一下身上因为钻灌木丛留下的草叶之后，又在伊水边转了一圈，便向画舫的方向走了回去。站在春风里吹了这么久，又看了一出好戏，他心中的郁闷也消减得差不多了。不过，当他回到画舫上时，却发现船舱中的气氛有点古怪。

李成玉和方雷各自坐在一端，脸上余怒未消。两人身边各有两个人在轻声安慰，整个场面看起来就像是两人刚大吵了一架，显得十分尴尬。

只有烹茶的李梦白表情还十分沉静。他仿佛没有受到任何影响，正在用一只长柄茶匙搅动着面前的一口素面双耳银锅，浓郁的茶香从锅中四溢而出，弥漫整个舱室。

“方雷和李成玉这厮又闹什么别扭了？”郭烨盯着李梦白的动作看了两眼，又走回到不良人的席位中间，低声询问李二宝道。

“姓方的还对小萝贼心不死，被李成玉给嘲讽了，两人就吵起来了。”李二宝道。不知为什么，郭烨从他的语气里，听出一丝幸灾乐祸的感觉来。

倒是张小萝心善，看了青儿一眼，低声道：“就是青儿姑娘好可怜，居然跟在这样的人身边，她刚想劝架来着，也被李成玉那厮凶了。真是太可恶了，有机会我一定要好好教训他。”

“诸位请吃茶。”说话间，李梦白已经煮好了茶汤，分在各个茶盏中，命侍女给众人端了上来。

郭烨把自己的那一盏茶汤接到手里细细端详。只见李梦白于煮茶一道上果然花了大心力，不仅煮出来的茶汤色泽碧绿、芳香四溢，就连这一套茶具亦不是凡品。无论是盛茶的茶瓯，还是莲花状的碗托，都是青色的瓷器，摸起来如冰似玉，和茶汤的颜色相得益彰。即使郭烨不懂茶道，也看得出价值不菲。

“越窑的青瓷？”纪青璇白皙的手指婆娑着茶盏的边缘，细细观察了一番问道。

“不错。”李梦白微笑着点点头。“这是成玉选的，他最喜青瓷。”

“纪娘子果然好眼力。”李成玉不冷不热地接口道：“若论盛茶，也只有越窑的青瓷才是上品，其他鼎州、婺州、寿州、洪州的瓷器，俱是下下之品，瓷器的杂色掩盖了茶色，非但起不到益茶的效果，还扰了饮茶的雅兴，实是拙劣不堪之物！不过，泥腿子和莽夫不懂这喝茶之道，也不怪。”若说这李成玉，到底是宗室子弟，学识和眼界还是有的，只是这话到底说得难听，这一次连带着刚刚与他有过争执的方雷都一并骂了进去。

只是方雷还没反应过来，郭烨就先听不下去了，低声道：“我想撕了他这张破嘴……”

坐在郭烨周围的，张小萝、李二宝几人都附和着点点头。

“成玉你醉了,去歇着吧!”三番五次这般不知分寸,道是李梦白都有些忍无可忍,黑着脸道。他本来想着李成玉是自己的族弟,与他探讨茶道,也算给他一个人前露脸的机会,谁知这厮不知好歹,一开口就把在座所有人都得罪光了。

让人没想到的是,一贯逞强的李成玉闻言居然捏了捏眉心,道:“大概真有些醉了,我去歇息下。”说罢,他竟放下茶盏走了出去。

青儿之前被他抢白了一通,这时眼角还带着泪痕,但这时连忙又端起点心追出去。“玉郎,刚饮过酒,吃些东西再歇息吧!”

毫无意外地,她的举动又触怒了李成玉,很快,舱外就传来了李成玉呵斥她的声音。

章士诚突然站起来,端起李成玉桌上的茶汤,往外走去,边走边道:“章某听不下去了,且给他送碗茶汤解解酒,也省得青儿姑娘受气。”

隔着舱房,众人听到他全程只说了句:“茶汤解酒,你要想舒服点就喝,若是不喝那也随你。”接着就是“砰”的一声,似乎是他把茶盏重重地放在了李成玉跟前。

郭烨若有所思地盯着他看了两眼,旋即便收回了目光,专心品尝起自己面前的茶汤来。不过,他一盏茶还没吃完,冷不丁就听见舱外传来一阵瓷片落地破碎的声音。随即听到李成玉的骂声:“该死的,烫死我了!”

但是李成玉的声音落下不多时,船舱外又传来一声尖叫:“玉郎!玉郎你怎么了?你不要吓奴家呀!”

“不好!出事了!”郭烨霍地站了起来。长期与案子打交道,已经让他锻炼出了异于常人的敏锐,一听青儿哭声,马上意识到大事不妙。和他同时站起来往外冲去的,只有陆象先兄妹和不良人。至于其他人,都还一脸错愕地愣在原地,像是不明白发生了什么,半晌没反应过来。

众人冲出舱室,迎面就看到李成玉面朝下仆倒在画舫的船头的甲板上,一碗茶汤摔在他身边,零落的青瓷碎片中,汤水泼了一地,在甲板上洇出一大片深色的痕迹。而在他的脸庞下,还有一丝更深的痕迹在慢慢氤氲开来,被风迅速吹散的茶香中,随之带上了一丝不祥的腥味。

血!郭烨脸色一变,正要命令闲杂人等让开,给陆广白施救留出余地。却见那青儿合身扑了上去,伏在李成玉身边大哭起来。

“玉郎,你醒醒啊!”哭声甚是凄厉,反倒是那位李成玉的未婚妻——陆云娘此刻被隔在一边，不知该作何反应。

“小萝，帮忙把人拉开。”郭烨抓住陆广白踏前一步，扭头对李梦白道：“小陆精通药理，让他看一看，或许能把李成玉救回来。”

“好！”李梦白应了一声，快步上前，协助张小萝强行拉开了青儿，给陆广白让出了一大片空地。

陆广白见状也不再迟疑，招呼着郭烨上前跟他搭把手，两人一起用力，就把仆倒在地的李成玉给翻了过来。

“啊！”这一翻身，顿时又在周围的人群中激起一阵惊呼声。

只见李成玉面目扭曲、双眼翻白、嘴唇青紫、鼻中两道鲜血流下，把他原本英俊的面目衬托得宛如厉鬼。

见此情景，陆广白微微变色，上前先摸了摸李成玉的脉搏，又依次翻开他的眼睑、嘴唇各自看了一眼，抬头对郭烨道：“雷公藤配酒，神仙也难救……”

郭烨愣了愣神，随即反应过来，扭头看向陆象先。“陆县尉，此事发生在你们洛阳县的辖区之内，上报县尊，派人来缉凶吧！”

第六十四章　疑似嫁祸事

“神仙也难救？”听了陆广白的话，陆象先猛地一惊，迟疑道：“莫非……”

“已经咽气了。”陆广白低头看着地上李成玉的尸身，淡淡道。

“玉郎！！！”听他这么说，青儿又悲痛大哭着就要往前扑，便是陆云娘此刻也是神色动容，只是碍于颜面，不好上前。

这时候，舱中的方雷等人也反应过来，纷纷走出来，待看清地上一动不动的李成玉，他们不禁面色大变。

“报官！快报官呀！”人群中，贺季真惊慌大呼道。

“官就在这里，报什么官！”纪青璇面色一沉，呵斥了贺季真一句。随后她又走到陆象先身边，两人商榷了几句后，由纪青璇道：“李成玉乃是雷公藤中毒而死。

他又喝了酒，从服毒到毒发，绝不会超过一个时辰。换句话说，凶手一定就在我们中间！二宝、小萝，你们守住画舫上岸的跳板。陆县尉会派人回洛阳县禀报县尊大人。在县衙的捕快来之前，不许任何人下船。小陆，你现在就开始验尸，以免错过重要证据，等县衙的人来了，再把尸格移交给他们便是了！”

“是！”得到了命令，众不良人立刻行动起来。

只有郭烨左看看右看看，发现好像只有自己没有被安排差使，忍不住指着自己的鼻子问道：“纪不良尉，那我做什么？”

“你爱做什么便做什么！反正你郭副尉本事大、心思多，本尉可节制不了你！”纪青璇不耐烦地说道。

啊？！郭烨碰了一鼻子灰，只得强压怒气，转头和陆广白一同检视李成玉的尸身去了。

另一边，纪青璇和陆象先商议后决定，先把所有有嫌疑的人集中在一起看押起来。

“章士诚、方雷，你二人都跟李成玉起过冲突，请站到这边来，不要做出让大家误会的举动。若你们是清白的，官府自然也会还你们一个公道。”陆象先盯着两人，虎视眈眈地说道。

“方某怎会做这种事？！”方雷大惊，连忙辩解道：“我承认，我是不喜欢他，可我也不会杀人啊！”

“小萝，看住他！”纪青璇一声令下，张小萝飞身回到船舱，捡回自己的巨剑，守住了方雷的退路。

方雷虽然是金吾卫的宣节校尉，身手也算不凡，但见识过张小萝举重若轻、提巨剑如稻草的模样，早已明白自己绝对不是这个貌似娇滴滴的小郡主的对手，立马乖乖地站到了陆象先指定的位置，以免造成误会。

连他这个行伍之人都认栽了，章士诚自然更没什么可说的，一言不发就走到了他身旁站好。

随后，纪青璇又看了青儿一眼，道：“青儿姑娘，李成玉毒发之时，只有你在其身边。本尉知你对他用情甚深，不过规矩就是规矩。”

青儿还沉浸在李成玉身亡的悲痛之中，呆了一呆，才反应过来纪青璇这话是什么意思，不禁瞬间花容失色，大哭叫屈道：“不！不是奴家！奴家怎会伤害玉郎!”在场的非富即贵,哪里轮得到她一个舞姬叫嚣,被李二宝提着双锏狠狠瞪了一眼后,她便很识趣地闭嘴了。

“雷公藤需吃入口中方会中毒,今日画舫上的这些吃食是谁准备的?”纪青璇的目光看向李梦白问道。这船既然是他的,那食物多半也是他着人准备的。

“是奴家。”李梦白还未开口,反倒是陆云娘先站了出来。此时她和李成玉有婚约一事,已经通过陆象先之口,为众人所知。她作为陆府的大家闺秀,比起青儿来自然文雅许多,虽然也在垂泪不止,却能坦然对答:“今日的所有吃食,皆是奴家亲手烹饪的。”

“对,那日梦白兄邀请在下与舍妹同游伊水,我们便想着学那些百姓人家,自己动手准备过节的吃食。”陆象先道。

“那你也站过去吧。”纪青璇点了点头道。

按照办案的惯例将最有可能的嫌疑人分作一堆后,纪青璇与陆象先开始逐一查问。

第一个问到的是章士诚。李成玉在死前,最后单独接触的人除了青儿,便是他了。因此从嫌疑上来说,这两人是最大的。相比之下,一直没有脱离众人视线的方雷,只有动机,下手的机会却并不大。

“章士诚,本尉且问你,你与李成玉的关系明明不睦,为何要端茶与他吃?”纪青璇把视线投向章士诚。

“章某宽宏大量,不与他计较,给他端茶莫非也端错了?”章士诚反问道。

“可他现在死了,就在喝了你的茶以后!”陆象先厉声道。

“你怎知他是在喝了章某的茶之后死的?明明他还吃了其他东西!”说着章士诚指了指甲板案几上的一碟炸果子道。只见那碟炸果子上果然有一颗被咬了一口。

“你血口喷人!”那青儿见章士诚把矛头指向了自己,惊叫了起来:“玉郎刚刚羞辱过你,你却还端茶与他喝,分明是你怀恨在心,下的毒!”

“你们也莫要相互攀咬了。究竟是谁人下的毒,验一验便知。”陆象先呵斥了一句,随即看向陆广白。“陆副尉,劳烦你先验一验这炸果子和茶汤可有毒。”

陆广白闻言抬起头来,思索了片刻后点了点头。若是死亡的方式不确定的话,确实需要先仔细验尸来确定死亡原因。但是此刻都已经确定是食物中毒,且嫌犯就在这些人中间,先验验他们接触过的食物确实是最快的方法。

只见陆广白从褡裢中抽出一根银针，而后夹起那颗被咬过的炸果子,小心翼翼地刺了进去,同时道:“若是此物中有雷公藤,银针自会发黑。”说着,他就把银针又慢慢抽了回来,随着银针的逐渐抽回,果然露出了黑色的针体。

下一刻,人群中猛地响起一阵惊呼:

“真的是青儿?!”

“她要杀李成玉做什么？李成玉不是她的金主么?”

“这谁说得好……”

……

“不,不,不是我!”青儿见状,已经完全吓傻了,语无伦次叫道:“真的不是我!我怎么会杀玉郎?”

“证据确凿,还狡辩!”人群中也不知是谁喊了一嗓子。

“不对！这炸果子不是奴家做的！是她,是她准备的吃食!”要不怎么说急中生智呢,青儿在傻了片刻之后,突然反应了过来,指着陆云娘叫道。

众人的目光又都投向了陆云娘。

陆象先踏前一步,警惕地盯住青儿,道:“你莫要信口胡说!”

“怎的,陆县尉莫不是想包庇自己的胞妹?”生死攸关的时刻,青儿也是不管不顾了。

陆象先被问得也是一噎。就在这时,郭烨却忽然出声道:“等等!”

“嗯?”众人齐齐看向郭烨,不知他现在出声是什么意思。

只见,郭烨走过去,接过陆广白手中的炸果子,端详了片刻,而后到:“李成玉没有吃这炸果子。”

“怎么可能！那上面明明被咬了一口!”陆象先不解道。

“若是咬的,缺口一圈会被涎水沾湿,但是这个炸果子的缺口是干的。”郭烨道:“这一块应该是被人揪掉的。”

“对。而且这一盘炸果子中,只有这一颗有毒。”陆广白接口道。原来他刚刚趁着郭烨端详查看空档,验了盘子里所有的炸果子。

“这颗有毒的炸果子,也只是表面有毒,内里却是没有毒的。”说着陆广白指了指最初那根变黑的银针,这时候大家才发现,那根细细的银针只有中间一段变黑了。

“小陆,你的意思是,这毒是后抹上去的?不是做这炸果子时下的毒,可对?”纪青璇思索了片刻道。

“对。”陆广白点了点头。

“那便是不关云娘的事了。”陆象先明显松了一口气。云娘置办的吃食,若真出了差池,他这个兄长也难辞其咎。

“可以这么说吧。”陆广白点了点头,道:“但是这炸果子表面的毒应当也不是雷公藤之毒。”

“什么意思?”陆广白一句话,说得在场的众人都迷糊了。

“雷公藤中毒一般是将雷公藤的叶、茎碾碎了混在食物中,或者是直接与食物同煮。若是要单独抹在食物的表面,需得榨取茎叶中的汁水。且不说雷公藤茎叶细软不好榨出汁水,便是真的榨出了带有毒素的汁水涂抹在吃食上,其表面也会因此留下绿色的痕迹。”陆广白解释道:“但是正如郭副尉所言,刚刚这颗有毒的炸果子表面干燥,且并未发生变色。”

“也就是说,炸果子并不是李成玉中毒的原因。”郭烨总结道。

“奴家,奴家就说不是我!”此刻,青儿手持披帛,掩面喜极而泣。

“既然不是青儿下的毒……”在场的都是洛阳城中的年轻才俊,谁都不傻,一把青儿的嫌疑排除掉,大家的视线就都转向了一旁的章士诚。这时候再回头想想,他故意送茶的行为,确实显得十分反常了。

那青儿闻言,顿时也不哭了,手指着章士诚,厉声道:“一定是他,他下毒害死了玉郎,还诬陷奴家。”

“既然如此,那便继续验一验那茶汤吧。”纪青璇也不废话,直接道。

陆广白点点头,又取出一根新的银针,浸入甲板上的茶水残汤中。

众人屏住了呼吸,眼睛一瞬不瞬地盯着那细细的银针。

“黑了!变黑了!”方雷第一个喊出了声。

待陆广白抬起手中的银针,果见整根银针赫然透着一股不祥的黑色,几乎连银针原本的色泽都完全掩盖,显然毒性相当不浅!

“章兄,你可有什么要对我们说的?”陆象先淡淡道。

“对!就是我干的!我就是想要他死!”谁知章士诚却像是破罐子破摔一样,

突然爆发出来，涨红了脸，大声道："这混账该死！明明与云娘有婚约，却到处拈花惹草，还不许云娘解除婚约！他竟敢如此欺负云娘，简直就是死有余辜！我只恨不能多杀他两次！"

陆云娘闻言，娇躯猛地一震。

其他人更是颇觉意外，惊问道："真的是你？"

第六十五章　老鼠过大街

"是我！又当如何！"章士诚歇斯底里地吼道："男子汉大丈夫，一人做事一人当。反正章某要做的事都已经做了，不怕你们治罪！"

"冥顽不灵！"陆象先脸色一沉，道："李成玉便是有再多的不是，也只有老天爷和唐律才能治他的罪！"尽管陆云娘是他的亲妹妹，而且他也很看不惯李成玉的行径，但身为县尉的正义感和责任感，还是让他大声呵斥章士诚。

"虚伪！"章士诚瞪大眼睛怒视着他，激烈地驳斥道："亏你还是云娘的兄长，她心里有多苦你知道吗？你想过帮她出头吗？你这样的骨血亲人，还不如我一个外人，没有也罢！"

"章公子，奴家之事，不用你管！"陆云娘率先开了口，此刻的她面色涨红，早已顾不得大家闺秀的分寸。因她万万也想不到，章士诚这个唯唯诺诺的胖子竟会为了自己做出这样的事。这要是传出去……

另一边，陆象先的脸早已经黑成了锅底。

本来李成玉这个浪荡子就已经足够让陆家头疼的了，但好在双方还没有完婚，还有推脱的余地。可现在章士诚竟为了陆云娘毒杀了她的未婚夫。这样的事情，往后在洛阳城里还不知道会传成怎样离奇的谈资话柄呢！一想到这个，他就觉得自己简直是一个头两个大。

"云娘，我帮你解脱了，你不开心吗？"章士诚被陆云娘那么一吼一下也乱了分寸。"云娘，我是为了你呀。"

陆象先听他还要纠缠,着实是被气着了,大声喝断道:“闭嘴! 你做这些之时,有想过自己接下来要面临怎样的刑罚吗?”

章士诚哈哈大笑,道:“无非一死罢了。章某下手的时候,就从没想过能瞒住你们多久,只要能为云娘解忧,我又何惜一死?”

“够了!”章士诚的叫嚣听得纪青璇面色一沉。“莫要废话! 本尉且问你,你是怎么下毒的?”

“在给他送茶的时候,我将毒下在了茶汤里。”章士诚也不遮掩,直接答道。

“茶汤中确有雷公藤的碎末。”陆广白用竹镊子在茶汤中夹出了几片细碎的叶片。

此前李梦白煮茶,整个过程众人都见了,他所用的茶粉不仅经过细细的碾磨,且过茶罗筛过,故而特别的细腻、均匀。所以明眼人都看得出来,此刻在这茶汤中发现的叶片绝对不可能是茶饼中的。

既然不是茶饼里的,自然是有人后加的了。

“此事你蓄谋多久了?”李梦白插嘴,道:“难怪那日李某说上巳游水之事,你那般急急的也要同来。我原是知我这族弟的性子最看不起商贾,为了免得各人难堪,本不想邀你同行,奈何你一再相求。原来竟是为了毒杀他吗?”饶是李梦白那样恬淡的性子,说到此处也有些恼怒了。李成玉再不好也是他的骨肉兄弟,竟然有人利用他来行此恶毒之事,这让他如何对族中长辈交代。

“不,章某临时起意罢了。”章士诚的回答出乎所有人的意料。“我虽厌恶他的品行,却还不至于蓄谋杀他。那日我之所以想要同行,完全是因为听闻云娘也会一同来……”

说着,章士诚目光灼灼地看向陆云娘。陆象先上前一步,挡在了他和云娘之间。

章士诚回过神来继续道:“若他是个好人,又怎会明知未婚妻也在船上,还带个舞姬同来? 今日他一再羞辱云娘,云娘能忍,章某却是忍不得了!”他白胖的脸此刻阴云密布,说出的每个字都带着满满的恨意。而边上的陆云娘听他这般说,也掩面别过头去。

“并非蓄谋? 那你的雷公藤从何而来?”纪青璇不解。

“刚刚上船之时在那野地里采的。”章士诚停了停,看向陆象先道:“这还要感谢陆县尉的提醒,若非你之前说的那桩案子,我都忘了雷公藤有毒。”

“你一商贾之子,大富之家出身,怎会认识这种野草?”陆象先面色尴尬地问道。若是按照章士诚的说法,他杀人,自己便是那个递刀之人。身为洛阳县尉,还有什么比这更令人难堪的吗?

“我家也并非一开始就大富,章某幼时长在乡野,也是见过些野草野菜的。”章士诚白胖的脸上露出一抹笑容,但很快就收敛了下去。

“等等,从章士诚送茶到李成玉毒发也不过一刻钟的时间。小陆,雷公藤会在如此短的时间内毒发致人死亡吗?”纪青璇的话问的是陆广白。

此刻陆广白刚刚蹲下身,准备趁众人问案之时再勘察一遍尸体。听到纪青璇这般问,他抬起头,想了想道:“一般情况下不会这般快,但是李成玉此前喝了酒便不好说了。酒本就会加速毒发。”

“章士诚,你确定只在茶汤中下过雷公藤?”郭烨道。

章士诚皱了皱眉头,似是不明白为何会有此一问,但还是道:“自然。”

“不对!那还是太快了些!这之前……”郭烨闻言低头沉思了片刻,遂道:“小陆,你能不能验出这李成玉死前是否喝过茶汤?”

“郭副尉此话是何意?”众人不解。

郭烨看向众人道:“不知此前各位可有听到李成玉曾发出一声惊呼,直道有东西烫了他,随后外边就传来了瓷器落地的声音。”

“那是他摔了茶具!”张小萝指了指地上的零落的青瓷碎片道。

“对,可是你们没有发现那青瓷茶盏还好好的放在案几上吗?”

听了郭烨的话,众人再看过去,果然看到炸果子的旁边,赫然放着一个青瓷的茶盏。

“郭某不才,虽不十分懂那些风雅之事,但刚刚观李公子煮茶,发现最后装茶汤所用的茶碗是经过滚水焯烫的对吗?”

“对。李某煮茶有焯烫茶碗的习惯。”李梦白点了点头,道:“将烹后的茶汤趁热装入同样温度的茶碗中,可以更好地保持茶汤的风味。许多人烹茶都有这个习惯。”

“所以,吃茶时需手托茶盏。因为茶碗的温度很高。”郭烨道。

“你是说,李成玉不知怎的直接用手抓了茶碗,猝不及防被烫了手,所以才甩脱了茶碗。但是那茶盏还好好的在案几上,并没有一同摔碎?”纪青璇第一个反应了过来,问道。

“对。”郭烨见纪青璇主动来接自己的话,便看着她笑了笑,不想纪青璇立刻别过脸去,让他白白讨了个没趣。

不过没有人注意到郭烨的小表情,因为此刻大家的目光都投向了陆广白的身上。

只见陆广白用手扣住李成玉的下颚,稍一用力,那尸身便霍地张开了嘴。随即他用一根随身携带的小竹片细细检查了李成玉的舌本、牙车等位置。

“他没有吃茶。”约莫一盏茶的工夫,陆广白得出了结论。

“啊?”众人闻言俱是惊讶,便是那章士诚都瞪大了眼睛,一副难以置信的样子。

“他明明是中雷公藤之毒才死的! 章某识得雷公藤,不可能摘错!”

“若他死前饮过茶汤,舌本下、牙车边这些有褶皱夹缝的位置必然会留下茶粉的痕迹,但是死者的嘴里并无任何残渣。这也就是说,他自始至终没有饮过茶汤。”

“这是何意?”这下别说是方雷、张小萝等人了,便是连陆象先都听不懂了,他身为洛阳县尉多年,手下办过的案子也不少,却也从未遇到过这种奇怪的状况:死因确定,疑犯自己也承认了,且疑犯所用的毒药、下毒的手法都与死者的状况能够一一对应,可是偏偏死者没有服下毒药的迹象,那他是怎么死的?

“凶手另有其人。”郭烨道:“章士诚的确是想杀人,而且也付诸了行动,但他的计划失败了,因为李成玉并没有喝下那剧毒的茶汤。而且根据李成玉毒发的时间来算,这之前,应该还有一个人用雷公藤下毒。那人才是真正的凶手!”

此言一出,周围众人顿时一片哗然。其实说出这话的同时,郭烨自己也是哭笑不得。这姓李的家伙到底是做了多少缺德带冒烟的坏事,才会让人排着队都想杀他? 老鼠过街啊!

章士诚闻言顿时一个激灵,失态地大叫起来:“怎么会这样。这……不对! 杀人的就是章某! 你们身为不良人,难道还想帮章某脱罪不成?”

“脱罪不至于,你蓄谋杀人乃是事实,自有唐律跟你清算,少不得治你个杀人未遂,流放三千里。只是我等秉公执法,也不会因为你的一面之词,就让真凶逍遥法外了。”郭烨道。他说着一挥手。“二宝,把他押下去看管起来,待回头查出真凶,再来与他算账。”

得了他的指挥，李二宝也不管大喊大叫的章士诚，直接把他押去隔壁的舱房关押了起来。直到他回来，还能听到舱房中传来章士诚野兽般的咆哮，也不知他那满是赘肉的身体里，究竟是怎么发出如此洪亮的吼声的。

郭烨听着他的吼声，居然也不说话，只是目光飘渺，面上渐渐露出一丝叹惋的神色。

“那真凶到底会是谁呢？”陆象先沉吟道。

“郭某也不知。”郭烨长吐了一口气，道：“若真如章士诚所言，他是临时起意，这雷公藤也是他临时在野地里摘的。那么炸果子上的毒便与他无关了……”

郭烨没有再往下说，这事情一波三转折，似乎比他们想象中还要复杂一些。

“还是先让小陆把李成玉今日吃过的东西都验上一验，看看到底是什么东西使他中毒的，我们再说后面的事情吧！”纪青璇也是摸不着头绪，所有的事只得从头查起。

“如此甚好。”陆象先点点头。

接下来的时间里，陆广白便开始对李成玉吃剩下的食物展开了紧锣密鼓的勘验，然而勘验出来的结果，却让众人大吃一惊！

李成玉席上的所有的吃食，似乎都没有什么问题。唯独酒杯中的酒，验出了极其剧烈的毒素！

“怎么可能？！”一见到这个结果，在场大部分人的脸色都瞬间发了白，好几个人更是下意识地捂住了嘴！

因为他们想到，所有的酒，全都是从同一个酒壶中倒出来的。换言之，这样的毒酒，他们其实也都喝了不少！

第六十六章　多情总是苦

“莫不是用的九曲鸳鸯壶？”贺季真博学，立马想到了一种可能性。所谓的九曲鸳鸯壶，是在酒壶中央设一隔断，将壶一分为二，一边装普通酒，一边装毒酒，通过转动机关,可以神不知鬼不觉地给人倒上毒酒。

眼前的境况,大家同喝一壶酒,却只有李成玉毒发了。那么很有可能就是在酒壶上做手脚。

“不是。”李梦白肯定地道:“所有的器皿都是李某府上置办的,不是鸳鸯壶。”

不过为了保险起见,纪青璇还是上前检查了一下酒壶。那酒壶除了做工格外精致些,并无其他不妥。

“那是酒杯上有毒?”方雷怯怯地问道。

他这话一出,一阵娇弱的惊呼声随即响起。众人转头,看到那舞姬青儿面色苍白地倒在了地上。

“奴,奴家用那酒杯喝过酒!”青儿浑身颤抖地说道。众人这才想起来,刚刚她与李成玉你侬我侬之时,用的便是同一个酒杯。但是现下谁还有空管一个舞姬的死活,大家都面色沉沉地盯着陆广白的动作。只见陆广白放下李成玉席案上的酒杯,转而去到边上的席案。

约莫有一刻钟的时间,陆广白验完了船舱里所有的席案,便是连青儿那略小一些的案几都不曾漏过。随后他略显疲惫地直起身子道:“酒杯没有毒,只是酒有毒。而且所有案上的酒、菜、点心都一模一样。”

“所有的酒都有毒?”陆象先难以置信地问道。

陆广白点了点头。

这下,所有人都被惊到了。刚刚还抱着一线期望,当下就全都破灭了,他们所有人都喝了毒酒!

“快,快找人去寻些薜荔来。不是说薜荔能解毒吗?”贺季真反应最快,道:“不行找些金银花、绿豆也成。”

一句话,点醒了众人,陆象先和李梦白正待去安排,却见不良司的诸人都不曾有动作。

“纪不良尉、郭副尉,你们……”陆象先道:“不若陆某先安排人寻些解药来?我们喝得不多,此刻还未毒发,应当不妨事。”

纪青璇摇了摇头,她在等郭烨。因为此刻郭烨正低着头在每一张席案间转悠。

突然他抬头看向陆云娘道:“陆娘子,郭某有一事相询。”

“郭副尉,请说。”陆云娘上前一步道。

“敢问每人盘中的糕点数量可是一样的?”

陆云娘犹豫了一下,答道:“这个自然。”

“那每人盘中的小天酥你摆了几枚?”郭烨又问道。

“八枚。”郭烨点了点头,道:“嗯 ,陆娘子厨艺了得,这小天酥做得也是精巧。郭某一人便吃了好些。”

众人不明白,这说案情找凶手,怎么就说到吃食上去了。但是郭烨的话还是引起了他们的共鸣,这小天酥的味道确实是极好,众人闻言也不由得纷纷点头。

“但整个席上,唯独一人没有吃那小天酥。”

“谁啊?”

“我吃了呀! 都吃完了!”

“我也吃了。”

“成玉没有吃!”李梦白突然出声道。

众人随即都看向之前了李成玉的那张席案,其他的菜多少都有被动过的痕迹,唯独角落里的一碟小天酥看起来整整齐齐。张小萝直接上前数了起来。

“一、二、三……七……”人群中立刻就有人轻声数了起来,下一瞬间就有了答案。“八枚! 一枚都不少!”

“不错,一枚都不少!”郭烨的目光扫过所有的人。然后道:“若郭某没有记错的话,这小天酥应当是今日呈上来的第一道糕点吧?”

“对。”众人点头。

“而这第一道糕点与第二道菜之间不知为何,间隔的时间特别久,对吗?”

“对!”青儿略歪头想了想道:“所以那个时候玉郎无事可做,便独自灌了好些酒。”

“我说呢,他怎么一上画舫就喝醉了。”方雷喃喃道。

“两道菜之所以间隔很久,是有人有心想让在座的各位都吃一口小天酥。”

“为什么呀?”张小萝听不明白,直接问出了口。

“因为那小天酥便是解雷公藤之毒的解药!”郭烨肯定地道:“游玩了半日,大家腹中必然饥饿,此时上的第一道糕点,一般人都会习惯性地多吃一些。加之两道菜之间的间隔被人刻意拉长,在众人都动筷子的情况下,即便是小陆这样并不怎么爱吃糕点之人,也会动一筷子。小陆我说得对吗?”

“对。”陆广白点了点头。不良司诸人此前都在岸边野餐过了,故而陆广白并不觉得饿。但是当所有人都大快朵颐之时,他一个人愣愣地坐着便显得有些突兀了。故而他也礼貌性地吃了一枚小天酥。

“不对啊,那为何李成玉那厮不吃小天酥?”

“成玉不吃鹿肉。”李梦白已然听懂了郭烨话中之意。“成玉幼时,曾因贪食鹿肉,滞了食,肚痛了三日三夜,这之后他便不再吃鹿肉。所以他也不吃这鹿肉做的小天酥。此事知道的人很少。”

“对,此事知道的人很少,但是除了李公子外,在场应该还有一人是知道的。”郭烨边说边转过身,望着陆象先,用一种不容置疑的语气,道:“陆县丞,面对现实吧!郭某相信你并不是一个徇情枉法之人。”

“不,不,这不可能……”陆象先失魂落魄地连连摇头。

郭烨也不再理会他,只是扭头看向人群中的某个人,叹道:“你还不自己站出来吗?”

众人闻言大惊,连忙循着他的视线看去,才发现被他盯上的人,赫然竟是陆云娘!也难怪刚刚陆象先会有那么大的反应了,这个被指控下毒的人,居然就是他的胞妹!

“郭副尉,一切不过是你的猜测罢了。”陆云娘似是一点都不慌张,依旧不紧不慢地道。

“够了!”陆象先喝止了她的话。“要验证很容易,只需寻一黄狗,将有毒的酒灌下,再将这小天酥喂它吃下便可!”

“哥哥!”陆云娘没有想到,自己的哥哥会这样说,不禁面色突变。

“你从小心思缜密,且与李成玉青梅竹马,怎会不知他不食鹿肉。可你偏偏就准备了这一道小天酥。我原以为你只是故意对李成玉要点小性子,没想到……”陆象先表情痛苦,每一个从他嘴里吐出来的字都像是一把尖刀在剜他的心。“家中我的书房,日常都是你在帮忙整理。那雷公藤之案的卷宗我也曾带回去研究过。若我没有记错的话,你还曾问过我那些农人是如何解毒的!对吗?”

“不……”陆云娘在自己胞兄的质问下,眼中噙满了泪水,可是嘴上却依旧不肯松口。“奴家没有!”

“其实还有一个办法可以验证。倒不必寻黄狗来验毒这般麻烦。”郭烨冷冷道。

“什么办法？”

“刚刚小陆也说了，那炸果子表面的毒是后抹上去的。应该是凶手想要诬陷青儿故意做的局。但是凶手怎知青儿会做些什么，会端什么与死者吃？所以这毒必然是刚刚大家一同涌向甲板之时，趁乱涂上去的。这么短的时间里，凶手不可能销毁掉手中的毒药。搜身，或者直接检查各人的手指应当就可找出凶手了。”

“郭副尉，你不会是才想到的这个法子吧？”纪青璇挑眉问道。

“被纪不良尉看出来了。”郭烨微微一笑，道：“在确定不是章士诚下毒之时，我便已经想到了。只是当时还想不明白凶手的作案手法，故而没有马上提出。”

停顿了一下，郭烨转而对陆云娘道：“陆娘子，你是大家闺秀，搜身检查，终究是不雅。郭某并不想把场面搞得那么难看——”

“不用了，人是我杀的。”陆云娘轻声道。这时的她，和之前那凄婉欲绝的样子，又有了截然不同的变化。她轻轻拭去了自己眼角的泪痕，贝齿轻咬着嘴唇，眼中却有坚强的光芒在闪动。

“云娘，真的是你！”纵然已经猜到了所有的事情，但是陆象先在听到胞妹亲口承认的那一瞬间，依旧觉得眼前一黑。

“在我查办过的案子里，你这个算是作得漂亮的了。”郭烨道。

“你若日日夜夜都在想着怎么杀一个人，你也能做到的。”陆云娘咬牙道：“只是可惜了，奴家自以为缜密的安排里，居然还有这么多破绽，被你一下子就看穿了。”

“不。”郭烨摇摇头，道：“其实第一个看穿你计划的人并不是我。”

“是章士诚，对吧？”

“是，章公子确实很聪明，又或者，日日夜夜惦念着一个人，也能造成和日日夜夜痛恨一个人同样的效果。”郭烨叹息道。

“奴家确是没想到，他居然会为我杀人。”陆云娘苦笑摇头，道：“奴家能见见他吗？”

“先把事情说清楚吧！”郭烨不置可否地答道：“只要你把事情都交代清楚了，法外容情，让你见他一面也未尝不可。毕竟这章公子确实痴情，郭某也深为感动啊！”

“想知道什么你问吧。”陆云娘已经完全冷静下来。

“嗯。”郭烨点点头，开始倒回去一一询问这个案子的细节。

陆云娘似乎也完全放弃了负隅顽抗的打算，有问必答，很快，郭烨就把所有事情都搞清楚了。

原来，她虽和李成玉是青梅竹马，又有婚约在身，但她却早已对后者寻花问柳的行为不满，又苦于没有约束他的办法，生恐日后给陆府蒙羞，这才动了杀机。为此，她特地挑在今天筹备了这场杀局。

“你千算万算，却没有算准今日不良司诸位的到场。若是他们中有人也不吃小天酥，你便是伤了无辜之人的性命了呀。”陆象先悲愤地说道。

陆云娘闻言神情暗了暗，道：“奴家谋划许久，再也等不得了。奴知阿爹已经有意要和李家商榷婚事，没有时间了。”

“那你可知阿娘以死相逼，让阿爹让步。我们都在努力拖延婚事！”

“这……”

“你只知其一，便下了这般狠心。你怎会变成这样！”

“呵，呵，呵……”陆云娘似是失了心智一般，莫名含泪笑了起来。她就这般笑了好一会儿之后，直视郭烨，问道：“你想知道的我都已经说了，我能见章士诚了吗？”

郭烨望着她沉默了几息时间，对李二宝和张小萝挥了挥手，两人会意，走到一旁的舱房中，把章士诚给拖了出来。

章士诚一直听着这边的动静，在陆云娘认罪之后，他就已经停止了无用的喊叫，此时望向陆云娘，眼中满满的都是内疚和怜惜。他望着陆云娘苦笑道：“都怪我没用，我想把所有的事情都揽下来，可惜没想到反而害了你。”

“不怪你。”陆云娘望着章士诚，淡淡道：“你们放开他。”

张小萝和李二宝闻言望向郭烨，在看到他点头之后，才双双撒手推开。

陆云娘解开深陷入章士诚皮肉的绳索，抚摸着他被勒出来的印痕，心疼道：“痛吗？”

章士诚似乎从未想到自己还能享受这样的待遇，顿时激动得厚厚的嘴唇不停地哆嗦。

"傻样!"陆云娘笑了一声,低头轻声道:"章公子,云娘今生欠你太多。若有来世,一定嫁与你为妻!"

章士诚已经连话都说不出来,只知道连连点头。

陆云娘又停顿了一会,才转过头来,对着郭烨,道:"郭副尉,其实就算你搜身,也不可能在奴家身上搜出毒药,你知道这是为什么吗?"

郭烨闻言脸色一变。不好!他快步就向陆云娘冲过去,可惜他的动作还是晚了一步。

当他冲到陆云娘身边时,陆云娘的嘴角已经流出一缕黑血,缓缓倒在了地上,转眼气息全无。

"不!"陆象先悲号一声,猛地扑向陆云娘。

"小陆!"郭烨也急眼了,连忙呼喊起陆广白来。

"晚了。"陆广白摇摇头。

郭烨的动作一顿,已经伸出的手缓缓垂下,长叹了一声。他看着悲痛不已的陆象先,犹豫了一下,还是走上去扶着他的肩膀道:"陆县尉,节哀吧!"

陆象先一把甩开他的手,大怒道:"这下你们满意了?"

郭烨沉默不语,虽然站在不良人的立场上,他自认问心无愧,但看着仿佛安静沉睡的陆云娘和泪水横流的陆象先,心里却是沉甸甸的。

而就在这时,自从陆云娘毒发之后,就一直像傻了一样呆在原地的章士诚,突然发出一声野兽般的大吼,然后他胖胖的身体里不知哪来的力气,竟猛地撞开几人,一把抱起地上陆云娘的身体,撞破画舫的门扉,就朝着外面的滔滔伊水一跃而下!

"云娘,我们再也不分开了!"他的声音回荡在伊水上空。当郭烨回过神来,追出去之后,只有涟漪在河面上一圈圈扩散,哪里还有半个人影?

"救人!救人啊!"郭烨跌足大喊。

可是这不过是一艘游船画舫,在场多人又没几个习水性的,唯一会水的方雷踟蹰了一会儿,才跳下水,但不久就又空着手爬了上来,摇头道:"不行,水太寒了,找不到的。"

郭烨闻言一震,又看了一眼不远处的陆象先。

从章士诚抱着陆云娘投江开始,他就像疯了一样,也想往伊水中跳下,多亏了其他人把他按住，才没有得逞。

这一刹那，郭烨突然觉得无比疲惫，就像身体中的力气都被抽空了一样，抱着头跌坐了下来。

“你……还好吧？”纪青璇看到他的表情，犹豫了一下，还是上来询问了一句。

“不怎么好。”郭烨把头埋在双臂中间，低声道：“我一直以为找出真相才能为死者申冤，告慰生者。可是今日我虽然找出了真相，却一点都高兴不起来。死了一个该死的人，却给更多的人带去了死亡和痛苦。知道吗？现在我真怀疑自己是不是做错了……”

纪青璇没有说话，只留下了一声如雁过无痕的叹息。

第六十七章　命格的线索

回不良司的路上，众人都显得沉默不语，再无出发时的欢乐。

见惯了人性中的丑恶和凶残，他们一直以为不良人就是惩奸除恶、维护正义的大周利剑，但今日的经历，却让他们对这个职司有了更多的思考，每个人心里都是沉甸甸的。

“行了，一个个的，别苦着脸了！刚刚不还都在安慰我吗？”纵马奔行了一阵子，郭烨直觉心中郁气稍平，冷不丁大声道：“这世上不幸的人太多了，如果每个人都因此为非作歹，这世间会乱成什么样子？有同情心是对的，但绝不能因此影响我们自己的判断和立场！”

“不错。”纪青璇也开口道：“郭副尉这话我赞成。食君之禄，忠君之事，我们绝不能因为一时的恻隐之心，就做出纵容罪恶的事情来！”

“没人要纵容罪恶呀。”张小萝委屈地瘪了瘪嘴巴，道：“可是人家就是觉得心里好难过。”她从小长在扶余国的王宫里，哪里见过这么多的人间疾苦。哪怕是在引导她行侠仗义的传奇话本里，正邪之间也是非黑即白。这还是她第一次遇上拔不出剑的“罪人”，对她心灵的冲击可想而知。

“小萝,别难过了……”李二宝赶忙策马跟了上去,笨嘴笨舌地安慰她。相比之下,他虽然也是宰相之后,但在李昭德被贬谪之后,先后经历了各种世态炎凉,又比张小萝要成熟一些了。

“算了,大家今天回去都好好歇息一晚上吧,甭想这些糟心事了。”纪青璇吐出一口浊气。她这会儿也想明白了,自己刚刚的话,对两小只来说,确实有些太重了。

这一场上巳之游,终究还是只能算不欢而散。

回到徐府,简单用了些吃食,郭烨就四仰八叉地躺在了床上。摸到怀中仅剩的坎字戒,他忽然又有些后悔。

哎,我当时怎的就鬼迷心窍,轻易就把离字戒交出去了呢?谁知道他们拿了东西会不会办事?早知道应该等他们拿出筹码来,再交割戒指的……哎……

在患得患失间,他沉沉地睡了过去……

郭烨是在叽叽喳喳的鸟叫声中被吵醒的,明媚的春光从窗口投射进来,让他昨天沉郁了一夜的心境,也稍稍明朗了起来。

他蓦地翻身起床,冲着外面的晴空大喊一声,顿觉心中块垒尽去,整个人重新变得神清气爽起来。随后他又一个个房间拍门,把其他人也都叫了醒来。

“我们也有好些天没有上衙点卯了,纵有薛不良令特许,也难免要招人闲话,今日大家便去一趟司里吧!”等把所有人都叫了起来,他意气风发地一挥手,道:“正好也去看看其他卫的不良人那里有没有碰到什么线索!”

“只有你的线索是查的,其他人都是碰的!”他的话音刚落,纪青璇的声音就从后边传来。

“那这案子不是咱们在查吗?其他不良人就算有所收获,那肯定也只是顺道为之而已,说碰有什么不对?”郭烨理直气壮地辩驳了一句,又道:“再说了,这案子到现在最有价值的线索,可不正是我们查出来的吗?想必现在洛阳这边的不良人,应该已经不至于小觑我们了吧?”

“只要自己把事情做好,谁也不会小觑你。”纪青璇淡淡说了一句,就带着众人准备往不良司衙门去。

谁知刚出府门,就看到一个风尘仆仆的身影迎了上来。

“任大哥?!你回来了!”郭烨见那任斗牛幞头上带着露水,明显是凌晨赶路,掐着宵禁结束的点进的城。

“你怎的不进去?”

“我刚到,一身寒气怕过给你们,想着再等等。”任斗牛眉宇间带着浓浓的疲惫,道:“反正时辰还早。你们上衙的话,也一定要从这里过的。”任斗牛的话,说得众人心里一暖。

“任大哥,辛苦了!”郭烨拍了拍任斗牛的肩,认真道。

纪青璇倒是没有如他这般真情流露,只是深深地看了一眼任斗牛,便问道:“凤翔府那边有消息了吗?”只有她自己才明白,在这一眼之后,她才是真正把任斗牛他们几个当成了自己人。

“嗯,有消息了。”任斗牛一边回答,一边伸手入怀去掏什么东西。

“进去再说。”纪青璇左右看了一眼,飞快地说了一句。

一行人索性又回了徐府的议事厅,任斗牛这才从怀中掏出此行抄录的卷宗,摆在了桌案上。

“任某这次凤翔府之行,倒还算是顺利……”任斗牛不顾疲惫,指着卷宗,介绍了起来。

凤翔府并非赤县,面对不良司的要求,那里的县衙却是不敢如万年县一般推三阻四,再加上丁亥年毕竟离现在也较近,他后出发反而比徐问清先完成了任务回来。

“凤翔府的卷宗非常翔实,因此任某却是有了一个大发现!”

“什么发现?”众人一下来了精神。

任斗牛清了清嗓子,伸手两只手,分别指着卷宗上两则记载道:“我们最生疑的那名凤翔府失踪后又死亡的小娘子,和失踪案中的另一名受害者,乃是堂姊妹,二人同日失踪。只不过因为她随后就被证实死亡,所以在当年上报秋官的卷宗中,这个案子并没有跟另一宗失踪案放在一起!”

“哦?原来如此。”郭烨等人连忙凑过去,把卷宗上两桩案子的资料详细对比了一遍,果然发现两名少女同年所生,相差还不到一岁,更是在同一天晚上失踪,只不过一人于三日后被发现暴尸荒野,另一人却从此下落不明。

“死因是何?”郭烨问。听到郭烨这么问,任斗牛的脸色微变,似是不忍,道:“尖刀刺穿脖颈,一刀毙命。”

“好凶残!”张小萝先叫了起来。丁亥年所生的女孩,在大前年,不过才八岁,尚是垂髫之年。怎样暴虐的狂徒会用这种凶残的方式杀害一个垂髫之年的孩子。

“那小娘子生前,可有病痛,或是不为人知的隐疾吗?”郭烨继续问。

“应该是没有。”任斗牛面露疑惑,但还是把自己所知的都说了出来。“据其父母所言,那小娘子从小就没生过病,身体比同年的小郎君都壮实。”

“没有隐疾、病痛,但是被人刻意所杀。这也就是说,这个小娘子并不是他们的目标。”郭烨闻言,徐徐总结道。

“会不会是掳人时,多掳了一个?这两个小娘子可是堂姊妹。”纪青璇问。

“不是!”任斗牛肯定地说道。

“哦?任副尉为何这般肯定?”

“这两小娘子虽为堂姊妹,案发之时却不在一处。一个居城南,一个居城北,相隔甚远,不可能是撸人之时多撸了一个。”

听到任斗牛这样说,郭烨与纪青璇对视了一眼。

“这两个小娘子都是丁亥年所生,按照卷宗上所言,两人的家世无甚差别。且都是刻意掳人,结果却一个失踪、一个被杀。”

“所以我们只要能找出她们为什么一个失踪、一个死亡的原因,说不定就能找出这个团伙如此行事的原因了!”

两人你一言我一语就把事情给理明白了。

随即郭烨激动地一拍桌子,道:“快!把这两个小娘子的详细案卷都拿过来!”

任斗牛依言而行,当众人再看向手头的卷宗时,对这位老不良人办事的缜密又多了一层敬佩。

因为所有失踪少女的生年上有蹊跷。他这次出行,却是把各个失踪少女详细的生辰八字都给调取了回来,看起来一目了然。

众人先看死掉的那个少女的案卷,翻阅一番之后,却是没看出什么有价值的线索,只得把目光再转移到和她同日失踪的堂姐妹身上。

两厢一对比,郭烨马上就露出了惊讶的神色:“咦?”

“怎么?你看出什么了吗?”

“嗯。”郭烨掐着指头盘算了一下,然后指着两人的生辰道:“失踪的小娘子是丁亥年辛亥月癸亥日辛酉时生人。被杀的小娘子生辰是丁亥年辛丑月辛卯日丁酉时。按八字算,这可都是四柱纯阴的命格啊!”

“什么意思?”

“什么是四柱纯阴?”

众人听得一头雾水。

“四柱纯阴,就是八字中的天干与地支都是纯阴属性的命格。阴年阴月阴日阴时。”郭烨斟酌了一下语言,然后用最简单的方式说了出来。

天干中,单数为阳,如甲、丙等,双数为阴,如辛、癸等。

地支中,单数为阳,如子、寅等,双数为阴,如丑、亥等。

“那这意味着什么呢?”

“暂时还看不出来。”郭烨沉吟了一下,似乎有所猜测。但他马上又摇摇了头,并没有把自己的想法说出来。

他不想说,其他人也不好强迫,只是期待地看着他,希望他能拿出更多的办法来。

郭烨被他们看得哭笑不得。“你们都这么看着我干什么? 线索太少,我又不是神仙,还能掐算出来不成?”

“可是郭大哥你刚刚掐算生辰八字的模样,真的好像长安西市上算命的活神仙啊!”李二宝嘀咕道。

张小萝也连连点头。

“那是神仙吗? 那是神棍!”郭烨在两小只脑门上一人敲了一下。

“那我们现下该如何?”两小只委屈道。

“我刚不说了吗? 线索太少。”郭烨目光炯炯,道:“既然线索太少,那当然就要去查更多的线索! 纪不良尉,我们兵分两路,马上去向家和方家询问他们失踪女儿的生辰,当时却是忘了这茬了! 说不定我们忽略了重要的线索!”

第六十八章　丰都寻忠仆

时人认为一个人的八字代表着此人的命运，为了防止别人做些不利于自己的事，故而生辰八字往往不会轻易与人知晓。即便是官府查案，大多也就记录一个生年，如非必要不会将详细的生辰八字记录在案。

这也是郭烨等人调查此案，几次反复，颇费周折的一个原因。

兵分两路之后，郭烨带着李二宝、陆广白和任斗牛，负责向家这一条线。

不过当他们赶到向家时，才发现曾经华丽的宅院外被贴了封条，内里更是悄无声息。

李二宝飞身上了屋檐查看，却见府内大部分建筑都成了焦土。

“这到底是怎么回事？！”郭烨站在向府门前，听着李二宝的描述，直觉得眼皮发跳。

他第一反应是那暗中掳掠少女的神秘团伙掳人还不算，竟还在天子脚下行凶，把向家都给烧了。但他转念一想又觉得不对，若那伙人真要放火，掳走向家小姐的当夜就可以放，没必要等时间过去这么久了，再折返回来多此一举，这于情于理都说不通。

接着他又怀疑，会不会是丽竞门的人捣鬼。毕竟上次他们就已经在暗中觊觎过向家了。不过这个猜测随后也被他自己否决了。

丽竞门虽然跋扈，但他们更擅长的却是罗织构陷，明目张胆地纵火这种事，不像他们的风格。何况万国俊一倒，整个丽竞门都连带着受到了重创，从各个渠道得来的消息看，他们现在都有些惊弓之鸟的意味，不大可能在这个节骨眼上落人口实。

“二宝、小陆、任大哥，我们去找街坊问问，看这到底是怎么回事？”百思不得其解之下，郭烨皱着眉头道。出乎意料，对于向家的遭遇，周围的街坊竟然一清二楚，但打听到的事实，却让郭烨他们一行人都忍不住沉默了。

原来向家的大火，并不是任何外人的手笔。就在郭烨他们不良人离开不久，向夫人就熬不住对女儿的思念和愧疚，彻底疯狂了。随后，在一个夜深人静的夜晚，这位思女成疾的妇人，趁看护她的侍女不备，从禁闭她的房间跑了出来，一把火烧了向家。最终，向氏夫妇俩都在大火中罹难，偌大的家业也同时付之一炬，所有还活着的仆役皆作鸟兽散。

“哎，你们是不知道啊，当时那火烧得叫一个旺……”被询问的街坊一脸惋惜的神色，道：“向家老爷和夫人，以前是多好的人啊。没想到遭此横祸，真是老天无眼啊……”

郭烨听着街坊们的讲述，只觉得像是有一根毒刺扎在了自己心头。当初向老爷和夫人的痛哭还历历在目，转眼斯人却已阴阳相隔。这一切的源头，都是偷走向家小娘子的那伙人在作孽！

“可恶的混蛋！”郭烨暗暗握紧了拳头，好半天才吐出一口气。

“郭大哥，那我们还查生辰八字吗？”李二宝问。

“查！问问那些街坊，可有人知晓向家活着的旧仆的行踪。”

“旧仆会知道家中小娘子的生辰吗？”任斗牛有些不确定。

“先问问吧，我等现下能做的事也不多。这多少也是个方向。”郭烨无奈道。

四人在询问了不下十位街坊后，终于从家住向府斜对面的一位老者处获得了一丝有用的信息。

据那老者说，向家走水之后，奴仆或是回乡，或是另谋东家，独独有一位老仆流落在南市。那老仆从小在向家做工，如今向家老爷虽然不在了，但他还是一门心思地想要帮自己的老爷、夫人把小娘子给找回来。“哎，这世道，这样的忠仆不多咯，可惜官府都找不到的人，他用这种笨法子，能行吗？他那岁数哟，怕是也坚持不了多久咯……”

半个时辰之后，郭烨等人站在南市的入口，看着眼前熙熙攘攘的人流，不由得面露苦笑。

洛阳南市又称丰都市，是洛阳三大坊市中面积最大最繁华的，但以规模论，比起长安西市都有过之而无不及。成百上千的店铺，再加上来来往往购买东西的百姓，当真是人山人海。他们虽然已经从向家的邻居口中得知，那名忠心耿耿的老仆经常会守在南市入口处，带着他用所有积蓄请丹青高手画成的图影，逢人便打听他家小娘子的下落。但他们手上的消息也仅止于此了，想在如此密集的人流中，找出一个不知具体行踪、具体相貌的老仆，实是如大海捞针一般。

“碰碰运气吧！”郭烨一咬牙，道：“我们在这里守一个白天！能等到那个老仆固然好，若是等不到，我们就回去请司里打探其他失踪者的生辰八字。”

他既然下了决心，其他人自然不会驳斥，一行人便在入口附近的集市上漫无目的地游荡起来。

不过逛着逛着，几人的目光就渐渐有些变味了，开始被周围的奇珍异宝所吸引。“要是小萝也在就好了。”李二宝嘀咕道。

郭烨闻言会心一笑，或许是因为年龄相近的缘故，两小只的感情近些日子已经愈见深厚。

“你先看好哪些东西有意思，下次再带小萝来逛。”郭烨支招道。

“有理！”李二宝原本有些失落的眼神一下子就亮了起来。

也就在这时候，一阵吵闹推打的声音，吸引了他们的注意力。

“臭老头，你找死啊！”

“耽误了爷的事，你担待得起吗！”

“揍他一顿让他滚蛋吧！”

……

几个张狂霸道的声音传来，不用看到人，光听那声音就让人觉得无比厌恶，都是标准的纨绔子弟开场白。

按照郭烨的想法，本是不欲多事的。毕竟类似的事情这洛阳城中每天都在发生，管也管不过来，甚至连谁是谁非都讲不好。

却不料李二宝愣了一下之后，像是听出了那个声音主人的来路，骂了一声“混蛋”就径直冲了过去。郭烨他们拦阻不及，也只好跟上。

“这小子，牛脾气一上来，真是拉都拉不住，怎么就是学不乖呢？”郭烨嘴上抱怨着，动作却不慢，一边扒开面前看热闹的行人，一边催促陆广白和任斗牛赶快跟上。

不过，当郭烨真正挤进人群，看清场中的形势之后，他立马就明白李二宝为何会反应那般大了。

因为冲突的一方，赫然竟是他们的熟人——缇骑卫，武延秀！他何时回的洛阳！

想不到现在来了洛阳,双方冤家路窄,居然又碰到了一起!

此刻武延秀正指使着几个狗腿子围殴一个风烛残年的短褐老者。他自己冷眼旁观着,嘴角还带着残忍的微笑,看起来丝毫不在乎会把这老人打出个好歹来。

若是按照郭烨的性子,这种事能看不到就看不到吧,毕竟皇族贵戚真不是他们得罪的起的。可是事情都到了眼前,就没法坐视不理了。况且性急的李二宝更是早早地大喝一声:“住手!”

“噢?”武延秀似乎也没想到居然还有人敢在缇骑卫的面前横架梁子,眉头一挑就望了过来,秀气的丹凤眼中杀气一闪而逝。

只是当他看清李二宝的模样时,却是明显愣了一下,旋即阴沉沉地笑了起来,道:“咦?这不是李相爷家的二宝公子吗?前些日子武某就听说舍弟说起,你和扶余郡主,还有长安不良司的同僚来了洛阳。想不到今天就能遇上,真是不胜荣幸啊!咦,小郡主他们呢?他们没有跟你一起吗?”

“呃……”李二宝却是没想到会从武延秀的口中听到这样的话来,一时也不知该做何言语,所有义正词严的话,全都堵在了嗓子眼里。

他愣住了,郭烨却是很快反应过来。

他深知像武延秀这样的纨绔子弟,虽然跋扈,但却绝对不傻,特别是在见风使舵这方面的能力,更是远超常人。他们会仗势欺人,但却永远不会跟势均力敌的对手硬碰硬。此时郭烨等人背靠不良司这棵大树,又救了正当红的清边道行军大总管王孝杰的性命,连女皇都下旨召见他们。现在他们,论人脉声望,已经不是当初在长安时任人拿捏的小捕快了。这些事情,以武延秀的耳目,不可能毫无耳闻。

“武中郎将真是好灵通的消息。”郭烨笑盈盈地从人群中走出,朝着自己身后一指,道:“小萝就在附近逛着呢。徐帅的义女纪不良尉也在。若是武中郎将想要见见她们,稍候片刻便是。”

“不必了。”武延秀微不可察地愣了一瞬间,旋即脸上就堆起了虚伪的灿笑,道:“郭副尉替武某给小郡主问个好便是。”说着,他话锋一转:“不知郭副尉和二宝公子叫住武某,究竟是有何指教啊?”

“指教不敢当。”郭烨拱手道:“这老头冲撞了武中郎将,实是罪有应得。不过武中郎将你的人该教训的也教训过了。不如放他一马吧!也省得脏了缇骑卫诸位弟兄的手不是?就当是郭某向武中郎将讨个人情。”

武延秀沉吟了一下，淡淡道："郭副尉，武某若是所记不差，当初在长安你和二宝公子似乎也欠了武某一个人情的。"

郭烨呵呵一笑："那再多欠一个也无妨了。"

出乎意料，武延秀深深地看了他一眼之后，居然一挥手，爽快地带走了自己的狗腿子。

"他日武某若有相求之处，还望郭副尉不要推辞啊。"

郭烨闻言隐隐有些后悔，但看了看地上已经连爬都爬不起来的老人，还是一咬牙道："只要不违背郭某的原则，但有所求，绝无二话。"

"呵，呵。"武延秀最后看了郭烨几眼，嘴角扬起一个冷冷的弧度，然后转身上马，狂奔而去，所过之处，行人摊贩纷纷走避，一片鸡飞狗跳。

"这才是真正难对付的纨绔子弟啊！"郭烨感叹了一句："像武崇操、武延光那种锱铢必较的家伙，却是纸老虎！"

一想起自己欠下了武延秀的人情，郭烨就一阵头大。不过，当他看到李二宝把那名挨打的老者扶起来时，心中仅有的一点忌惮，也烟消云散了。

无论如何，武延秀的人情都是后话，至少，现在他们救下了一个无辜的人。

"老人家，没事吧？"郭烨走过去问道。

"真是多谢你们了，不然，老奴今日非被他们打死不可了。"老者一阵感恩戴德。

不过此刻，郭烨却已经无暇与他客气了。他正看着老者怀中露出的半张图影，心中瞬间一片惊涛骇浪！

第六十九章　誓要慰亡灵

竟这般巧？郭烨诧异地看了老者怀中的图影一眼。从这个角度，他依稀能看出上面画着的，正是一个总角之年的小娘子。

会在此时，带着小娘子的图影来丰都市的，除了他们要找的向家老仆之外，还会有谁？

“老伯，你可是永太坊向老爷的家人？”郭烨扶住老仆的一只手臂，问道。

“是，是，我是！”鼻青脸肿的老仆一下子激动起来，紧紧抓住郭烨的胳膊，大声道：“这位小哥可是见过我们家小娘子？”

郭烨能感觉到，他已经完全钻进了牛角尖，哪怕毫无关联的人和事，也能当作追寻自家小姐的救命稻草。可想而知，在这些天里，他已经一次次满怀希望又一次次失望。这样下去，以他老迈的身体，是决计坚持不了多久的。

果然，当郭烨说出“没有”的时候，老仆的脸色一下子垮了下去，透出一股浓浓的失望意味来。

“其实我们也在寻她。”郭烨连忙亮了一下不良人的腰牌，劝慰道：“老伯，我们已经找到了线索，现在就是来找你了解情况的。”

老仆看到不良人的腰牌，昏花的老眼明显亮了一下，露出一丝希冀之色。但很快，这唯一的一丝光彩又黯淡下来，他颓然道：“没用的，没用的，之前已经有许多官爷来过了，可是他们都没有办法。现在老爷和夫人都不在了，这事更加没人管了。”

“别人不管我们管！”郭烨拍着胸脯道：“我们不良司一定会把这件事追查到底，把你家小娘子寻回来的！”

“真……真的？”

“当然！”郭烨正色保证了一句，又道：“老伯，像你这样漫无目的地找人，很难找到的。你想啊，要是连你也垮下来了，你家老爷和夫人的墓庐谁来打理？不若你把你知道的事情告诉我们，我们来帮你找可好！”

“好……好……”老仆像是被郭烨的话给打动了。“官爷你想知道什么，你便问吧。”

“嗯。”郭烨点了点头道：“你可知你家小娘子的生辰八字？”

“生辰八字？”那老仆迟疑了一下，摇摇头道：“老奴不知。”

“这……”虽然一开始就不抱希望，但是在看到老仆摇头的瞬间，郭烨还是感觉一阵的失落。

“官爷，这很重要吗？”老仆颤颤巍巍地问：“能帮着寻到小娘子？”

“嗯，很重要。”

听郭烨如此说，那老仆低头想了想，道："老奴虽不知小娘子的生辰八字。但我家夫人曾在洪福寺给菩萨塑过金身。那住持为了感谢夫人的善心，便给我家小娘子在寺里点了长明灯祈福。所以，那寺庙里应当有小娘子的生辰八字。"

"太好了！"郭烨惊呼道。

那老仆见郭烨等人准备去往洪福寺，犹豫了一下，终于还是抖抖索索地把怀中的图影拿了出来，恋恋不舍地交到了郭烨手中。"这是我家小娘子的图影画像。老奴这身子骨怕是撑不了几日了。今日既能给官爷提供些线索，也算是老奴报答老爷夫人多年照顾。这画像便一并交予官爷，求官爷一定要找到我家小娘子。"

郭烨小心翼翼地接过图影，只见它被老仆保护得很好，即使在刚刚挨打之时，也死死地护住，没有沾上一点泥水。待他展开画卷，一个俏丽的小娘子容颜，出现在他眼前。

追查了这么久，这还是郭烨第一次看到向家小娘子的模样，老仆找的丹青高手明显不是庸才，把向家小姐的模样绘制得活灵活现。

"拜托你们了。"老仆盯着自家小姐的相貌看了几眼，像是要把她记在心里。他看着看着，浑浊的老泪忽然就流了下来，又呆立了片刻，才佝偻着背，转身离去。

"老伯你要去哪里？"郭烨忙问道。

"你说得没错，向家没了，但是老爷和夫人的墓庐还需要老奴来打理。老奴在向家这么多年了，索性就陪完老爷和夫人最后一程吧！"老仆道。

"一道去吧。"郭烨叹了口气，道："好歹有过一面之缘。我曾跟向老爷保证过，一有消息就要报知于他，可惜他没能等到这一天。若是能知晓他墓庐所在，来日破了此案，郭某也知道该去哪里了此心愿啊！"

老仆不再说话，慢慢地向丰都市外走去。

郭烨连忙把向家小姐的画像收好，带上其他人紧跟而上。

在洛阳城外的一处荒山，他们见到了向家老爷和夫人的墓庐，曾经的万贯家财都在那一场大火中灰飞烟灭，两人最后能容身的地方，都是这名忠心的老仆四处求告置办下来的。孤坟之畔，破败的芦棚被野外的劲风吹动，发出"哗哗"的响声，显得格外凄凉。

老仆走到向氏夫妇的坟茔前，恭恭敬敬地磕了三个头，道："老爷、夫人，有好心的官爷愿意帮我们追查小姐的下落了，以后我就在这陪着你们了。有个人说话，想必你们也不会寂寞了。”

等他说完，郭烨也走了上去，他凝视着简陋的墓碑。碑上清晰的名字他曾在卷宗上看过无数次，但那个有一面之缘的精干中年人，却已经变成了孤坟下的一抔黄土。这样的反差，让他不禁生出一种生死无常的落寞来。“向老爷，向夫人，郭某曾向你们承诺过，待到破案之日，必会遣人来报。如今你们虽然不在了，但郭某一诺千金，曾经说过的话依旧算数，总有一日，我会将此事追查个水落石出。届时，郭某必会再来，给你们一个交代！”

别过老仆，他们又赶往洪福寺。那住持也是明白事理的，加之那向夫人大抵真的做了不少善事，郭烨等人很快就取到了向家小娘子的生辰八字。待回到不良司的时候，日头已经西斜。

“你们怎么才回来？”一进门，纪青璇就迎上来，不耐烦地问道。

她带着另一路人马查方家，却是早就问到了想要的东西。

“能把东西带回来就不错了。”郭烨往椅子上一瘫，当心中的郁气渐渐消退，他才感觉到疲惫上涌，一时连动弹的力气都没有了。

纪青璇这才察觉到不对，问道：“向家那边出事了？”

“向夫人疯了，一把火烧了向家，全死了。”郭烨指了指自己带回来的卷宗，道：“要不是还活下来一个老仆，我们连这点东西都查不到。”他言简意赅地把自己等人此行的经历一说，特别是在提到那个忠心耿耿的老仆时，众人都唏嘘不已。

“以洛阳不良司的人手，司里在追查的案件，苦主家出了这事，不良司不会收不到消息。”郭烨一脸疲惫地道：“可是……”

“可是我们竟然一无所知。”纪青璇皱起了眉头，道：“怕是林瑞那厮又在搞鬼。”

说话间，公事房外传来一阵敲门声，任斗牛前去开门却见门外站着的正是林瑞的副手刘西元。

“刘副尉，莫不是又来送迟到的情报？”郭烨冷冷道。

刘西元还是一副好脾气的样子道：“刘某前日来过，不过诸位都不在，所以……”

“人不在不良司，信不会送到徐府去吗？莫不是林不良尉都不曾教过你们该如何做事？”纪青璇道。

“是。刘某定当转达纪不良尉的话。”刘西元说着低身一揖。

“罢了,你退下吧。”纪青璇直觉自己又打在了一团棉花上。

“我去洗把脸,你们对照着两家失踪女儿的生辰八字看一下,看能找出点什么问题不?”

见刘西元走远,郭烨起身摇摇晃晃地出了门,来到后院的大水缸中,打了一瓢水,饮了一半,剩下的一半泼在自己脸上,这才感觉满身疲惫消退了一点,恢复了精神。

“呼!”他长吐了一口气,振作起来,大步走回公事房,问道:“怎么样?看出点什么没有?”

“郭大哥,你快来看啊!”张小萝兴奋地招手叫道:“纪姐姐有发现了!”

“嗯?”郭烨连忙凑上前去。

“看,这是向家女儿的生辰八字。”纪青璇指着卷宗道:“丁亥年辛亥月癸亥日癸亥时。”

“又是四柱纯阴!”

“没错!”纪青璇点点头。

“再看看方家女儿的八字!”郭烨一拍桌子,激动道。

“你进来之前我已经看过了,也是四柱纯阴!”

“所以基本上有八成的把握可以认定,这个掳掠少女的团伙,他们掳人时一个很重要的标准,就是受害者的生辰八字。他们需要四柱纯阴的小娘子,作为自己的目标!”郭烨沉声道。

“可是被杀那个小娘子也是四柱全阴的命格呀。”张小萝提醒道。

郭烨点了点头,道:“所以我们手上的线索还是不够多。这个小娘子身上一定有什么缘故,导致那伙人最终弃了她。”

郭烨的推测合情合理,其他人也寻不出任何的纰漏来,算是默认了他的推断。

只是侦办到这里,案子的线索又再一次断了,众人虽然在琢磨凶犯的思路上前进了一大步,但对于追捕他们的踪迹,却并没有什么太大的帮助。

“放眼整个大周,四柱纯阴命格的女孩子不知有多少,不能再顺着这条思路查下去了。不然我们只会把本就不多的人力物力全部浪费进去。”郭烨断然道:“必须另辟蹊径!”可话虽如此,但一时之间,便是连他也想不到更好的办法来。

就这样,时间在一筹莫展之中又过了三天。徐问清也终于带着二十五年前失踪的女孩的生辰八字回来了。

这个少女的八字却是一眼就能让人看出独特之处——癸亥年癸亥月癸亥日癸亥时。

“全是水……四柱全阴……”郭烨看着这个独特的八字出了神,手指一下一下地扣着案几。

突然他似是想到了什么,用手沾了茶水在案几上涂涂画画了起来。

纪青璇等人凑近去看,却发现他写的是:

“长安柳氏:八水”

“洛阳向氏:一火一金六水”

“凤翔县失踪:一火四水三金”

“凤翔县死亡:一水一土一木二火三金”

……

“好多水!”张小萝歪着头看完,大叫了起来。

“对,好多水。”郭烨抬头看着众人道:“我们手上的八字,除了都是四柱全阴外,还有一个不甚明显的特点就是很多水!独独凤翔县被杀小娘子的八字多火多金。这是不是她被杀的原因?”

“你是说,这伙人掳的小娘子不但四柱全阴,而且还要命中多水?”纪青璇道:“这是何用意?”

“不知。以郭某混迹市井的经验来说,这般用到八字,不是要克某个人,便是要旺某个人。但是更多的,就看不出来。就这些也是郭某的猜测罢了。”

纪青璇闻言,点了点头。此案到这一步,便是连江湖术士算命的伎俩都用上了,也却是没有更多可以追查的线索。

关于少女失踪案的调查,又一次陷入了尴尬的死胡同。

如此又过了两天,郭烨意外地又收到了一封密信,依旧是义门的一贯作风,阅后即焚。不过这一次,信上的内容,却是让他悚然动容。

方玉娘告诉他,在洛阳前往北都晋阳的路上,曾经出现过携带疑似被拐少女的马队。不过在那之后,义门的线索也断了,甚至连他们派去侦察的人手都一并失踪,应该是被对方察觉了。

看得出来，在跟郭烨的合作上，义门真的是很有诚意，又或者那枚离字戒的分量之沉重，远超他的意料。

“看来这件事有必要上报薛不良令了。”郭烨思索了片刻，独自向薛不良令的公事房而去。

第七十章　国士世无双

公事房中，郭烨将自己重新抄写的情报呈送给薛不良令。

薛不良令将面前的案卷仔细阅览一遍之后，蹙眉问道：“郭副尉，你确定你这个消息来源可靠？”

“卑职……并不确定。”郭烨低头答道。

“不确定你为何送来本令这里？”薛不良尉淡淡道：“还有，你既获得线索，为何不先与纪不良尉商议，而是越级上报？”

郭烨当然不会坦言自己跟纪青璇闹别扭，后者已经好几天没给过自己好脸色看了。而且他旁敲侧击之下，已经隐隐猜到，纪青璇似乎知道了自己和义门的来往，她的不悦就与此有关。在这种情况下，他当然不会再拿着义门给的情报去纪青璇那里自讨没趣。更重要的是，以纪青璇的性格，如果得知了北都晋阳的消息，一定会派出麾下的人去查证此事。但是他们麾下能用的，且当下能够离开洛阳的，也就徐问清他们几个。让他们去追击此事，无异于去送死。义门失踪的探子已经说明，这个掳掠少女的团伙绝非心慈手软之辈，他并不希望自己认识的人卷入到如此危险的任务中去。相比之下，借助不良司的力量，才是他认为最妥当的处理方式。

“事关重大，卑职一拿到情报，立刻来不良令您这里了。”郭烨不卑不亢地道：“而且卑职以为，这份情报中所涉及的地点，已经超出了纪不良尉所能处理的范畴。况且我等滞留洛阳，无旨不敢擅离，须得司里协助方能确定真假。若是您觉得这份情报有继续追查的价值，卑职再通知他们也不迟。”

薛不良令深深地看了他一眼，貌似随意地问道："听说你们在分析卷宗上也有新的突破？"

"只是小有进展而已。"郭烨谦虚了一句，然后把对方疑似执着于掳掠纯阴命格少女的情况说了出来。

"四柱纯阴？"薛不良令闻言低头思索了片刻，道："你先下去吧。这件事本令心中有数了，回头就按你这份情报上的线索，对晋阳方向进行追查。"

郭烨躬身一礼，退出了公事房。

在见过薛不良令之后，郭烨发现自己又只能陷入无所事事的等待，不过这些天来，他似乎也习惯了等待。

在经过这么多事之后，他的心态比以前又有所不同了。他更像是一只潜伏在黑暗中的猛兽，耐心地磨砺爪牙，默默蹲守不知何时才会出现的猎物，只要他们露出一点蛛丝马迹，就扑上去将其一举擒获。

不过，他还没等到自己想要的猎物，却等来了一个天崩般的消息。这个消息随着来自北地的行商传到洛阳，继而震动朝野！

"什么？王大将军阵亡了？！"听到这个消息的时候，郭烨只觉得仿佛被一个晴天霹雳砸到了头上。尽管和王孝杰交往的次数并不多，但他对这位严肃端方的大将军其实非常佩服，更知他乃是大周朝的柱石之一，没想到上次一见后，便是阴阳相隔，连这位大周的军神都折在了北方的战场上！

"到底是怎么回事？"他惊问道。

"详细的情况还不清楚，但目前可以肯定的是，王大将军这回是被小人出卖的！"

"出卖？"

"是！"纪青璇俏脸阴沉，也是一副深恶痛绝的模样。"有人畏战不前，致使大将军孤立无援，最终寡不敌众、力战殉国！"

"究竟是何人如此无耻？"一众不良人皆义愤填膺地问道。

"左羽林将军苏宏晖！"

"奸佞小人！"郭烨狠狠地一拍桌子。

旁边"哗啦"一声，李二宝把手中的茶盏摔得粉碎！"混蛋！气煞俺也！"

数日之后，王孝杰殉国的详细战报，终于从前线传回了洛阳。

三月十二，苏宏晖、王孝杰在东硖石谷，与契丹逆贼孙万荣遭遇。

因为峡谷狭窄，前面峡谷外的契丹军队又非常多，王孝杰便亲率少量精锐士卒为前锋，且战且进，奋勇冲杀，冲出谷外，又将士兵排成方阵与敌人交战。但是这时苏宏晖因为敌军数量太多而心生恐惧，居然临阵脱逃，后方的唐军主力失去指挥，也没有跟进支援。王孝杰孤军深入、寡不敌众，力战之后坠崖身亡，他所率的少量先锋也死亡殆尽。

紧接着，讨北军书记官张说的奏章，不知从何渠道流出，一夜之间传遍了整个洛阳："孝杰忠勇敢死，乃诚奉国，深入寇境，以少御众，但为后援不至，所以致败。"但有闻者，莫不义愤填膺。

"王大将军真是错信匪类啊！"经过这么多天，郭烨等人的义愤已经渐渐平息下来，但整座徐府之中，依然弥漫着一股惋惜的气氛。

"裴旻那小子也可惜了啊！"郭烨感叹道。

他们多方打探，最终确认王无择因为没有在先锋军中，所以得以幸免，目前正在扶柩回程的路上。但裴旻作为王孝杰的亲兵，当时那种情况，却是不可能留在后方的。在数万人规模的战斗中，想来他就是剑术通神，恐怕也难以杀出一条血路来。

这天，众人交谈着，走进徐府的大厅，猛一抬头，忽见厅堂主座上，一个熟悉的身影端坐在那里。

"徐帅？！"郭烨失声叫道。

纪青璇也问道："义父，您不是跟女皇陛下封禅泰山去了么？"

"出了如此大事，你们觉得封禅还能继续下去吗？"

王孝杰兵败契丹，这是动摇整个大周的大事，便是连徐有功也失去了往日的从容镇定，阴沉着脸道："女皇已在回程的途中。我先行回京处理事务。王大将军败亡，此事事关重大，需得善后的事情也多。临阵逃脱的苏弘晖必须得到惩罚，王大将军的抚恤和追封也不能怠慢……此间种种都要朝廷操心……"顿了一顿，他脸上罕见地露出震怒之色，道："苏弘晖无胆鼠辈！陷我大周柱石！本官定要奏请陛下，将他斩立决，以慰王大将军在天之灵！"

徐有功平日里为人谨慎宽厚，除了自己负责的司刑少卿一职，很少对朝堂大事横加干涉。如今连他都说要上奏陛下，将苏弘晖治罪，可见他也是动了真怒，对苏弘晖的怯懦行为深恶痛绝了。

“对！一定要为王大将军报仇!”李二宝和张小萝挥舞着小拳头，大声附和道。

徐有功看了他们一眼，脸上怒色稍平，又道：“王无择公子不日应该也要回到洛阳了，届时会以王大将军衣冠设灵座。大将军生前那般看重你们，你们也去祭奠一下吧。莫要让人嘲笑我们不良司不知礼数。”

“是!”郭烨等同时躬身应下。

说出这句话时，郭烨只觉得一阵酸楚。出征时王孝杰“马革裹尸”的豪言壮语犹在耳畔，谁知这才不足一月，竟真的一语成谶。甚至王孝杰葬身深谷，连马革裹尸而还的愿望都无法实现了，只能以衣冠招魂，这是何等的悲怆和壮烈啊!

突然，郭烨又低头做了一揖。“另外……”

“还有事？”

郭烨犹豫了一下，索性乘势把来自义门的情报对徐有功和盘托出。

“这般重要的线索你为何不禀报与我？”他说完以后，徐有功还没发话，纪青璇已经怒目而视，责备了起来。

“禀报给你？”郭烨反唇相讥，道：“莫要忘了，女皇一日不下旨召见，你我一日动不得。以纪不良尉在洛阳的人脉，能用的恐怕也就是徐大哥几人了。郭某不能看着他们去送死。”

“在你眼中，我就是这般有勇无谋之辈吗？”纪青璇咬牙道：“还是你觉得对待徐副尉他们，我不如你真心？所以我便会随意拿他们的命去冒险？”

郭烨也是豁出去了，还想说什么，徐有功已经挥挥手制止了两人的争吵，他一句话就给这件事定了性：“青璇，你莫要再逞强了。此事郭副尉或许确有忽略你感受之处，但却也是好心。你的性子我也清楚，此事孰是孰非便到此为止吧。莫要伤了同袍之情。”

纪青璇闻言抿了抿嘴，满脸不服不忿地坐了回去。不过只是看她的样子，就知道她也只是迫于徐有功的威严，才暂时偃旗息鼓。

“郭副尉，你今日将此事报知于我的意思，我也明白。”徐有功又看向郭烨，微笑道：“你是不是怀疑薛讷故意拖延此事？”

“这……卑职不敢。不良令处事，自有他的考量。”郭烨低头道。

“此事你却是错怪薛讷了。”徐有功摇摇头，面色微微有些凝重，道：“本官一回洛阳,他就已经将此案诸多情况呈报于我。而且在收到你消息的第一时间,他就已经调动司里的情报网,调查了北都那边的情况……”

“结果如何?”郭烨眼神亮了亮,直接问道。

“尚无结果。”徐有功一脸严肃,道:“在抵达北都之前,司里秘谍的行动都一切顺利。然而一进晋阳城,他们只传回来一次消息,言道已经触及那伙人的藏身之处,但随后就一切都石沉大海,再也没有任何消息发回!”

“什么?!”众人闻言惊呼:“您的意思是……我们的人也失踪了?”

“正是如此。”

“这……简直是胆大包天!”郭烨喃喃道。这下子,他总算明白薛不良令那边迟迟没有给他回音了。

“没错,所以结合你们调查道的情况,本官和薛讷商量以后,都认为这伙人绝不是一般的牙行。”徐有功道:“以他们的手段和势力,也不可能仅仅满足于拐几个小娘子便作罢,他们肯定还有其他行动。眼下整个大周正值风雨飘摇之际,这些行动很可能会造成更大的混乱。目前司里正准备加派人手,全力追查北都晋阳这条线索。你们也少安毋躁,若有线索,本官定会在第一时间通知你们配合。”

“卑职得令!”郭烨等人互相对视一眼,同时点头领命。

笼罩在悲怆中的洛阳城,很快迎回了自己的英雄,哪怕只是衣冠。

王孝杰灵柩归来的当日,郭烨等人站在自发夹道恭迎的洛阳民众间,注视着运灵的马队,缓缓驶入定鼎门。洛阳城中,万人空巷,定鼎门大街两旁,挤满了戚容满面的大周子民。尽管人头攒动,但却没有一人大声喧哗,只能隐隐听到悲泣的声音从人群中传出。无数招魂的白幡竖起,在风中猎猎作响。

在运灵车队的最前方,郭烨等人看到了王无择。他骑着一匹白马,往日温文尔雅的脸庞上,此刻却写满了悲愤和憔悴。

“看来王公子还有账要和某些人算。”郭烨抬起头,朝着王无择离开的方向深深地瞧了一眼。“我们还是等王大将军招魂结束,再去送他最后一程吧!”

又过数日,女皇陛下降旨如雷霆,宣布追赠王孝杰为夏官尚书,封耿国公,拜王无择为朝散大夫,并派遣使者去往前线斩杀苏弘晖,以示惩处。

见尘埃落定,郭烨才找到纪青璇等人商量:“我们现在可以去王府祭拜大将军了!”

第七十一章　极尽显哀荣

郭烨等人到王府的时候，就见到府门外人来人往，前来悼念的宾客如织。

王孝杰乃是为国捐躯，又得女皇陛下亲自下旨追封，于情于理，满朝文武都有不得不来的理由。何况王孝杰虽是败亡，但生前大节无亏，又立身严谨，在朝堂之上也是颇受人尊敬，因此这一场丧礼办得倒也称得上极尽哀荣。因此郭烨他们足足等到日上三竿，才得到了吊唁的机会。

进入王府，厅堂如旧，但郭烨他们都明白，这座府邸的主心骨已然不在。因为王孝杰此次是以招魂葬的方式停灵，所以灵堂并未设立在下室西间，而是直接就在他生前的寝室之中。

在灵堂之前，他们再度看到了书写着王孝杰官职爵位的明旌，不过规格却比在长安时高出了不少。他被朝廷追封为耿国公，国公乃是从一品的爵位，自然够格用上九尺长幡。不过除此之外，灵堂外的一切，都和他们当初在长安看过的如出一辙，但当他们登堂入室，看着只放置了一套衣物的魂舆，才觉物是人非。故人已不在，他们一个个也不禁悲从中来。

“大将军，一路走好！”纪青璇微微有些哽咽，朝着魂舆躬身拜下。

郭烨他们紧随其后，纷纷行礼，表达自己对王孝杰的哀思和悼念。

“诸位有心了。”王无择走上前来答礼。

“无择兄……”郭烨抬起头，正要请王无择节哀，但眼前王无择的面容，却让他直接吓了一跳，话也说不出口来了。

只见王无择面色苍白，眼圈青黑，眼白中布满血丝，一副忧思过度、疲惫到了极点的模样。“无择兄，你无事吧？”郭烨失声叫道。情急之下，他也有些顾不得礼数周全了。

“放心，我无事。”王无择摸了摸憔悴的脸庞，苦笑道：“只是这几日有些太累了。”

“大将军的在天之灵也可有所告慰了。”郭烨意味深长地说了一句。以他的智慧，当然不会以为王无择的疲惫，全然是因为安排丧礼造成的。女皇陛下能这么快下旨诛杀苏弘晖，想必他在其中起了决定性的作用。对于行伍之人而言，战死沙场并不遗憾，但苏弘晖的行为，却绝对称得上可耻的背叛！

“契丹未灭，父亲恐怕还得等上一等。”王无择扯了扯嘴角，却始终笑不出来。于是他干脆恢复了面无表情的模样，继续道：“裴老弟还活着。”

“什么？裴旻那小子没死？太好了！”郭烨没想到他会突然提起这件事，惊喜之下，声音立刻拔高。不过他马上意识到在肃穆的灵堂中这样并不合适，连忙闭上了嘴巴，等被他吸引过来的视线都移开之后，才抱歉道：“抱歉，郭某……”

“人之常情而已，郭兄无须自责。”王无择摇摇头，道：“王某刚见到裴老弟的时候，惊喜之情也不下于郭兄呢！”

“到底是怎么回事？那种情况下他怎么活下来的？还有他现在人呢？”郭烨左右看看，却不见裴旻的人影，心头突然一紧，浮现出一个不好的念头，低声道：“难道……”

“郭兄莫要误会，裴老弟绝非临阵脱逃！他年纪虽小，却是条好汉！”王无择一眼就看出郭烨在想什么了，连忙摆手，为裴旻开脱道：“他陪着父亲一直血战到了最后一刻，直到亲卫营的叔伯们死伤殆尽，父亲决定跳崖殉国之时，才令他独自突围。父亲生前最后状况，也是他告诉我们的。当时那种情况，若非他武艺高超，还真不一定杀得出来。没把父亲带出来，我不怪他。而且他自己也是身受重伤，实在没有能被苛责之处了。”

王无择简简单单的几句话，却是听得郭烨等人心潮澎湃。他们仿佛能看到北方那场惊心动魄的血战。至于裴旻的武艺，更是远超众人的想象，能在那种情况下杀出一条血路，恐怕比起当初太宗皇帝麾下号称“天下第一高手”的昙宗和尚也分毫不逊了！

“那他现在人呢？”郭烨问道。

“不知。”王无择露出一丝歉疚之色，苦笑道：“当日他浑身浴血，把消息传递给我们之后，说是身受父亲大恩，如今父亲枉死，他要以自己的方式有恩报恩、有仇报仇，随后就不知去向。你们明白的，以他的身手，执意要走的话，没人能拦得下来。”说出这话的时候，他颇觉愧对郭烨等人。

裴旻是他们推荐过来的，是信任他这个朋友。若是刀枪无眼、战死沙场也就罢了,可现在人活着回来,还被他给弄丢了,这就有点说不过去了。

“有恩报恩、有仇报仇……”郭烨一惊,突然道:“这小子莫不是一根筋,想去刺杀苏弘晖那狗贼给大将军报仇吧?”

“不会吧?”其他人也被他这个设想引起了忧虑,再转念一想,以裴旻那倔牛一样的性子,还真可能做出这种“匹夫一怒、血溅五步”的事来。

“我们得想个法子阻止他啊……”张小萝焦急道。她与裴旻之间可谓不打不相识,特别是在裴旻指点过她剑法之后,更是有一种英雄惜英雄之感,此刻自然不愿他自蹈死地。

“如何阻止?”郭烨苦笑不已,饶是他智计百出,这时也不禁生出一种鞭长莫及之感。“讨北军远在边疆,我们又不晓得裴老弟现身在何方,就算想要阻止,也是有心无力啊!”

“现在只希望他机灵一点,见势不妙能赶紧撤离吧,莫要行那以卵击石之事。”

“诸位少安毋躁。”王无择劝道:“此事王某在回来的路上便已考虑过了。眼下正值讨北军新败,苏弘晖又是个临阵逃脱的鼠辈,难以服众,军中人心惶惶,以裴老弟的身手,只要小心一些,就算刺杀不成,脱身应当也是不难。”

众人闻言,心中大石才稍稍落了地。

因为王家丧事繁忙,众人并未多留,草草说了两句,便告辞离去。

临别之时,王无择拱手道:“七日之后,便是家父出殡之日,希望各位都能来送他最后一程。想来他在天有灵,看到你们也会深感欣慰的。”

“无择兄放心,到时我等必至!”

很快,就到了王孝杰出殡的日子。

郭烨他们早早就赶到了王府,随送殡的队伍一道出发。

临出发之前,众人才惊讶地发现,女皇陛下皇恩浩荡,竟是把自己出行的仪仗队“大驾卤薄”中的鼓吹乐队给派了过来,为王孝杰送殡。整支乐队足有七百五十余人,配上女皇恩准的仪仗队,浩浩荡荡,竟绵延出去数里之遥。鼓乐之声,更是满城可闻。

当送殡的队伍出了定鼎门,来到城外时,一位身穿紫袍、形貌端方的官员迎了上来,正是鸿胪寺卿。

按照大周的礼制，鸿胪寺作为主办丧礼的机构，但凡三品以上官员出殡，要由鸿胪寺卿亲自出面，代表皇帝于城门处送葬。同时，这里也是王孝杰第一场“路祭”的场所了。所谓“路祭”，即是在送殡路上沿途设祭，大摆筵席，以供众人凭吊。路祭开始之后，鸿胪寺卿作为主祭，在王孝杰的灵柩前献上少牢作为祭品，行一跪三叩之礼，并宣读了祭文。祭祀完成之后，孝子王无择上前哭祭，随后运灵的车队才继续前进。像这样的路祭，一路上还要进行很多次，直到抵达王孝杰的墓庐所在之处，不过形式都大同小异。

当一捧捧黄土洒落而下，渐渐掩盖了放置着王孝杰衣冠的魂舆，这场丧礼才终于走到了尾声。

逝者已去，而生者还要秉持着他们的信念继续砥砺前行。

“王大将军堪称我辈楷模，能认识这样的长辈，乃是我等毕生之幸运。”回到不良司后，纪青璇见众人心气都不高，沉声激励道：“不过往后的日子里，我们还要秉承大将军遗志，继续为大周效力，为黎民百姓申冤。”

纪青璇的一席话没有激起郭烨心中的豪情，反倒是提醒了他一件事，前次上报追查的线索，依旧没有任何回音。如今王孝杰兵败，朝野上下一片混乱，只怕想要追查到有价值的线索，希望已经愈发渺茫了。

“多事之秋啊。”散了例会，郭烨缓步走出公事房，心情颇有些低落。

然而就在此时，他眼角余光忽然瞥见一点艳红，下意识扭头一看，只见一朵含苞欲放的牡丹垂在不良司庭院中的花枝上，娇艳欲滴。

他猛地一愣，才恍然惊觉，自己等人居然来了洛阳这般久了，不知不觉间，竟已到了牡丹的花期。“就是不知道今年的牡丹节还会不会大操大办了。”郭烨在心中暗暗揣测道。

在他想来，王孝杰新败，朝廷还有处理不完的善后，应该没心思搞这些噱头了才对。然而让他意外的是，很快，宫中就有旨意传出，今年的牡丹节不但照例要办，而且要大办特办，比往年更加隆重。

“前线将士浴血奋战，神都之中歌舞升平，这是什么道理？”在一次徐府的小聚上，郭烨忍不住提出了自己的问题。现在的他，已经和徐有功熟络了，因此问起问题来也大胆了不少。

“慎言！”徐有功瞥了他一眼，然后才淡淡道：“王大将军惜败契丹，是一时憾事。不过契丹终究蛮夷之辈，东硖石谷一战，我朝大军固然损兵折将，但大周地大物博，国本终究不失。既然如此，又岂能将一时之胜败放在心上，趁此佳节，来一场庆典鼓舞一下民心士气，也是题中应有之意。”

郭烨想了一下，发现好像也的确是这么个道理。他自己也只因与裴旻和王孝杰相熟的缘故，才对那场大战的惨烈感同身受，不然恐怕此时也会和大周的大多数子民一样，把这场战斗看作“兵家常事”中的一场小败而已呢。

“陛下已经决定，今年在举办牡丹节的同时，还要举行无遮法会，为大周国运祈福。”徐有功又道。

此时距离无遮法会的举行，不足一旬。整个洛阳城沉浸在节日前的欢腾与喜悦中，唯独郭烨的心理隐隐藏着一丝的担忧，陛下似乎有意无意地在回避召见他们。面圣之日无期，线索追查无踪，周遭的一切都让郭烨感到不安。